내가 키운 S급들

근서 장편소설

내가 키운
S급들

CONTENTS

1장　　　북쪽 바다 (2)　　　7p

2장　　　피스　　　41p

3장　　　물의 정령　　　75p

4장　　　여섯 번째 조각　　　113p

5장　　　체인질링　　　163p

6장　　　받아들일 때　　　213p

7장　　　태우는 것도 깔끔하죠　　　253p

[외전]　　　노래방　　　357p

1장 북쪽 바다 (2)

1장
북쪽 바다 (2)

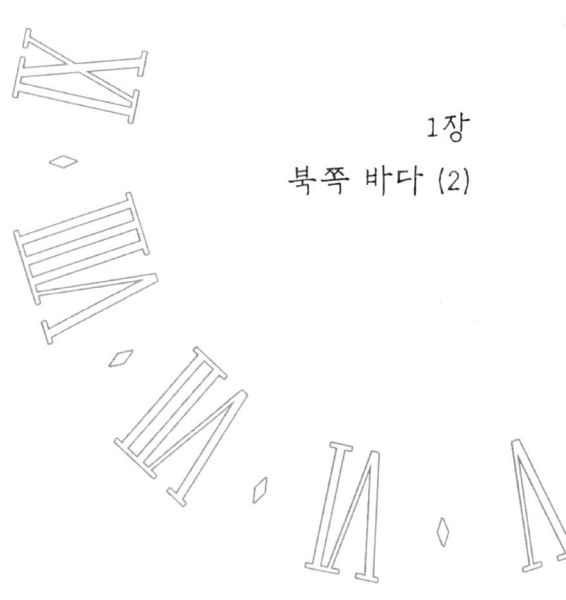

 쿠웅! 요란한 소리와 함께 마지막 SS급 몬스터가 빌딩의 잔해 위로 길게 쓰러졌다. 재산 피해는 어쩔 수 없이 생겨났지만, 사망자는 없었다. 란체아의 가드들이 몬스터들의 눈길을 끄는 사이 유현이와 문현아가 함께 한 마리씩 빠르게 처리해 갔다.
 병아리반 선생님 스킬을 사용하고 서로 합을 맞추자 SS급 몬스터라 해도 얼마 버티질 못하였다. 유현이와 이린이 몬스터의 발을 묶어 놓기 무섭게 기다렸다는 듯이 문현아의 거창이 쇄도하고, 그것으로 끝이었다.
 "형님 스킬이 좋긴 좋단 말이야."
 문현아가 몬스터의 사체 위에서 뛰어내리며 말했다.
 "전투계끼리 협공하는 거 보통은 힘드니까. 원래라면 나도 화상 정돈 각오해야 하고 도련님도 피할 타이밍 맞추기 어려웠겠지."
 그녀의 말대로 유현이도 문현아도 서로 협력하기엔 절대 상성이 좋다곤 말할 수 없었다. 특히 불은 워낙 피해 범위가 크니까. 문현아의 공격도 한곳에 집중된다고 해도 위력이 위력이니만큼 휘말리기 십상이고.

"쿠키에 계속 포인트 들이지 말고 아예 소형화 스킬 하나 사는 건 어때? 편할 거 같은데."

"전 관련 특성 하나도 없어서 포인트 장난 아니게 많이 들어요. 스킬은 구매자 능력치에 따라 가격이 다르더라고요."

유현이 포인트 상점과 비교해 보다가 알게 되었다. 장비와 소모 아이템류는 동일 포인트였지만 스킬은 달랐다. 화속성 스킬의 경우에는 나와 유현이의 필요 포인트가 무려 백 배 가까이 차이가 났다.

"그래? 어쩐지 유독 싼 스킬이 있더라. 그래도 시간 나면 달이 잘 꼬셔서 포인트 모아 봐. 걔랑 같이 사냥하면 포인트 형님이 다 가져갈 수 있다면서. 심지어 두 배로. 은혜가 있다곤 하지만 원래 크기 형님 달고 공략하긴 힘드니까."

잘못 휘말려서 실종되기라도 하면 어쩌냐며 문현아가 웃었다. 그럴 리는 없겠지만 두 배 스킬은 물론이고 저항 스킬 공유하기도 쉬워지긴 하겠지.

"스킬 사는 건 힘들고 쿠키나 넉넉히 챙겨 가죠, 뭐. 10개 세트 20%, 100개 세트는 무려 55% 할인도 해 준대요."

백 개들이 상자가 500만 포인트나 하긴 하지만 쿠키와 효과가 같은 S급 소형화 스킬은 1억 포인트가 넘어서……. S급 교환권은 아쉽게도 스킬은 제외였다. 포인트 제한도 있었고. 게다가 교환권은 이왕이면 애들이 쓰는 게 낫지.

"바로 메드상으로 출발할 거지?"

유현이가 나를 주머니에서 꺼내 들며 말했다.

"그래야지. 현아 씨는 어떻게 할 거예요?"

내 말에 그녀가 붉은 머리칼을 거칠게 긁적였다. 잠깐 고민 어린 표정이 되었지만 이내 떨쳐 내 버린다.

"진심이라고 해도, 구분할 건 해야지. 얘들아!"

빙그르 돌아선 문현아가 란체아 가드들을 바라보았다.

"아카테스 마나 홀 이상현상에 대해 조사하기 위해 자리를 비우게 되었다. 그러니 내가 없는 동안 도시를 맡기겠다. 비상 체제로 돌입하여 최대한 피해 없이 잘 버티기를 바라마. 모두들 다시 볼 수 있다면 좋겠다만 너무 오래 기다리진 말고, 싹수 괜찮은 SS급 각성자가 눈에 띄거든 얼른 발목 잡아 꺾어서라도 앉혀. 알겠지?"

마지막 말에 몇몇 가드가 피식거리며 웃었다. 수장이 길게 자리를 비운다고 말했건만 그리 어두운 분위기는 아니었다. 걱정 어린 표정들이 없는 건 아니었지만, 그보다 람다, 문현아에 대한 믿음이 더 커 보였다.

"걱정 마시고 다녀오십시오!"

"계속 기다리기는 하겠지만 SS급 각성자가 보이면 발목은 걸어 두겠습니다."

"그래요, 한 명 더 있으면 좋잖아요. 람다 님도 편해지고."

"뒤 맡길 SS급 가드 생기면 하루가 멀다 하고 도시 밖으로 나가시는 거 아닐까 몰라."

가벼운 농담들이 오가는 사이에 짐 챙겨 드려야 한다며 뛰어가는 가드들도 있었다. 혼자 가실 건 아니잖느냐고 호위를 뽑자며 장난스러운 다툼이 일기도 했다.

람다부터가 인망 높은 리더였겠지만 그 믿음을 계속 이어 나간 문현아도 정말 대단하다는 생각이 들었다. 그녀를 람다로 여기게 하는 시스템적인 효과가 있기는 했겠지만, 그것만으론 저런 모습들을 만들어 낼 수는 없겠지.

"메드상 함선으로부터 답변입니다. 란체아-파루스 도로 쪽으로 접근하는 중이라고 합니다."

란체아 방위청 통신실의 무전을 받은 가드가 말했다. SSS급 몬스터가 따라붙어 있기에 도시에서 20km 이상 떨어진 곳에서 합류하기로 하였다. 이내 군용 차량과 문현아의 바이크와 짐을 실은 트럭이 준비되었다. 전력을 보존하기 위해 란체아 가드는 A~B급만 운전수를 겸해 셋 동행하기로 하였다.

사람들의 배웅 속에 차량이 출발했다. 문현아가 그들을, 어두운 도시를 아쉬운 듯 바라보았다.

"하루쯤 쉬고 갈 수 있으면 좋을 텐데. 란체아도 멋진 도시란 말이야. 과거 남부지방 전통요리였던 볼룬야스도 못 먹고. 마침 제철이라 끝내주게 맛있는데."

여기 사람 다 되셨네.

"한가하게 쉴 때가 아니기도 하지만 두 사람만 두고 왔다는 게 걸려서라도 전 빨리 함선으로 돌아가고 싶어요. 어쩌고 있을지."

"그건 그래. 달이랑 노아 씨 상성이 영 별로지? 공격 스킬도 못 쓰는 우리 달이 구박받고 있는 거 아닐지 몰라."

설마 노아 씨가 그렇게까지 할까. …내다 버리려곤 했지만. 이내 방어벽이 나타나고 커다란 문을 통과해 거친 길 위로 올라섰다. 그사이 쿠키 효과가 끝나 유현이 옆자리에 앉았다. 내리비치는 달빛이 유독 짙었다.

"5번 원반 설치 지역은 메드상의 광장이 맞다고 노아 씨가 확인해 주었지만 마지막 1번 원반은 드로시아 시에 일치하는 지역이 없다고 하더군요."

1번 원반 설치 지역은 리베누아 숲 중앙 호수, 라고 적혀 있었다. 하지만 리베누아 숲은 드로시아에 없었다. 원래도 추운 북쪽 땅에 물과 얼음의 정령들이 모이면서 더더욱 땅이 얼어붙어, 과거 숲이었던 지역들이 죄다 눈밭이 되어 버렸다고 하였다. 그래서 도시 밖의 사라진 숲들 중 한 곳일 수도 있으니 기록을 뒤져 보겠다는 대답이 돌아왔었다.

"왔어."

유현이가 먼저 말하고 문현아도 이어 공중을 바라보았다. 내게도 희미하게나마 마력의 움직임이 느껴졌다.

각인을 새긴 뒤 갑작스럽게 변한 감각에 적응하지 못해 마력 감응도를 떨어뜨리는 아이템을 착용했다. 그대로 두면 정신적으로는 물론이요, 몸까지 피곤해졌기 때문이었다. 지금은 대략 D급 수준의 마력 감각을 가지고 있었다.

우우웅, 공기가 떨리며 허공에 거대한 함선이 그 모습을 나타냈다. 각종 보조 스킬을 휘감아 거의 순간 이동하는 속도로 우리들 앞으로 다가온다. 그 반동으로 폭풍이 몰아친 것처럼 바람이 사납게 뺨을 때렸다.

함선 아래쪽의 일부가 열리고 차 서너 대가 올라탈 수 있을 만큼 큰 승강기가 내려왔다. 선내로 올라가자 노아가 마중 나와 있었다.

"곧장 메드상 시로 향하겠습니다. SSS급 몬스터는 아직 돌발행동 없이 따라오고 있습니다. 대부분의 몬스터가 인간을 적대시하고 도시를 공격해오긴 하지만 이 정도로 끈질긴 경우는 여태껏 없었다고 합니다. 역시 그 사람을 노리는 거겠지요."

보통 일정 거리 이상 멀어지면 적극적으로 쫓아오지는 않는다고 하였다. 덧붙여 아카테스 마나 홀 또한 잠잠해졌다. 역시 마나 홀의 이상도 시그마가 문제였던 모양이었다.

"그리고 SS급 이하 개체들도 합류하여 현재 백 마리 안팎의 무리를 형성하였습니다."

"무리요?"

"네. 간간이 서로 잡아먹고 먹혀 수가 줄기도 하지만 그 이상으로 계속 늘어나더군요."

"…S급은 그렇다 쳐도, SS급은 몇 마리나 됩니까."

"일단 다섯 마리 확인했습니다."

노아의 대답에 잠깐 말문이 막혀 버렸다.

계획은 간단했다. 메드상까지 원반을 설치한 후 SSS급 몬스터를 끌고 그대로 드로시아로 향하는 것이었다. 성현제의 말에 따르면 이 세계에서 가장 강한 가드인 예림이와 합류하여 몬스터를 처리할 생각이었는데, 괜찮을까. 이러다 SSS급 몬스터 더 튀어나오고 그러는 건 아니겠지.

"달 씨는요?"

사망 처리 된 시그마기에 이 세계 사람들 앞에서는 임시로 다른 호칭을 쓰기로 했다. 당사자는 내키지 않는 듯했지만. 유현이와 노아도 그 녀석, 그 사람, 그놈 등으로 칭하고 나와 현아 씨만 작은 달이라고 부르고 있었다.

나름 어울리지 않나.

"자고 있습니다. 밤이니까요."

노아가 미소 지으며 말했다. 아니, 이 동네 가드는 밤에 주로 활동하는데요. 억지로 재웠구나. 싸움박질하는 것보다야 낫지만. 유현이가 잘했다는 표정으로 노아를 바라보았다. 시그마에겐 미안하지만 덕분에 유현이와 노아는 좀 더 친해진 것 같았다. 이왕이면 셋 다 사이좋게… 는 너무 양심 없는 바람이겠지.

"메드상 시까지는 약 하루가 소요됩니다. 그동안 푹 쉬세요."

노아 씨야말로 쉬어야 할 거 같은데. 계속 선내의 가드들에게 마나를 공급해 주는 건 물론이요, 보조 스킬까지 쓰고 있었다. 내 걱정에 노아가 괜찮다며 웃었다. SS급 스탯에 치유계 스킬도 지녀서 자체 회복력이 뛰어나다면서.

이동 준비를 하며 가드들에게 지시 내리는 모습이 유독 어른스럽고 든든하게 느껴졌다. 리에트가 저걸 봤어야 하는 건데.

객실로 향하면서 마력 억제 아이템을 풀었다. 동시에 약간의 어지러움이 밀려들었다.

"무리하지는 마, 형."

"주위에 스킬 쓰는 사람 없으면 괜찮아. 유현이 넌 처음부터 마나에 민감했을 텐데, 힘들진 않았어?"

"난 각성자가 생기기 전부터 희미하게는 느끼고 있었어. 그전에도 마나라는 게 아주 없지는 않았거든. 각성한 직후에는, 제어가 잘 안되긴 했지. 하지만 S급쯤 되면 적응이 빠르니까."

"마나가 원래부터 있었다고?"

이건 또 처음 듣는 소리다.

"보통 사람에게는 아무 영향도 미치지 못할 정도였어. 느낄 수 있는 나도 신체적으로 좀 더 강해지는 수준이었고. 그리 큰 차이는 없었지."

유현이가 어릴 적부터 건강한 편이기는 했다. 체육 성적도 좋았고.

"운동회 때 성적도 1, 2위를 다퉜었잖냐. 이어달리기 땐 거리가 많이 벌어졌는데도 다 따라잡았다가 아슬아슬하게 졌었고."

"그건 일부러 그런 거야. 너무 잘하면 귀찮아지니까. 체육계 쪽으로 갈 생각도 없었고."

"중3 때였던가, 의대 간댔잖아."

"여러모로 유리하겠다 싶어서."

"의사가 좋은 직업이긴 하다만… 유현이 네가 정말로 하고 싶었던 건 없었어?"

"직업을 묻는 거라면 없어."

동생이 객실 문을 열며 말했다.

"그때는 단순하게 형이 편하게 살 수 있도록 해 주고 싶었어. 더 좋은 집으로 이사 가고 힘든 일 하지도 않고. 그것뿐이었는데, 이상해?"

"아냐, 전혀. 보통은 그렇지 뭐. 역사에 남을 만큼 대단한 일을 하는 것도 멋지긴 하지만 대부분은 그냥 편하게 잘 살고 싶을걸. 돈 걱정 안 하고 가족이 화목하고 마음 통하는 친구들이 있고. 여기에 건강까지 더하면 더 바랄 게 뭐 있겠냐."

큰 꿈을 가지는 것도 좋지. 하지만 무난하게, 행복하게 잘 사는 것도 좋은 일 아닌가. 그것도 쉬운 건 아니고.

"게다가 우린 세상을 구해야만 평화롭게 살 수 있잖아. 작은 꿈도 아니지. 따지고 보면 세상을 위해 사는 사람들도, 다른 사람들이 편하고 행복하게 살아갈 환경을 만들려는 것일 테고. 평범한 사람들 하나하나가 전부 행복해지면 결국 그게 세계평화지, 뭐. 그럼 자기 자신을 아껴 주는 게 세계평화의 초석쯤 되려나?"

말이 되는 건진 모르겠지만 아무튼, 그냥. 유현이가, 날 좋아해 주는 사람들이 모두 행복해졌으면 좋겠다. 싫어하는 사람들까지야 알 바 아니고.

"메드상에 도착할 때까지는 딱히 할 일도 없으니까, 내 마력 감각 적응하는 것 좀 도와줄래?"

"물론 도와줄 수야 있지만 내 스킬들은 형에게 쓰긴 위험하잖아. 몸으로 겪어 보는 게 좋을 테니 노아 헌터에게 부탁하는 게 낫지 않을까. 치유나 보조계로."

"스킬을 겪어 보는 것도 좋지만 그보단 직접 쓰는 게 제일 빨라. 그중에서도 마력 조절 능력 하면 역시 저항 스킬이잖냐. 공포 저항으로 연습하려고."

독이나 저주는 너무 위험하고, 마침 S급으로 등급도 떨어졌으니 딱이다.

"자, 위협해 봐."

의자에 앉아서 유현이를 올려다보았다. 잠깐 머뭇거리던 유현이가 검을 꺼내 들었다. 날이 선 칼끝이 내 목을 향해 겨누어졌다. 목젖에 거의 닿을 듯, 서늘한 감각이 피부를 스친다.

"…짜고 치는 거라서 그런가, 별 느낌이 없네."

- A급 각성자라도 겁먹고 도망쳤을 텐데요!

이린이 끼어들었다. 하지만 정말로 모르겠는걸. 유현이 상대로는 원래부터 위압감 같은 거 잘 못 느끼긴 했지만 지금은 더더욱 아무렇지 않았다.

"그럼 이건 어때?"

동생이 검을 빙그르르, 반대 방향으로 돌렸다. 금속빛 궤적이 반원을 그리는 것을 쳐다보다가 벌떡 자리에서 일어났다.

"한유현!"

칼날이 목덜미를 얇게 베었다. 피부만 약간 다쳐, 핏방울도 살짝 맺혔을 뿐이었지만 열이 확 올랐다. 공포 저항이 발동되고 전에는 제대로 느끼지 못했던 마력의 움직임이 전신으로 퍼져 나가는 것이 똑똑히 감지되었다. 내 스탯에 비해 한참 높은 S급 스킬이다 보니 전신에 근질하게 소름 같은 것이 돋는 듯했다. 맥이 쭉 빠지는 기분이었지만 눌러 참고 유현이에게 다가갔다.

"야! 아무리 그래도 네 몸에 상처를 입히냐! 진짜는 아니지만, 아무튼!"

동생 놈 등짝을 후려치자 린이가 형이 때린 게 더 아플 건데요! 하고 종알거렸다. 지금 스탯은 C급이라 느낌이 가긴 하나 보다.

"이 정도 상처 너한텐 아무것도 아니란 거 알지만 그래도 안 돼!"

"응."

"웃지 말고!"

"응."

안 그래도 바쁜 노아 씨에게 직접 부탁하긴 미안하고, 스킬 등급 좀 낮더라도 그냥 한가한 보조계 가드 한 명 붙여 달라고 해야겠다.

날이 밝고 아침이 되어서야 깨어난 시그마는 노아에게 덤비는 대신 그의 앞에서 나를 놓고 보호자의 의무를 다하라는 소리를 당당하게 내뱉었다.

"뮤에게 항의해, C급. 네가 내 보호자지 않나."

내 뒤에 숨어서, 숨어지지도 않지만 숨는 척하면서 하는 소리에 유현이와 노아의 표정이 일그러지고 문현아는 재밌어 죽으려고 했다.

"우리 달님, 잘한다! 더 해 봐! 성현제 놈 얼굴이라 더 재밌네! 세성 길드장은 언제 여기 올 수 있다냐."

"계약에 성실하지 않은 것도 눈감아 주고 있건만 나를 외면하는 건가."

"아니, 야. 네가 먼저 시비 걸었다면서."

"…유진 씨, 제게 맡겨 주시면 일이 끝날 때까지 얌전히 재워 두겠습니다."

"맞아, 형. 그냥 노아 헌터에게 넘겨."

"이제는 종일 나를 굶기려고까지 하는군. 두고만 보진 않겠지, C급."

우리 달님, 더더욱 유들유들해졌구나. 이젠 백 년이 아니라 한 3, 40년만 더 묵어도 성현제 비슷하게 되겠다. 그래도 밥은 먹여야지.

소소한 아옹다옹 속에서 함선은 메드상 시에 가까워져 갔다. 그사이, 몬스터 무리의 숫자는 300을 넘어서고 있었다.

[그냥 이쪽으로 와요! 여기 왔다가 싹 처리하고 메드상으로 가면 되죠.]

예림이가 경쾌한 목소리로 말했다. 지금 우리는 메드상과 드로시아의 갈림길 사이에 멈춰 있었다.

원래라면 메드상까지 하루 남짓 걸렸겠지만, 문제는 뒤따라 붙은 몬스터들이었다. 고속이동이 아닌 공간이동을 했더니 제대로 따라오지 못한 몬스터들이 근처 도시로 방향을 틀어 버린 것이었다.

SSS급 몬스터 포함 3백이 넘는 몬스터 떼가 플레슈 시로 향하고 우리는 기겁해 다시 되돌아갔다. 결국 공간이동은 단거리로만 가끔 쓸 뿐 고속이동 위주로 움직여야만 했다.

그렇게 상대적으로 느리게 이동하다 보니 몬스터의 수는 더더욱 늘어 갔고 자잘한 놈들까지 헤아린다면 천에 가깝게 불어나고 말았다. 이제는 도시 근처에 다가가는 것만으로도 위험해질 지경이 된 것이었다. 혹시라도 저 수많은 몬스터 무리가 흩어지기라도 하면, 수적 열세로 피해가 커질 게 분명했다.

그럼에도 예림이는 자신만만해했다.

[와 보면 아실 거예요. 장소 정해서 보내 드릴게요~]

그러고는 뚝, 통신이 끊겼다. 인공위성 같은 건 없는 동네다 보니 이동 중인 함선 내 원거리 통신은 불안정했다. 도로를 따라 매립된 장비 반경을 벗어나면 통신 자체가 불가능하기도 하였다.

"드로시아로 향하는 것이 좋을까요?"

노아가 나를 돌아보며 물었다. 예림이가 저렇게까지 장담하니 괜찮지 않을까. 유현이와 문현아도 그편이 나을 거라며 동의해 왔다. 두 사람 다 바다를 앞에 둔 박예림이라면 수적인 문제도 충분히 커버 가능할 거라고 말했다.

"드로시아에는 정령도 많다고 하니까."

"저도 들었어요."

문현아의 말에 노아가 끄덕였다.

"다만 그들이 적극적으로 협력해 주길 바라긴 힘들 겁니다. 정령과 협조를 하고는 있지만 계약자는 거의 없다고 하더군요."

- 좋아하는 사람이 아니면 계약 안 해!

내 손 위에 올라와 있던 이린이 말했다.
"린이 넌 태어나자마자 유현이와 계약했었잖아."

- 첫눈에 반했으니까요, 형. 유현이가 린이 알 들고 있어서 먼저 계약 제의한 거나 다름없기도 했고요! 그래서 바로 받아들였죠~

원래는 유현이에게도 동의를 받아야만 계약할 수 있다고 했다. 유현이는 그때 별생각 없었을 텐데, 린이 이 녀석. 물론 계약하는 게 훨씬 낫긴 하지만.

메드상의 두 번째 SS급 가드를 포함해 일부 인원은 자신들의 도시로 돌아가기로 하였다. 남은 사람들을 태운 전함은 북쪽 바다의 도시, 드로시아 시로 출발했다. 수많은 몬스터를 이끌고서.

[기온이 점차 낮아지고 있습니다. 선외 활동 시 방한 장비를 지참하십시오.]

방송이 흘러나왔다. 창밖으로 보이는 풍경은 황량했다. 얼어붙은 땅 위로 추위에 유독 강한 식물만이 드문드문 눈에 띄었다.

북쪽 땅이라고 해도 원래는 이 정도로 기온이 낮진 않았다고 하였다.

근해에 마나 홀이 자리 잡고 그곳으로 물과 얼음의 정령들이 모여들며 주위 온도 또한 떨어져 내렸다. 그렇게 수십 년이 지나자, 숲이 사라지고 땅이 얼어붙으며 녹지 않는 눈밭이 펼쳐지게 되었다.

"창문 언 것 좀 봐라."

문현아가 손등으로 유리창을 툭툭 두드리며 말했다.

"냉기 저항 스킬 없는데 하나 사야 하나."

"저항 스킬이야 중간 등급이라도 있으면 편하긴 하죠. 얼만데요?"

"C급 삼백만 포인트."

"전 천만 포인트네요. 완전 차별 아닙니까."

스킬은 장비나 아이템과 달리 등급이 낮아도 비싼 편이었다. 그래도 삼백만 포인트면 살 만한데, 난 왜 이러냐. 공격 스킬은 물론이고 신체 능력과 관련 있는 거면 죄다 몇 배로 비쌌다. 정확히는 유현이와 문현아, 노아가 할인을 받는 거겠지만.

"유현이 넌 얼마냐?"

"칠백만 포인트야. 속성 때문인가 비싸네."

"포인트 꽤 모이긴 했는데 언제 쓰지. 이거 갑자기 던전 공략되고 포인트 날아가는 건 아니겠지?"

처음에는 SS급 거창을 노리다가 그건 명우의 성장에 기대기로 하고 스킬로 방향을 튼 문현아가 걱정스럽게 말했다.

"마지막 원반 설치하기 전에 쓰면 되지 않을까요. 그전에는 공략 안 될 거예요."

본의 아니게 몬스터를 잔뜩 끌어모았으니 이번 사냥이 끝나면 다들 포인트 넉넉하게 가지게 되겠지. 특히 SSS급 몬스터에 대한 기대가 크다. S급과 SS급 몬스터의 포인트 차이가 열 배쯤 되니 SSS급 한 마리가 천만 포인트 이상 내놓지 않을까.

"달 씨, 잘 부탁해요."

자신과는 관계없는 이야기를 약간 퉁하게 듣고 있던 시그마가 나를 힐끗 쳐다보았다. 대답은 없지만 사냥에 빠지진 않을 터였다.

창밖으로 간간이 눈발이 흩날리고 기온은 더더욱 내려갔다. 냉기 저항 스킬을 지닌 사람들을 찾는 방송이 몇 차례 흘러나왔다. 어두워졌던 바깥이 다시 희미하게 밝아질 즈음, 곧 착륙한다는 방송이 들려왔다.

[전투 제외 승무원들은 모두 A 구역으로 이동해 주십시오.]

밖에는 드로시아에서 온 차량들이 여럿 몰려와 있었다. 배에서 내리기 전 분홍 털뭉치들을 꺼내 들었다. 진짜 내 취향은 아니지만.
'세트 효과로 냉기 저항 스킬이 붙다니.'
마지막으로 받은 털모자까지 합쳐서 냉기 저항 스킬이 무려 SS급이었다. 스베일양의 털실 효과인지 성현제가 무슨 짓을 한 건지는 모르겠지만. 세트에 다른 효과는 없어서 일상에서나 쓸 수 있겠지만 지금은 딱 좋았다.

롱카디건 걸치고 목도리 하고 모자 쓰고 장갑까지 꼈다. 먼저 나와 있던 문현아가 내 모습을 보곤 커다랗게 미소 지었다.
"잘 어울리는데, 형님."
"색이 좀 이상해서 그렇지 솜씨는 좋더라고요."
특히 카디건이 마음에 든다. 품 넉넉하고 주머니도 크고.
"나도 만들어 줄 수 있어."
"그래, 목도리 하자."
넘쳐 나게 긴 목도리 끝을 유현이에게 둘러 주었다. 이것만으로도 냉기 저항 스킬이 공유되었다. 유현이야 가볍게 불을 피우면 춥지 않겠지만 마나는 아끼는 편이 좋으니까.

"달 님도 이리 와."

아직 넉넉하다.

"…사양하지."

시그마가 나와 유현이를 빤히 쳐다보다가 말했다. 성현제였으면 헛소리와 함께 쓸데없이 우아하게 받아 들였을 텐데. 역시 아직 어리구만.

"우리 달이 감기 걸리면 어쩌려고 그래. 자자, 형아한테 가라고."

문현아가 시그마의 등을 떠밀었다. 유현이와 시그마가 동시에 미간을 찌푸렸다.

"싫어하는데 왜 챙겨 줘. 가자, 형."

"형님! 막내도 데려가요!"

"놔라, 람다."

"놓아주세요, 누나~ 해 봐, 응?"

시그마가 질색했지만 단순한 힘으로는 문현아를 당해 낼 수 없었다. 키도 현아 씨가 더 크고. 특히 팔에 근육이 정말 장난이 아니라 볼 때마다 감탄이 나올 정도였다. 같은 등급, 비슷한 능력치에 스킬을 쓰지 않은 채의 육체적 힘이라면 역시 체격과 근육량이 중요했다. 자세히는 모르지만 마력이 깃드는 양에 차이가 있다나.

우리 유현이도 쑥쑥 더 자라야 할 텐데.

함선 밖으로 나가자 눈발 섞인 바람이 몰아닥쳤다. 냉기 저항 때문에 춥지 않았지만 보이는 광경만으로도 속이 서늘해지는 기분이 들었다.

"유진 씨, 춥지 않으세요?"

먼저 나와 있던 노아가 내게 물었다. 노아에게도 냉기 저항은 없기에 털이 달린 겨울 코트를 걸치고 있다. 냉기 저항 붙은 아이템이겠지. 고등급은 아닌지 하얀 뺨이 살짝 붉다.

"노아 씨도 목도리 하실래요? 이거 SS급 냉기 저항 공유되거든요."

"아… 괜찮아요, 지금은요."

노아가 주위를 힐끔거리며 말했다. 싫은 기색은 아닌데, 아무래도 메드상과 드로시아 사람들의 눈치를 살피는 듯했다. 핫핑크 색 목도리를 나란히 하는 것이 뮤로서 어울리지 않는다고 생각하는 걸까. 문득 성현제가 전에 해 줬던 말이 떠올랐다. 무슨 짓을 하든 자신의 격은 그대로라던 여유로운 태도가.

"노아 씨."

오지 않는 노아에게 내가 먼저 다가갔다. 핫핑크 색 목도리 끝을 그의 목에 감아 주었다. 잘 어울리잖아.

"멋진데요."

"…네?"

"하고 싶은 대로 하세요. 참는 게 더 이상하잖아요, 별거 아닌 일인데. 아, 물론 나쁜 짓은 안 되고요."

몇몇이 우릴 쳐다보긴 했지만 그냥 미소나 짓는 정도였다. 물론 세상 살면서 남의 눈치 살펴야 할 일 많긴 하지만 말이야, 메드상에 있어 절대적으로 중요한 존재가 바로 뮤다. 핫핑크 목도리 좀 나눠 했다고 해서 문제 될 일 전혀 없다.

"남한테 피해 안 가는 일이면 괜찮아요."

우리 유현이를 봐라. 얼마나 당당하냐. 성현제가 여기 있었어도 비슷했을 거고. 문현아도 자기가 원하는 일에 대한 거리낌이 전혀 없지.

"어쩌면 메드상에 핑크 목도리 유행바람이 불지도 모르죠."

내 말에 노아가 작게 웃었다.

"한유진 님이십니까?"

그때 드로시아 가드가 우리 쪽으로 다가왔다. 대답을 듣기도 전에 내 양쪽을 쳐다보더니 맞구나, 하는 표정을 짓는다. 예림아, 대체 뭐라고 설명한 거니.

"델타 님께서 계신 곳으로 안내해 드리겠습니다. 따라오십시오."

드로시아 가드가 스노모빌에 올라탔다. 메드상에도 소형 비행 차량이 있었지만 그것을 움직이기 위한 보조계 가드들을 우르르 끌고 갈 순 없었기에 드로시아의 차에 올라탔다. 눈과 빙판을 달리기 적합하게 만들어진 차가 설원을 가로지르기 시작했다. 스노모빌과 달리 차의 속도는 느린 편이었다.

얼마쯤 달려갔을까, 눈앞에 얼어붙은 계곡이 나타났다. 마치 거대한 파도 두 개가 서로 맞부딪치기 직전, 그대로 굳어 버린 듯한 풍경이었다. 목을 잔뜩 꺾으며 둥그스름하게 깎아지른 절벽을 바라보자 드로시아 가드가 뿌듯해하며 말했다.

"대단하지요? 델타 님께서 바로 어제 만드셨습니다."

…파도 두 개가 굳어 버린 듯한이 아니라 진짜 그거 맞았구나. 지상으로 올라와 얼어붙은 파도의 벽이 햇살을 받아 반짝거렸다. 그 사이를 통과하자 바다가 나타났다. 하얗게 눈 덮인 차디찬 북쪽 바다 위로.

"미친, 저게 다 뭐야."

문현아가 중얼거렸다. 노아가 눈을 동그랗게 뜨고 시그마 또한 놀란 표정이었다. 반면에 유현이는 눈살을 조금 찌푸렸다.

─ …린이 숨어 있을래요.

이린이 약간 기죽은 듯 말하며 목도리 안으로 파고들었다. 불의 정령인 린이가 위축될 만했다. 앞에 펼쳐진 풍경은 그야말로 장관이었다.

가장 먼저 눈에 들어온 것은 하얀빛을 띤 고래였다. 수문장처럼 하늘 가운데 떠오른 고래가 기다란 지느러미를 느릿이 움직이고, 그 주위로 온갖 다양한 형태의 물고기들이 무리 지어 헤엄친다.

물고기만 있는 것은 아니었다. 크고 작은 돌고래와 상어, 거북이, 해파리 등의 해양생물은 물론이요, 새와 나비, 드래곤 등의 형태를 한 정령들도 보였다. 하늘 아래, 눈과 얼음 위에도 수많은 정령이 모여 있었다. 사슴, 늑대, 토끼, 이름 모를 동물은 물론 눈사람이나 책, 칼 등의 물건과 불명확한 형체들도 눈에 띄었다.

 이 세계의 모든 정령이 이곳에 모인 것만 같았다. 등골이 서늘해지면서도 순수한 감탄이 흘러나왔다.

 그 한가운데, 모든 정령의 중심에, 낯익은 얼굴이 서 있었다. 짧은 머리카락이 바닷바람에 팔락인다. 무수한 정령들에게 둘러싸여 예림이가 한쪽 팔을 힘차게 치켜들었다.

 "아저씨!"

 어서 오세요, 하며 활짝 웃는 모습에 절로 미소가 지어졌다. 차가 가까워지고 예림이가 이쪽으로 훌쩍 날아왔다. 정령들이 우르르 따라오려는 것을 손을 흔들어 막는다. 그런데…….

 "아저씨는 똑같네요?"

 "어, 응. 예림이 너는… 많이 컸구나."

 아니, 실제 몸이 큰 건 아니지만. 빙의한 거긴 하지만. 그, 나보다 키가 크다. 이리 봐도 저리 봐도 열다섯 살은 절대 아니었다. 예림이가 씨익 의미심장하게 웃었다. 20대… 인가? 회귀 전에 본 예림이가 떠올랐다. 표정은 완전히 다르지만 얼굴은 비슷했다. 다만 눈은 푸른색에 머리카락에도 푸른빛이 섞여 있었다.

 "한유현! 너도 비슷하게 생겼네. 여기선 나도 너랑 동급이라 이거야, 전 길드장님! 현아 언니! 우와, 키 엄청 커졌네요! 좋겠다! 노아 오빠, 눈 색 너무 예뻐요! 사진 못 찍어 가나, 소영 언니 보여 주면 좋아할 텐데. 세성 길드장님은 어째 분위기가 딱딱해졌네요. 무슨 일 있었어요?"

 "세성 길드장 아니야."

"네?"

성현제는 다른 곳에 있고 시그마는 여기 사람이라고 설명해 주자 예림이가 입을 딱 벌렸다.

"와, 저 얼굴이 둘이나 있어. 사기다."

그 밖의 상황에 대해서도 말해 주려는데 통신 중이던 드로시아 가드가 크게 소리쳤다.

"몬스터 무리, 제1 카메라에 잡혔다고 합니다!"

"그래? 준비해야겠다. 아저씨, 피해 있을래요?"

"응? 아니, 나도 도와주려고."

"위험할 텐데요."

"예림아, 나 포인트 두 배 적용 스킬 있다. 물론 공유도 가능하고."

순간 예림이의 움직임이 딱 멈추더니, 비명과 같은 함성을 내질렀다.

"아저씨 최고! 포인트 두 배라니!"

예림이는 기뻐했지만, 유현이와 문현아는 아쉬움을 감추지 못했다. 하지만 둘 다 예림이에게 공유하는 편이 낫다고 생각하는 모양이었다. 물론 여기서는 예림이가 몬스터를 제일 많이 잡을 테니 당연한 결론이지만.

나도 정말 아쉬웠다. 왜 내 몸뚱이는 하나뿐인 거지. 그래도 사냥할 몬스터는 잔뜩 몰려올 테니까. 2번 카메라에서도 소식이 오고 우리는 몬스터 떼를 맞이하기 위한 준비를 서둘렀다.

희미한 땅울림이 느껴졌다. 문득 TV에서 본 다큐멘터리가 떠올랐다. 아프리카의 싯누런 초원을 검게 물들이며 가로지르는 물소 떼가. 화면 너머로도 그 묵직한 울림이 전해지는 듯했었는데 지금은 그 몇 배 이상의 괴물들이 몰려오고 있었다.

등골을 따라 약간의 긴장감이 퍼져 나갔다. 해는 완전히 떠올라서, 인공 파도 절벽이 다이아몬드처럼 빛나고 있었다. 하늘 위를 춤추는 정령들

사이로도 햇살이 대롱대롱 매달렸다가 퍼져 나가기를 반복했다. 상황과 어울리지 않는 아름다운 광경이었다.

"참, 아저씨 지금 스타일 잘 어울려요. 예쁘네요."

예림이가 놀리듯 웃으며 말했다.

"세성 길드장 생일 선물이랑 색이 똑같은데 아저씨 취향이—"

"아니거든."

나는 평범하고 무난한 색이 좋다. 발아래로 반투명하게 비치는 고래의 몸을 내려다보며 말했다.

"성현제 그 인간이 만들어 준 거야. 혼자 떨어져 있으려니 심심한가 보지."

"진짜요? 솜씨 정말 좋다. 나도 가르쳐 달라고 해 볼까 봐요. 인형 입혀 주면 귀여울 거 같은데."

유현이 녀석도 만들겠다고 나설 거 같은데 이러다 S급 헌터들 사이에 뜨개질 취미가 퍼지고 그러는 거 아니냐. 어디 부수고 싸움박질하는 것보다야 훨씬 낫지만. 손재주야 다들 있을 거 같고, 의외로 송 실장님이 꼼꼼하게 잘 뜨지 않을까. 기승수도 양이잖아. 아직 안 데리고 갔겠지만 아무튼 양이다.

다 같이 둘러앉아 뜨개질하고 있는 모습을 떠올렸더니 기분이 좋아졌다. 평화롭구나.

구르릉, 또다시 크게 땅이 울리고 인벤토리에서 권총을 꺼내 들었다. 2회분 남은 여기 있어요(SS).

"와, 엄청 크다."

예림이가 감탄을 내뱉었다. 몬스터 무리 사이로 유난히 툭 튀어나온 거대한 괴물이 저 멀리서 보였다. 굽어진 네 개의 뿔과 길게 튀어나온 이빨을 지닌 검은 털의 맹수였다. 이빨 때문에 멸종한 검치호처럼도 보였다. 새하얀 갈기가 정수리부터 어깻죽지 사이까지 길게 늘어져 커다란 깃발처럼 펄럭이고 있었다.

놈과 그 주위 몬스터들을 향해 총을 겨누었다. 연속으로 방아쇠를 당겨 2회분을 죄다 쓰고 잠시 후, 눈이 흩날리는 하늘에서 폭탄이 떨어졌다. 연달아 쾅, 콰앙 폭음과 빛이 터져 나가고 몬스터들의 포효가 여기까지 귀 따갑게 들려왔다.

피하는 놈들도 있었지만, 바글바글 모여 있다 보니 그대로 발 묶인 채 직격당한 놈들도 많았다. 하지만 SS급 이상 몬스터들에게는 큰 피해 없을 뿐더러 그 녀석들이 몸으로 막아 준 덕분에 자잘한 몬스터들도 그다지 많이 다치지는 않았다.

이걸로 끝은 아니니까.

이어 꺼내 든 것은 광범위 떡밥(SS)이었다.

"주위 다른 몬스터들까지 죄다 몰려올 텐데, 정말 괜찮겠어?"

"당연히 괜찮아요!"

예림이가 자신 넘치게 대답했다. 둥글고 말랑한 구슬 하나를 꺼내어 꽉 눌러 터뜨렸다. 젤리 같은 액체가 흘러나오더니 이내 깨끗이 증발하고.

- 크르르르.
- 캬아아!

폭발의 여파로 뿔뿔이 흩어지려던 몬스터들이 다시 이쪽을 향해 일제히 몸을 틀었다. 그 모습을 바라보며 고래 아래쪽의 노아를 향해 소리쳤다.

"노아 씨, 시작해 주세요!"

"네!"

노아를 중심으로 마력의 움직임이 느껴지기 시작했다. 마력 감응 억제 아이템을 차고 있는데도 피부가 찌릿해질 정도다. 보조 스킬들이 예림이를 비롯해 유현이, 문현아, 시그마에게 적용되고 이어 마나의 장막이 펼쳐졌다.

마나 홀의 마나를 끊임없이 끌어올 수 있는 뮤. 그의 보조를 받기 위해 미리 각인을 약간 수정하였다. 아예 메드상의 것으로 바꾸지는 않고 노아의 각인, 스킬로부터 마나를 전해 받을 수 있는 정도의 연결고리만 만든 것이었다.

다만 예림이는 정령들이 바닷속 드로시아 마나 홀의 마나를 전해 주었기에 각인을 수정할 필요가 없었다.

선생님 스킬은 이미 펼쳐져 있었다. 파도 절벽 양옆으로 유현이와 시그마가 올라서 있었다. 두 사람의 눈으로 다가오는 몬스터 무리가 선명하게 비친다.

쿠웅! 가장 앞서 뛰어온 몬스터가 외뿔로 얼음벽을 들이받았다. 하지만 얼음덩어리는 표면만 긁혔을 뿐 꿈쩍도 하지 않았다. 어마어마한 양의 바닷물을 통째로 얼린 것이다. 그것도 예림이의 스킬과 수많은 정령의 힘에, 차디찬 북쪽 바닷바람이 밤새 담금질을 한 빙벽이었다. SSS급 몬스터라 할지라도 단숨에 부수지는 못할 그런 장애물에, 몬스터들이 결국 절벽 사이로 들어서기 시작했다.

- 키르륵.

퍼드득, 날갯짓 소리와 함께 비행 가능한 몬스터들이 절벽 위로 치솟아 올랐다. 깃털에 피막에 얇게 흐느적거리는 곤충형까지. 하늘을 뒤덮은 몬스터 떼를 향해.

콰르르릉!

번개가 쳤다. 퍼져 나가는 전격 사이사이로 반짝이는 무언가들이 까르르 웃었다.

- 간지러워!

- 짜릿해!

물의 정령들이었다. 그중에서도 전기에 친화적인 정령들만 모아 절벽 위 하늘에 흩어져 있도록 하였다. 정령들의 몸을 타고 시그마의 힘이 그물처럼 넓게 하늘을 뒤덮어 갔다. 퍼질수록 약해지는 전격이었지만 정령의 도움을 받자 거의 흐트러짐 없이 재차 집중되고 집중되어 비행형 몬스터들을 휘감는다.

콰과광!

웃음소리 사이로 또다시 번개가 내려치고 시커멓게 탄 조각들이 비처럼 쏟아졌다. 눈이 부실 정도로 번쩍이는 하늘 아래로.

화르륵, 불길이 퍼져 나갔다. 짙게 검푸른 빛을 띤 불길이 열기를 흩뿌리기 무섭게 땅 아래가 터져 나가기 시작했다.

다름 아닌 미리 묻어 놓았던 폭탄이었다.

원격조종이고 뭐고 잡스러운 효과 없이 무조건 위력에만 집중한, 불이 닿아야만 터지는 원시적인 폭탄을 남은 포인트를 털어 잔뜩 구매했다. 유현이의 불길이 폭탄 매립지를 넓게 덮고, 온갖 폭탄이 줄줄이 고함을 내질렀다.

얼어붙은 흙이 눈과 뒤섞여 높이 튀어 오른다. 수십, 수백 개의 간헐천이 동시에 솟아오르는 듯했다. 하늘에는 번개가 치고 땅에는 화염이 피어오른다. S급 이하 몬스터들이 우르르 쓸려 나가는 사이로 유현이가 몸을 날렸다.

- 키이익!

버들잎을 밟으며 공중을 가로지르는 유현이를 향해 몬스터들이 이를 드러내고 공격 스킬을 실은 발톱과 꼬리를 휘두른다. 불꽃을 휘감은 몸이 그 모든 공격을 물 흐르듯 가볍게 피했다. SS급 몬스터마저도 옷자락 하나 스치지 못했다.

- 캬르르.

크게 공중으로 치솟아 오른 유현이 앞으로 SSS급 몬스터가 안광을 흉흉히 빛내며 뛰어들었다. 몬스터의 검은 털 위로 강력한 마력이 자르르 흘러넘친다. 털끝 하나하나가 어두운 그림자를 품더니.

스르륵, 거대한 맹수의 몸이 흩어졌다. 동시에 한유현이 검을 뽑아 들며 자신의 주위로 넓게 불길을 흐트러뜨렸다. 퍼져 나간 검푸른 불길의 한쪽이 움푹 파이듯 일그러지고, 시각보다 빠르게 그것을 느낀 유현이가 몸 전체에 반동을 주어 강하게 검을 휘둘렀다.

카강! 공간이동을 한 것처럼 갑작스럽게 나타난 발톱이 검과 맞부딪쳤다. 상대적으로 약한 힘에 유현이의 몸이 뒤로 던져지듯 밀려 나갔다. 하지만 미리 대비를 하고 있었기에 몸을 한 바퀴 빙그르 돌리며 멀찍이 버들잎 위로 내려선다.

검은 그림자로 흩어졌던 몬스터가 다시 원래 모습으로 돌아가고 유현이를 향해 나직이 으르렁거리더니 시그마 쪽으로 시선을 돌렸다. 비행형 몬스터의 대부분을 처리한 시그마가 자신을 향하는 하얀 눈을 마주 바라보았다.

무턱대고 덤비진 말고. 걔 SSS급이다, 달아. 이리 와. 시그마는 조금 못마땅한 듯했지만 그래도 계획대로 몸을 돌렸다. 검은 맹수가 시그마의 뒤를 쫓아 절벽 사이로 발을 들였다. 그 뒤쪽으로 유현이가 불의 벽을 세웠다.

콰콰가각! 불길이 몬스터 떼의 가운데를 가르며 땅을 시뻘겋게 녹였다. 앞이 막힌 몬스터들이 잠깐 주춤했지만 광범위하게 퍼진 탓에 상대적으로 위력도 낮은 불길로 완전히 막아 세우기란 불가능했다. SS급을 내세운 몬스터들이 다시 앞선 무리의 뒤를 따르려는 그때.

"잘 피해, 도련님!"

저 높은 하늘에서 문현아가 소리쳤다. 거창을 앞세우고 상어의 등 위에서 그녀가 뛰어내린다. 휘우웅- 창끝에 마력이 집중되며 바람이 거세게 갈라지다가, 완전한 진공이 되었다. 막아서는 것 하나 없이 가속에 가속을 더해 한 줄기 빛과도 같이, 문현아가 녹아내린 땅에 내리꽂혔다.

꽝!

사방이 흔들렸다. 지진이 난 것만 같았다. 아니, 지진이나 다름없었다. 열기가 깊숙이 스며든 선을 따라 땅이 쩌저적 갈라졌다. 거창이 직격한 곳은 십수 미터 이상 깊이의 구멍이 생겨났다. 너른 크레이터 내의 몬스터들은 S급, SS급 할 것 없이 모조리 형체도 남기지 않고 사라졌다.

흙투성이가 된 문현아가 머리를 거칠게 털며 몸을 일으켰다.

"여기서부터는 통행료 받는다."

씨익 웃으며 말했지만 그녀에게도 반동이 없지는 않았다. 팔다리에 일시적인 마비가 온 상태인 그녀의 앞으로 유현이가 나섰다. 넓게 갈라진 땅을 버들잎을 밟아 가볍게 건넌 동생이 기가 죽은 몬스터 떼를 내려다보았다. 그 옆으로 이린이 이무기의 형태로 변해 이를 드러낸다.

천이 넘는 몬스터 무리 중 절반 가까이 되는 엄청난 수였지만 두 사람이라면 충분히 상대할 수 있을 터였다. 떡밥 효과 덕분인지 도망치는 몬스터도 없었다.

- 전부 태워 버리자!

린이의 외침과 함께 불길이 솟아올랐다. 이걸로 사이로 빠져나온 자잘한 몬스터들이 예림이를 방해할 일은 없어졌다.

"아저씨, 우리도 준비해요."

예림이가 눈을 빛내며 나를 바라보았다. 살짝 부담스러운 시선 속에서 쿠키를 꺼내 먹었다. 몸의 크기가 확 줄어들고.

"지이인짜 귀엽다!"

예림이가 나를 잡고 번쩍 치켜들었다. 어휴, 덩치만 컸지 아직 애… 윽, 튀지 마라 어지럽다.

"예림, 아. 시간제한 있으니까……."

"네! 조심해서 잘 들어가 있으세요."

허리에 매달린 색 지퍼를 열고 나를 넣은 예림이가 흐뭇하게 웃었다. 어째 아끼는 인형 꾸며 줄 때와 비슷한 눈빛인데. 곧장 예림이에게 포인트 두 배 스킬을 공유해 주었다.

- 캬르륵!

검은 맹수가 시그마를 쫓아 얼음벽에 이를 박아 넣었다. 여태껏 꿈쩍도 않던 빙벽에 쩌저적, 커다란 금이 생기고 갈라져 나간 얼음덩어리들이 쿵쿵 바닥으로 굴러떨어졌다. 몬스터의 몸 일부가 흩어졌다가 순간 이동하듯 시그마를 덮쳤지만 등급 차이가 있다 해도 전투 예지 덕분인지 교묘하게 공격을 피한다.

쿠웅, 몬스터가 빙벽을 부수려는 듯 강하게 들이받았다. 얼음절벽이 크게 흔들렸지만 금만 더 크게 갔을 뿐 무너지지는 않았다. 짜증이 난 듯 몬스터가 빙벽 위로 솟아오르려는 그때, 시그마가 아래로 뛰어내렸다.

차르륵, 뻗어 나온 사슬을 미끄러져 내려가는 그를 몬스터가 쥐를 쫓는 고양이처럼 덮치려 든다. 그렇게 얼음계곡의 정중앙에 다다랐을 때.

예림이가 한쪽 손을 치켜들었다. 동시에 노아가 시그마의 근처로 작은 워프 홀을 만들어 냈다. 금빛 눈이 가느다래지며 잔뜩 약 오른 몬스터를 올려다보았다.

"안녕."

짧은 인사와 함께 시그마의 몸이 둥글게 난 구멍 너머로 사라졌다. 그와 동시에.

구그그긍.

갈라진 파도가 움직이기 시작했다. 파도 속에 잠잠히 숨죽이고 있던 정령들이 일제히 힘을 모아 거대한 절벽을 기울인다. 당연히 몬스터도 당하고만 있지 않아 검게 흩어지며 절벽 위로 빠져나가려고 했지만.

좌아악—

어느새 절벽 위로 이동한 흰 고래가 물의 장막이 되어 펼쳐졌다. 그 위로 예림이가 서 있었다. 그녀의 지휘를 따라 물이 절벽의 틈새를 막고, 굳어진다. SSS급 몬스터를 포함한 절벽 사이의 몇 남지 않은 몬스터들이 모조리 갇히고 말았다.

- 캬아아!

검은 맹수가 포효하며 제 몸을 부풀렸다. 갈기와 전신의 털이 이번에는 금속빛을 띠며 단단하게 굳었다. 카드드득, 얼음벽이 몬스터와 부딪치며 산산이 부서진다. 반짝거리는 파편이 수도 없이 튀어 올라 눈을 시리게 만들었다.

잠시 발을 묶는 것에는 성공했지만, 오래가지는 못할 듯싶었다. 몬스터를 짓누를수록 얼음벽이 파괴되어 가고 그것을 내려다보던 예림이가 자신의 마력을 움직이기 시작했다. 집중이 필요한지 굳은 듯 꼼짝 않은 채 정교하게 조작된 마나를 넓게 퍼뜨린다.

공기 중의 수분이 흔들렸다. 정령들과 그 너머의 바다까지. 얼어붙은 바다가 쩍쩍 갈라지고 물이 지상을 향해 올라온다. 집채라는 말로도 부족한 파도였다.

"노아 씨, 시그마와 같이 피해요!"

노아가 고개를 끄덕이곤 시그마를 데리고 유현이와 문현아가 있는 반대편으로 이동해 갔다. 그 직후 물이 밀려들었다. 바닷물로 이루어진 높고 높은 산과도 같았다. 아무리 SS급이 되었다고 해도 저 정도 물을 끌어올 수 있다니. 놀람을 금치 못하는 내 눈에 파도 사이를 들락거리는 정령들이 들어왔다.

 저들의 힘이 더해진 것이구나.
 바다의 산이 코앞으로 다가왔다. 하늘조차 가렸다. 보이는 것은 오직 물. 끝없는 물뿐이었다. 공포 저항 S급으로도 다 누르지 못한 경외감이 전신에 저릿하게 퍼져 나갔다.

 - 크륵, 캬르륵!

 몬스터 또한 위기를 느꼈는지 더욱 날뛰기 시작했다. 얼음벽이 마구 부서져 나갔지만 엄청난 두께에 더해 물은 계속해서 보충되고 계속해서 얼려졌다. 말 그대로 끝없는 싸움이었다. SSS급 몬스터가 파괴하는 속도가 더 빠르긴 했지만, 바다가 덮쳐들기 전에 도망치는 것은 불가능했다.
 결국.
 쿠르르릉—!
 산사태와도 같은 소리와 함께 물이 쏟아졌다. 바다의 일부가 얼음절벽은 물론 그 아래 땅까지 모조리 휩쓸며 다시 자신의 터전으로 돌아간다. 거인이 손을 뻗어 한 움큼 가득 파낸 것처럼 깊은 흔적이 남고 그 안쪽으로 물이 고였다.

 - 꼼짝 못 하게 되었네~
 - 가까이 가지 마, 위험해!
 - 어디까지 끌고 내려갈까!

- 그래도 무서워! 엄청 크고 강한걸!
- 바닥까지 데리고 가자! 가장 깊은 곳까지!

얼음감옥이 바닷속으로 끌려 들어갔다.
"숨 쉴 수 있으니 걱정 마세요, 아저씨."

예림이도 따라 바다로 뛰어들었다. 저만치 아래로 발버둥 치는 몬스터의 모습이 보였다. 지상에서는 작은 산처럼 큰 놈이었지만 바다로 끌려 들어가자 그리 크게 느껴지지 않았다. 한없이 깊은 곳으로 속수무책 끌려 내려가는 모습이 가련하게까지 비쳤다.

그 주위를 정령들이 배회한다. 저 깊은 심해에서 검은빛을 띤 고래와 녹색으로 발광하는 게가 서서히 나타났다. 둘 다 SSS급 몬스터보다도 훨씬 덩치가 컸다. 그 옆으로 바다뱀이 길게 꿈틀거렸다.

"…저런 정령들은 L급쯤 되는 건가?"

"아뇨, 제일 강하다고 해도 저 몬스터보다는 약해요. 품은 힘 자체야 크지만 그걸 제대로 다루지 못하거든요. 큰 강이나 바다를 생각해 보세요. 그 자체로는 그다지 위협적이지 않잖아요."

하긴 하천이 범람하거나 해일이 밀려드는 게 위험하긴 하지만 A급 헌터만 되어도 무사할 수 있지.

"그렇지만 저를 통하면 말이 달라져요."

예림이의 곁으로 검은 고래가 다가왔다. 바다뱀이 제 머리를 발끝에 비비듯 스친다.

"원래의 델타도 저들을 받아들일 능력은 없었대요. 하지만 저는 다른가 봐요."

푸른빛 섞인 검은 머리칼이 물속에서 흔들렸다. 인어여왕의 스킬을 경험한 덕분일까. 예림이가 미소를 머금었다.

"저도 아직 강한 정령들까진 완벽히 다루지 못하지만, 앞으로 더 성장할 수 있다고 했어요. 아저씨는 제가 얼마나 더 강해질 거 같아요?"

웃는 얼굴을 올려다보았다. 회귀 전의 박예림이 다시금 떠올랐다. 유망주였지만 A급에 머물렀던 헌터. 정령들이 그녀의 곁에서 춤춘다.

"얼마든지. 네가 원하는 만큼."

"그럼 끝도 없는데!"

소리 내어 웃으면서 예림이가 허우적거리는 몬스터를 바라보았다. 그녀의 마력이 움직였다. 물이 움직인다. 지닌 스킬을 제대로 쓰지도 못하고서, 몬스터가 굳어 간다. 그림자로 흩어지려고 해도 물이 그것을 막았다. 온갖 공격 스킬을 발동해도 허무한 흔들림으로 끝났다.

게가 집게를 뻗어 위로 올라가려는 몬스터를 움켜잡았다. 스르륵 나타난 해파리가 촉수를 가닥가닥 뻗어 온다. 그리 오래지 않아 몬스터의 두 눈에서 빛이 사라졌다.

"바닷속에 들어오면 끝이에요. 그래서 원래 물속에 사는 몬스터가 아니고선 끌려 들어가지 않으려고 하지만."

포인트를 거두며 예림이가 말했다. 담담한 목소리였지만 이상하리만치 묵직하게 느껴졌다. 뭐랄까, 손끝 하나로 죄인의 목숨을 좌우하는 제왕이 떠올랐다. 실상 이곳의 예림이는 그와 다를 바 없을 것이었다.

이 바다는 그녀가 지배하는 세계였다.

그때 작은 열대어 한 마리가 예림이의 귓가로 다가와 속삭였다.

― 주변 바닷속에 퍼져 있던 몬스터들이 몰려오고 있어요.

"떡밥 효과 좋네요!"

"밖에 있는 사람들은 괜찮을까?"

"애들더러 위험하면 알려 달라고 할게요. 근데 문제없을걸요? 노아 오빠 덕에 마나 동날 일은 없다면서요. 한유현도 현아 언니도 신나게 포인트

수거를 하겠죠."

 그렇게 말하는 예림이의 양옆으로 바닷물이 날카롭게 소용돌이쳤다. 드릴처럼 빙글빙글 돌던 두 개의 물줄기가 시원하게 뻗어 나가.

- 캬르륵!

 접근해 오던 몬스터를 꿰뚫었다. 구멍이 뻥뻥 뚫리며 즉사한 몬스터 뒤쪽으로 온갖 괴물들이 와글와글 몰려든다.
 "아저씨도 총이라도 쏘세요!"
 "응, 노력은 해 보마."
 물이 또다시 휘몰아쳤다. 예림이의 양손으로 정령들이 알아서 달라붙으며 무기로 변화했다. 여기서는 정말 걱정할 거 없겠네.

2장 피스

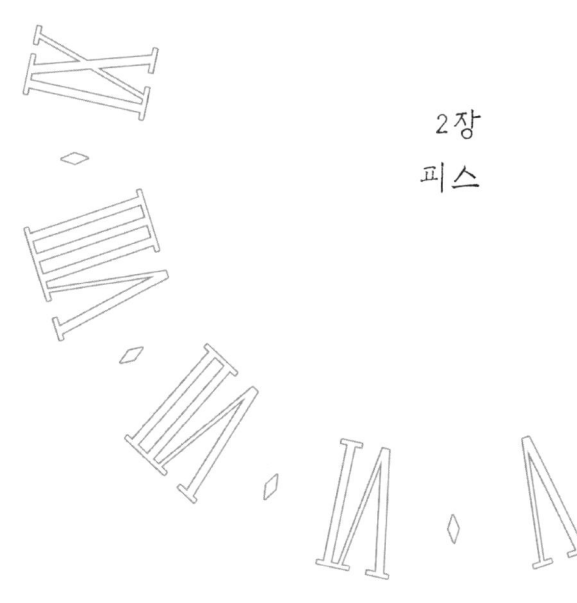

2장
피스

"막아! 그쪽으로 곧장 가면 3번 쉘터다!"

"유인 폭죽 발사됩니다! 3, 2, 1!"

방어벽 쪽에서 폭죽이 솟아올랐다. 요란한 소리와 함께 마나가 담긴 빛이 번쩍였지만 몬스터는 힐끗 쳐다만 볼 뿐 방향을 틀지 않았다. SS급 몬스터, 맹독을 지닌 푸른 뱀. 강력한 독을 가진 몬스터는 다른 어떤 몬스터 이상으로 도시에 위협적이었다. 자칫 쉘터가 있는 땅속으로 독이 스며들기라도 하면 보호벽으로도 막기 힘들었다. 쉘터가 막아 낼 수 있는 독은 최대 A급까지였다.

결국 솔렘니스의 S급 가드들이 몬스터의 정면을 막아섰다. 뱀이 초록색 눈을 크게 뜨며 혀를 길게 날름거렸다. 양측의 대치는 짧았다. 뱀의 몸이 순식간에 쏘아져 나가며 도로를 길게 부수었다. 튀어 오르는 독액에 가드들이 매에게 덮쳐진 참새 떼처럼 흩어져 몸을 피했다. 스킬이 깃든 공격이 몬스터를 향해 쏟아졌으나 치명적인 타격은 없었다. 하지만 몬스터의 성질을 건드리기에는 충분했다.

- 시이잇!

뱀의 눈이 가드들 중 자신의 비늘을 크게 벗겨 낸 남자를 향해 고정되었다. 솔렘니스 S급 가드가 이를 악물며 도시 외곽을 향해 달리기 시작했다.

"꼬리를 물었다! 보조해!"

쫓기는 가드를 보조 스킬들이 휘감았다. 타다다다, 뱀의 돌진을 늦추기 위해 사격이 이어지고 폭탄이 터져 나갔다. 건물을 부수고 도로를 으깨며 몬스터가 목표물을 향해 빠르게 기어간다.

시그마가 없는 지금으로선 SS급 몬스터를 사냥하는 건 힘들었다. 불가능할 정도는 아니었지만 인력과 자원 소모가 극심해 도시 밖으로 유인해 멀리 떨어뜨려 놓는 것이 최선의 해결책이었다.

쾅, 쿠웅, 좀처럼 잡히지 않는 사냥감에 뱀이 사납게 용틀임을 했다. 바닥을 죄 헤쳐 놓던 뱀이 몸을 잔뜩 움츠렸다가, 스프링처럼 높게 튀어 올랐다.

- 키르르.

쏘아진 화살처럼 순식간에 공중을 가로지른 뱀이 쫓기던 가드의 머리를 뛰어넘어 앞을 가로막고 섰다. 가드가 방향을 채 틀기도 전이 기다란 몸뚱이가 그의 주위를 벽처럼 휘감는다.

"젠장!"

사방은 단단한 비늘 돋친 몸뚱이요, 위로 뛰어오르면 독을 품은 뱀대가리가 기다리고 있다. 피할 방법이 없다. S급 가드가 소용없을 방어 스킬을 쓰며 마지막을 기다리는 그때.

- 키이익!

몬스터의 비명이 들려왔다. 이어 으드득, 살과 뼈를 짓씹는 소리가 울려 퍼진다. S급 가드가 고개를 치켜들었다. 그의 눈에 뱀의 머리를 단단히 물고 있는 붉은 털의 몬스터가 비쳤다.

"…뭐, 뭐야."

금색 외뿔과 금빛 띈 갈기를 지닌 맹수가 앞발로 뱀의 목을 짓누른 채 나직이 으르렁거렸다. 독액이 이리저리 튀어 올랐지만 휘감아 도는 불길에 전부 타 버려 새로 나타난 몬스터의 털끝 하나 건드리지 못했다.

얼마 지나지 않아 뱀의 꿈틀거림이 멈추었다. 침묵 속에서 붉은 몬스터가 S급 가드를 내려다보았다. 비록 불이 독에 강하다고 하나 SS급 몬스터를 순식간에 해치운 놈이다. 당연히 동급의 SS급 몬스터일 것이었다.

도망쳐야 하나. 아니, 도망칠 수 있기는 할까. 머뭇거리는 가드 앞에서 몬스터가 크릉, 작게 목을 울리더니.

"…어."

거대하던 덩치가 순식간에 조그맣게 줄어들었다. 삼각형 귀가 쫑긋거리고 풍성한 꼬리가 살랑 흔들렸다. 중형견만 한 크기로 줄어든 몬스터의 모습에 S급 가드가 눈을 끔벅였다. 무심코 귀여운 거 같다, 라는 생각이 들었다.

─ 끼앙.

아니, 확실히 귀엽다. 몬스터가 종종종 가드 앞으로 다가와 금빛 두 눈으로 그를 올려다보았다. 치켜들린 코끝이 작게 실룩거린다.

"피하십시오!"

무기를 들고 접근해 오는 다른 가드들에 남자가 급히 두 손을 머리 위로 치켜들었다.

"멈춰! 적의가 없다! 괜히 건드릴 필요 없어!"

"예? 몬스터가요?"

"그게 말이 되나?"

몬스터는 인간에게 적의를 나타낸다. 테이밍된 몬스터는 예외였지만 B급 이상은 사실상 길들이기 불가능했다. 그런데 무려 SS급 몬스터가 사람을 공격하지 않는다니.

"하지만 이것 봐, 얌전하잖아."

몬스터는 무언가를 찾듯 쿵쿵거리기만 할 뿐 덤벼들 생각은 전혀 없어 보였다. 다른 가드들 또한 긴장을 늦추지 않으면서도 신기하게 몬스터를 바라보았다.

"뭐… 덕분에 한시름 덜었네요."

"그러게. 밖으로 끌어내는 게 고작인 몬스터를 순식간에 처리해 버렸어."

"시그마 님이 계셨어도 순식간에 끝났겠지."

순간 무거운 침묵이 내려앉았다. 침울해진 분위기 속에서 가드 하나가 입을 열었다.

"이 몬스터도 금색 눈이네."

"…어, 진짜."

익숙한 빛을 띤 눈동자에 솔렘니스 가드들의 표정이 더더욱 흐려졌다. 그때 몬스터가 폴짝 죽은 뱀의 사체를 뛰어넘었다. 향하는 방향은 다름 아닌 솔렘니스 방위청이었다.

"막아야 하지 않나?"

"막을 방법도 없긴 한데……."

어쩌지, 고민하면서 가드들이 몬스터의 뒤를 쫓아갔다. 방위청 앞에는 소식을 들은 가드들이 대기하고 있었다. 조그맣고 귀여운 몬스터의 모습에 그들 또한 당황한 기색을 보였다. 그러거나 말거나 몬스터는 발걸음을 멈추지 않았다. 산책이라도 하듯 가벼운 걸음걸이로 방위청 안으로 쑤욱 들어가는 모습이 너무나도 태연해, 마치 오랜 시간 이곳에서 살아오기라도 한 듯했다.

"대체 뭘까요, 저 몬스터."

"이대로 둬도 괜찮은 건가······."

가드들은 고민하면서도 섣불리 막아서진 못한 채 몬스터의 뒤만 따라갔다. 방위청 건물 안으로까지 들어간 몬스터가 복도를 따라 걷다가 어느 한 방에 들어갔다. 주위를 두리번거리더니 이내 나와서는 마나 홀로 통하는 엘리베이터 쪽으로 향했다. 폴짝 뛰어올라 버튼을 눌렀지만 카드 키 없이는 조작이 불가능했다.

- 끄앙.

몬스터가 솔렘니스 가드를 돌아보며 재촉하듯 울었다. 홀리기라도 한 듯 가드가 엘리베이터 문을 열고 마나 홀이 있는 곳까지 내려간 몬스터가 한 바퀴 휙 돌고는 다시 위로 올라갔다. 이어 무기고에 들른 몬스터가 마지막으로 도착한 곳은 다름 아닌 시그마의 집무실이었다.

- 크흥.

아직 책상 위에 남아 있던 한유진의 물건을 앞발로 툭 건드려 보곤 작게 도리질 친 몬스터가 몸을 돌렸다. 이제는 더 이상 몬스터를 막으려 드는 가드는 없었다. 입 밖으로 꺼내지는 않았지만, 하나같이 비슷한 생각들을 하고 있었다.

풍성한 꼬리를 흔들며 몬스터가 옥상으로 향했다. 몬스터의 목적지를 눈치챈 가드들이 침울한 얼굴을 했다. 이윽고 옥상에 다다른 몬스터가 머뭇거림 없이 앞으로 걸어갔다. 몬스터가 이곳을 떠나려 한다는 것을 느낀 가드들이 서로의 눈치를 살폈다. 그러다가, 한 명이 입을 열었다.

"안녕히 가십시오!"

몬스터가 갸웃 고개를 기울이며 그를 돌아보았다. 그와 동시에 다른 가드들도 인사를 쏟아내기 시작했다.

"그동안 감사했습니다!"

"뒷일은 걱정 마십시오! 부족하나마 최선을 다하겠습니다!"

"부디 몸 건강하세요!"

펄럭, 몬스터의 등에서 작은 날개가 돋아났다. 붉은 반달 같은 깃털 날개가 파닥이고 금세 위로 솟구친다. 한 점 미련도 남기지 않고 순식간에 멀어져 가는 그 모습을 솔렘니스 가드들이 시선을 돌리지 못한 채 멍하니 바라보았다.

그저 단순히 특이한 몬스터였을지도 모른다. 아마 그럴 가능성이 더 높았다. 하지만 그들은 마음 한편이 편안해지는 것을 느꼈다.

마지막 인사를 나누었다. 그것만으로도 충분했다.

"뒤처리하러 가죠. 독도 중화시켜야 하고."

"덕분에 한동안은 잠잠하겠네."

"그래도 방심은 금물입니다. 다음번 대비를 해 둬야죠."

솔렘니스의 가드들은 가벼워진 발걸음으로 옥상을 떠나갔다.

화염뿔사자는, 엄밀히 말하면 약간 다른 종이었지만 그래도 화염뿔사자 피스는 빠르게 하늘을 가로질렀다. 피스가 떨어진 곳은 여기로부터 한참 남쪽 지방이었다. 그곳의 불속성 몬스터의 몸에 들어가 눈에 띄는 몬스터들을 모조리 사냥하면서 며칠을 헤맸다.

그러다가 드디어 한유진의 흔적을 발견했지만 그는 이미 이곳을 떠난 뒤였다. 추적 스킬로 상황을 살핀 피스는 곧장 이어지는 아빠의 흔적을 쫓아갔다. 한참을 날아가던 화염뿔사자가 내려선 곳은 다름 아닌 황폐화된 아카테스 방위청이었다.

"으아악! 몬스터다!"

마나 홀 주위 기계를 점검하던 관리자가 피스를 보고 기겁하며 외쳤다. 순식간에 달려온 가드들이 조그만 짐승의 모습에 뒷머리를 긁적였다.

"…진짜 몬스터 맞나?"

"여우 아냐? 옛날에 멸종했다던."

"주둥이가 짧잖아."

S급 이하 가드들로선 유체화해 힘을 감춘 SS급 몬스터의 정체를 알아차리기 힘들었다. 피스는 그들이 떠들거나 말거나 마나 홀 부근을 천천히 배회했다. 추적 스킬이 이곳에서 있었던 일을 희미하게나마 전해 주었다.

— 크항!

피스가 불만스럽게 크룽거렸다. 사람을 공격할 기색 없이 주위를 헤집고 다니는 피스를 가드들이 정말로 여우인가, 하고 멀거니 쳐다만 보았다.

"여우가 아니야, 저건."

"그노시 님, 벌써 일어나셔도 괜찮은 겁니까?"

A급 가드인 그노시가 멀쩡하다며 손을 내저었다.

"뭔지는 모르겠지만 내가 본 여우와는 완전히 달라."

"그노시 님은 여우를 본 적 있으시겠군요."

"어릴 때였지."

이제는 새나 땅속에 숨어 사는 소동물이 아니고서야 야생동물을 찾아보긴 힘들었다.

마나 홀을 바라보는 그노시의 옆으로 비테라가 다가갔다. 그노시가 그녀를 힐끗 돌아보았다.

"알파는 한유진 씨와 함께 떠났다고 하셨죠."

"네. 남아 주길 바랐지만 한유진 씨 곁을 떠날 생각이 전혀 없어 보이더군요."

그노시가 자신의 오른쪽 손을 매만졌다. 짧은 침묵 뒤에 그가 입을 열었다.

"정말로 세뇌 같은 건, 아닌 듯했습니까?"

"그런 거 먹힐 것처럼 보이지도 않았어요, 제가 본 알파는. 무엇보다도 한유진 씨가 알파를 정말 많이 아끼더군요. 그 두 사람을 잠깐만 지켜봐도 얼마나 서로를 소중히 여기는지 쉽게 알 수 있을 만큼이요."

그노시가 다시금 침묵했다. 이미 다른 사람들에게도 여러 번 비슷한 말을 들었었다. 그가 길게 한숨을 내쉬었다.

높은 은신 스킬을 지니고 있는 한유진은 아카테스 가드 취급에 대한 소문을 듣고 사실 확인을 위해 일 년 전, 아카테스 시에 잠입했다고 하였다. 그때 은신 스킬이 통하지 않는 알파와 만나게 되고 남모르게 친분을 쌓던 도중 알파를 빼내려 하다가 들키고 말았다. 아카테스 알파 관리자는 한유진을 이용하려고 들었고 그것을 벗어나기 위해 한유진은 자신의 사망을 꾸며 몸을 빼냈다.

그 후 알파의 폭주가 일어났고 한유진은 솔렘니스로 가 시그마의 협력을 구한 뒤 다시 아카테스로 돌아와 이번 일을 벌였다, 라는 것이 한유진의 변명 겸 설명이었다. 의심스러운 점이 없지는 않았으나 그럴듯한 이야기였다.

"…어찌 되었든 제가 참견할 수는 없는 일이겠지요."

힘이 모자라다는 이유로 오랜 세월을 참아만 왔다. 하지만 C급 가드가 알파에게 자유를 되찾아 준 지금에서는, 스스로의 나약함이 만들어 낸 핑계일 뿐이었다. 먼 길 돌아가지 않고 목숨을 걸어 보았어도 좋았을 것을.

"왜 그런 표정을 지어요. 한유진 씨도 우리 없었으면 알파를 구하기 쉽지 않았을걸요. 우리가 오랫동안 쌓아 온 게 도움이 안 되었다곤 절대 말 못 하죠. 언젠가는 우리 힘으로도 성공했을 거예요, 틀림없이."

 그저 좀 더 빨라졌을 뿐이다. 하지만 그노시의 표정은 여전히 어두웠다. 바로 그때였다.

― 크르르.

 무해하게 주위를 돌아다니던 작은 짐승이 돌연 사납게 이빨을 드러냈다. 붉은 털 위로 불길이 화악 피어오른다.
 "몬스터다!"
 "조심해!"
 그래도 저렇게 작으니까 등급은 낮지 않을까, 생각하기 무섭게 화염뿔 사자가 땅을 박찼다. 눈으로 따라잡을 수 없을 만큼 빠른 속도로 덮쳐든 상대는 다름 아닌 그노시였다.
 "그노시!"
 "윽, 피해!"
 최소 S급 혹은 그 이상 등급의 몬스터다. 작은 몸뚱이에서 나오는 무시무시한 힘에 밀쳐져 바닥에 쓰러진 그노시의 가슴을 피스의 앞발이 내리눌렀다. 불길에 옷이 타고 피부까지 붉게 물들어 갔다.

― 캬앙!

 피스는 자신이 억누른 인간을 차갑게 내려다보며 한쪽 앞발을 들어 올렸다. 이 인간이 한유진을 해친 것은 어렴풋이 감지해 냈지만 한유진은 물론 한유현도 이자를 죽이지는 않았다. 그러니 이유가 있을 거라고 짐작한 피스가 앞발을 가볍게 휘둘렀다.

찰싹, 소리와 함께 그노시의 뺨에 길게 긁힌 자국이 남았다. 그노시의 눈이 크게 떠졌다. 붉은 불꽃이 피를 데우고 속을 파고드는 듯했다.

피스는 다시 한번 질책하듯 캬릉거린 뒤 날개를 펼쳤다. 불길에 휩싸인 채 훌쩍 날아가 버리는 작은 몬스터를 그노시가 멍하게 올려다보았다. 그의 머리 위로 포션이 촤악 부어졌다.

"괜찮아요?"

그노시는 손을 들어 뺨의 상처를 매만졌다. 그런 그를 비테라가 일으켜 세우며 몸의 화상에도 포션을 뿌려 주었다.

"방금 그 몬스터 SS급쯤 되는 거 같던데, 어째선지 그냥 갔네요. 다행이긴 하지만."

"…예."

사람들의 술렁임 속에서 둘은 이미 작은 점이 된 몬스터를 바라보았다.

"언젠가는 돌아올까요."

"네? 아, 알파요? 으음, 그래도 고향이니까요. 좋은 기억은 별로 없겠지만, 한 번쯤은 와 줄지도요. 스킬에 회복억제 효과도 있나, 화상 흉터 남겠어요. 힐러한테 가 보죠."

"아뇨, 괜찮습니다."

화상 흔적이라, 나쁘지 않았다. 비록 다른 불길이었지만 그래도.

"그때까지 재건하려면 바쁘게 움직여야겠습니다. 우리는 우리가 할 수 있는 일을 해야지요."

"바로 그 말이라니까요!"

다행히 마나 홀도 잠잠해지지 않았느냐며 비테라가 웃었다.

피스는 쉬지 않고 날갯짓했다. 질주 스킬이 더해져 불꽃을 흩날리며 빠르게 하늘을 가르는 동안, 이상하게도 덤벼드는 몬스터가 없었다. 도시 밖에 흩어져 있어야 할 몬스터가 거의 사라졌다. 덕분에 멈춤 없이 날아가 해가 저물기도 전에 란체아에 도착했다.

"저거 봐라!"

밤의 대비를 하고 있던 란체아의 가드가 피스를 가리키며 외쳤다.

"솔렘니스에 나타났다던 그 몬스터 아냐?"

"맞는 거 같은데."

조금 전 도시 간 통신으로 소식을 전해 들은 란체아의 가드들이 두 팔을 머리 위로 흔들었다.

"이리 와 봐, 꼬마야!"

"너, SS급 몬스터 잡았다며? 잘해 줄게, 언니에게 오지 않으련!"

"우린 몬스터도 차별 안 한다. 구직 중이면 얼마든지 환영이야!"

란체아 가드들의 꼬드김 속에 피스는 공중을 천천히 한 바퀴 돌았다. 이곳에서도 한유진의 흔적만 약간 느껴질 뿐이었다. 피스는 먼 북쪽을 바라보았다. 추운 곳도 물이 많은 곳도 내키진 않았지만 가야만 했다.

날개를 퍼득이며 북으로 향하는 작은 몬스터의 모습에 란체아 가드들이 아쉬움을 금치 못했다.

"쟤도 북쪽으로 가네."

"람다 님은 잘 계실까."

"혹시 만나거든 안부 좀 전해 주라!"

"람다 님, 쟤가 내려오질 않아서 발목을 못 잡았습니다!"

인사하듯 흔드는 손들을 뒤로한 채 피스는 다시 날아갔다. 공기가 점점 차가워지고 흩날리는 눈송이가 털을 스쳤다. 얼마나 더 날아갔을까, 드디어 북쪽의 도시가 금빛 눈에 들어왔다.

- 꺄앙!

이번에야말로 늦지 않았을 것이다. 피스는 더욱 힘차게 날갯짓하며 드로시아 시 상공으로 들어섰다.

정리가 끝났을 때, 내 소지 포인트는 천만에 가까워져 있었다. 예림이 곁에서 주워 먹은 게 3분의 1 정도 되고, 나머지는 시그마 덕분이었다. 시그마가 잡은 몬스터들 중 폭탄에 생채기라도 입었다면 포인트를 고스란히 내가 차지할 수 있었기 때문이었다.

"저야 당연히 1억 넘겼죠!"

예림이가 뿌듯해하며 말했다. 포인트 두 배 적용 받아서 SS급 몬스터 한 마리당 백만 포인트 넘게 받았으니 1억 찍는 것도 어렵진 않았을 것이다. S급 몬스터의 포인트는 십만 안팎이었지만 그것도 백 마리면 천만이고, 수백 마리쯤 줄줄이 나타났으니까.

바닷속에 몬스터가 그렇게 많은 줄은 몰랐다. 우리 동네도 살짝 걱정되네.

물 밖도 별다른 문제는 없었던 모양이었다. 무엇보다도 마나 보충은 물론 보조에 치유에 순간이동 스킬까지 활용 가능한 노아가 뒤에 버티고 있었던 것이 컸다. 내가 바다 깊이 들어가는 바람에 선생님 스킬이 범위를 벗어나 풀리긴 했지만 SS급 이하 몬스터들만 남았기에 단독 전투로도 충분했다. 협력 가능했으면 더 수월했겠지만.

"그래서 어떻게 된 거예요?"

예림이의 물음에 반사적으로 시그마를 바라보았다. 시그마가 듣는 앞에선 다 털어놓긴 어렵다는 생각을 하기가 무섭게 문현이가 나섰다.

"나는 우리 달이랑 주위를 살펴볼게. 그 떡밥 범위 넓다며. 아직 도착 못 한 몬스터들이 있을지도 몰라."

누나 따라올 거지, 달아. 하며 문현아가 팔로 시그마의 목을 휘감았다. 피할 수도 있었을 텐데 질질 끌려가는 게 싫진 않은 건가. 하긴 쟤가 저런 취급 언제 또 받아 봤겠어. 나름 재미있다고 생각하고 있을지도.

"예림아, 나는 진짜 내 몸으로 여기 들어왔어."

"…네?"

예림이가 깜짝 놀라며 나를 살펴보았다.

"분명 등급은 더 높은 거 같은데요? 진짜 원래 아저씨 몸이라고요?"

"응, 은혜는 여기 못 가지고 오는 대신 등급이─"

"아저씨!"

화난 듯 버럭 소리치는 것에 무심코 움츠러들고 말았다.

"지금 내 공포 저항 S급이야, 예림아."

"그럼 은혜도 없이 진짜 몸으로, 어, 이 위험한 곳에 괜찮다면서!"

"대신 목숨도 다섯 개야. 그리고 따로 떨어져 있는 것보다 전쟁터라도 너희들 옆에 붙어 있는 게 훨씬 안전하지."

내 말에 예림이가 눈썹을 찌푸리면서도 고개를 끄덕였다.

"그야 당연히 그렇지만요. 그래도 한유현이 있어서 다행이네요. 아저씨를 위험하게 만들었을 리 없으니까."

"어, 응. 그랬지."

아카테스 시에서의 일은 역시 말 안 하는 게 낫겠다. 유현이 녀석 안 그래도 힘들었는데 그때 일 또다시 꺼내기도 뭣하고, 예림이가 괜히 걱정할 수도 있고. …목숨 세 개 남은 건 어떻게 설명하지. 그냥 다섯 개가 아니라 세 개라고 말할 걸 그랬나.

"시그마는 이 세계 사람인데, 진짜 몸으로 들어온 내가 시그마를 진짜라고 인정했더니 시스템적으로 오류 같은 게 생긴 모양이더라."

자세히는 잘 모르겠다며 아는 대로 설명을 해 주었다. 성현제가 시스템 쪽에 가 있다는 말도 함께.

"설치해야 하는 원반은 두 개 남았고, 아저씨 목숨은 다섯 개 남았다 이거죠?"

"그—"

"세 개야."

유현이가 불쑥 끼어들었다.

"세 개라니, 무슨 소리야?"

"유현아."

"박예림은 들을 자격이 있어."

그렇게 말하고 유현이가 예림이를 향해 시선을 돌렸다.

"나를 구하려다가 한 번, 형이 죽었다."

"아저씨가?"

"아니, 솔직히 내가 방심해서 그런 거고 유현이는—"

"아저씨는 우리 일이면 뭐든 자기 탓이잖아요."

"이번에는 진짜야!"

호소해 보았지만 예림이는 나를 믿어 주지 않았다. 다른 건 몰라도 이 부분만큼은 못 믿겠다며 유현이에게 설명을 재촉했다. 유현이가 아카테스에서의 일을 간략하게 예림이에게 말해 주었다.

알파의 기억 탓에 폭주해 감금되었고, 그런 자신을 내가 구하러 와 주었다고. 그리고 자신을 구한 내가 총에 맞고 말았다고.

"나는 형을 지켜 주지 못했어."

유현이는 담담했고, 되레 내가 예림이의 눈치를 살폈다. 유현이를 탓하는 건 아니겠지. 하지만 둘 다 나를 보호하는 일에 약간 경쟁적으로 구니까… 쓴소리 한두 마디는 나올 듯했다. 유현이를 빤히 쳐다보던 예림이가 포옥 한숨을 내쉬었다.

"아, 진짜."

기분 상한 티가 확 나는 목소리였다.

"저기, 예림아."

"이번에는 진짜네요."

"…응?"

"진짜 아저씨가 잘못한 거 맞다고요."

"그, 그렇… 지?"

"형은 잘못한 거 없어."

"없긴 뭐가 없어! 왜 거길 혼자 가세요? 바로 옆 도시가 현아 언니네 아니었어요? 노아 오빠도 연락 받으면 도와줬을 거 아니에요! 그쵸?"

"물론이죠."

노아가 고개를 끄덕였다. 예림이가 나도 그렇고요! 하며 자기 자신을 가리켰다. 응, 그 부분에 대해서는 정말 할 말이 없다.

"…미안."

"제가 아니라 한유현한테 미안하다고 해야지요."

"미안해, 유현아."

"아니야, 형. 형은 이미 나한테 사과했었어, 박예림."

"야, 한유현."

예림이가 더없이 진지한 얼굴로 말을 이었다.

"힘들었겠다."

"……."

"엄청 아팠을 거고."

"…아팠, 지."

"나도 그런 기분 좀 아는데, 숨이 콱 막히더라."

잠깐 머뭇거리던 유현이가 입을 열었다.

"나도……."

"아저씨, 귀 막아 줄까?"

"…숨이 안 쉬어졌어. 죽을 거 같았어."

"어디가 아픈지도 모르겠는데 다 아프고, 머릿속도 멍하고. 그렇잖아."

유현이가 고개를 끄덕이고 예림이가 미소 지었다.

"고생했다, 한유현. 안아 줄게."

와, 우리 예림이가 유현이한테…….

"뭐 해요, 아저씨. 동생 안 안아 주고."

"어? 내가?"

"당연하죠. 내가 안으면 그게 위로예요? 벌칙게임이지. 그것도 우리 둘 다한테."

그 정도냐. 유현이는 물론이고 노아까지 동의한다는 표정이었다. 방금 분위기 좋았잖아. 딱 둘이 포옹할 타이밍이었는데.

"그래, 유현아. 이리 와."

그렇다고 못 안아 줄 거야 당연히 없긴 하지만. 동생을 안아서 토닥여 준 뒤 예림이에게도 손짓했다.

"예림이 너도 이리 와."

예림이가 기다렸다는 듯이 성큼 다가왔다. 진짜는 아니라지만 정말 많이 컸네. 몇 년 후면 실제로도 이만큼 자라겠지.

"우리 예림이도 고생 많았어."

"전 잘 지냈는데요."

도시 구경시켜 주겠다면서 웃는다. 이번에는 약간 떨어져 서 있는 노아를 돌아보았다. 눈이 마주치자 슬쩍 시선을 피한다.

"노아 씨."

"네."

"빨리 와요."

혼자 빠지면 쓰나. 우리 노아 씨도 고생 많았지. 수고도 많이 했고. 때마침 문현아와 시그마가 돌아왔다. 전투가 있었던지 새롭게 튄 몬스터의 피가 옷자락에 묻은 것이 보였다.

"현아 씨도 안아 줄까요?"

"응? 프리허그 같은 거 하냐? 자, 한 소장님!"

문현아가 두 팔을 활짝 벌렸다. 새삼 정말 키가 크시군요.

"현아 씨도 수고 많으셨어요."

"앞으로도 수고 많이 해야지. 나야 할 수 있는 게 많은 편이 좋은걸."

수고랄 것도 없다면서 그녀가 미소 지었다. 이어 시그마를 바라보았다. 나와 문현아가 동시에 웃으며 팔을 뻗었다.

"우리 달님."

"달아, 이리 온."

"…왜 갑자기 이러는 건지 모르겠다만."

"시그마 씨도 고생 많이 했잖아요."

"어떤 능구렁이보다 귀여우니까! 비교 대상이 성현제 놈이라 정말 귀엽지 않냐, 쟤."

확실히 성현제랑 비교하다 보니까 유독 어리게 느껴졌다. 납득하지 못한 표정의 시그마를 끌어안아 주었다.

"참, 아저씨 원래 몸으로 들어온 거면, 그럼 지금 스물다섯 살이겠네요?"

예림이가 기대 어린 표정으로 유현이를 돌아보았다.

"한유현, 몇 살?"

"그러는 박예림 너는."

"나? 나는 아저씨보다 무려 한 살 더 많아!"

스물여섯 살이구나. 어떠냐는 표정으로 예림이가 입꼬리를 올렸다.

"아저씨보다 누나. 즉, 한유현 너보다 누나다!"

"나도 스물여섯 살이다."

"뭐? 아, 왜 하필 동갑이야! 그래도 내가 너보다 생일 빠르잖아. 난 4월 11일, 넌 12월 25일, 반년 넘게 차이 나니 내가 누나지!"

누나라고 불러라 한유현, 하고 외치는 예림이를 유현이가 깨끗이 무시했다. 그러자 이번에는 나를 향해 화살이 겨누어졌다.

"아저씨, 지금은 제가 누나예요."

"예림아, 난 유현이 형이야. 그러니 따지고 보면 내 동생보다 다섯 살 많은 서른한-"

"그런 게 어딨어요, 스물다섯 살이지. 지금은 아저씨가 한유현 동생이에요."

"맞아, 한 소장님 계산 이상하게 하네. 몸뚱이 그대로니까 당연히 스물다섯 살 아니냐."

"현아 씨 저번에는 제 편 들어 줘 놓고는!"

"그땐 그게 재밌으니까 입 다문 거지 편든 적은 없다?"

한 소장이 막내네! 하고 웃는 문현아 너머로 시그마가 나를 지긋이 바라보았다.

"속인 거였구나, C급."

"아니, 그게. 그보다 노아 씨도 있는데 왜 제가 막냅니까!"

노아 씨도 어려 보이잖아. 원래 몸처럼 십 대까진 아니어도 나랑 별 차이 없을 거 같은데. 갑자기 몰려드는 시선에 노아가 눈을 동그랗게 떴다가 말했다.

"저는, 뮤는 서른다섯 살이에요, 유진 씨."

…세상에나. 성현제 뺨치는 동안이었다.

시그마가 도시에 들어서면 또 아카테스와 같은 일이 벌어지지 않을까 걱정되었지만 예림이가 괜찮다며 장담했다. 무엇보다 드로시아의 마나 홀은 바닷속에 있었다. 어차피 몬스터가 나온다면 바닷속에서 나오는 게 상대하기 편하다는 예림이의 말에 우리는 드로시아 시로 향했다.
"도시 안은 따뜻해요. 정령들이 온도를 유지하게 도와주거든요."
그 말대로 방어벽을 넘어서자 공기가 확 달라졌다. 온도도 습도도 딱 생활하기 편한 정도였다. 정령이 많이 보이면 이런 것도 할 수가 있구나.

- 린이도 더 크면 할 수 있어요!

유현이의 소맷자락 아래로 몸을 반쯤 숨긴 채 이린이 말했다.
"불의 정령이니까 온도는 올리는 것만 가능한 거 아냐?"

- 형, 린이가 크면 열기 자체를 조절 가능하다고요. 주위의 열기를 빼앗으면 춥게도 만들 수 있죠!

그게 그렇게 되나. 하긴 이곳의 물과 얼음의 정령들도 밖에서 전해져 오는 냉기를 흡수해서 내부 온도를 올리는 거라고 하니까.

- 진짜 불의 정령이다!
- 꺼내 봐, 꺼내 봐.
- 아까 커다랗게 변하는 것도 봤어!
- 나도 보고 싶은데!

물과 얼음의 정령들이 주위를 맴돌며 떠들어 대자 린이가 유현이의 옷 속으로 숨어들어 가 버렸다. 예림이가 모여 든 정령들을 향해 손을 휘저었다.
"괴롭히지 말고 저리 가."

- 안 괴롭혀요!

- 신기해서 그래요.

- 우리도 계약하고 싶어!

이번에는 불의 정령이 부럽다면서 떠들썩했다. 예림이가 정령과 계약해서 밖으로 데리고 갈 수 있다면 좋겠는데, 그게 가능할지 모르겠다.

모자에 목도리, 장갑, 카디건까지 모두 벗어 인벤토리에 넣었다. 다른 사람들도 외투를 벗었다. 유현이야 더위를 느끼지 않겠지만 봄날 차림의 사람들 속에 겨울옷 입긴 뭣하니까.

드로시아 시의 풍경은 마치 남쪽 휴양지 같았다. 밖에는 한파가 몰아치는 얼어붙은 땅이 펼쳐져 있건만 도시는 알록달록 화사했다. 큰 강이 가로지르는 양쪽으로 선명한 푸른 지붕의 예쁜 집들이 줄을 짓고 꽃들이 만개했다.

"여긴 몬스터들이 적게 나타나거든요."

바다 쪽에서 더 많이 나타나다 보니 다른 도시에 비해 조경에 신경을 쓰는 편이라고 하였다. 밤마다 피해를 입어서야 집과 주변을 정성 들여 꾸밀 마음이 들지도 않을 터였다.

차를 타고 대로를 따라 달려가길 얼마쯤, 드디어 드로시아 방위청이 나타났다.

"…호수네."

"폭포 멋지구만."

저걸 폭포라고 할 수 있을까. 커다란 호수 가운데 물이 쏟아지고 있었다. 그러니까 공중에서. 정령들이 허공에서부터 쏟아져 내리는 폭포에서 미끄럼을 타고, 그 뒤쪽으로 방위청 건물이 자리 잡고 있었다. 다른 곳과 달리 창문도 많고 여기저기 훤히 트인 자연 친화적인 모습이었다.

- 다리!

- 다리!

정령들이 소리치더니 호수를 가로질러 방위청 입구까지 얼음으로 된 다리가 생겨났다. 저쪽에 평범한 다리도 있는데. 얼음다리를 건너가자 드로시아 가드들과 먼저 와 있었던 메드상, 란체아 가드들이 우리를 맞이해 주었다.

잘 먹고 푹 쉬고, 그리고 다음 날 아침에.
"피스야!"

- 끼양!

하늘 저편에서 피스가 날아왔다. 아이고 내 새끼, 어떻게 찾나 했더니 이렇게 알아서 와 주고. 기특하기도 하지! 날개와 꼬리를 힘차게 파득거리며 피스가 내 품에 폭 안겨들었다.
"우리 피스, 날개도 생겼네! 날개 있는 몬스터에게 들어간 거야? 다친 곳은 없고?"

- 끄아웅! 꺄앙!

"그래, 그래. 고생했어. 아빠가 못 찾아가서 미안해."
이걸로 일행을 모두 찾았다, 라고 하기엔 한 명이 아직 남아 있었다. 소식을 모르는 건 아니지만 실제로 만나지는 못했다. 여태껏 한 번도.
'세성 길드장은 계속 시스템 쪽에 있어야 하는 건가.'
게다가 어젯밤 이후부터는 퀘스트도 오질 않았다. 괜찮은 거겠지. 피스를 쓰다듬어 주며 일행들을 돌아보았다.

"원반을 마저 설치하러 가죠."

남은 건 두 개, 이걸 마저 설치하면 신입으로부터든 성현제로부터든 좀 더 자세한 이야기를 들을 수 있게 되지 않을까. 그때 예림이가 고민스러운 얼굴로 손을 들었다.

"아저씨, 저는 따라가기가 좀 힘들 거 같아요."

"왜 그래, 예림아? 무슨 일 있는 거야?"

온몸으로 내게 매달리는 피스를 어르며 물었다. 유현이와 문현아도 의외라는 듯 예림이를 돌아보았다.

"전 바다 근처에 있는 게 훨씬 유리하잖아요. 그러니 그냥 여기서 기다리는 편이 낫지 않을까요. SSS급 몬스터가 나타나면 또 드로시아로 끌고 오면 될 거고요."

"그건 그렇지만, 예림아. 원반을 다 설치한 후 무슨 일이 생겨날지 모르잖아. 널 혼자 떼어 놓기엔 너무 불안해. 그리고 노아 씨가 순간이동이 가능하니 여차하면 빠르게 드로시아로 돌아올 수도 있어."

몬스터를 끌어오느라 느리게 이동한 거지 순간이동까지 썼으면 란체아에서 이틀 내로 드로시아에 도착했을 것이다. 여기서 메드상까지는 더 가까워 하루면 충분하다 하였다.

"혹시 약해지는 게 불안한 거라면—"

"아뇨, 그런 건 아니고요."

예림이가 미간을 살짝 좁히며 말했다.

"정령들 때문도 있고요."

"정령들?"

"네. 아, 그게. 안 따라오지 않을 거라서요."

지금도 주위를 맴돌고 있는 정령들을 푸른빛 도는 눈이 힐끗 쳐다보았다.

"정령들이 우르르 떠나면 드로시아도 위험해지지만 쟤들도 무사하진 못할 거예요. 물가를 떠나면 저는 약해지는 게 아니라 그냥 유리한 점이 사라질 뿐이잖아요. 하지만 쟤들은 진짜 약해지거든요. 그런데도 제가 몬스터와 싸우기라도 하면 끼어들겠죠, 분명."

계약자라도 있으면 모를까, 그렇지 않은 정령에게는 제약이 있다고 하였다. 계약자를 따라가는 게 아니고서야 물에서 벗어날 일이 없으니 원래라면 신경 쓸 필요 없는 제약이었지만 지금은 달랐다.

"쟤들이 제 말을 잘 따라 주긴 하는데 무조건 다 듣는 건 아니거든요. 오지 말라고 해도 꽤 많이 따라와 버릴 거예요, 분명."

예림이가 내 곁으로 바싹 다가와 목소리를 낮추었다.

"진짜가 아니라는 거, 저도 알지만요. 하지만 쟤들은 절 진짜 많이 좋아하거든요. 다들 저를 제일 좋아해 줘요. 만약 아저씨가 위험하다거나 한유현이 아직 잡혀 있다거나 했으면 저도 가만있을 순 없지만요, 지금은 제가 여기 남아도 괜찮지 않을까요."

주위를 둘러보았다. 정령들이 우리를 향해 호기심 어린 시선을 보내고 있었다. 갖가지 모양새라 표정을 쉬이 알아보기 힘들었지만, 그럼에도 다들 호의적이라는 것만큼은 분명했다.

예림이를 혼자 두고 가고 싶진 않았다. 만에 하나 원반을 설치한 직후 입구 같은 게 나타난다면, 시간제한 같은 거라도 있다면. 그럼 예림이를 밖으로 데리고 갈 수 없다는 최악의 사태가 벌어질 수도 있었다. 물론 두고 갈 생각 따윈 전혀 없지만, 다 같이 남는 것도 피해야 할 일인 건 마찬가지였다.

그러니 어떻게든 설득해 함께 가는 것이 맞지만.

'…제일 좋아해 주는 이들.'

그것이 마음에 걸렸다. 예전부터 신경이 쓰였었다. 예림이는 아직 어리고 자신을 우선적으로 챙겨 주는 부모가 필요한 나이인데. 세상에 좋은 부모만 있는 것은 아니지만, 그래도 보통은 아이가 가정에서 첫 번째가 되기 마련이니까.

하지만 나는 동생을 첫 번째로 둘 수밖에 없었다. 그리고 그걸 예림이도 알고 있을 터였다. 모르진 않겠지, 아무런 불만을 표하진 않았지만. 오히려 어제처럼 유현이를 달래 주기까지 하는 마음 넓은 아이였지만. 그렇지만 정말로 괜찮은 걸까.

예림이가 일부러 밝은 척한다고는 생각지 않았다. 해연은 물론이고 문현아와 강소영을 통해 다른 길드 헌터들과도 곧잘 어울리는 데다가 학교 친구들과도 여전히 연락은 하고 있었다. 기말고사 치러 갔을 때도 인기 엄청 많았다고 자랑했었고.

지금은 가정교습 위주에 특별활동이나 시험 등이 있을 때만 학교에 가고 있었다. 하지만 2학기부터는 통학 일수를 조금씩 늘리고 별문제 없다면 평범하게 일반 학교를 다녀도 되겠다, 라는 말도 나올 정도였다. 학교 측과 학부모들도 교우관계가 좋다면 얼마든지 환영이라는 입장이고. S급 헌터 데려다가 학생들 안전 지키겠다는 속셈이긴 하겠지만.

이러니저러니 해도 솔직히 사교성은 유현이보다 배는, 음… 한 다섯 배는 더 좋은 거 같긴 하지. 다른 사람들과 비교해 봐도 말이다.

정말이지 흠잡을 부분이 거의 없다시피 했다. 오히려 다 잘났지. 기말고사 성적은 좀 안 좋긴 했지만 막 각성해서 바빴으니까 그럴 만했고. 중간고사는 잘 나왔다. 공부할 시간 없었던 것치고는 성적 좋았지. 그거 감안해서 추가 점수 줘야 하는 거 아니냐. 나라 지킨다고 공부 못 한 건데.

아무튼 예림이는 누가 봐도 무척이나 잘 지내고 있었다. 그림자가 전혀 없어 보여서 오히려 그게 신경이 쓰일 정도로.

"…많이 곤란하세요?"

"어? 응? 아니, 아니야."

"안 되면 어쩔 수 없죠."

흔쾌히 말하는 예림이의 태도에 얼른 고개를 저었다. 어쩔 수 없기는 뭐가.

"우선은… 잘 설명을 해 보자. 예림이 너는 여기 계속 있을 수가 없다고."

"그런 거 말해도 돼요?"

"안 된다는 말은 없었으니까. 너무 자세히는 말고 다른 세상 사람이라고 하면 되지 않을까. 그리고 정령과 계약해 함께 갈 수 있는 방법을 찾겠다고도."

내 말에 예림이가 눈을 크게 떴다.

"데리고 갈 수 있을까요?"

"장담은 못 해. 하지만 처음부터 포기할 필요는 없잖아."

정령과 계약할 수 있다면 여러모로 도움이 될 것이다. 하지만 그 이전에, 예림이에게 예림이를 제일 소중하게 여겨 주는 존재가 있었으면 싶었다. 모든 사람이 자신을 첫 번째로 여겨 주는 상대를 얻을 수 있는 건 아니다. 없어도 잘 사는 사람들도 많고.

그래도 있다면, 분명 더 좋겠지. 확실한 자기편이란 거, 많으면 많을수록 좋잖아.

"그럼 다들 모이라고 할게요!"

예림이가 홀가분해진 표정으로 활짝 웃었다.

– 끼아옹.

"그래, 그래. 괜찮아. 잘 안고 있으니까 걱정 안 해도 돼."

내 품에 안긴 피스가 코끝을 어깨에 문대며 어리광을 피웠다. 사방에 물이 가득인 데다가 심지어 물 위에 쳐진 좁은 다리를 건너가기까지 하니 불안해진 모양이었다.

"피스 날개 있잖아, 형."

유현이가 엄살 피우는 거라고 말했다.

"날개 가진 지 얼마 안 됐잖아. 아직은 적응이 안 되었겠지."
"잘 날던데."

- 끼앙, 끄으응.

"여기까지 날아오느라 피곤하기도 했을 거야."

- 꺙!

"날개가 사라진 거 보니 스킬인 거 같은데 그럼 더 지쳤겠지. 마나 보충하기 힘든 세상이잖아."
그런데 이 먼 곳까지 열심히 날아오고. 정말 고생 많았다. 몬스터는 마나 홀로부터 보충받을 수도 없을 텐데, 어떻게 마나를 채우는 거지. …다른 몬스터를 잡아먹어서?
"여기예요!"
예림이가 드로시아 방위청의 지하, 호수 물이 가득 찬 중앙으로 날아가며 말했다. 목소리가 웅웅, 동굴 벽을 타고 울렸다.
"다 왔어?"

- 거의 다요!
- 저도 왔어요!

잔뜩 모여든 정령들이 입을 모아 대답했다. 하얀 고래도 손바닥 위에 올라갈 수 있을 만큼 작게 변해 예림이 옆에서 헤엄치고 있었다. 물속에서 머리만 내민 바다뱀도 보였다. 다리를 건너 중앙의 작은 바위섬에 내려서자 예림이가 내 곁으로 내려왔다.

"모여 줘서 고마워. 그리고, 음, 날 좋아해 주는 것도 고마워."
예림이가 나를 한번 돌아보고는 말을 이었다.
"하지만 나는 너희들과 계약할 수 없어."

- 왜요?
- 어째서요?
- 많이 도와줄 수 있는데!

"얘들아, 난 이 세계 사람이 아니야."
정령들이 잘 모르겠다는 듯 갸웃거리고 빙글빙글 돌고 눈 같은 것을 깜박였다.
"델타의 몸에 잠깐 들어왔을 뿐이지 진짜 델타가 아니야. 나는 박예림이고, 다른 세상의 각성자야."
짧은 침묵이 흐르고 프릴 같은 긴 지느러미를 가진 상어가 말했다.

- 델타와 다르다는 건 느끼고 있었어요.
- 다른 세상 사람이라도 좋은데요.
- 나도.

나비들과 작은 새들이 종알거렸다. 그래도 계약할 수 있을 거 같은데, 다른 세계 사람이라도 괜찮지 않냐며 여기저기서 말들이 나온다.
"나도 너희들과 계약하고 싶어. 싫은 건 절대 아니야. 근데 내가 사는 곳으로 데리고 갈 수 없을지도 모르거든. 계약까지 하고서 두고 가는 건 싫어. 너희들이 괜찮다고 해도, 내가 싫은걸."
그런 짓은 절대 하고 싶지 않다는 예림이의 말에 정령들이 서로 수군대기 시작했다. 그러다가 바다뱀이 천천히 입을 열었다.

- 가장 오래된 정령이라면 세계를 건너는 방법을 알고 있을지도 모릅니다.

"꿈에 나왔던 그 반짝거리는 정령 말이야?"

- 예. 먼바다 심해에 잠들어 있지만 하루면 여기까지 올 수 있을 겁니다.
- 맞아요! 아는 거 많거든요.
- 같이 갈 수 있으면 좋겠어요.

"아저씨, 하루면 된다는데요."
예림이가 나를 돌아보며 말했다. 가장 오래된 정령이라니, 예림이 때문이 아니더라도 만나 보는 게 좋을 듯했다.
"꿈에 나타난 적이 있었어?"
"네. 여기 들어오고 얼마 안 지나서요. 동그랗고 반짝거리고 있었는데 만나게 되어서 반갑고 정령들을 잘 부탁한다더라고요. 되게 나이 든 것 같은 목소리긴 했어요."
"그럼 기다려 보자."
정령들에게는 만약 방법이 없다면 예림이는 떠나야 하니 따라오지 말아 달라고 잘 설명했다. 정령들은 아쉬워했지만 이별을 받아들였다.

- 나중에라도 예림이 세상으로 갈 수 있으면 가도 되죠?

"물론이지! 언제든지 와."
밝게 말하고 돌아선 예림이가 안타까움이 섞인 시선을 내게 몰래 보내왔다. 저들에게 나중이 있을지는 알 수 없다.
"방법을 찾을 수 있으면 좋겠다."

예림이가 또 이별하지 않아도 되도록.

내일 오래된 정령을 만난 뒤 드로시아를 떠나기로 하였기에 예림이는 바쁘게 움직였다. 드로시아 가드들에게는 문제만 해결되면 바로 돌아올 거라고 거짓말을 해야만 했다. 오래 걸리진 않을 것이라고.

- 캬웅.

내 품에서 뛰어내린 피스가 몸을 키웠다. 아성체 정도로 커져서는 날개를 활짝 펼쳐 보인다.

- 크흥, 캬르르.

"멋지네, 우리 피스!"
피스가 내게 등을 들이밀더니 난간에 기대 서 있는 노아를 쳐다보며 크릉거렸다. 그것을 본 유현이가 말했다.
"피스가 이젠 자기도 날 수 있으니 저 용은 탈 필요 없다고 하는데."
"…그걸 어떻게 아냐."
"틀림없어."

- 저도 그렇게 들었어요, 형!

…진짜가? 피스의 몸짓을 보면 그럴듯한 소리긴 했다. 노아는 별다른 말을 하지 않았지만 표정이 눈에 띄게 어두워졌다. 안 그래도 뮤의 위치 때문에 심란해하던 사람인데, 이 녀석들이.
"신경 쓰지 마세요, 노아 씨. 피스가 밖에 가서도 날 수 있을지는 아직 모르는 일인걸요. 게다가 노아 씨는 은신에 보조 스킬도 가지고 계시니까 전혀 다르죠."

"저도 그렇게까지 자신 없는 건 아니에요. 다만……."

노아가 고개를 돌려 호수를 헤엄치는 정령들을 바라보았다.

"저는 대체가 불가능하진 않잖아요. 유진 씨도 그렇지만 강소영 씨에게도 누님이 있고요. 게다가 이번에는, 박예림 헌터가 부러워져서……. 죄송해요, 계속 한심한 소리만 해서."

"한심한 소리라뇨, 세상에 남 부러워해 본 적 없는 사람이 몇이나 있겠어요. 그리고 노아 씨는 노아 씨뿐입니다."

"그렇게 말해 주시는 건 고마워요."

그가 옅게 미소 지었다가, 이내 눈앞에서 사라졌다. 여기서 처음 만났을 때는 자신만만해했었는데……. 보조계 각성자들의 힘이 이렇게나 강하다면서. 우리와 다시 만나면서 원래 세상이, 현실감이 짙게 다가와서일까.

결국은 돌아가야 하고 이곳과 바깥은 많이 다르다. 그 사실이 벌써부터 노아의 어깨를 짓누르는 것일지도.

"노아 씨도 절대 약하진 않은데."

"아니, 약해."

"야, 너보다야 당연히 약하고."

"힘이 아니라 금방 포기해 버리는 게 문제야. 만약 형이 노아 헌터의 능력을 가지고 있었다면 절대 약하단 소리 안 들었을걸. 여러 S급들에게 위협적으로 다가왔겠지."

"뭘 그렇게까지야."

물론 내가 노아였더라면 상당히 다른 행보를 보였을 것이다. 하지만 그건 나와 노아가 살아온 환경이 다른 탓이 더 컸다. 회귀하지 않은 나는 다르고, 리에트를 누나로 두지 않은 노아도 분명 다를 것이다. 내가 부모님의 보호를 성인이 될 때까지 받았더라도 또 달라졌겠지. 노아가 무난하게 단란한 가정에서 자랐다면 또 달라졌을 거고.

"노아 씨의 태도는 노아 씨의 잘못이 아니야. 좀 더 자신감 있게, 강해지면 좋겠지만 설사 끝까지 그대로라고 해도 잘못된 건 아니라고. 노력해도 안 되는 일도 있으니까. 사람이 변하기가 그리 쉽겠냐. 게다가 노아 씨는 충분히 좋은 사람이고."

그러니 너무 몰아세우지 말라는 내 말에 동생 녀석은 고개만 갸웃하고 말았다. 야, 네가 노아와는 다르다고 말하는 나도 몇 년을 한심하게 살았는데. 내 나름 노력했다. 그래도 그렇게 되고 말았다.

콰앙—!

그때 드로시아 방위청 한쪽 벽에 구멍이 났다. 웃음소리와 함께 문현아가 튀어나오더니 거북이 모양 정령을 밟고 물 위에 섰다. 벽의 구멍 너머 흙먼지 사이로 시그마도 모습을 드러냈다. 둘이 뭐 하냐.

"그냥 가볍게 붙어 보는 거니까 걱정하지 마, 한 소장님! 이틀 연속으로 쉬려니까 몸이 근질거려서. 예림이한테도 말해 놨어."

람다 스킬 몸에 익히려면 열심히 움직여야지, 라는 말에 유현이가 대뜸 난간 위로 올라섰다. 붉은색 두 눈이 가늘어지며 문현아와 시그마를 바라본다. 내 동생도 참.

"주위에 피해 입히면 안 된다."

"물 위니까 괜찮을 거야."

유현이가 공중으로 몸을 날렸다. 버들잎을 밟으며 수면 위에 닿을 듯 내려서는 모습에 문현이가 커다랗게 미소를 지었다.

"스킬 연습만 하세요, 연습 정도만!"

"나는 왜 엮여야 하지."

"좋으면서 빼지 마라, 달아."

뭐, 실제로 싫진 않은 눈치였다. 성현제도 다 같이 던전 들어갔을 때 문현아랑 한판 붙었었지. 되게 오래전 일처럼 느껴지네. 다시 작아진 피스를 품에 안으며 허공을 슬쩍 바라보았다.

"무사한 건지 신호라도 좀 보내 주죠. 털실 다 떨어졌어요? 그보다 팔 하나 가지고 어떻게 뜨개질을 하는 건지."

애초에 털실을 여기로 가지고 온 것부터가 이상하다. 나만 몸뚱이째 들어온 거 아니었냐. 퍼엉, 호수 위로 물이 높게 튀어올랐다. 수증기가 피어오르는 사이로 전류가 퍼지고 거창이 수면을 거칠게 두들긴다. 멀리서 나도 끼고 싶어! 하는 예림이의 외침이 들려왔다.

"댁도 끼고 싶을 텐데, 살아 있긴 한 거죠? 설마 저거 구경 안 하고 있을 린 없고."

퀘스트가 왔다. 저걸 퀘스트라고 해도 될진 모르겠지만. 내용도 없고 보상을 바로 받을 수 있었다. 보상 또한 별거 아니었다.

"차와 과자 그리고… 날개 뼈?"

- 끼앙!

"먹으면서 구경하라는 건가 보다."

피스에게 뼈를 물려 주고 나는 과자를 입에 물었다. 뭐 하는지 바쁜 것 같지만 그래도 무사한가 보네.

3장 물의 정령

3장
물의 정령

― 왔어요!
― 도착했어요!

정령들로부터 연락이 온 건 다음 날 이른 아침이었다. 가장 오래된 정령이 드로시아로 들어올 순 없었기에 우리가 바다로 나갔다. 드넓게 펼쳐진 얼음바다 위로 마치 이쪽으로 들어오라는 듯 커다란 구멍이 뚫려 있었다. 구멍 너머 출렁이는 푸른 바닷물이 살짝 오싹하게 느껴졌다. 공포 저항을 넘어설 정도이니 그 아래 있을 무언가의 영향인 걸까.

― 양육자도 함께 와 달라고 했어요.
― 이 사람이요!

"안 돼."

정령들의 말에 유현이가 냉랭하게 대답했다.

"무슨 일이 있을 줄 알고. 물속은 너무 불리해."

"예림이가 있잖아."

- 해치지 않을 건데.
- 예림 님이 좋아하는 사람을 해칠 리 없잖아요.

"맞아. 그리고 내가 물속에서 아저씨 하나 못 지키겠어? 걱정 말고 불이나 피워 주세요. 현아 언니 추운 거 같은데."

"좀 춥긴 하다."

예림이의 말에 유현이가 못마땅한 표정을 지으면서도 물러섰다.

"조심해야 해, 형."

고개를 끄덕여 주곤 예림이와 함께 바닷속으로 들어갔다. 어두컴컴한 저 깊은 아래로 희미하게 빛을 내는, 새하얀 물체가 고요히 도사리고 있었다. 그것은 크기를 가늠하기도 힘들 만큼 어마어마하게 거대한 진주조개였다.

"와, 저렇게 커다란 핵은 처음 봐요."

진주조개가 품은, 성인 셋이 팔을 둘러 뻗어도 다 감싸지 못할 만큼 큰 진주를 바라보며 예림이가 말했다. 유백색으로 빛나는 진주는 조개의 덩치에 비해서는 정말 작아 보였다.

"핵?"

"네. 정령이 나이를 먹으면 가진 힘이 쌓여서 저런 보석 같은 게 된다고 하더라고요. 정령석이라고도 해요. 핵을 잃는다고 해도 정령이 죽거나 하진 않지만 대신 약해진대요. 그동안 쌓아 온 힘을 잃는 셈이니까요."

여태까지 본 것 중에 제일 큰 건 이 정도였다면서 예림이가 두 팔로 원을 만들어 보였다.

"하얀 고래요. 고래도 오백 년 넘게 살았다던데."

그럼 저 정령은 대체 얼마나 오래 산 거야? 몇천 년 이상 묵은 건가.

– 어서 오세요.

나직하고 무게감 있는 목소리가 들려왔다. 아래로 더 내려가자 조개가 아닌 끝없이 높고 하얀 벽을 앞에 둔 것만 같았다. 정령으로부터 흘러나오는 희뿌연 안개 같은 것이 발치를 감싸 돈다.
"안녕하세요."
다른 정령들을 대할 때완 다르게 예림이가 경어를 썼다. 제일 나이가 많다고 하니까 나도 살짝 주눅이 들었다.
"어, 제가 다른 정령들에게는 그냥 다른 세상 사람이라고 했는데요. 사실은 조금 더 복잡하거든요. 그러니까……."
예림이가 말을 하다 말고 나를 바라보았다. 말해도 되는지 혹은 어떻게 설명해야 할지 잘 모르겠다는 표정이다.
"지금 이 세계는 과거 이미 멸망한 세계의 정보를 가지고 와 만든 것입니다. 진짜가 아닌 인위적으로 생겨난 것이지요. 원래의 세계는 사라졌습니다."

– 역시 그랬군요.

"…예?"

– 세 번째로 세상이 흔들렸을 때 알게 되었습니다.

세 번째 원반을 설치했을 때를 말하는 건가. 주위를 감싸는 안개가 더더욱 짙어졌다. 나를 위해 물을 막아 주며 바로 옆에 선 예림이의 얼굴마

저 약간 흐릿해 보일 정도였다.

- 하지만 방법은 있습니다. 정령의 알에 대해서 알고 계시지요?

"아, 네. 여러 색의 알이요."

- 그것은 멸망하는 세상의 정령들이 힘을 모아 만들어 낸 것입니다. 아이템화하여, 새로운 세상으로 갈 수 있도록요.

문득 이린이 자기는 태어날 때부터 많은 걸 알고 있다고 했던 것이 떠올랐다. 알을 만들어 낸 정령들의 지식이 스며들기라도 한 것이었을까.

- 다만 알이 깨어나는 데에는 오랜 시간이 걸립니다. 그 세계의 해당 속성 능력이 강한 장소에서 짧게는 수십 년, 길게는 백 년 이상이 흘러야만 깨어날 수가 있지요. 원래 정령이 존재하는 세계에서 동일 속성 정령의 보살핌을 받는다면 더 빨라지지만 그래도 일 년 이상의 시간이 필요합니다.

"일 년 이상이요? 하지만 저희와 함께 온 불의 정령은 같은 불의 정령의 힘에 닿자마자 깨어났습니다."

- 양육자의 도움을 받았기 때문입니다.

"예?"

- 양육자의 도움이 있으면 부화 속도가 더욱 빨라집니다. 우리 세계에도 양육자는 있었지만 당신은 훨씬 더 강한 힘을 지닌 듯하군요.

…이린의 알에 내새끼 스킬을 쓰기는 했었다. 아무것도 뜨지 않았지만, 영향을 미쳤던 것일까.

"그럼 아이템인 알을 만들어 주면 그 알은 가지고 나갈 수 있는 거겠죠? 아저씨가 부화시켜 주고."

"아마도……?"

퀘스트 보상이나 포인트 상점 구매 아이템이 아니더라도 알 하나 정도는 신입이 어떻게 해 줄 수 있지 않을까.

"대가로 포인트를 가져갈지도 몰라."

"저 포인트 엄청 많잖아요!"

예림이가 신나 하며 외쳤다가, 이내 표정을 진지하게 굳히며 진주조개를 바라보았다.

"근데 정령들이 받아들일까요?"

- 물론이죠. 자신들의 일부가 이어지는 것인걸요. 예림 님의 세상에 다른 물의 정령이 있나요?

"불의 정령뿐일걸요. 그쵸?"

"응, 맞아. 이린이 최초라고 했었어."

- 그럼 부화에 시간이 좀 더 걸리겠지만, 양육자가 도와주면 금방 깨어날 거예요. 그런데 그 불의 정령이, 최초군요.

눈앞이 희뿌예졌다. 안개다. 이제는 예림이의 모습은 물론이요, 내 손조차 제대로 보이지 않았다. 이거 너무 짙은데. 기분도 별로 좋지 않았다. 문득 최석원의, 해파리 놈의 안개가 떠올랐다. 그때 예림이가…….

…어?

"다녀왔습니다!"

문이 벌컥 열리며 예림이가 뛰어 들어왔다. 손부채질을 하며 냉장고 문부터 연다.

"아, 더워. 삼촌, 오늘은 일찍 마쳤네요?"

"어? 어, 어."

물 한 잔을 단숨에 비운 예림이가 소파로 와 털썩 앉았다. TV에서는 헌터 관련 방송이 나오고 있었다.

"나도 빨리 각성하고 싶은데! 헌터 되고 싶다!"

"각성센터 미성년자는 안 받아 준다. 그리고 위험한 일을 뭐 하러 하려고."

각성까지는 그렇다 쳐도, 헌터 일은 안 하는 편이 낫지. 세상이 많이 바뀌었다고 해도 여전히 전처럼 평범하게 사는 사람들이 훨씬 더 많다.

예림이가 리모컨을 들고 채널을 바꿨다. 신규 S급 던전이 세성에게 낙찰되었다며 세성 길드장이 잠깐 나왔다.

"세성 길드장이요, 실제로도 잘생겼을까요? 화면빨 아니고?"

"잘생기긴 더럽게 잘생겼지. 실물이 더 나아."

"응? 삼촌 본 적 있어요?"

"그야……."

여러 번 만난 적 있다, 라고 대답하려다가 말문이 막혔다. 내가 왜 세성 길드장을. 하지만 본 적 있는 거 같은데. 꿈 꿨나?

"애들한테 인기 제일 많은 건 해연 길드장이지만, 세성 팬도 많더라고요."

"너희들한텐 완전 아저씨잖아. 해연 길드장이 훨씬 낫지."

아빠뻘 아니냐. 나도 예림이 나이의 두 배지만 성현제는 그것보다… 아니, 난 아직 스물다섯 살인데. 그래서 예림이 삼촌이 아니라 나이 차 많은 남매로 종종 오해받기도 했었고. 내 동생은 한 명뿐… 이 아니라 없지만.

…없나?

뭔가 이상했다. 나한테는, 동생이 분명 없었는데. 예림이가 동생 같긴 했지만. 어릴 때부터 자주 보면서 놀아 주고 돌봐 주기도 하고, 예림이가 혼자 남겨졌을 때부터 같이 살았다. 주위에서는 나도 어린데 조카를 어떻게 키우냐고 걱정했지만 내게 있어선 그 무엇과도 바꿀 수 없는 소중한 아이였다.

고생스럽지 않았다고 하면 거짓말이겠지만 우리 예림이가 워낙 착해서. 내 동생은, 정말로.

…역시 이상하다.

"예림아, 아저씨—"

…삼촌이 아니라?

"그, 잠깐 나갔다 올게."

"네, 다녀오세요."

집을 나섰다. 아파트였다. 처음 보는 아파트. 나는 이곳에 살지 않았다. 그럼 어디였지. 내가 지금 가야 하는 곳. 아무 생각도 하지 않으려고 애쓰며 택시를 잡고 입에서 나오는 대로 말했다.

"해연 길드요."

해연 길드. 언제 택시에서 내렸는지 그곳에 서 있었다. 해연 길드장의 모습도 보였다. 한유현.

"유현아."

내 동생이다. 그렇게 생각한 순간 주위에 안개가 꼈다. 안개. 정령. 무언가 떠오르려 하는 그때.

"위험해요, 삼촌!"

예림이가 나를 잡고 뒤로 끌어당겼다. 코앞으로 열기 어린 칼날이 스치고 지나갔다.

"불의 정령은 위험해요! 계약자도 마찬가지로 난폭하다고요!"

"뭐?"

이건 정말로 이상했다. 왜 예림이가 유현이더러 위험하다고 말하는 거지.

"예림, 윽!"

뒷덜미가 거칠게 낚아채졌다. 그대로 던져져 바닥을 데굴데굴 굴렀다. 지금은 C급이기에 망정… 응? 잠깐만, 난 F급… 아니, 애초에 각성을……. 아, 씨!

"남의 머릿속 헤집지 마! 악, 잠깐, 한유현!"

안개를 뚫고 불길이 화악 밀려들었다. 몸을 굴려 아슬아슬하게 공격을 피했다. 바로 옆을 지나치는 열기가 화끈했지만 의외로 뜨겁지 않았다. 유현이 불꽃이 이 정도일 리가 없는데. 그 전에 내 동생이 왜 날 공격하냐고.

"진짜가, 큿!"

칼이 팔을 스치고 바닥에 박혔다. 이어 내 가슴을 발이 짓누른다. 가짜다. 그렇게 확신했지만 나를 차갑게 내려다보는 동생의 모습이 무척이나 기분 나빴다.

"제가 구해 드릴게요, 삼촌! 저 사람은 정말로 위험하니까 없애야—"

"…예림이 모습으로 헛소리 작작 해, 정령."

앞으로 내민 내 손끝에 하얀 총이 나타났다. 그대로 방아쇠를 당겼다. 진짜 유현이라면 긁힌 상처도 못 낼 공격이다. 하지만 가짜는 안개처럼 흩어졌다. 몸을 일으키면서 동시에 폭탄 하나를 아무 곳으로나 던졌다.

펑, 작은 소리가 들려왔다. 여긴 물속이니까 폭음도 화력도 적을 수밖에 없다.

"야! 우리 예림이는 유현이를 위험한 사람 취급 안 하거든! 뭐 잘못 먹었냐는 소리는 하겠지만!"

그리고 정신 차리라며 뒤통수 정도나 때리려 들겠지. 없애긴 뭘 없애. 유현이도 마찬가지고.

"네놈 목적이 뭐냐!"

설마 이쪽 세상 효도중독자 패거리라도 되는 건가. 어쩌면 이 던전 밖의, 검은 소의 숲을 침입하려 들었다는 놈들과 연관이 있을지도 모른다. 안개도 해파리 놈과 비슷하잖아. 너무 방심했다.

원반을 설치해서 신입이 끼어들 수 있게 된다면 효도중독자 놈들도 그럴 수 있다는 뜻일 텐데. 아직 신입의 소식은 없긴 하지만.

- 예림 님이 더 낫잖아.

"…뭐?"

정령 놈이 엉뚱한 소리를 했다.

- 불의 정령은 정말로 위험해. 속성이 그런걸. 자신이 원하는 걸 모조리 탐욕스럽게 삼키는 게 그들의 본성이야. 그러니까 예림이를 제일 좋아해 줘. 그게 양육자한테도 더 나아. 불의 정령과 그 계약자로부터 지켜 줄 테니까.

"무슨 멍청한 소리냐."

어이가 없어서 도리어 차분해질 정도였다. 일단 효도중독자와 관련된 건 아닌 듯도 하고.

"본성이고 뭐고 내 동생은 날 절대로 해치지 않아. 예림이가 지켜 줄 필요도 없어."

- 언제까지 스스로를 억누를 수는 없을 거야. 불이라는 게 원래 그러니까. 삼키고 태우고, 곁에 누구도 다가갈 수 없는 존재인걸. 양육자도 예림 님을 좋아하잖아. 불을 버리라고는 안 할게. 예림 님을 더 가까이 두는 게 양육자에게도 좋아.

예림이를 위해서야, 라는 말이 귀를 따갑게 찔러 들었다. 내 양심도 함께. 하지만 그렇게 말한다고 해서—

터엉! 그때 둔탁한 무언가를 두들기는 소리가 들려왔다. 이어 텅, 터엉! 연이어 묵직하게 흔들림이 전해져 왔다.

"아저씨!"

예림이었다. 안개가 흩어지고 바다의 일부가 길게 얼어붙은 것이 보였다. 거대한 기둥이 크게 기울어지며 텅! 조개의 껍데기를 두들긴다.

"예림아!"

"이 멍청이가 이상한 짓 했죠!"

– 이상한 짓이 아니에요!

정령이 억울하다는 듯 말했다.

– 예림 님도 불안하잖아요! 진짜 가족은 아니니까, 자신만 떨어지게 되진 않을까. 어디까지 괜찮은 건가 고민도 하잖아요. 만약에 예림 님이 각성자가 아니었으면, 혹시 평범한 사람이 되어 버리면 전부 물거품이 되는 건 아닌가 하고…….

"야!"

예림이가 버럭 소리쳤다. 얼굴이 새빨개졌다.

"쪽팔리게 그걸 다 말하냐!"

터엉! 커다란 얼음덩어리가 또다시 조개를 두들겼다.

"예림아."

"그냥 가끔 그랬어요, 가끔!"

"나는 절대로…….'

"알아요! 아는데."

빨개진 뺨을 손바닥으로 툭툭 두들기며 예림이가 아무렇지 않은 듯 말했다.

"그래도 그런 생각이 드는걸요. 전에 제가, 어, 상상했던 일이라고 꿈꿨던 거라고 그랬잖아요. 벌써 몇 달 지나긴 했는데 아직 좀 꿈같거든요. 갑자기 깨 버리면 어쩌나 싶기도 하고, 또 지금이 너무 좋으니까 잃기 싫어서. 그런 거 있잖아요."

아, 쪽팔려, 하고 예림이가 투덜거렸다.

"눈치도 뭐어, 조금 보긴 했죠. 근데 저 눈칫밥 훨씬 더 많이, 오래 먹기도 했고 아저씨랑 처음 만났을 때처럼요, 참고만 있지도 않는다고요. 아저씨랑 한유현이랑은 그냥 제가 좋아서 맞춰 주고 싶고, 그런 건데. …눈치 같은 거 왜 보냐고 그럴 거죠."

"아니야."

"…전 다시 잃기 싫어요."

"나도 그래. 나도 예림아, 너 정도는 아니지만 유현이와 몇 년이나 떨어져 지냈잖아. 다시 그때로 돌아가고 싶진 않아. 절대로."

"그건 몇 번이나 들어도 신기하다니까요. 한유현이 어떻게 그랬지."

예림이가 작게 웃었다.

"아저씨가 진짜 제 가족이었어도 좋았겠죠."

"지금도 가족이야."

"새 가족이죠. 야, 너!"

예림이의 손아귀에 얼음으로 만들어진 창이 나타났다. 그 끝이 조개를 쿡 찔렀다.

"내가 아저씨를 많이 좋아하는 건 사실이야. 한유현이 좀 부럽기도 해. 그래도 우리 엄마, 아빠는 나를 제일 사랑하셨다고! 네가 가짜로 만들어 주지 않아도 이미 있어!"

― 하지만. 하지만 양육자를 차지하면 불안해할 필요도 없잖아요!

"한유현 데리고 와서 머릿속 보여 주고 싶다, 진짜. 우리 길드장이 아저씨 때문에 얼마나 불안해했는데."

…아니, 왜 갑자기 내 가슴을 찌르냐.

"게다가 나는 진짜 괜찮은데. 좀 불안하고, 그럴 수도 있는 거잖아. 성적표 발표될 때도 걱정됐었는데. 한유현이 한심하게 쳐다볼까 봐. 아무 말 없기에 먼저 찔러 봤더니 헌터로서는 빠르게 성장하고 있지 않느냐고 그러더라. 다른 걱정도, 또 있긴 있어. 그래도 요샌 엄마, 아빠 생각해도 눈물도 별로 안 나고. 아저씨, 아무 말 하지 마요!"

얼른 입을 다물었다. 하지만, 그래도.

"그러니까 네 멋대로 날 도와주려고 하지 마. 진짜 힘들면 아저씨한테 말할 거야. 한유현도 도와는 줄걸. 현아 언니도 발 벗고 나서 줄 거고. 소영 언니도 당연히 그럴 거고. 해연에도 브레이커에도 나랑 친한 사람들 많아. 은하 언니랑 송혜 언니, 아저씨랑 이름 같은 유진 언니도 있어요. 또…….''

아는 사람은 물론이요, 내가 처음 듣는 이름도 줄줄이 나왔다.

"내가 힘들다고 하면 도와줄 사람들이 얼마든지 있는데."

― …저도 도와주고 싶었어요.

"그래, 그래도 돼. 나한테 말하고. 그리고 난 도와 달라고 왔잖아, 이미."

예림이가 정령을 향해 손을 내밀었다.

"내가 정령을 데리고 갈 수 있게 도와줘. 난 걜 아주 많이 사랑해 줄 거야."

- …네, 예림 님.

정령의 거대한 몸이 희미하게 떨렸다. 조개껍데기가 흩어지듯 사라지고, 새하얀 진주만이 남았다가 작게 작게 줄어들어 갔다. 손바닥 위에 올라갈 만큼 작아진 진주가 예림이의 손바닥 위에 내려앉았다.

- 제 진주가 알의 기틀이 되어 줄 거예요. 모두에게 말해 주세요. 정령의 알을 데리고 가겠다고. 그럼 힘을 모아 줄 겁니다.

"고마워, 정말로."
예림이는 잠깐 머뭇거렸지만 정령에게 괜찮겠냐는 질문은 하지 않았다. 대신 내가 물었다.
"혹시 세상이 세 번째로 흔들렸을 때, 어떻게 이곳이 진짜가 아니라는 걸 눈치챘는지 자세히 들을 수 있을까."
다시 형체를 이루었지만, 이제는 고작해야 사람보다 약간 큰 크기가 된 정령이 아마도 나를 바라보았다. 눈이 없으니 표정도 모르겠고.

- 세 번째의 흔들림을 느꼈을 때 밖에서 아주 강한 힘이 이곳을 엿보려고 했습니다. 마침 제가 있는 곳 근처였고 저와 비슷한 성질을 가지고 있었기에 건드려 보았어요.

"밖에서?"

- 안개로 상대의 기억을 다룰 수 있는 힘을 가지고 있었고, 양육자를 찾는 듯했어요. 아마도 당신이겠지요.

무해의 왕. 해파리다. 이 세계의 효도중독자가 무해의 왕이라면 차라리 다행이지만.

"확실하게 밖인 건가? 여기 이 세상의 존재가 아니라?"

- 네. 이곳이 만들어진 던전이라는 걸 알고 있었고 제게 들어오려고도 했었습니다. 예림 님이 델타의 몸에 들어간 것처럼요. 하지만 이내 밖으로 밀려났고 저는 그자의 힘의 일부와 정보를 가지게 되었지요.

원래 정령은 스킬을 쓸 수 없기에 아까 같은 재주를 부리는 것도 불가능에 가깝다고 하였다. 즉, 안개로 내 기억을 조작하려던 것은 해파리의 스킬이었다.

단순히 기억을 훔치는 것만 아니라 바꾸는 것도 가능하다니. 정말 위험한 능력이다.

'결국 원반을 마저 설치하면 신입만이 아니라 효도중독자들도 간섭해 들어올 수 있다는 거겠지.'

신입이 그걸 막아 줄 수 있을까. 아직도 아무런 소식이 없는 게 불안했다.

- 남은 힘은 당신에게 드리겠습니다. 저와는 다르게 활용하는 건 불가능하겠지만 이 힘의 주인이 기억을 건드리는 것을 한 번 정도는 막아 줄 거예요.

옅은 안개가 내 몸을 휘감았다가 사라졌다.

"예림이한테 주는 게 아니라?"

― 예림 님에게는 저 진주가 있으니까요. 하지만 다른 사람들은 조심해야 할 겁니다. 특히 불의 정령의 계약자는…….

"왜 또."
자꾸 유현이를 걸고넘어지니까 슬슬 짜증이 나려 한다.

― 이번에는 속성 때문이 아니에요. 이미 안개의 주인에게 기억의 일부를 빼앗겼기에 더 취약해져 있을 테니까요.

"기억을 빼앗겼던 건 맞지만 되찾았는데도?"

― 제가 알기론, 완전히는 아니에요. 안개의 주인은 그의 기억을 아직 가지고 있습니다.

…신입이, 경고하기는 했었다. 약간은 사라졌을 수도 있다고. 유현이는 안개에 휘말렸던 사람들 중에서도 가장 많은 기억을 빼앗기기도 했으니… 젠장, 그 빌어먹을 해파리 놈이.

― 조심하세요.

마지막 말을 남기고 정령의 모습이 흐려졌다. 예림이가 걱정스럽게 나를 돌아보았다.
"기억 잃었던 거, 잘 해결된 거 아니었대요?"
"…전부 되찾은 줄 알았는데 남아 있었나 봐. 그래도 별다른 지장은 없는 정도니까 크게 신경 쓸 필요까진 없어."
사소한 거겠지. 하지만 진짜 별거 아닌 조그만 기억이라고 해도 내버려

둘 생각은 없다. 예림이에게는 괜찮다고 말했지만.

두 번 다시는 동생을 빼앗기지 않을 것이다. 극히 작은 일부라도, 절대로.

"근데 정령이요, 저랑 계약한 애도 제 속을 막 말하고 다니진 않겠죠?"

"어, 글쎄다. 린이는 좀… 말하는 편이기는 했어. 그게 진짜 유현이 생각인지는 모르겠지만."

내 말에 예림이의 표정이 창백해졌다.

"속을 정확히 못 읽는다고 해도 항상 같이 다닐 텐데… 말할 만큼 크기 전에 잘 가르치면 할 말 못 할 말 가릴 수 있을까요? 여기 정령들 전부 너무 솔직해요! 아까처럼 제 일 다 떠들고 다니면 어쩌죠?"

너무너무 끔찍하다며 예림이가 울상을 지었다. 나도 정말 싫긴 했다.

"린이도 전부 다 말하고 다니는 건 아니야. 명우네 이스무아르는 린이에 비해 점잖은 편이기도 하고. 무엇보다도 널 소중히 여긴다면 네가 싫어하는 짓도 당연히 하지 않겠지. 가르쳐 주면 알아들을 거야."

"그렇겠죠? 그래야 해요. 안 그러면 저 밖에 못 나가요! 지금도 쪽팔려 죽겠는데! 아, 한유현한텐 절대로 비밀이에요! 저 엄마, 아빠 생각하며 울었다는 거 절대 말하지 마세요!"

"그래, 그래. 말 안 해."

"어차피 한유현도 울었겠지만요. 울었죠, 그쵸? 저번에도 엄청 울었댔는데."

"어… 응. 그랬지."

"걱정 마세요. 그거 가지곤 아무 말 안 할 테니까. 한유현도 제 성적 가지고 별말 안 했고."

주위의 물이 흔들렸다. 수면으로 올라가려는 듯 예림이가 내 주위까지 넓게 마력을 움직였다.

"그래도 예림아, 2학기에는 조금만 더 신경 쓰자. 저번 기말이야 막 각성해서 바빴으니까 어쩔 수 없지만 수업을 제대로 듣는 게 좋다고 생각해. 이미 헌터니 별 쓸모 없다고 느껴질 수도 있겠지만, 앞으로 세상이 어떻게 변할지는 알 수 없으니까."

"아저씨, 저 공부 잘하는 편이라고요. 저번엔 진짜 바빠서 그랬지. 헌터 교육에 던전도 가고, 또 김하연 법무팀장님 말이에요. 그분한테서 법 공부도 했다고요!"

"법을?"

"어느 정도 선까지 사고 쳐도 괜찮은가~ 라는 거요. S급 헌터의 사회적 위치와 상황에 따른 뒤처리 가능한 위법 수위 적정선 같은 거랄까요? 던전에 몬스터 튀어나오는 판에 상급 헌터가 법 다 지키고 사는 거 힘들다고요. 한유현도 법무팀장님이 앉혀 놓고 가르쳐 줬대요."

과일이라도 사 들고 찾아봬야겠다. 예림이와 내 몸이 수면을 향해 서서히 떠오르기 시작했다.

"하연 팀장님 헌터계 법 쪽으론 되게 유명하시대요. 특히 길드장부터가 어리다 보니까 미성년 헌터 관련법은 거의 다 그분 손이 닿았다더라고요."

미성년자 헌터가 활동하는 데 있어서 불필요한 제약을 없애는 것과 동시에 보호에도 힘썼다고 하였다. 지금은 미성년자 헌터 등록 가능 나이도 높이려는 중이라 조금만 더 늦게 각성했으면 헌터 못 되었을 거라며 예림이가 말해 주었다.

"원래라면 브레이커로 갈 예정이었는데 꼰대들이 법무팀장 자리에 여자를 어떻게 앉히냐고 반대해서 해연에 온 거래요. 해연이 그런 건 별로 없잖아요. 현아 언니도 도련님은 공평해서 좋다더라고요."

"우리 유현이가 그런 편이긴 하지."

"형님 빼고 평등하게 다 싫어한다고."

"…그 정도는 아니지 않냐."

예림이가 까르르 웃었다.

"아저씨 말곤 관심 없다는 게 더 맞긴 하죠? 싫어하는 것도 관심이긴 하니까."

"그래도 예림이 너와 피스에겐 신경 쓰고 있어. 유현이 편드는 게 아니라 내 생각엔 그래."

"어, 음. 저도 한유현이 전 들을 자격 있다고 말했을 때 티는 안 냈지만 좀 놀랐어요. 나 확실히 인정했구나 싶어서 뿌듯하기도 했고요. 이것도 비밀이에요."

"헌터로서는 유현이가 나보다 널 더 믿을걸."

또다시 환한 웃음이 예림이의 얼굴 위로 퍼져 나갔다. 느릿이 바다 위로 향하며, 이런저런 이야기들을 나누었다. 어릴 적 이야기도, 처음으로 예림이 부모님에 대한 자세한 이야기도 흘러나왔다.

나는 함부로 물어볼 수 없었고, 예림이도 지금 보호자인 나를 신경 써서 꺼내기 꺼려졌던 말들이.

"삼촌네 있을 때는요, 부모님 생각을 최대한 하지 않으려고 했어요. 전에 아저씨한테 다른 아저씨가 데리러 오는 상상 같은 거 했었다고 말했잖아요. 그건 떠올리면 즐거웠지만 엄마, 아빠는 아팠거든요."

그래서 키워드 효과가 부모님이 아닌 아저씨로 나타났던 것일까. 여전히 슬프지 않은 건 아니지만 이제는 엄마, 아빠 생각을 훨씬 더 많이 한다는 말에, 지금 키워드를 적용하면 나를 부모님 중 한 분으로 느끼지 않을까 싶어졌다. 그러지 않아서 다행이다.

좌아악, 물이 솟구치며 수면 밖으로 나왔다. 그새 강해진 햇살이 유독 눈부시게 느껴졌다.

"형, 별일 없었어?"

대화만 했다기엔 너무 오래 걸렸다며 유현이가 다가와 물었다.

"응, 멀쩡해. 다만 해파리가 우리 나오길 기다리고 있는 모양이더라."

동생의 표정이 단숨에 차가워졌다. 나도 그렇지만 유현이는 더더욱 치가 떨릴 상대다. 그래도 지금은 어느 쪽이든 꼼짝 못 하니 진정하라고 달랬다.

"얘들아, 모두 모여!"

예림이가 진주를 들어 흔들어 보이며 외쳤다.

"너희들이 직접 내가 사는 곳으로 넘어오는 건 힘들어. 하지만 대신 정령의 알이라는 건 만들 수가 있대!"

- 알이요?
- 들어 본 적 있어!

몇몇 정령이 예림이가 설명하기도 전에 신나게 떠들어 댔다. 정말 말 많긴 하구나.

- 만들기 어려운데.
- 쉽게 깨어나지도 않아요.
- 얼마나 오래 사세요?

"걱정 마, 금방 깨어난다고 했어. 알의 기틀은 이 진주가 있고."

준비는 다 되었다고, 너희들의 힘을 불어넣어 주기만 하면 된다고 말하자 정령들이 우르르 달려들기 시작했다.

- 저요, 저요!
- 나도!
- 여기도 있어요!

"차례대로 줄 서, 줄! 질서 안 지키는 정령은 안 받아 준다!"

예림이의 호령에 정령들이 질서정연하게 줄을 섰다. 온갖 형체들이 얼음바다 위로 끝없이 늘어서는 모습이 그야말로 장관이었다. 심지어 시간이 지날수록 줄어들기는커녕 오히려 더 늘어나고 있었다. 오늘 내로 끝나긴 할까.

"정령의 알이라는 거 잘은 모르겠다만, 저 정도로 많은 정령이 힘을 모아 주면 더 강한 정령이 태어나는 건가?"

"글쎄요, 영향이 없지는 않겠죠?"

문현아와 내 말에 이린이 유현이의 어깨 위로 올라가 꼬리를 탁탁 쳤다.

- 그래도 린이가 최초니까 저기선 제일 강할 거야. 절대 안 져요!

"동생뻘이니 사이좋게 지내야 해."

- 저건 물인데요? 형, 불이랑 물은 사이 나빠요.

"유현이랑 예림이는 사이 안 나쁘잖아."
처음에는 좀 거부감 느끼긴 했다지만 지금은 괜찮지.

- 형! 인간이랑 정령은 다르다고요! 린이는 물 싫어요!

빼액 소리치는 이린을 근처에 있던 물의 정령들이 빤히 쳐다보았다. 작은 도마뱀이 움찔하더니 유현이의 목깃 안쪽으로 들어가 버린다. 그러면서도 작게 싫다고요, 하고 투덜거렸다.

불이 좋아하는 속성이라면 나무쯤 되려나. 나무도 있나.

'돌아가면 정령의 알을 수배해 봐야겠다.'

내가 부화시킬 수 있다니까. 다른 속성들은 물론이고 같은 속성도 많을수록 좋을 것이다. 여러 정령이 같은 사람과 계약 가능한 모양이니까. 무슨 색이 있었더라. 초록색은 혹시 독일까. 식물일 수도 있겠지만 만약 독이라면, 한쪽에 조용히 서 있는 노아를 돌아보았다.

독이나 혹은 치유 계통 정령이 노아 씨와 계약해 줄 거라는 법은 없지만 이곳에서 자신을 제일 좋아해 주는 존재를 가장 필요로 하는 사람은 노아 씨가 아닐까. 그러니 노아 씨를 위한 정령을 찾아주고 싶었다.

다른 사람들도 계약 가능하다면 좋을 테고.

정령들이 계속해서 자신의 힘을 나누어 주고 예림이 손안의 진주가 점차 푸른빛을 띠기 시작했다. 크기도 조금 더 작게, 타원형으로 변해 간다.

끝이 없는 듯하던 줄도 많이 줄어들었다. 이윽고 완전히 새파란 색으로 변한 알이 마지막 정령의 힘을 받았다. 모든 정령이 그 알을 바라보았다. 짧은 침묵이 지나가고, 하얀 고래가 긴 지느러미를 들어 올렸다.

- 안녕히 가세요, 예림 님.
- 잘 가요! 안녕!
- 잊지 않을게요! 좋아해요!
- 나도! 안녕!
- 조심해서 가세요.

와글와글 인사말이 쏟아졌다. 수많은 목소리가 파랗게 잘랑잘랑 흔들리며 내려오는 모습이 눈에 보이는 것만 같았다. 예림이도 한껏 소리치고 두 팔을 흔들었다.

"잘 있어! 다들!"

돌아서는 예림이의 얼굴이 아주 잠깐 울 것 같기도 했지만 이내 다시 밝아졌다. 푸른색 알을 소중히 감싸 쥔 채 우리 쪽으로 날아왔다.

"이제 가요."

"그래, 가자."

"알은 지금 아저씨한테 주면 안 되죠?"

"여기서 깨어나기라도 하면 곤란하잖아. 시간이 좀 걸리긴 할 거라지만 혹 모르니까. 인벤토리에 잘 넣어 놔. 들어가니?"

"네, 들어가네요. 아이템으로 떠요."

뒤에 남은 정령들이 어떻게 될 것인가에 대해서는 굳이 언급하지 않았다. 예림이도 이미 알고 있으니까. 떠올리면 아픈 기억이 되겠지만, 그래도 다시 이야기할 수 있게도 되겠지.

나는, 어떨까.

해가 지기 전에 드로시아를 출발했다. 과거 기록들을 열심히 뒤져 찾은 리베누아 숲은 드로시아에서 꽤 떨어진 곳이었다. 정확히는 드로시아의 전신이라 할 수 있는 사라진 도시 근처의 숲이었다. 멀긴 해도 메드상의 플로르호로는 한나절 정도 걸린다고 하였다.

그곳에서 네 번째 원반을 설치하면 마지막 하나만 남게 된다. 시그마가 어떻게 될지, 정령의 알을 무사히 가지고 나갈 수 있을지, 성현제 그 인간은 언제쯤에나 얼굴 보게 될지, 그리고.

던전 밖에서 도사리고 있을 무해의 왕.

"유현아."

창 너머로 비치는 붉게 물들어 가는 설원을 바라보다가 고개를 돌렸다. 포인트 상점의 아이템과 스킬을 유심히 살펴보고 있던 동생이 내게로 시선을 옮겼다.

"너, 혹시 시계 기억해?"

"시계?"

잘 모르겠다는 듯 유현이가 고개를 갸웃 기울였다. 동생이 앉아 있는 앞으로 다가갔다.

"전에 성현제가 나한테 시계를 주려 한 적 있었잖아."

"…거절하기 싫었던 거야, 형? 하지만 내가 먼저 형한테 선물해 주고 싶어서……."

유현이의 말끝이 흐려졌다. 붉은색 두 눈이 느릿이 깜박였다. 동생의 손등 쪽에 있던 이린이 피부 밖으로 나와 입을 벌렸다.

- 왜 그래 유현아? 인벤토리에 있잖아, 시계. 지금 인벤토리에는 없지만.

"…무슨 시계?"

- 유현아?

린이에게 말하지 말라고 손짓했다. 단순히 기억만 지워진 게 아닌 모양이었다. 사라진 기억과 관련된 이야기는, 아예 인식을 못 하는 듯했다.

"아무것도 아니야, 유현아."

"…형?"

"내가 하나 사 줄까. 손목시계 말이야. 이미 여럿 있겠지만."

"아냐, 없어. 길드 보급용 스톱워치뿐이야. 금방 부서지기도 하고 그런 장신구는 별로라서. 물론 형이 주면… 차고 다니기에는…….."

유현이의 얼굴 위로 고민이 짙게 어렸다. 아무래도 곧잘 망가지긴 하겠지. 일이 생길 때마다 바로바로 빼서 인벤토리에 넣기엔 또 번거롭고.

"몇 개든 사 줄게. 뭘 고민하고 그러냐. 형 이제 돈 많잖아."

얼마든지 부숴도 된다. 잃어버리든 망가지든 그만큼 다시 사 줄 테니까. 그리고 네 기억도 어떻게든 되찾아 주마.

퍼억, 급소를 강하게 가격당한 A급 가드가 정신을 잃고 쓰러졌다. 아카테스 마나 홀을 지키고 있던 다른 가드들 또한 비슷한 신세였다. 두 명의 S급 가드들의 습격에 주위는 빠르게 정리되었다.

"망할 놈들!"

과거 알파 담당자 중 한 명이었던 민디바가 쓰러진 가드를 발로 걷어찼다. 새로운 아카테스 방위청은 도망친 전 방위청 잔당들이 도시를 떠났을 것이라 추측했다. S급 가드가 두 명 남아 있었지만 그 정도로는 복권하기 불가능에 가까웠기 때문이었다.

하지만 잔당들은 도시 내에 몸을 숨긴 채 기회를 노리고 있었다. 마나 홀에 접근할 수 있는 순간을.

그리고 바로 오늘, SS급까지는 아니었지만 다수의 S급 몬스터가 나타나고 대부분의 S급 가드가 전투에 들어갔다. 남은 S급 가드 또한 마나 홀이 아닌 임시 방위청을 지키고 있었다. 아직 가벽 정도만 세워진 채 재건은커녕 정리도 다 끝나지 않은 마나 홀과 전 방위청 자리는 A급 가드 몇만이 감시하고 있을 뿐이었다. 몇 남지 않은 중요 시설은 임시 방위청으로 옮겨졌고 마나 홀 그 자체만으로는 마나 보충 이상은 할 수 없었다.

현 방위청은 그렇게 생각했다.

"새로운 계약을 원하오."

전 방위청 수뇌부 중 하나였던 남자, 파누즈가 마나 홀 앞에 서서 말했다. 주위에 가득 찬 마나가 크게 흔들렸다. 파누즈와 그 일행은 서늘한 시선을 느끼고 반사적으로 몸을 굳혔다. 뱀 앞에 선 생쥐가 된 기분이었다.

"대, 대가는, 여기 이 S급 각성자 두 명으로……."

오랜 시간 교육과 세뇌를 받아 와 파누즈의 명령이 도시를 지키는 올바른 일이라고 굳게 믿고 있는 S급 가드들이 앞으로 나섰다. 그 모습에 나직한 목소리가 대답했다.

[인신공양에는 취미가 없건만.]

"…예? 아니, 갑자기 무슨 소리오!"

파누즈가 당황하며 소리쳤다. 그와 계약관계인 효도중독자는 S급 이상 가드 또는 특별한 스킬을 지닌 각성자를 대가로 받아왔었다. 메드상 소속 가드들을 납치한 사건도 파누즈가 배후에 있었다. 아카테스의 전력을 줄이는 것은 아까웠기에 이따금 알파를 보내 타 도시 S급 가드를 잡아 오기도 했었다.

"우리 아카테스가 타 도시를 정복할 힘을 키울 수 있도록 지속적인 도움을 주기로도 계약했지 않소!"

[썩은 씨앗에도 물을 주길 바라는 건가.]

"뭐, 뭐라고?"

[공손하게.]

말이 떨어짐과 동시에 파누즈의 두 무릎이 픽 꺾여졌다. 바닥에 무릎 꿇은 그의 머리를 무심한 목소리가 내리누른다.

[부탁을 해야지. 내 흥미를 끌 만한 그 무엇도 없다면, 애원이라도 해야 하지 않겠나.]

"아니, 나는, 저, 저는……."

[심지어 그쪽에는 약간의 유감도 있어서 말이네.]

"무, 헉!"
전신을 짓누르는 위압감이 단숨에 퍼져 나왔다. 목이 조인 듯 숨이 막혀오고 파누즈는 물론 S급 가드들까지 창백해진 얼굴로 헐떡거렸다.

[친애하는 내 파트너께서 덕분에 고생을 좀 했지.]

"대, 대체, 무슨……."

[앙갚음 같은 것은 아니라네. 그건 내 파트너가 결정할 일이지. 단순히 내가 거슬리고, 불쾌해서.]

어떻게 기분을 풀어야 할까. 속삭임에 가까운 마지막 말에 파누즈의 몸이 벌벌 떨렸다. 상대가 아무런 계약 없이 이쪽에 직접적인 힘을 행사하기란 힘들다는 사실은 머릿속에서 까맣게 지워졌다. 당장이라도 하찮은 벌레처럼 으깨져 죽고 말 것이란 비이성적인 공포에 사로잡혀 그가 머리를 조아렸다.
"지, 진심으로 사과드리겠습니다! 저는 단지, 아카테스를 원래대로 돌리고자……."

[그래서. 무엇을 원하나.]

계약은 계약이니 들어는 주겠다는 말에 파누즈가 얼른 고개를 들며 대답했다.

"새로운 SS급 가드가, 아니 저를 SS급 전투계 각성자 이상으로 강하게 만들어 주십시오!"

완벽하게 길들였다고 믿었던 알파도 폭주하고 떠나갔다. 그러니 타인은 불안했다. 전투계 가드들을 억압해 온 주제에 스스로 강해지겠다 말하는 파누즈를 시선이 차갑게 내려다보았다.

[고작해야 S급 가드 둘을 놓고서 욕심이 크군.]

"그 밖에도 무엇이든 대가로……."

파앗, 하얀빛과 함께 계약서가 나타났다. 파누즈에게 SS급 이상의 힘을 주는 대신 S급 가드 둘의 자발적인 희생과 '흰 꼬리'에게 복종하겠다는 내용이었다. 또한 흰 꼬리는 자신의 종속에게 최소한의 책임을 지겠다는 내용도 들어 있었다.

파누즈는 얼른 일어나 계약서에 서명했다. S급 가드 두 명 또한 서명을 마친 직후 두 가드의 모습이 녹아내리듯 사라졌다. 그리고.

마나 홀 너머에서 인영이 나타났다. 하얀 머리카락에 파충류 혹은 고양잇과 맹수의 것과 비슷한 금안을 지닌 장신의 남자가 느긋이 입꼬리를 올렸다. 장갑 낀 손이 계약서를 거두며 파누즈를 바라보았다.

"계약대로."

마나가 요동쳤다. 파누즈의 몸을 강력한 마력이 휘감으며, 몸속으로 파고들었다. 치솟는 힘을 느끼며 파누즈가 환하게 웃었다.

"이제 아카테스를 다시—"

목소리가 뚝 끊겼다. 사람의 말 대신 그르렁거림이 새어 나오고, 파누즈의 몸이 변형하기 시작했다. 부풀어 오르듯 덩치가 커지고 머리색과 같은 적갈색 털이 전신에 돋아난다. 뾰족한 귀와 긴 꼬리에 이어 피막 달린 날개가 크게 펼쳐지고 머리와 목을 따라 뿔과 가시가 치솟았다.

― 캬아아!

"크억!"

멍하니 서 있던 민디바가 휘둘린 꼬리에 맞고 가벽에 처박혔다. 용과 표범을 뒤섞어 놓은 듯한 몬스터가 송곳니를 드러내며 으르렁거렸다. 그 모습을 보며 금빛 눈이 살짝 휘어졌다.

"SSS급 몬스터. 제법 잘 만들어졌군. 계약은 완료되었다."

인간인 채로, 라는 말은 없었으니. 애초에 원래 모습 그대로 SS급으로 성장시키는 것은 대가가 턱없이 모자랐다. 하지만 자신에게 속하는 몬스터로 변형시키는 정도라면 어렵지 않았다. 계약 내용보다 등급을 더 높이는 것까지도 가능했다.

백발의 남자가 손을 내밀자 몬스터가 얌전히 머리를 숙여왔다.

"이대로는 눈치채기 힘들 테니."

진분홍색 털실을 꺼낸 그가 몬스터의 한쪽 뿔에 실을 묶었다. 한 손만으로도 솜씨 좋게 매듭을 짓고는 몬스터의 머리를 툭, 가볍게 쳤다. 명령에 따라 몬스터가 하늘 위로 치솟았다. 그것을 바라보던 남자의 몸이 빠르게 흐릿해지다가, 오래 버티지 못하고 이내 사라졌다.

무성한 숲 사이로 작은 호수가 보였다. 원반을 설치한 직후 나타날 몬스터로부터 공격받지 않기 위해 함선은 조금 떨어진 곳에서 멈추었다.

- 꺄앙!

함선 위 비행장으로 올라간 피스가 신나 하며 내 품에서 뛰어내렸다. 그러곤 덩치를 키우더니 날개를 펼쳤다.

- 그르르릉.

얼른 타라는 몸짓에 노아의 눈치를 살피며 올라탔다. 여기선 몸이 달라서 드래곤으로 변하지 못하니까 괜찮겠지. 다른 스킬이라면 모를까 육체가 타 종족으로 완전히 바뀌는 전용화는 사용하기 힘들다고 하였다. 심지어 노아의 지금 육신은 순수한 인간도 아니라 스킬을 적용하기 더 어려웠다.

유현이는 나와 같이 피스의 등에 타고 예림이야 비행 스킬이 있으니 나머지 사람들만 소형 비행선에 올라탔다.

"메드상을 마지막으로 해도 정말로 괜찮을까."

꺼내 든 원반을 바라보며 작게 중얼댔다. 마지막 원반을 설치하면, 분명 여태까지보다 더 위험한 일이 벌어질 것이었다. 신입도, 해파리도, 그 밖의 초월자들도 개입해 올 가능성이 높았다.

그러니 메드상에 먼저 가는 게 어떻겠냐고 말했지만 의외로 노아가 반대했다. 마지막 원반은 조금이라도 더 유리한 장소에서 설치하는 편이 낫다고. 그리고 어차피 우리가 떠나고 나면 이 세상이 무사하긴 힘들지 않겠느냐며.

"시민들은 전부 대피시킨다고 했잖아. 메드상은 도시도 두 개라며."

"그건 그렇지만."

메드상에만 왜 SS급 가드가 둘이나 되나 했더니 근처의 도시와 병합했기 때문이라고 하였다. 드물게도 마나 홀 두 개가 가까운 거리에 생겨났고, 처음에는 각자 도시가 만들어졌지만 메드상과 과거 네포스 시의 격차가 커지면서 결국 네포스 시가 메드상에 소속되게 되었다.

근처라고 해도 차로 두세 시간은 달려야 하는 거리니 시민들을 대피시킨다면 엄청난 참사까지야 벌어지지 않을 터였다. 대피도 노아가 포털을 열어 주면 금방 끝날 것이다.

"그래도 노아 씨가 걱정돼. 너무 쉽게 괜찮다고 말해서."

"메드상 시보다는 형의 안전이 더 중요해서 그런 거겠지. 효도중독자가 형을 노린다고도 했으니까."

"…예림이나 현아 씨라면 좀 더 고민했을걸."

피난할 도시가 있으니까 그 두 사람과는 약간 다른 상황이긴 했지만, 그래도 신경이 쓰였다. 분명 뮤도 사랑받고 있었는데.

"형이 노아 헌터를 완벽히 책임져 줄 수는 없어. 스스로 내린 결정이기도 하잖아."

맞는 말이긴 하지만. 애초에 내가 노아 씨를 다 받아 주는 것부터가 불가능했다. 내게는 노아 씨 한 명만이 있는 게 아니니까. 유현이가 가장 우선시될 수밖에 없고, 또 그다음엔 더 어린 예림이가 있었다.

리에트로부터 벗어나게 도와주고 이것저것 나름 신경은 써 줬지만 노아 씨가 여전히 불안정한 모습을 보이곤 하는 것은, 그 때문이 아닌가도 싶었다. 노아 씨의 어릴 적 일은 자세히 듣지 못했다. 하지만 그 리에트가 누나였으니까 행복한 시절은 아니었겠지.

그 오랜 시간의 허전함을 채워 주기엔 나로서는 역부족이 아닐까. 그런 생각이 들었지만 그래도 조금쯤은 도움이 되고 싶었다. 노아 씨가 나를 좋아해 주고, 또 도와주고도 있으니까.

"난 노아 씨가 지금보다 조금이라도 더 행복해졌으면 좋겠어. 완벽히는 아니더라도. 그냥 같이 살자고 하면 안 될까?"

"…형이 원한다면. 하지만 지금보다 더 박탈감을 느낄지도 몰라. 노아 헌터와 박예림은 다르니까."

"…그런가."

어렵다, 정말. 처음에는 단순히 상처받고 힘들었던, 착하고 순한 사람 정도로만 생각했는데. 리에트의 영향만 벗어나면 금방 괜찮아지지 싶었고. 제각기 다 상처도 다르고 낫는 속도도 다르구나. 당연한 거지만. 누구는 이렇게 금방 씩씩해졌는데 너는 왜 그러니, 라는 말은 절대 못 하지.

피스가 날개를 접으며 호숫가에 내려섰다. 생각보다 비행에 능숙하고 탑승감이 편하기까지 했다. 어떠냐는 듯 꼬리를 살랑거리는 피스를 잔뜩 쓰다듬어 주었다. 우리 피스, 어쩜 이렇게 다 잘났을까.

"아저씨, 걱정 말고 버튼 누르세요. 호수 정도로도 충분해요!"

예림이가 자신 있게 말하며 다가왔다.

"물이 생각보다 더 많, 어? 여기도 있네. 안녕!"

갑자기 왜 손을 흔드나 했더니 어느새 호수 수면에 말머리가 불쑥 튀어나와 있었다. 거북이도 한 마리 보였다. 정령이다.

하얀 망아지와 파란 거북이가 호수 밖으로 나와 예림이에게로 다가왔다. 어려서인지 약해서인지 아직 말은 못 하는 모양이었다. 예림이에게 애교라도 부리듯 머리를 발치에 비비작거린다.

"바다로 가는 게 안전한데. 이곳은 곧 위험해질 테니까 잠깐 피해 있어. 저어기 함선 보이지? 저기 들어가 있으면 괜찮을 거야. 노아 오빠, 연락 부탁드려요."

"네. 물탱크 쪽으로 가면 될 거예요."

떨어지기 싫은 듯 머뭇거리던 정령들이 예림이의 재촉에 함선을 향해 날아갔다. 정령들이 완전히 사라지고 나서 원반을 꺼내 들었다.

유현이와 예림이, 노아 그리고 현아 씨와 시그마에 피스까지 확인하듯 바라본 뒤 버튼을 눌렀다. 패륜아나 효도중독자쯤 되는 거물이 튀어나오지 않는 이상 괜찮을 거라는 자신감이 들었다. 정말 든든하다니까, 다들.

공간이 흔들렸다. 등선을 따라 저릿한 감각이 퍼져 나간다. 아직 마나 감응 제어 아이템을 하고 있지만 확실히 느낄 수 있었다. 세 번째보다 파장이 크다.

선생님 스킬을 썼다. 유현이와 예림이가 보호하듯 내 앞을 막아섰다. 피스도 옆에 바싹 붙었다. 노아가 보조 스킬을 펼치고 문현아의 손에 거창이, 시그마의 주위로 사슬이 나타났다.

- 크르르르.

SS급 몬스터의 사나운 으르렁거림이 바로 앞에서 들려왔지만 고양이의 가르랑거림 정도로만 느껴졌다. 공포 저항 때문만은 아니다. 무서워하기에는 내 사람들이 너무 잘났지.

SS급 몬스터 다섯 마리. 그 이상의 위협은 없었다. 가장 먼저 호수의 물이 치솟았다. 사슬이 오른쪽의 몬스터를 묶고 기다렸다는 듯이 문현아가 달려들었다. 거창이 몬스터의 옆구리를 길게 찢자마자 벼락이 내리쳤다. 시그마에겐 선생님 스킬도 적용 안 됐는데 손발이 착착 맞다. 스킬 특성상 협력을 많이 해 본 문현아 덕분일까.

두 사람의 협공으로 순식간에 몬스터 한 마리가 처리되고 이어 예림이 손에 걸린 몬스터 또한 호수에 처박혔다. 유현이 역시 구경만 하지 않았다. 곧장 나서진 않고 상황을 확인한 뒤 내가 안전하겠다 싶자 바로 가장 가까운 몬스터의 머리를 불태웠다. 즉사하지 않고 덤벼드는 몬스터의 앞발을 칼로 잘라 버리곤 단숨에 뛰어올라 정수리 깊이 이린이 화한 불의 창을 내리꽂았다.

그사이 문현아와 시그마가 몬스터를 한 마리 더 처치하고 마지막 한 놈에게 유현이와 예림이가 경쟁하듯 달려들려던 그때.

"형!"

"아저씨! 위험해요!"

돌연 두 사람이 몬스터를 버려 두고 내게로 돌아왔다. 피스도 털을 잔뜩 세웠다. 나 역시 한발 늦게 심상찮은 기세를 느낄 수 있었다.

"우리 달님 인기 많네~"

"부럽다면 넘겨주겠다."

문현아가 휘파람을 불고 시그마가 마지막 남은 몬스터를 향해 전류가 튀는 사슬을 찔러 넣었다. 요란한 소리와 함께 빛이 튀고, 하얗게 물들었던 시야가 회복되며 이쪽을 향해 날아오는 몬스터의 모습이 눈에 들어왔다.

용의 날개와 뿔을 지닌, 적갈색 털의 맹수.

"유진 씨, 피스와 함께 함선으로 이동시켜 드리겠습니다."

피해 있는 편이 좋겠다며 노아가 말했다. 하지만 함선으로 가면 선생님 스킬이 풀려 버리니까, 미니미니 쿠키를 꺼내 먹으려는데 더욱 가까워진 맹수의 한쪽 뿔에 익숙한 무언가가 팔랑이는 게 보였다.

"잠깐만, 저거! 저거 혹시 털실이야?"

내 말에 다들 흩날리는 핫핑크색 털실을 바라보았다.

"어, 아저씨가 세성 길드장한테 선물한 거랑 똑같네요!"

"맞지? 설마……."

…설마 저 몬스터가 성현제인 건 아니겠지. 아니, 꼭 사람 형태라는 법은 없지만. 나와 만난 곳은 시스템 속, 정신계에 가까웠으니까 모습을 변화시켰을 수도 있다. 처음엔 털실이었잖아.

일단 공격하지 않고 대비만 하고 있자 몬스터가 호수 반대편에 내려앉았다. 적의는 확실히 없어 보였다. 도리어 꼬리를 살랑 흔든다.

"저기… 혹시, 성현제 씨……? 제 파트너 되시나요?"

- 크르릉.

내 말에 몬스터가 크릉거렸다. 대답한 건가. 성현젠가.
"아니, 왜 그 꼴입니까!"

- 그르르.

"진짜예요? 진짜 맞아요?"
아이고, 어쩌다 저런 꼴이 되었대. 사람 말도 못 하나? 몬스터에게 다가가려는 나를 유현이와 예림이가 동시에 붙잡았다.
"조심해, 형."
"맞아요, 혹시 모르잖아요."
"…저게 성현제라고?"
시그마가 의아한 듯 중얼거렸다. 아니, 원래 저런 모습이 아닌데. 근데 정말 맞긴 한가. 성현제치고는 너무 얌전한데. 다가가서 손, 하면 앞발 줄 것 같다.
"세성 길드장이 맞으면 오른쪽 앞발을 들어 보세요."
그르렁, 하고 몬스터가 꼬리만 쳤다. 음, 아닌가. 근데 왜 털실을 달고 있지. 얌전히 앉아 있던 몬스터가 천천히 호수를 날아 넘어 내 앞에 내려섰다. 유현이와 예림이의 경계 속에서 커다란 머리를 내 쪽으로 숙인다.
"진짜 순한데."
손을 뻗어 머리를 쓰다듬어 주자 고롱고롱 목을 울렸다. 성현제는 아니고, 털실은 달려 있고, 적의 없이 얌전하고.
"…성현제가 보낸 건가 보다."

"몬스터를?"

"이유는 모르겠지만 그런 거 같아. 다섯 번째 원반 설치할 때 도움이 되라고 보낸 건가? SSS급인 듯하니까. 맞으면 메시지 짧게라도 보내 주시죠."

오, 왔다. 내용은 알아볼 수 없지만. 원반을 설치할수록 시스템 장악력은 도리어 떨어지기라도 하는 걸까. 퀘스트도 계속 못 보내고 있고.

아무튼 SSS급 몬스터라니, 든든하네. 이제 마지막 원반, 하나만 남았다.

4장 여섯 번째 조각

4장
여섯 번째 조각

 넓게 펼쳐진 날개에 구름이 휘감겼다 길게 갈라진다. 이름 모를 SSS급 몬스터는 함선을 보호하듯 앞장서 날아갔다. 그 머리 위에 유체화한 피스가 떡하니 앉아 있었다. 처음 잠깐은 경계하더니 우리 편이라는 확신이 들었는지 이내 아무렇지 않게 대하기 시작했다. 정확히는 새로 들어온 신입이구나, 라는 느낌이었다. 내가 곧잘 새로운 마수들을 데리고 온 탓인 듯했다.
 저 몬스터를 성현제가 보냈다곤 해도 정말로 괜찮을지는 아직 약간 걱정이 들었다. 등급 차이가 있다 해도 한 방에 나가떨어질 피스는 아니지만.
 "스킬 사기에는 포인트가 조금 모자라네."
 문현아가 허공을, 그녀의 눈에만 비칠 상점창을 뚫어져라 바라보며 말했다. 전면 창이 넓게 달린 라운지에는 시그마를 포함해 우리 일행만이 모여 있었다.

메드상 시까지 이제 얼마 남지 않았다. 미리 연락을 해 피난 준비가 이루어지고 있을 터였다. 노아가 이동포털을 만들어 주면 금방 피난이 끝나고, 그리고 마지막 다섯 번째 원반을 설치하게 된다.

라운지의 공기는 약간 무거웠다. 다들 복잡한 생각이 들지 않을 순 없을 터였다. 당장 무슨 일이 벌어질지 모르는 불안감도 있겠지만, 한 번 나가게 되면 이 세계와는 영영 작별이다.

"유현이 넌 뭐 살지 골라 놨어?"

"포인트가 한정적이니까 아직 고민 중이야. 나도 장비보다는 역시 스킬이 더 좋을 거 같아."

유현이도 스킬 쪽에 더 관심이 많구나. 예림이와 노아도 마찬가지였다. 예림이는 포인트가 워낙 많아서 원하는 스킬에 더해 장비도 한둘쯤 구입 가능했지만 정령의 알을 위해 쓰진 않고 있었다.

나는 어쩌지. 포인트 꽤 모이긴 했는데. 쿠키 사고 남은 포인트로 애들 장비나 살까 했더니 현아 씨가 형님부터 챙기라며 등을 후려쳤다.

'…내 스킬을 사는 것도 나쁘진 않겠지.'

마나 각인 적응만 마치면 마력 다루는 능력이 올라갈 테니까. 다만 내 적성에 맞는, 살 수 있을 만한 가격의 스킬이 좀 애매했다. 공격계는 하급이 아닌 이상 엄두도 못 낼 포인트였고 방어 계통도 마찬가지였다. 댁 적성은 전투와 백만 광년쯤 떨어져 있답니다, 라고 말해 주는 것만 같았다.

'보조계 쪽은 저렴한 게 꽤 있긴 한데.'

특히 버프류는 대부분 등급 대비 낮은 포인트로 살 수 있었지만 문제는 비슷한 스킬과 중복이 불가능했다. 보통은 이렇긴 하지. 내새끼와 베테랑이 특이한 거였다. 중복이 불가능하면 예림이와 노아의 스킬이 더 낫고.

차라리 몬스터 키우는 데 도움 되는 스킬을 살까. 이쪽도 저렴했다. 흥분한 상대를 진정시키는 스킬이나 회복과 성장을 도와주는 숙면 스킬, 음, 이거 괜찮은 거 같은데. 야행성 새끼 몬스터를 낮에 재울 수도 있지 않을까. 그래도 부작용 없나?

밥투정을 안 하게 해 주는 스킬도 있었다. 주는 걸 잘 받아먹는… 잠깐만, 이거 악용하면 위험한 거 아니냐. 신뢰가 어느 정도 쌓여 있어야 한다는 조건이 붙긴 했지만. 목욕을 쉽게 시키는 것도 있네. 정말 별게 다 있구만. 다들 한정적인 조건과 상황에 신뢰도 바탕이라서인지 상대 등급 한계도 거의 없었다.

이런 보조류나 몇 개 사 갈까. 등급도 낮은 편에 할인 많이 들어갔는지 싼데.

"나가기 전에 말이야."

문현아가 등받이 깊게 몸을 기대며 웃음기 섞인 목소리로 말했다.

"형님도 형 소리 한 번쯤 해 봐야 하지 않겠어?"

"…네?"

"예림이한테도 그렇고. 예림아, 누나 소리 듣고 싶지 않냐."

아니, 갑자기 무슨 소리야. 정령의 알을 만지작거리고 있던 예림이가 눈을 동그랗게 떴다가 짓궂게 웃었다.

"맞아요! 아저씨 저한테 아직 누나라고 한 번도 안 불렀잖아요! 제가 한 살 더 많은데!"

그때 적당히 넘어가나 했더니 왜 인제 와서……. 문현아가 유현이와 노아까지 부추기기 시작했다.

"도련님도 듣고 싶지 않아? 노아 헌터는 무려 열 살이나 더 많잖아. 나가기 전에 기분 한번 내 보라고."

"현아 씨! 아니, 실제로는 다른 사람이잖습니까. 맡은 배역이 원래 나이보다 많다고 해서 동생보고 형이라 그럽니까?"

"같은 극에서 연기할 땐 당연히 형이라고 해야지. 안 그러냐."

"현아 언니 말이 맞네요! 자, 아저씨."

어서 불러 보세요, 하며 예림이가 거만하게 팔짱을 꼈다. 뭐, 못 할 거 없긴 한데 이렇게 판 깔아 주니 더 쪽팔리잖아. 괜히 옆에 선 동생을 힐끗 돌아보았다.

"…너도 듣고 싶냐?"

"아니, 형은 형이잖아. 난 알파가 아니야."

유현이의 거절에 예림이가 치사하다며 인상을 찌푸렸다.

"노아 오빠는요? 괜찮잖아요, 또 듣기 힘들 텐데!"

"저는……."

노아가 내 눈치를 슬쩍 살피다가 배시시 웃었다.

"듣고 싶기도 하고요."

"그쵸! 한유현 넌 싫으면 빠져."

"내가 왜."

"싫다면서?"

"싫다고는 안 했다. 형에게 그런 거 강요하지 마, 둘 다."

"강요라니! 아, 한유현 저거 또 혼자 딱딱하게 굴지. 사실은 불덩어리가 아니라 얼음덩어린 거 아냐?"

확인해 보자며 예림이가 자리를 박차고 일어났다. 유현이도 한 발 앞으로 나섰다. 노아가 싸울 거면 밖으로 나가 달라고 말했다.

"현아 씨도 정말."

피하듯 다가온 내 팔을 문현아가 가볍게 잡아끌며 목소리를 낮추어 말했다.

"형님, 달이 쟨 어떻게 할 거야?"

문현아의 말에 유현이와 예림이의 기싸움을 구경 중인 시그마를 바라보았다. 눈길을 느꼈는지 이쪽으로 고개를 돌린다.

"저도, 뭐라고 장담할 수가 없어요."

정말로 진짜가 되었다면 간단한 일이다. 그냥 데리고 가면 된다. 하지만 불가능하다면, 어떻게 해야 할지 아직은 알 수 없었다.

"같이 나갈 수 있다면 제일 좋겠지만요."

SS급 헌터야 어디서든 환영받을 테고. 신분이 불확실한 것쯤이야 문제 될 거 없다. 등급만 확인하면 바로 두 팔 벌려 받아 줄 것이다. 성현제와 똑같이 생겨서 말이 나오긴 하겠지만 대충 친척이라고 하면 되지 않을까.

그럼 성씨가 되려나. …성월이? 내가 생각해도 좀 아닌 거 같다. 아님 소월이라거나.

"만약 나가게 되면 이름도 바꿔야 할 텐데요."

"형님은 입 댈 생각도 하지 마."

"…왜 다들."

"안 돼."

아니, 왜. 역시 삐약이가 문제인가. 삐약이 귀여운 거 같은데. 아니면 하양이… 는 있고, 동글이나 삐삐, 솜뭉치…….

펑! 냉기와 열기가 맞부딪치며 수증기가 피어올랐다. 소리는 요란했지만 비각성자로 치자면 가벼운 눈싸움 수준이었다. 그래도 집 안에서는 저러면 안 되지만. 벽지 운다.

희뿌옇게 퍼져 나가는 수증기 사이로 다시금 시그마를 바라보았다. 처음 만났을 때와는 많이 달라진 듯한 느낌이었다. 그때는 이상하게도 흐릿하게 비쳤었는데, 지금은 수증기에 가려진 채로도 훨씬 뚜렷하게 다가온다.

"왜 그렇게 쳐다보는 거지."

"너 책임질 생각 하느라고. 지금도 그렇지만 우리 동네 가면 달이 너 진짜 집도 절도 신분도 아무것도 없잖냐. 일단 우리 집에 데려다가—"

"형! 왜 또!"

"아저씨! 사람을 강아지 줍듯 하면 안 되죠!"

"저, 저도 아직인데요, 유진 씨!"

"…아니, 빌딩에 남는 방 많으니까 거기서 지내도 되고."

"저런, 누나한테 올래, 달아?"

누나 돈 많단다, 라는 너스레에 시그마가 코웃음을 쳤다.

"그곳도 상급 각성자에 대한 수요는 많지 않다. 어차피 C급이 책임지겠지만."

"그래, 책임지고 좋은 길드 소개해 줄게! 해연이라고 있거든요, 여기가 참 뭐라 말할 수 없이 좋은 곳인데."

"아, 형님. 이런 건 공평하게 해야지!"

그런 게 어딨습니까, 먼저 낚으면 임자지! 문현아가 팔을 뻗어 내 목을 장난스럽게 휘감아 조르고 예림이가 그럼 저 후배 생기는 거네요? 하고 웃었다.

"대피 준비는 모두 끝났나?"

함선이 메드상에 도착했다. 비행장에 내려서며 노아가 마중 나온 메드상 방위청 사람들에게 물었다. 그들 중 한 명이 대표로 나서며 고개를 끄덕였다.

"예, 뮤 님. 중앙 광장을 비롯한 세 개의 광장에 시민들이 대기 중입니다. 제2메드상으로의 공간이동 포털만 열어 주시면 됩니다."

"알겠다. 그럼 여러분, 먼저 목적지에 가 있으세요."

노아가 방위청 가드들과 함께 떠나고 우리는 마지막 원반 설치 지역으로 향했다. 커다란 강을 가로지르는 다리의 한쪽 끝. 그곳이 바로 다섯 번째 원반의 설치 장소였다.

"이곳에 설치된 대포들은 모두 SS급 몬스터에게까지 타격을 입힐 수 있는 무기입니다."

메드상 가드가 자랑스럽게 말했다.

"무기에 보조 스킬을 더한 결과지요. 다만 이곳에 보조계 가드들이 대기하고 있을 수는 없으니 일회용입니다."

마나만 충분히 넣을 수 있다면 누가 쓰든 같은 효력을 발휘한다 하였다. 이 동네는 그런 점은 참 좋단 말이야. 괜히 하얀 살쾡이 총을 꺼내어 매만졌다. 이거 이대로 못 가지고 나가나. 신발도 재킷도 아쉽다. 시리즈 더 있을 거 같은데 다 모으지도 못하고.

메드상의 가드들이 무기들만 놓아 둔 채 철수했다. 예림이는 혹시 여기도 정령이 있을지 모른다며 강 쪽으로 내려갔다. 유현이는 피스와 함께 하늘 위에서 주변을 살폈다. 문현아도 자신의 바이크를 점검하며 아쉬운 표정을 지었다.

"혹시 모르니까 이거 받으세요."

나는 시그마에게 미니미니 쿠키 하나를 내밀었다.

"만약에 집중적으로 노려지거나 하면 작아지는 편이 보호받기 좋을 겁니다."

쿠키를 받고 별말 없이 돌아서려는 그를 다시금 붙잡았다.

"제대로 물어본 적이 없는 거 같아서. 시그마 씨, 당신은 여길 떠나도 괜찮은 겁니까?"

오랜 시간 살아온 곳이다. 그런 곳을 자의도 아니고 갑작스럽게 배척당해 떠나게 되었다. 단순히 멀어지는 것조차 아닌 완전히 다른 세계로 가게 되는 것이었다.

금빛 눈이 나를 내려다보았다.

"이제 와서 새삼스러운 소리를 하는군."

"그렇긴 한데."

"C급 너는 나를 잘 아는 것처럼 행동하더니."

…그야, 반쯤은 누구 씨 때문이었다. 외모는 물론이요 행동 패턴도 꽤 비슷했으니까. 물론 시그마가 더 거칠고 덜 다듬어졌고, 어린 티가 났지만. 그래도 비슷한 점이 많아서.

"어, 음. 그러네. 싫으면 여기 있지도 않았겠다."

성현제와 비교하면 한참 어리게 느껴져서 잠깐 잊고 있었다. 이 녀석도 얌전한 성격은 절대 아니지. 남을 위해 참아 주는 일 따윈 없을 거고. 그렇게 생각하자 무심코 웃음이 새어 나왔다.

"같이 다닌 거, 나쁘진 않았나 봐요. 현아 씨가 애 취급하는 것도 은근 즐긴 거 아닙니까? 반항을 별로 안 하던데?"

"…너도 람다 손에 붙잡혀 봐."

"람다가 아니라 문현아다."

문현아가 불쑥 다가와 시그마의 어깨에 턱하니 팔을 얹었다.

"잡히기 전에 도망 안 친 건 사실이지, 우리 달이."

"내가 왜 도망쳐야 하지."

"나가면 문현아야. 지금이랑 모습도 좀 달라질 거고. 아깝다, 이 몸뚱이!"

무기도! 바이크도! 술도! 문현아가 장난스럽게 울상을 지었다. 진심도 꽤 있는 듯했지만.

"나가게 되면 계약도 끝이다."

어느새 내 뒤쪽으로 내려선 유현이가 시그마를 바라보며 말했다.

"형은 C급도 아니야."

응, 스탯 F급이지. …나도 아쉬워지네. 아깝다, 이 몸뚱이! 물론 은혜가 더 좋긴 하지만, 그래도 아쉬웠다. 목숨도 세 개 남았는데 이건 못 들고 나가나.

"그러니 이건 돌려주지. 가지고 떠나."

돌려주다니, 무슨 소린가 했는데 유현이가 도플갱어 인형을 꺼냈다. 저, 저게 아직 있었나.

"어? 뭐예요 그게?"

예림이가 놀라며 소리치고 문현아도 눈을 휘둥그레 떴다.

"이게 뭐… 아, 도플갱어 인형인가? 들어 본 적은 있어."

"우와, 진짜 똑같다! 인형이라고요? 줘 봐, 한유현. 나도 볼래!"

예림이가 팔랑팔랑 두 손을 흔들고 문현아도 관심을 보였다. 아니, 그만둬 줘라. 그냥 단순한 더미 인형이긴 한데 뭔가 쪽팔려…….

"별거 아니야, 예림아. 그냥 가끔 나오는 아이템이야."

"아저씨 손이랑 똑같아요! 약간 더 서늘하긴 한데, 지문도 있네요?"

"심장 박동도 없고 기운 자체가 달라서 가짜 티는 확 나는데 겉모습은 완전 같네. 어디까지 똑같지?"

"현아 씨! 옷 들추지 마세요!"

뭐 하냐, 진짜! 궁금하면 직접 만들어서 확인해 보라면서 인형을 빼앗… 으려고 했지만 힘이 달렸다.

"…유진 씨?"

노아의 목소리가 들려왔다. 공간이동으로 나타난 그가 예림이와 문현아에게 붙잡힌 인형과 나를 번갈아 바라보았다.

"…아, 효도중독자가 유진 씨를 노린다고 했으니 가짜를 만든 거로군요. 그런데 가짜 티가 많이 나는 거 같아요. 모습은 똑같지만요."

"저, 전투 중에는 잠깐 속일 수 있을걸요. 예림아, 현아 씨, 돌려주세요!"

"누구한테?"

문현아가 인형을 들고 가볍게 흔들었다. 내가 어지러운 거 같으니 그만둬 줘. 예림이가 저 달라면서 손을 들었지만 인형은 원래 주인인 시그마에게로 돌아갔다. 정확히는 내 거긴 한데.

"자자, 준비나 하죠. 집에 돌아갈 준비."

밖은 시간이 얼마 안 흘렀을지 몰라도 체감은 한참 되었다. 명우가 걱정하고 있진 않을까. 삐약이와 벨라레는 사이좋게 잘 있으려나. 송태원 실장님, 우리 없어서 좀 편하실까. 그러기엔 리에트가 남아 있지만. 리에트 사고 안 쳤겠지.

"성현제 씨, 보고 계시면 늦지 말고 나오세요."

공중을 향해 손 한번 흔들어 주곤 원반을 꺼내 들었다. 피스가 내 옆을 지키듯 붙어 섰다. SSS급 몬스터도 앞으로 나섰다. 노아도 준비를 마치고 나도 선생님 스킬을 썼다.

신입과 바로 연락 닿고 무사히 나간다면 더 바랄 게 없겠건만. 그렇게 쉽게 되진 않겠지.

숨을 삼키고, 원반의 버튼을 눌렀다. 직후 메시지창이 떴다.

허니, 그쪽과 연결이 잘 되지 않아요!

응? 아직도? 그리고 이어서.

두 번째 원반을 설치했군요! 아직 메시지를 볼 수 없나요?

연이어 다른 메시지가 떴다. 두 번째 원반이라니, 잠깐만. 이거 언제 보낸 메시지들이야?

채터박스예요!
효도중독자 중에서도 시스템에 손댈 수 있는 사람이 있어요!
해파리와 채터박스가!
허니, 무해의 왕이 그곳에 접촉했어요!
원반을 조금 더 천천히 설치하는 게—

> 무해의 왕이, 그곳의 초월자의 정보와!
> 아직 준비가 안 됐어요!
> 다섯 번째 원반은!
> 좀 더 늦게!

원반은 이미 설치되었다. 잠깐의 시간을 두고, 새로운 메시지가 떴다.

> 우리 작은 달.

하늘이, 마치 깨어지듯 어두워졌다. 분명 낮의 하늘이었건만 어둠이 내린 너머로 달빛이 새어 들어왔다.

성현제와 마지막으로 만났을 때처럼.

하늘의 균열이 선명했다. 밤과 낮이 서로 마주 보고 섰다. 현실감 없는 광경이었다. 아무런 소리 하나 없이 고요하게, 낮이 계속해서 깨어져 갔다. 가위에 눌린 것처럼 꼼짝도 못 한 채 그것을 바라만 보았다.

두 눈 멀쩡히 뜨고 있는 대낮에 악몽이 기어오른 것만 같았다. 한밤에, 잠들었을 때나 나와야 할 괴물이 햇살을 가르고 고개를 드는, 그런 소름끼치는 감각이 피부를 긁었다.

무언가 대응을 해야 한다는 생각 자체가 들질 않았다. 단순한 공포를 넘어서서 체념의 단계로 곧장 나아간 듯했다. 낮을 깨트려 먹으며 밤이 더더욱 커져 간다. 푸른 하늘과 하얀 구름과 햇살 조각이 투둑투둑 떨어지다가 사라졌다.

그 너머로 별이 반짝인다. 무수한 반짝임 속에 무엇이 도사리고 있는지 알 수 없다는 두려움이 심장을 조였다. 그리고.

차르르—

금속성 맑은 소리가 들려왔다. 익숙한 음색이었다. 하나 길게 비쳐 든 것은 금빛이 아닌 은빛. 창백한 달빛이 하늘에서 지상으로 내리꽂히기 시작했다. 수십 개의 은색 사슬이.

"형!"

유현이가 팔을 뻗어 내 앞을 막았다. 다른 사람들은, 예림이와 피스는 물론 SSS급 몬스터조차도 본능적으로 스스로의 급소를 보호하는 게 고작이었건만 동생은 나를 감쌌다. 기가 막힘과 동시에 정신이 번쩍 들었다. 그렇다고 해서 무언갈 할 수 있는 건 아니었지만.

"유현, 윽!"

사슬은 유현이의 팔을 가볍게 꿰뚫고 내 다리까지 비스듬히 찢어 놓았다. 또 다른 사슬이 왼팔을 아슬아슬하게 스치고 지나갔다. 그것만으로도 옷이 찢기고 깊게 할퀸 듯한 상처가 남았다. 여기저기서 피 냄새가 짙게 쏟아져 들어왔다. 동시에 선생님 스킬이 위험 신호를 퍼부었다.

치명상은 없다. 하지만 부상을 입지 않은 사람도 없었다. 아주 짧은 사이에 모두 만신창이가 되었다. 팔다리 중 하나 이상은 너덜너덜해져, 나는 마치 사지가 전부 사슬에 찢긴 기분이 되었다.

"사슬이 박힌 채로는, 치유 스킬을 쓸 수 없어요!"

노아의 외침이 들려왔다. 유현이가 검을 휘둘렀다. 카강, 요란한 소리와 함께 부러진 칼날이 튀어 올랐다. 은빛 사슬에는 흠 하나 가지 않았다. 오히려 반동으로 상처만 더 헤집어질 뿐이었다.

거미줄에 단단히 묶인 벌레처럼 벗어날 방법이 없었다. 유현이의 두 눈이 흔들리다가 무겁게 가라앉았다.

─ 유현아!

이가 나간 검이 사슬에 꿰뚫린 팔을 향했다. 이린이 튀어나와 검을 감싸 잡고 나 또한 놀라 동생을 붙잡았다.

"무슨 짓을 하려고!"

"형은 당장 도망쳐야 해! 우리는 죽어도 되지만 형은 아니잖아!"

유현이의 외침에 예림이 또한 화들짝 놀라며 나를 돌아보았다. 나는 진짜 몸이니까…….

"그, 그래도! 그냥 노아 씨가 이동시켜 줘도 되잖아!"

내 말에 뒤쪽에서 노아가 당황하며 대답했다.

"공간이동 스킬을 쓸 수 없어요! 지금 여기는, 공간이 일그러져 있어서……. 마나 홀과의 연결도 끊겼습니다!"

"팔을 잘라서 사슬을 빼낼 테니 치유 스킬 부탁드립니다."

"야!"

- 유현아, 린이가 형 데리고 갈게!

이린이 화르륵 몸을 키우며 나를 휘감았다. 젠장, 하지만 여기서 도망친다고 해도 그 뒤는? 신입은 왜 아무 말이 없는 거지. 그보다 이 사슬의 주인은 대체 누구야!

"린아, 멈춰! 나 혼자 빠져나가 봤자 헛수고야! 유현이가 죽기라도 하면 린이 너도 사라지잖아!"

당장 목숨 구해 봤자 내가 혼자 얼마나 버틸 수 있을까. 린이가 머뭇거리고 유현이가 입술을 깨물었다. 밤은 우리 머리 위는 물론, 도시를 모두 덮으리만치 퍼져 가고 있었다. 태양빛이 밀려나며 어둠이 짙어졌다.

우리 작은 달, 그 한마디 이후 아직 아무런 메시지가 없었다. 신입의 메시지 뒤에 왔지만 신입은 아닐 것이다. 이를 악물었다가 말했다.

"일단 마나 홀로 가죠."

다시 피가 튀어 오르고 치유 스킬과 포션이 쓰였다. SSS급 몬스터도 제

살을 꿰뚫은 사슬을 억지로 뜯어내곤 우리를 따라왔다. 사슬이 쏟아져 내린 범위를 벗어나자마자 철컹이는 소름 돋는 소리와 함께 은빛 사슬이 하늘 위로 끌어올려졌다.

"다시 올 겁니다! 최대한 피해요!"

막는 건 불가능하다. 하지만 피하는 것도 쉽지는 않을 터였다.

"예림아, 우리 위로 물을 끌어와 줘! 유현아, 그거 전부 데워 줘! 완전히 증발시키진 말고, 뿌옇게 퍼질 정도로!"

탄식을 쓸까도 했지만 마나 소모량도 많을뿐더러 범위도 바라는 만큼 넓진 않았다. 예림이가 강에서 물을 끌어왔다. 하늘 위로 펼쳐진 수막을 향해 푸른 버들잎이 흩날렸다. 이어 잎이 불로 화하며 열기가 순식간에 물을 끓어오르게끔 만들었다.

희뿌연 김이 짙게 피어올랐다. 거대하고 짙은 구름이 지상에 낮게 내려온 듯했다.

"예림아, 사슬이 저기에 닿는 거 느낄 수 있겠어?"

"어, 네! 될 거 같아요! 미세한 물방울 상태니까요."

그럼 선생님 스킬을 통해 다른 사람들도 느낄 수 있다. 시그마 빼고. 시그마야 전투 예지가 있어서 첫 공격에도 피해가 가장 적었었다.

- 크르르.

뒤따라오고 있던 SSS급 몬스터가 낮게 으르렁거렸다. 거의 동시에 예림이가 외쳤다.

"와요!"

전해지는 감각으로 나 또한 느꼈다. 은색 비가 뿌옇게 뒤덮인 하늘을 가르며 쏟아져 내린다. 순간이동 가능한 예림이가 피스 등 위의 나를 낚아챘다. 콰득, 콱! 사슬이 땅에 박히며 아스팔트 조각과 흙, 보도블록 따위가 튀어 올랐다.

이번에는 대비를 하고 있었기에 부상을 입은 사람은 없었다. 무시무시한 속도의 공격이었지만 모두 잘 피해 냈다.

"저쪽입니다!"

방위청 건물이 저만치 앞으로 보였다. 아직 여기까지는 어둠이 내려앉지 않았다. 낮이다. 그 차이가 섬뜩하게 다가왔다.

'패륜아든 효도중독자든 중립이든 초월자인 것만큼은 분명한데.'

이렇게까지 직접적으로 개입해도 되는 거냐. 안개도 없었고 공격해 온 것은 은빛 사슬이다. 그러니 해파리는 아니었다. 채터박스라는 놈일까. 혹은 이 세계의 초월자일 수도 있다. 해파리는 이미 가장 오래된 정령에게도 접촉했다.

'이곳의 효도중독자와 손잡은 걸까.'

신입아! 뭐라고 메시지 좀 보내 봐라. 여기서 어떻게 나갈 수 있는 거냐.

밤이 닿지 않아서인지 세 번째 공격은 없었다. 메드상 방위청이 코앞까지 다가왔다.

"여기도 방위청 지하에 마나 홀이 있습니까?"

"네!"

"그럼 실례할게요. 현아 씨!"

SS급짜리 폭탄을 문현아를 향해 던졌다. 자세한 설명 없이도 문현아가 거창을 테니스 채처럼 휘둘렀다. 발사된 총알처럼 날아간 폭탄이 건물 깊숙이 파고들고 약 3초 후 폭음과 함께 터져 나갔다.

반파된 건물을 향해 예림이가 아직 남은 물덩이를 쏟아부었다. 건물이 마저 폭삭 무너지며 잔해가 쓸려 나갔다. 이어 문현아가 공중으로 높게 뛰어올랐다가 그대로 창을 내리꽂고, 너른 크레이터가 만들어지며 지하의 마나 홀이 모습을 드러냈다.

마나 홀 앞에 선 노아가 우리들에게 마나를 전해 주었다. 뿌옇게 하늘을 덮고 있던 구름도 사라지고 다가오는 어둠이 보였다. 절로 목 안쪽이 말라붙었다. L급 공포 저항이 그리워졌다.

"암만 봐도 답이 없는데, 어때?"

문현아가 내게 물었다.

"지금 우리 힘으로는 맞설 수 없는 상대입니다. 버티기라도 할 수 있다면 다행이겠지요."

비관적인 소리였지만 사실이다. 시간을 끌며 도움을 기다리는 것 외엔 별다른 방법이 떠오르지 않았다. 공격 스킬 두 배에 우리의 스킬까지 최대로 쓸 수 있다 하더라도 결과는 변함이 없을 것이었다.

그렇다고 해서 메시지창만 목 빼고 쳐다보고 있는 건, 역시 아니지.

저놈도 뭔가 목적이 있으니까 저 난리 치는 게 아니겠냐. 작은 달, 은빛 사슬, 밤. 성현제를 찾아왔던 초월자. 내 파트너 씨는 뭐하고 있나.

"시그마 씨."

느릿이 가까워지고 있는 밤을 올려다보던 시그마가 내게로 시선을 돌렸다.

"저건 아무래도 시그마 씨에게 용건이 있는 모양입니다."

"내게?"

"우리 달이 정말 너무 인기 많다."

그러게 말이다. SSS급 몬스터 정도로 끝날 줄 알았는데 저건 너무 거물이잖아. 하지만 이번에는.

"단순히 시그마 씨가 이 세계에서 이질적인 존재가 된 것 때문에 찾아온 건 아닌 듯합니다. 아마도 저게 제게 메시지를 보냈거든요."

"메시지? 뭐라고 보냈지."

"우리 작은 달, 이라고요."

시그마가 근처까지 다가온 밤을 다시금 바라보았다.

"…나는, 기억나는 게 없어."

"아무것도요?"

"내가 저것과 관계가 있는 건가."

"글쎄요, 아마도요."

"그럼 성현제, 그자는."

단순히 닮기만 했을까. 그 의문이 다시금 떠올랐다. 같은 외모, 같은 스킬 그리고 무기. 초승달.

"…초승달."

어둠이 장막처럼 펄럭인다. 낮의 조각들이 흩어진다. 별이 가득한 밤하늘에 달은 보이지 않았다. 이 동네 달, 엄청 컸는데.

"초승달!"

코앞까지 다가온 밤을 향해 외쳤다.

"잘나신 초월자께서 이 세계가 이미 멸망한 과거일 거라는 걸 모를 린 없을 테고, 야! 너 우리 세계에선 지금 잠들어 있어! 아냐?"

들리냐! 자기 자신의 미래에 대한 정보, 아무리 과거의 가짜라 해도 흥미가 없진 않을 것이다.

"신입이 너 사고 치고 잠들었다더라! 인어여왕도 한심하게 보는 눈치던데? 늑대랑 사슴이 뒷담도 깠어!"

물론 그런 적 없다만 알 게 뭐냐. 저놈이 내가 패륜아들에 대해 잘 알고 있다는 인상만 심어 주면 그만이다. 대화란 걸 하고 싶어지도록.

> 너는 누구지.

메시지가 떴다.

"이름을 듣고 싶거든 그쪽이 먼저 밝히는 게 기본적인 예의다. 아니면 그쪽 동네는 대충 막말하고 다니나? 근본 없는 동넨가 봐."

잠깐의 침묵 뒤 다시 메시지가 나타났다.

> 천 개의 세계를 삼킨 달
> 초월자들의 요람
> 스카우터
> 초승달의 여섯 번째 조각

"…뭐?"

"너는."

메시지가 아닌 하늘에서 울리는 목소리가 들려왔다.

"그 양육자로군. 무해의 왕이 찾고 있는 양육자."

신입의 메시지가 떠올랐다. 이곳 초월자 정보와, 에서 끊어졌지만 대충 오래된 정령 때처럼 접촉하고 협력 같은 걸 구한 거였겠지. 근데 그 상대가 초승달이라니.

"당신 패륜아잖아! 무해의 왕이면 효도중독자 아냐? 설마 손잡고 그런 건 아니겠지? 배신이냐!"

"서로의 이해관계가 맞물린다면 협력하지 못할 것은 없지."

"그냥 배신자지 쓸데없이 말이 기네! 그리고 그쪽은 이쪽 세계에 직접적으로 영향 미치면 안 되는 거 아니었나. 시스템 어쨌어, 시스템!"

"제약은 분명 있다만, 양육자. 이곳은 과거 사라진 세계의 정보임과 동시에 던전이다."

던전. 밖의 세계보다 외부의 힘이 간섭하기 훨씬 쉬운 장소. 그렇다 해도 이런 식은 너무 심한 거 아니냐고 생각한 순간, 밤하늘에서 새하얀 빛이 쏟아져 내렸다.

깨어진 하늘 너머에서 검은 발굽이 나타났다. 시커먼 털의 몸뚱이는 휘황찬란한 의복을 휘감은 말이었다. 말의 목과 머리가 있어야 할 부분에는 인간의 상체가 붙어 있었다. 켄타우로스다. 남성으로 보이는 상체는 뾰족한 귀 뒤로 긴 검은 머리카락을 늘어뜨리고 새하얀 눈을 반쯤 감고 있었다.

그 양 손목과 주위를 은빛 사슬이 너울처럼 휘감아 흔들린다. 찰강이는 금속성 소리가 무겁게 전신을 짓눌러왔다. 나는 물론이고 누구 하나 꼼짝하지 못했다. 흰 눈이 나를 바라보았다. 동시에 위압감이 한결 사라졌다.

"…초승달이라더니 달의 디귿 자도 없잖아."

게다가 분명 그녀라고 했던 거 같은데. 이종족이니 겉모습만 가지고 성별을 짐작할 순 없지만.

"나는 여섯 번째 조각이다."

"아무리 여기가 던전이라고 해도 이렇게 막 나와도 되는 겁니까? 도로 들어가시죠?"

"힘이 원래의 절반 이하로 떨어지고 대가 또한 치러야 하겠지만 나는 머잖아 사라질 가짜일 뿐이다. 양육자, 무해의 왕이 왜 너를 원하는 거지."

"밤중에 남의 집에서 밀회를 살짝 했었는데 저한테 반했다네요. 키우는 애들이 한둘이 아니라 연애할 시간이 없다고 했더니 막무가내로 잡아가려 하지 뭡니까. 흔한 치정극일 뿐이니까 적당히 손 떼시는 편이 체면 세우기 좋으실 겁니다. 원래 이런 일엔 남이 간섭하는 게 아니에요. 솔직히 해파리 개 제 취향도 아니라. 촉수랑은 나쁜 기억뿐이라서 안 좋아해요."

깜둥이 빼고. 초승달 네 여섯째가 나를 지그시 내려다보았다. 다시금 위압감이 밀려들며 몸이 굳었다. 차르르, 사슬이 뱀처럼 움직였다. 사슬도 싫어질 거 같다. 특히 은색.

죽이지는 않겠지. 어금니를 깨무는 그때.

– 캬아아!

적갈색 덩어리가 내 앞으로 튀어 나갔다. 성현제가 보낸 SSS급 몬스터였다. 날개를 펼치고 이를 드러내는 몬스터를 향해 여섯 번째 조각이 감흥 없이 손짓했다. 은빛 사슬이 가차 없이 몬스터의 날개를 찢고 몸뚱이를 갈랐다. 순식간에 생기를 잃은 사체가 바닥으로 쿵, 떨어졌다. 새빨갛게 물든 몬스터의 사지가 마지막 경련을 잘게 했다.

그 모습이 허무하다 생각한 순간, 공기가 떨렸다. 여섯 번째 조각이 미간을 좁히며 나와 시그마를 향해 사슬을 뻗었다. 맹렬하게 날아든 사슬 끝이 내게 닿기 직전.

키기긱, 긁히는 소리와 함께 가느다란 무언가가 사슬을 휘감아 멈춰 세웠다. 그것은 다름 아닌.

"…야, 성현제."

핫핑크 털실이었다. 생일 선물로 털실 퍼부은 내가 죄인입니다, 네.

은빛 사슬과 털실이 서로 얽혀 팽팽히 당겨졌다. 겉만 보면 사슬에 상대도 안 되게 가는 털실이다. 금방이라도 툭 끊어질 것처럼 느껴졌다. 하지만 털실은 버티다 못해 사슬을 조금씩 뒤로 당겨 냈다.

"어떻게 나온 거냐!"

초승달의 여섯 번째 조각, 켄타우로스가 소리쳤다. 흰자위와 구분할 수 없이 새하얗기만 한 눈이 사납게 치켜 들렸다. 치렁한 장신구가 걸린 그의 오른쪽 손이 앞으로 내밀어졌다. 그 손에 나타난 것은 사슬이 아닌 검은빛을 띤 활이었다.

그와 동시에 분홍빛이 하늘을 어지러이 갈랐다. 수백 가닥의 털실이 그물망처럼 넓게 펼쳐지고 켄타우로스의 활에 흑수정 화살이 걸렸다. 팽팽히 당겨진 활시위가 텅— 놓여났다. 단순히 활을 쏘아진 것만으로도 광풍이 불어닥친다.

파지지직, 털실을 따라 강력한 전류가 튀어 올랐다. 시커먼 회오리를 휘감고 날아드는 화살과 전류의 그물이 뒤얽히고 그대로.

콰아앙―!

터져 나갔다. 화살이 또다시 날아들고 이번에는 굉음과 함께 번개가 흩뿌려졌다. 어두운 하늘을 조각조각 갈라놓으며 비처럼 쏟아지는 검은 화살을 단 하나도 놓치지 않고 죄다 삼켜 태운다. 번개와 화살이 맞부딪치는 폭발의 여파는 펼쳐진 털실 그물이 전부 가로막았다. 우리 쪽으로는 작은 파편 하나 튀지 않았다.

> 허니!

그 광경을 멍하게 바라보고 있다가 눈앞에 뜬 메시지창에 겨우 정신을 차렸다.

> 신입이에요! 드디어 제대로 닿았네요! 그 세계, 던전은 얼마 버티지 못할 거예요! 너무 큰 개입 탓에 부서지고 있어요!

"신입, 너! 어떻게 나가면 되는데?"

> 간신히 연결은 되었으니 로그아웃 포털을 만들어 드릴게요. 아니면 허니가 로그아웃시켜 주면 돼요! 허니는 진짜 몸이니까요!

"내가 로그아웃시켜 주는 거라면."

> 들어간 몸을 살해하면 돼요.

…멋진 개소리다.

"포털 내놔."

당장. 잠시만요, 라는 메시지가 뜨고 퀘스트가 나타났다.

> 이제는 집으로 돌아갈 시간!
> 던전이 무너지고 있습니다. 아쉽지만 더 이상의 공략 진행은 불가능할 것 같네요! 어서 빨리 포털을 열어 로그아웃합시다! 포털에 들어가면 지닌 포인트와 아이템의 정산이 가능합니다.
> 포털을 여시겠습니까?
> 네/아니오
> 보상: 포털 오픈

뭘 물어보냐. 당연히 네, 지. 선택지를 누르자 나침반 같은 게 나타났다. 나침반 바늘의 한쪽 끝이 동쪽을 가리키며 반짝거린다.

> 일행을 로그아웃시켜 주세요
> 모든 일행을 포털 또는 직접 로그아웃을 통해 던전 밖으로 내보내 줍시다.
> 보상: 한유진의 던전 탈출

나는 포털을 통해선 로그아웃 못 한다는 건가. 고개를 들어 번개가 치는 하늘을 올려다보았다. 성현제의 모습은 아직 보이지 않았다. 다른 사람들부터 돌려보내야겠다. 시그마는 어떡하지.

"이곳을 빠져나가는 포털이 열렸습니다!"

피스의 등 위에 올라타며 외쳤다. 다행히 말대가리가 버티고 선 곳과 반대 방향이었다. 성현제가 막아 줄 듯하니 그사이에 전부 로그아웃시키고 마지막으로 성현제까지 로그아웃하면… 시그마는 진짜 어쩌지.

일단은 일행들은 대피시키는 게 나을 터였다. 자칫 여기서 죽기라도 하면 어떻게 될지 알 수 없다. 굳이 내 손으로 로그아웃시키라는 걸로 봐선 타인에게 살해당하면 무사히 나가는 게 힘들어지겠지.

…만약에 치명상이라도 입으면 내가 선수를 쳐야 하나.

"이쪽으로!"

피스에게 방향을 지시했다.

- 크항!

피스가 달리려다 말고 유현이를 향해 소리쳤다. 무슨 일인가 했는데 유현이가 내 뒤에 타 나를 감싸자 불길을 확 일으킨다. 그러곤 가속 스킬을 써서 내달리기 시작했다. 스탯 C급이지만 나 혼자 탔다간 못 버텼겠구만.

다들 마나 보충을 충분히 했기에 스킬을 아낌없이 써서 피스를 따라왔다. 예림이는 순간이동 스킬을, 노아는 각종 보조 스킬을, 그리고 문현이는 메드상 방위청 근처에 세워져 있던 바이크를 용케 구해서 시그마를 태우고 달렸다. 바이크나 기타 탈것 관련 스킬이 있어서 피스 못지않게 빨랐다.

쿠르릉, 쾅!

등 뒤로 하늘을 찢는 소리가 연이어 울렸다. 돌아볼 생각도 하지 않은 채 나침반만 뚫어져라 바라보았다. 바늘의 빛이 점점 강해졌다.

"저거 아니에요?"

하늘을 가로지르던 예림이가 소리쳤다. 저 앞 8차선 도로 가운데 푸른색 포털이 열려 있는 것이 보였다.

"아저씨, 정령의 알을 가지고 나갈 수 있을까요?"

"아이템과 포인트 정산은 들어가면 해 준다고 했어. 안 되면 내가 어떻게든 뜯어낼 테니까 걱정하지 말고 들어가!"

예림이가 고개를 끄덕이곤 포털 앞으로 순간이동 했다. 그녀의 손이 포털에 닿았다.

"그냥 들어가면……."

목소리가 뚝 끊기고 예림이의, 델타의 몸이 정신을 잃고 풀썩 쓰러졌다. 순간 놀랐지만 원래 몸이 아니니 정신만 빠져나간 모양이었다. 흐트러진 머리칼의 색이 완전한 푸른빛을 띠고 있었다. 얼굴 또한 조금 변했다.

"노아 씨와 현아 씨도 어서 들어가세요!"

내 말에도 둘 다 포털 앞에 서서 머뭇거리기만 했다. 그러다 문현아가 먼저 크게 한숨을 내뱉으며 포털을 향해 손을 뻗었다.

"형님, 달이 잘 부탁해. 그 배구공인지가 어떻게 못 해 주려나. 반드시 데려오란 소리까지는 못 하겠지만… 달아, 작별인사는 안 하마."

그 짧은 사이 정이 많이 든 모양이었다. 둘이 은근히 잘 맞긴 했었지.

"그 세계로 간다 해도 네 길드에 들어갈 생각은 없어, 문현아."

"그래, 그래. 무사히 오기나 해. 누나가 맛있는 거 사 줄게."

씨익 웃고는 문현아가 포털에 손을 대었다. 람다의 육신 또한 무너져 내렸다. 람다도 델타도 죽은 건 아닌 모양이었지만 옆으로 옮겨 눕힐 동안에도 깨어나진 못했다.

"저도… 돌아가야겠죠."

노아가 자신의 손바닥을 내려다보며 말했다.

"노아 씨, 여긴……."

"괜찮아요, 원래 제 게 아니니까. 투정 부릴 상황도 아니고요."

미련을 끊어 버리려는 듯 노아가 곧장 손을 뻗었다. 뮤의 몸이 쓰러졌다. 눈 색은 확인할 수 없었지만, 머리카락은 적금발에 가깝게 변하였다. 괜찮다고 말했지만, 그럴 리 없겠지. 잠든 듯한, 생각보다 노아와 닮지 않은 뮤를 내려다보다가 피스의 등을 토닥였다.

"자, 피스 너도 들어가."

- 끄응.

피스가 작게 몸을 줄이며 나를 올려다보았다. 내 다리 사이를 빙그르 돌며 풍성한 꼬리로 휘감듯 쓸었다.
"집에 가야지."

- 끼앙.

"아빠도 금방 따라갈 거야."
피스의 엉덩이를 포털 쪽으로 밀었다. 끙끙거리던 피스의 코끝이 포털에 닿았다. 풀썩 쓰러지는 작은 몬스터의 몸은 큼직한 다람쥐와 비슷했다.
이제 유현이만 남았다. 노성 소리는 여전히 멀었지만 끊임이 없었다. 동생은 조금 딱딱한 얼굴을 하고 있었다. 그걸 보자마자 감 잡았구나, 싶어졌다.
"유현아."
"형은."
"난 여기 온 사람들이 전부 돌아가고 나면 자동으로 빠져나갈 수 있게 됐대. 그러니 걱정하지 마."
"세성 길드장도 포함해서 말이지."
유현이가 어둠이 깔린 하늘을 올려다보며 말했다.
"내가, 형을 두고 어떻게."
"유현아."
"알아. 가야 한다는 거. 그게 더 낫다는 것도."

"저 말 놈 무해의 왕과 계약이라도 한 모양이니까 날 죽이지는 못할 거야. 세성 길드장만 포털에 밀어 넣으면 바로 갈 수 있어."

"응."

동생이 고개를 끄덕였다. 할 말이 많은 표정이었지만 입을 여는 대신 인벤토리의 아이템들을 죄다 꺼낸다.

"혹시 모르니까."

"참, 다른 사람들도 인벤토리 비워 주고 가 달라고 할 걸 그랬나."

일부러 가볍게 웃으며 동생의 등을 밀었다. 위험해지기 전에 얼른 가라. 내게서 시선을 떼지 못하며 유현이가 포털에 손을 대었다. 그대로 무너지는 몸을 받쳐 안았다. 음, 얘도 그리 닮진 않았구나. 델타 옆에 알파를 눕혀 두고 돌아섰다. 시그마가 나를 바라보고 있었다.

"처음 여기 올 때 생각나네."

시그마를 제일 처음 만났었는데, 마지막으로 남은 것도 이 녀석이다.

"그럼 함께 가실까요? 성현제 씨를 소개시켜 드리겠습니다. 아마 시그마 너에 대해서도 알고 있을 거야."

신입은 내내 제대로 접속하지 못했다. 아마 초반의 메인 퀘스트와 진행을 돕기 위한 서브 퀘스트를 제외하고는 성현제가 보낸 퀘스트일 것이다. 시그마를 보호하라는 퀘스트도.

"이상한 색 실을 쓰는 놈 말이겠지."

"…이상한 색이라니. 나름 예쁘지 않냐."

"취향이 형편없어."

"그, 그 정도는 아니거든!"

시그마가 왜 내가 발끈하냐는 듯한 얼굴을 했다. 아니, 구린 거 선물할 생각으로 핫핑크색 염색한 거 맞긴 한데… 그래도 내가 욕먹는 기분이다. 심지어 드로시아에선 내내 핫핑크로 감싸져 있었는데 그렇게 보기 이상했나.

"아무튼 가자."

유현이가 넘겨준 아이템들을 챙긴 뒤 문현아가 놓고 간 바이크에 올라탔다. 전투계 가드용인지 이것도 덩치가 크네.

"시그마 씨, 타시죠."

"운전할 줄은 아는 건가."

"댁한테서 튈 때도 바이크 탔거든?"

"스쿠터겠지."

"그거나 이거나."

바이크를 출발시켰다. 왔던 길로 되돌아가자니 등골이 절로 오싹오싹해졌다. 나는 목숨이라도 더 남아 있지 시그마는 한 번 죽으면 끝인데, 괜찮을까.

콰르릉! 요란한 소리와 함께 하늘이 흔들렸다. 산산조각 난 털실이 눈송이처럼 나풀나풀 떨어져 내린다. 어둠으로부터 끝없이 길게 뻗어 나와 사선으로 길게 땅에 박힌 사슬 위로 켄타우로스가 서 있었다. 더없이 사나운 표정으로 검은 활대를 크게 휘두를 때마다 바람이 휘몰아치고 천둥과 같은 굉음이 터져 나왔다.

"언제까지 숨어 있을 거냐! 당장 나와라!"

"숨어 있다니. 기억력이 나쁘군."

켄타우로스의 외침에 낯익은 목소리가 대답했다. 완연히 내려앉은 어둠 사이가 비틀어지듯 갈라지기 시작했다.

"시스템 권한을 되찾아 나를 가둔 것은 그쪽이었지 않나. 덕분에 빠져나오느라 시간이 약간 걸렸을 뿐이건만."

갈라진 틈이 점차 더 커져 간다. 마나 홀 쪽으로 이동하며 손목에 차고 있던 마력 감응도 억제 아이템을 벗었다.

"헉······!"

"C급!"

눈앞이 아찔해져 바이크를 놓친 나를 시그마가 잡아 들곤 땅으로 뛰어내렸다. 바이크가 부서진 건물 벽에 처박히며 멈췄다.

"여기, 장난 아니네······."

방향도 없이 사정없이 몰아치는 폭풍우 속에 서 있는 기분이었다. 아니, 느낌만으로는 이리저리 흩날리는 중이다. 켄타우로스가 뿜어내는 마력의 소용돌이도 엄청났지만 갈라지는 틈새에서 나오는 마력은, 무어라 표현하기조차 힘들었다.

낯익은 마력의 움직임도 느껴졌다. 그리고 그 주위로, 감히 바라볼 수조차 없으리만치 복잡하고도 정교한 움직임이 끝없이 이어지고 있었다.

저게 바로 시스템인가.

"저, 저거··· 안 느껴져?"

"강하긴 하다만."

시그마가 눈살을 조금 찌푸리며 이제는 거의 원에 가깝게 커진 틈을 바라보았다. SS급 각성자인데 제대로 못 느끼는 건가? 멀리서 바라만 보고 있을 뿐인데도 몸에서 열이 오르는 듯했다. 제어 팔찌··· 젠장, 아까 놓쳐버린 건가. 어디 갔지.

쿠구그그ㅡ

묵직한 공간의 울림과 함께 틈 너머의 존재를 막고 있던 시스템의 장벽이 결국은 파괴되었다. 그 여파로 또다시 눈앞이 흐려졌다. 속도 메스꺼웠다. 이거 언제 적응 가능한 건데. 적응할 수 있긴 한 건가.

토할 것 같··· 아.

갑자기 주위가, 마력의 흐름이 고요해졌다. 나를 부축하고 있던 시그마의 손에 힘이 들어갔다. 흐려진 시야가 다시 맑아지며 원래는 없던 무언가가 숙인 시야 안에 들어왔다. 구두 끝이다.

장갑을 낀 손이 눈앞에 내밀어졌다.

"마지막 특별 퀘스트를 받아 주겠나."

"…포인트는 넉넉히 준비해 놓으셨고요?"

"섭섭지 않게 모아 뒀지."

"동그라미 일곱 개, 아니 여덟 개는 붙어야 합니다. 그 아래론 취급 안 해요."

내민 손을 잡고 고개를 들었다. 익숙한 얼굴이었다. 다만 머리칼이 희었다. 바래긴 했지만 저 정도는 아니었는데. 원래는 색이… 무슨 색이었지. 그러니까 분명…….

"억지로 시스템을 뚫고 나왔는데도 왜 힘을 보존하고 있는 거냐!"

사나운 으르렁거림이 하늘 위에서 터져 나왔다. 성현제가 고개를 돌려 켄타우로스를 바라보았다.

"간단한 계약의 결과지."

허공에 계약서가 나타났다. 성현제가 내 손을 놓고 계약서를 빙그르 돌려 한 부분을 쿡 찍었다.

"흰 꼬리는 자신의 종속에게 최소한의 책임을 지겠다. 이 부분, 보이나? 그리고 저기 저 가여운 꼴을 당한 몬스터가 바로 나와 계약한 내 종속이라네. 비참하게 살해당하기까지 하였는데도 복수를 해 주지 않는다면, 계약 위반이 되어 버려서."

그래서야 곤란하지 않겠나, 하며 그가 입술 끝을 올려 미소했다.

"하니 계약을 이행하도록 하겠네."

계약서가 사라지고 성현제의 손 위로 빛이 보였다. 새하얀 창이 길게 뻗어나고 켄타우로스가 하늘을 짓밟으며 발굽을 굴렸다.

쏘아진 창과 은색 사슬이 부딪치며 세상이 하얗게 물들었다.

쏴아아아—

장대비가 쏟아졌다. 평범한 빗물은 아니었다. 이 세계가, 던전이 녹아내리고 있었다. 패륜아도, 효도중독자도 어느 쪽이든 자신이 속하지도 않은 세상에 직접 끼어들어서는 안 된다. 진짜가 아닌 가짜, 그 실체가 던전이라는 점을 이용해 억지로 뚫고 들어왔지만 그 여파는 당연히 컸다.

심지어 거대한 두 힘이 맞부딪치기까지 하니, 신입의 말대로 세상이 빠르게 무너져 갔다.

"그런 계약만으로 제약을 벗어났다고? 고작 SSS급 몬스터를 대가로 해 무해의 왕과 계약한 나와 대등할 정도의 힘을 보존할 수 있을 리가!"

초승달의 여섯 번째 조각이 이해할 수 없다는 듯 소리쳤다. 확실히 초월자가 이 세상에 개입하기 위한 대가로는 너무 적었다.

"누구 씨가 먼저 튀어나와 잔뜩 헤집어 준 덕분도 있고, 또."

성현제가 옆으로 손을 뻗었다. 우두커니 서 있던 시그마가 피하려 했지만 어깨를 붙들리는 것이 먼저였다. 둘 다 전투 예지를 지니고 있으니 스탯이 높은 쪽이 유리했다.

"나와 인연이 깊은 상대가 있는 덕이지."

"이거 놔!"

"수색자의 사슬을 꺼내."

명령조의 말에 시그마의 눈살이 확 찌푸려졌다. 저렇게 가까이 붙어 있으니 더 닮았다. 동시에 성현제 쪽이 성숙한 티가 확실히 났다.

"내가 왜."

"착하지, 꼬마야."

어느새 시그마의 뒷목을 붙잡은 손이 그를 내리누르듯 잡아당겼다. 두 쌍의 금안이 서로 맞부딪쳤다. 들어가 있는 몸의 영향인지 성현제의 눈높이가 조금 더 높았다.

"애 괴롭히지 마시죠."

"귀여워서 그래."

"와, 자기랑 똑같은 얼굴 앞에 두고 잘도 그런 소릴 하네."

분한 듯 이를 갈던 시그마가 결국 사슬을 꺼냈다. 금빛 사슬이 성현제의 손에 닿자, 허물이라도 벗듯 더욱 강렬한 기세를 띠며 승천하는 용처럼 하늘 위로 솟구쳤다. 켄타우로스가 그 모습을 보고 당황한 얼굴을 했다. 놓여난 시그마가 뒷목을 매만지며 딱딱하게 굳은 눈으로 성현제를 바라보았다.

"그 사슬은 계약자가 아니면 다룰 수 없다."

"그랬지."

"너는 나인가."

무거운 물음에 가벼운 미소가 대답했다. 차르르르, 황금빛 사슬이 우리 주위를 보호하듯 감아 돌며 쏟아지는 빗방울을 튕겨 낸다.

"대체 네놈의 정체가 뭐냐, 델로우즈!"

"아무리 가짜에 곧 사라질 세계라지만 이름을 그렇게 막 부르면 쓰나."

켄타우로스가 들고 있던 활을 앞으로 겨누었다. 검은 활대에서 검은 가지가 솟으며 서로 뒤엉켜 길게 뻗어진다. 날이 없는, 마치 몽둥이와 같은 거대한 장검을 쥐고서 검은 발굽이 허공을 두들겼다.

콰가각! 장검이 대기를 가르며 제 앞을 가로막는 금빛 사슬과 뒤엉켰다. 서로를 긁고 밀어 내며 불꽃이 일 때마다 땅과 하늘이 동시에 흔들린다. 아무런 보호가 없었다면, 나는 물론이요 SS급 가드인 시그마조차 저 불티에만 닿아도 순식간에 목숨을 잃었을 것이다.

장검이 거칠게 휘둘러지고 허공에서 수십 개의 화살이 빗줄기를 가르며 쏟아졌지만, 황금색 사슬은 꿈쩍도 하지 않았다. 마치 두꺼운 창 너머로 한가로이 내리는 비와 울리는 번개를 바라보고 있는 듯했다.

성현제가 서 있는 곳을 중심으로 하얗게 펼쳐진 결계와 같은 영역은 밤의 침범을 조금도 용납지 않았다. 아니, 오히려 제 영역을 더 넓혀 가는 듯했다.

"그 사슬은 작은 달에게 주어진 것이다! 작은 달과 원래의 주인인 초승달 외에는 그 누구도 사용할 수 없어!"

"자문자답을 잘하는군."

자문자답이라니. 아니, 그렇지만.

"저도 못 알아듣겠거든요!"

손을 뻗어 성현제의 옷자락을 붙잡았다가 화들짝 놓았다. 잃어버린 팔의 소매였다. 진짜 몸이 아니라지만 역시 껄끄러웠다.

"그러니까, 악! 이게 뭐."

뒤로 물러서는 내 허리를 무언가가 감아 왔다. 하얗고 기다란, 꼬리다. 뭐야, 뭐 이런 걸 달고 있어! 흰 꼬리라더니 진짜 달려 있잖아!

"한유진 군."

"네, 이거 좀 놓죠."

"저건 스카우터라네."

"예?"

"세상을 구하기 위해 초월자가 될 만한 재목을 찾아내고, 접촉하여 성장시키는 초월자들의 요람, 초승달이 자신의 일부를 바탕으로 만들어 낸 스카우터들 중 여섯 번째."

나직한 목소리 속에서 하늘의 별들이 사라져 갔다. 주위는 온통 하얗거나 까맣게 물들었다. 유일하게 멀쩡한 것은 우리가 서 있는 마나 홀 부근뿐이었다. 홀로 새파란 빛을 흩뿌리는 마나 홀이 기이하게 느껴졌다.

극히 비현실적인 광경 속에서 성현제가 고개를 돌려 초승달의 여섯 번째 조각을 바라보았다. 백색의 눈이 그를 사납게 마주 본다.

"…초승달이 대체 누굽니까? 기억이 난 거예요?"

"아니, 이건 내가 알고 있는 정보가 아니야. 이 몸, 효도중독자의 일원인 흰 꼬리 델로우즈의 기억이지. 초승달은 아주 오래된 존재라고 하더군. 자연적으로는 시스템 관리자들, 패륜아들의 수가 그렇게 많을 수는 없어. 제아무리 뛰어난 자질을 가졌다 해도 초월자까지 성장하는 것은 극히 드문 일이지."

하지만 내가 아는, 우리 세계를 담당하고 있는 패륜아들만 해도 한 손을 채우고도 남았다. 분명 다른 세계에도 더 있을 것이다.

"그러니 인위적으로 만들어 낸 거라네. 자신의 세계를 삼키게 하여."

시그마의, 알파의, 델타와 뮤, 람다의 세상이 빠르게 사라져 간다. 무심코 시그마를 바라보았다.

"자신의 세계를, 삼킨다고요?"

"패륜아. 무척이나 어울리는 호칭이지 않나. 모두가 그런 것은 아니겠지만, 오랜 시간과 특별한 운이 따라 주어 자연스럽게 성장한 자도 존재하겠지만, 패륜아의 대다수는 말 그대로 패륜아지. 자신이 태어나고 자라 온 세상을 삼킨."

저것 또한 포함하여. 켄타우로스가 사슬을 강하게 내리쳤다. 무시무시한 파동이 퍼져 나가고 금빛 사슬이 끼익대며 약간 밀려났다. 흰 머리카락이 바람결에 흩날렸다. 빗방울이 틈새를 타고 후드득 떨어져 발치를 적신다.

"세계를 삼키는 건 그 세계에 속하고 자라난 자들만이 가능하기에 초승달은 키워 낼 재목을 찾음과 동시에 자신의 조각을 여러 세계에 심어 놓았지. 모든 조각이 초월자가 될 수 있는 건 아니었으나, 평범한 인간보다야 월등할 가능성이 높았으니까."

┌─────────── ♦♦♦ ───────────┐
│ 천 개의 세계를 삼킨 달 │
└─────────── ♦♦♦ ───────────┘

문득 그 메시지가 떠올랐다. 초승달이 직접 세계를 삼킨 것이 아니라, 자신의 조각과 찾아낸 재목들에게 삼키게 만들었다는 뜻인가.

그보다 패륜아들이 대부분 자기 세상을 먹고 초월자가 된 것이라면……. 속이 메스꺼워졌다. 세상을 구하게 도와주겠다던 신입의 해맑은 메시지가 눈앞에 어른거렸다. 자신의 세상은 스스로 먹어 치우고서, 그런.

"…나도 그 조각 중 하나인가."

시그마가 말했다.

"아니, 너는 그리고 나도 인간이지. 귀찮은 관심을 받고 있을 뿐."

초승달이 눈여겨 둔 초월자로 키워 낼 재목 중 하나라는 뜻인가. 그럴 만했다. 저 인간을 그냥 지나친다면 눈이 삔 거지.

"그 관심, 받아들이실 겁니까? 엄청 강해지긴 할 거잖아요. 지금처럼."

묻는 목소리가 조금 떨렸다. 성현제가 눈을 약간 크게 뜨며 나를 돌아보았다. 그리고 과장되게 서운한 표정을 짓는다.

"나는 이미 대답을 했었건만, 그렇게나 미덥지 못한 건가."

"뭐, 뭐가요."

"그대로 계셔 주세요. 변하지 않고, 사라지지도 않고. 그대로요."

부드럽게 미소 지으며 하는 말에 순간 멍해졌다가 목덜미가 훅 뜨거워졌다. 미친, 기억력 더럽게 좋네. 아니, 내가 한 말이 맞긴 한데, 이렇게 다시 들으니 쪽팔리고 손발이 오그라든다. 내가 미쳤었나 봐. 무슨 정신으로 저런 소릴 한 거지. 독 저항을 꺼 놓았었나. 아니면 취했었나.

"아… 아니, 그건 이거랑은 다르죠! 그냥 좀, 기다려 달라는 것 정도였는데."

"그리고. 내 취향도 아니야."

"…예?"

"내 것이 아닌 것을 억지로 삼키고, 그것을 내 힘이랍시고 휘두르는 건."

소름이 오싹 돋았다. 황금색 눈의 동공이 바늘처럼 가늘어졌다. 고양이의 것처럼 보였다가도, 파충류의 것처럼 느껴지기도 했다.

"강력한 무기도, 뛰어난 스킬도, 그것을 가진 인간도. 손에 쥐고 다루는 것에는 전혀 거부감이 없다네. 오히려 즐겁지. 그 상대의 가치가 높으면 높을수록 더더욱. 하지만 내가 근본 되지 않은, 내 의지를 바탕으로 하지 않는 힘 따위 아무런 의미가 없어. 시시하고 기분 나쁠 뿐이라네."

그러니. 나직한 으르렁거림 직후 성현제의 모습이 눈앞에서 사라졌다. 콰앙! 폭음이 들리고 나서야 급히 주위를 두리번거렸다.

"커억!"

켄타우로스의 뒷다리에 어느새 새하얀 창이 박혀 있었다. 내리던 빗줄기가 폭풍으로 뒤바뀌어 미친 듯이 사방을 두들긴다. 켄타우로스가 대검을 휘둘렀지만, 성현제는 뒤로 한 발 물러나는 것으로 공격을 가볍게 피했다. 서늘한 미소를 머금은 채 성현제의 몸이 또다시 쑥 꺼지듯 사라졌다.

공격이 이어질 것이라고 예상한 켄타우로스가 자신의 마력을 사방으로 퍼뜨리며 대검을 방패처럼 들었다. 검으로부터 가지가 뻗어 나와 그를 보호해 감쌈과 동시에 허공에서 나타난 성현제가 몸을 크게 회전시키며 뒤꿈치로 대검의 너른 면을 찍어 누르듯 두들겼다.

쿠웅!

폭탄이 터지는 듯한 굉음과 함께 대검을 감싼 가지들이 우수수 꺾여 나갔다. 숨 돌릴 틈도 없이 성현제의 손에는 흰 창이 쥐여 있었다. 뒤축 차기와 거의 동시에 가지들이 꺾인 틈새로 창이 찔러 들어간다. 켄타우로스가 황급히 대검을 비스듬히 세우며 창을 막았다. 창과 검이 부딪치며 눈을 아리게 하는 폭발이 일었다.

구우우웅-

칼날처럼 사나운 바람이 둘의 몸을 휘감고 성현제가 그 바람을 타듯 몸을 띄웠다.

콰앙, 쾅!

연속된 공격이 터져 나가며 눈을 어지럽게 만들었다. 두 주인의 두 사슬은 서로를 휘감은 채 무력화되고 스킬과 스킬, 마력과 마력 또한 팽팽한 힘겨루기 속에 흩어지고 다시 부딪치기를 반복했다.

"멈춰! 어차피 가짜 정보일 뿐인 날 공격해도!"

초월적인 힘이 대등한 상태로서 남은 건 육체의 돌격이었다. 켄타우로스의 대검은 강력했지만 그 움직임은 의외로 서툴렀다. 어느새 켄타우로스의 머리 뒤쪽으로 넘어간 성현제가 말의 등허리를 발로 강하게 내리찍었다. 단순한 구둣발이건만 날카로운 칼날을 휘두른 것처럼 휘황찬란한 장식의 옷자락이 그 아래의 피부와 함께 길게 갈라졌다. 피하려는 켄타우로스의 몸뚱이를 거침없이 걷어차며 성현제가 입꼬리를 올렸다.

"주는 대로 받아먹고 키워졌으니 이 꼴이지. 가축이나 다름없어."

"크으윽!"

켄타우로스가 분한 외침과 함께 성현제를 향해 검은 가지를 뻗었다. 그리고 그 가지들이 반격으로 부러지기 전에 맹렬히 돌격해 대검을 휘둘렀다. 기세만큼은 더없이 사나웠으나 검에 걸리는 것은 빗물뿐이었다.

무릎을 바닥에 대고 몸을 낮추어 부드럽게 옆으로 미끄러진 성현제가 켄타우로스의 다리를 향해 창을 휘둘렀다. 후려 맞은 두 앞다리가 우드득 부러지며 켄타우로스의 몸뚱이가 앞으로 고꾸라졌다.

"이놈!"

하지만 두 손으로 땅을 짚고는 곧장 몸을 튕겨 바로 선다. 그 짧은 시간만에 부러진 다리가 회복되었다. 회복 스킬을 가지고 있는 건지, 신체 자체의 재생력이 높은 건지. 순식간에 상처를 고쳤으나, 성현제의 움직임은 그보다 더 빨랐다. 일어선 켄타우로스의 얼굴을 손으로 움켜잡고는 가슴을 무릎으로 올려 친다. 늑골을 죄다 으스러뜨릴 듯 강력한 공격에 켄타우로스의 움직임이 순간 굳어 버렸다.

그 틈을 놓치지 않고 성현제가 켄타우로스의 머리를 쥔 손에 힘을 주어 그대로 목을 우드득 꺾었다. 거대한 덩치가 바닥을 나뒹굴고 그 위로 창이 연이어 내리꽂혔다.

"너는 가짜지만 네가 관리 중이었던 작은 달은 완전한 가짜라 할 수 없다."

"크으, 네놈, 대체……."

성현제의 발이 켄타우로스의 머리를 짓밟았다. 놈을 내려다보는 눈빛이 서늘하기 그지없었다.

"회수되지 않고 무사히 이곳을 떠나게 되겠지."

"완전한, 진짜도 아니……."

"그래. 이곳은 과거일 뿐이니까. 하지만 작은 비틀림, 분기점이 생겨나는 것만으로도 충분하다 하더군. 그런 소리에 순순히 따르는 것도 내키지는 않지만."

헐떡대는 목을 하얀 창이 꿰뚫고 바닥에 고정시키듯 박혔다.

"약속은 지켜야 해서."

그 꼴이 되었음에도 켄타우로스는 아직 살아 있었다. 하지만 하늘을 뒤덮던 기세는 완전히 사그라지고, 은빛 사슬도 힘을 잃고 바닥에 늘어졌다. 성현제는 마무리를 하지 않고 우리 쪽으로 돌아왔다.

"왜 안 죽입니까?"

"지금 죽이면 그 여파로 세상이 단숨에 무너져 내릴 거라네. 그럼 꼬마도 무사하지 못하겠지."

나와 성현제가 동시에 시그마를 돌아보았다. 호칭 탓인지 시그마가 못마땅한 표정을 지었다.

"나를 어떻게 하려는 거지."

"살아서 이곳을 빠져나가게."

"…C급이 있는 곳으로?"

"그건 안 돼. 그곳에는 이미 내가 있으니."

마주 선 두 사람을 바라보았다. 분명 같지만.

"초승달은 작은 달을 아마 꽤 특별하게 생각했을 거라네. 직접 자신의 이름을 떼어 붙여 줬을 정도이니. 하지만 작은 달은 거부했겠지. 몇 번이나. 세상을 삼키는 것을."

자신이 알게 된 건 이 정도라며 성현제가 남 일처럼 가볍게 말했다.

"충분한 틈이 생기면 보내 주겠네. 어디가 될지는 알 수 없지만."

시그마는 내게 한 번 눈길을 주곤 고개를 끄덕였다. 머리가 어지러워졌다. 그럼 시그마가 오래전의… 성현제라면.

초승달은 그를 초월자로 만들려다 실패하고, 그를 빼내어 다른 세계에 심었다는 건가. 그걸… 몇 번이나 반복해서. 기억은 없지만 반복되는 그 감각을 여기 두 사람은 분명 느끼고 있었다. 세상만사 지루한 것처럼 굴던 두 사람이 떠올랐다.

"…초승달인지 뭔지, 정말 지랄 맞네요. 왜 싫다는 사람 붙잡고서."

사람 인생 가지고 장난질 치는 수준 아니냐. 세계를 구하기 위해서, 라는 거창한 소리를 하면서. 그리고 패륜아들은…….

우리 세계는 대체 어떤 식으로 구할 수 있게 해 준다는 것일까.

복잡한 심경 속에서 비는 끊임없이 쏟아졌다. 그때 전신에서 힘이 쭉 빠져나갔다. 비틀거리는 내 앞으로.

- 삐익!

푸른색 새가 나타났다. 은혜였다. 은혜가 반갑다는 듯 내 주위를 빙글빙글 돌았다.

"크으… 윽……."

반가운 삐삐거림과 달리 내 상태는 최악으로 치달았다. 전신이 뜨겁다 못해 녹아내리는 것만 같았다. 시야가 흐려지고 두 귀도 먹먹했다. 속이 역하고 구역질까지 치솟았다. 누가 나를 쓰러지지 않게 붙잡은 듯했지만, 손길이 잘 느껴지지도 않았다.

은혜가 나타났다는 것은, 내 스탯이 다시 F급이 되었다는 뜻이다. 스탯이 떨어짐과 동시에 주위의 마력이 C급일 때보다 더욱 선명하게 느껴졌다. 폭력에 가까울 정도로.

단순히 외부의 마력만이 아니었다. 내 장비는 물론 스킬까지 전신의 신경줄을 자극했다. 억지로 꾸역꾸역 밀고 들어오는 다량의 정보에 머릿속이 새하얗게 물들었다. 더는 버티지 못하고, 의식이 멀어져 갔다.

- 삑! 삐이!

파랑새가 당황한 듯 삑삑거리며 이리저리 맴을 돌았다. 성현제는 늘어진 한유진의 몸을 받쳐 안았다. 굳이 맨살에 손을 대보지 않아도 열이 오른 것을 쉽게 눈치챌 수 있었다. 스탯 F급으로 하락한 신체가 마나각인으로 인해 강제적으로 활성화된 감각을 버티지 못한 것이었다.
"스탯 F급에게 마나량을 늘리는 목적 외의 특수각인을 한 기록이 있나."
성현제의 물음에 시그마가 자신의 기억을 되짚으며 대답했다.
"F급은 물론이고 E, D급에게도 기본적인 마나각인 외에는 한 적이 없다. 최소한 솔렘니스에서는. 특수한 스킬을 가지고 있다 해도 하급 스탯으로는 전투에 참가하기 힘드니까. 비전투 스킬도 다양하게 쓰이는 메드상이라면 다르겠지만, 그래도 하급 가드에게 자원을 소모해 가며 특수각인을 하진 않았을 거다."
"별다른 부작용은 없을 거라 했지만."
한유진이 마나각인을 받을 때 성현제 또한 그 모습을 지켜보고 있었다. 상세한 설명 또한 들었다. 하지만 그건 어디까지나 C급 신체 기록을 바탕으로 한 예측이었으며, 이 정도의 마나각인을 받고 살아남은 사람은 없었다. 한유진 또한 목숨 하나를 내어주고서야 받은 각인이다.
성현제가 흰 꼬리의 결계 스킬을 교묘하게 조작해 외부 마력의 움직임을 한유진으로부터 완전히 차단했다. 결계 스킬 자체도 최대한 단순한 흐름으로 만들었다.

"…쿨럭, 컥."

한유진의 막혀 있던 숨이 터져 나오며 간신히 눈이 떠졌으나 아직 초점 없이 흐릿했다. 성현제가 다시 시그마를 쳐다보았다.

"독 저항이 듣지 않는 진통제나 감각을 둔화시킬 수 있는 아이템이 있다면 주게."

"그런 게 있을……."

말끝을 흐린 시그마가 인벤토리에서 술병을 꺼냈다. 문현아가 달이 넌 인벤토리 아이템 그대로 가지고 나가게 될 수도 있으니 딱 한 병만 챙겨 가자, 하며 억지로 쥐여 주었던 술병이었다. 시그마는 저항력이나 스탯 상관없이 취할 수 있는 메드상산 와인을 성현제에게 건넸다. 문현아의 취향대로 상당히 독한 술이었다.

한 잔 넘게 와인을 받아 마신 한유진이 다시 크게 기침했다.

"마, 마나도……."

인벤토리에서 간신히 꺼낸 마나 포션을 시그마가 받아 열어 주었다. 독한 술 덕분에 감각이 무뎌졌지만, 한유진의 안색은 여전히 창백했다. 머릿속 또한 어질어질했다.

"아니, 왜… 으… S급들은, 이런 거 어떻게… 감당한답니까."

적응하면 괜찮아진다더니. 불만 섞인 군소리에 성현제가 한유진을 부축해 설 수 있게끔 도와주었다.

"한유진 군이 특이 케이스라 짐작되네만."

"…예? 으, 왜요?"

"보통은 약한 것이 외부의 감각에 더 예민하지. 하지만 각성자는 능력치가 낮으면 마력을 느끼는 감각 또한 스탯에 걸맞게 낮아."

그렇기에 단순하게 보았을 땐 F급보다 S급이 훨씬 더 예민하고 섬세하게 마력을 움직일 수 있다.

"환경 자체가 다르게 느껴질 테니, 살랑바람 속을 나는 나비와 태풍을

헤쳐 가는 용에 비교할 수 있겠군. 만약 나비를 갑자기 태풍 속에 던져 넣으면 어떻게 되겠나."

"…산산조각 나겠지요."

"그런 것과 비슷하지 않을까 싶다네. 다행히 한유진 군은 산산조각까지 나진 않았지만 용에게는 느껴지지도 않는 바람결까지 하나하나 강력하게 몸을 두드리겠지."

한유진이 눈을 깜박이다가 인상을 찌푸렸다. 미처 생각지 못한 부작용이었다. 스탯이 낮기에 되레 S급보다 더 마력에 예민해졌다니. 성현제의 손끝이 한유진의 뒷목을 가볍게 눌렀다.

"마나각인을 일시적으로 마비시켜 줄 테니 나가거든 유명우 헌터에게 마나감응력 억제 아이템을 부탁하게."

"처음부터 그러지, 그러셨습니까. 이 술… 너무 독해서, 욱."

"감각이 그대로인 채 건드렸다간 위험할 수도 있어."

어느 정도 마비시킬 필요가 있다며 좀 더 마시라고 권하던 성현제가 문득 하늘을 올려다보았다. 비가 잦아들고 있다.

아직 이 던전이, 세상이 완전히 무너지진 않았지만 이미 외부의 간섭이 시작되고 있었다. 한유진의 스탯 또한 원래대로 돌아왔다. 이 세계의 효도 중독자, 흰 꼬리의 힘 또한 약해져 간다.

"작별 인사를 해야겠군."

"작별… 시그마 말입니까."

한유진이 시그마를 바라보았다. 취기 오른 얼굴로 눈살을 조금 찌푸렸다가, 인벤토리를 뒤적였다.

"새로 가는 곳에도 마나 보충이 힘들 수도, 있으니까요. 인벤토리, 넉넉합니까?"

한유진의 인벤토리에 들어 있던 마나 포션이 전부 꺼내졌다. 자잘한 아이템도 얹어졌다. 어차피 나가면 사라질 거라며 무기와 장비도.

"현아 씨에게는……."

"조금 늦어진다고 전해."

마나 포션을 주워 들며 시그마가 말했다.

"다시 보지, C급."

멀지 않은 곳에 잠깐, 여행을 다녀올 뿐인 것처럼 가볍고 담담한 태도였다. 일부러 태연한 척하는 것은 절대 아니었다. 한유진은 웃었다. 그럴 성격이 아니지.

"그래. 말 잘해 줄게. 선물 사 와라."

쿠르릉, 울림과 함께 틈이 열렸다. 시그마가 몸을 돌렸다. 그의 모습이 이내 틈 너머로 사라져 갔다. 한유진은 눈을 느리게 깜박이며 닫혀 가는 틈새를 바라보았다.

"…어디로 갔는지는, 정말로 모르는 겁니까."

"장소는 물론이고 시간대조차도 알 수 없어. 본래 과거에 속한 존재이니."

"불가능한 소리지만요."

한유진이 조금 멍하게, 낮은 목소리로 말했다.

"이별 같은 건 더는 하고 싶지 않습니다. 이미 많이 했거든요. …너무 많이요."

"한유진 군의 곁을 떠나지 않을 사람들은 많지 않나. 특히 동생은 무슨 일이 있어도 곁에 있어 주겠지."

"…네. 네."

무슨 생각을 했는지 한유진이 손을 꽉 쥐었다. 한결 또렷해진 눈으로 주위를 살펴보고는 곤란한 표정을 지었다.

"신입이 만들어 준 포털은 당연히 사라졌겠군요. 댁까지 로그아웃시켜야 제가 나갈 수 있는데."

이 근처만 간신히 제 모습을 유지하고 있을 뿐, 사방이 모두 흐릿했다. 한유진은 사라진 모든 것을 떠올리다가 고개를 저었다.

"나갈 준비나 하죠."

"위험할 수 있으니 마저 처리하고 오지. 우선 마나각인부터, 조금 아플 거라네."

마나각인을 따라 강력한 마력이 주입되었다. 통증은 저릿한 정도에서 그쳤으나 한유진의 몸은 힘을 잃고 그대로 바닥에 주저앉았다.

"이거, 감각이…. 앞이 잘, 안 보이는데요."

"곧 돌아올 거야."

"…귀도 잘 안 들립니다."

– 삐익!

한유진의 어깨 위에 내려앉은 은혜가 안절부절못하며 종종종 폴짝거렸다. 그러더니 무슨 생각을 했는지 파다닥, 흐려져 가는 마나 홀을 향해 날아올랐다. 작은 파랑새가 새파란 빛 속으로 뛰어든다. 성현제는 그것을 바라보다가 몸을 돌렸다.

묵직한 걸음걸이가 쓰러져 있는 초승달의 여섯 번째 조각에게로 향했다. 발소리를 들은 켄타우로스가 머리를 들썩였다. 목을 꿰뚫은 창 때문에 고개를 들지는 못하고 눈알만 굴린다.

"네놈……."

켄타우로스가 이를 갈며 말했다.

"역시, 이상해. 네가 들어간 델로우즈는… 본래 평범한 고양이였다. 우연히 새끼 용을 잡아먹고 반룡화되어 자신의 세계의 모든 용을 포식하고서 강력한 힘을 지니게 되었지만, 본질은 짐승이다."

같은 초월자라 하나 원래부터 높은 지성과 능력을 지닌 종족에 비해 상대적으로 격이 떨어질 수밖에 없었다.

"전투력만큼은 뛰어났지만, 그 짐승의 힘으로 시스템 권한을 잠시나마 빼앗을 수 있을 리가! 게다가… 초승달에 대해서, 그놈이 알 리가 없어. 그렇게 자세하게 아는 건…….”

"흰 꼬리는 아니지.”

금안이 가느스름히 휘어졌다. 성현제의 발이 켄타우로스의 머리 위에 얹어졌다.

"네 추측대로.”

시스템 탈취를 도와준 것도, 초승달에 대해 말해 준 것도.

하얀 새다. 그러나 말해 줄 이유도 없었거니와 입 밖으로 꺼내는 것 자체가 불가능했다. 그런 계약이었다.

발끝에 천천히 힘이 들어갔다. 단순한 물리력만이 아닌 마력 또한 무겁게 모여들었다.

"기다려!”

"가짜 목숨에도 미련이 남은 건가.”

"너는 몇 번째지!”

"첫 번째.”

"뭐?”

"언제나 첫 번째다만.”

기가 막힌다는 듯 피가 얼룩진 입가가 실룩이고 늘어진 말의 몸뚱이가 들썩였다. 여섯 번째 조각이 이를 악물며 소리쳤다.

"인간이, 인간인 채 얼마나 버틸 수 있을 거라고 생각하는 거냐! 닳고 닳아서 결국 산산이 흩어지고 말 거다!”

스카우터로서 작은 달을 관리할 의무가 있는 여섯 번째 조각이 안타까움마저 섞어 말했다.

"다른 빙의한 자들과 다르게 너는 조금도 알아볼 수 없었어! 흰 꼬리와의 격의 차이라기에 넌 그 몸을 완벽하게 다루고 있지. 결국 그 정도로 바래졌다는 거다!”

대체 몇 번이나 거부하고 버텨 온 것인지. 심지어 초승달마저 잠들었다고 하였다. 무슨 일이 있었기에.

"…마지막일 수도 있다. 이번이!"

"그럴지도 모르지."

한유진 쪽을 확인하고, 성현제가 발에 힘을 더했다. 파각, 부서지는 소리와 함께 켄타우로스의 머리가, 이어 몸뚱이가 신기루처럼 흩어졌다. 흐리던 주위 풍경이 이제는 요란하게 흔들리기 시작했다. 성현제는 재빠르게 한유진에게로 돌아갔다.

― 삑!

"은혜 너 무슨 짓을 한 거야?"

어느새 몸을 일으킨 한유진이 자신의 손등 위에 앉아 있는 파랑새를 내려다보며 물었다. 삑삑거리는 새로부터 마나 홀의 힘이 희미하게 흘러 오고 있었다. 그것이 한유진의 과로한 감각을 부드럽게 달래 주었다. 시력도 청력도, 그 밖의 감각들도 원래대로 돌아왔다.

"한유진 군."

"네."

길게 설명할 것 없이, 한유진이 하얀 총을 꺼내 들었다. 어째서인지 처음 신입으로부터 받은 단검으로 변하지 않고 총의 형태 그대로였다. 총구가 성현제의 머리를 겨누었다.

"기분 묘하네. 나가서 보죠."

"그러지."

어금니를 꽉 깨물며 한유진이 방아쇠를 당겼다. 총구에서 퍼져 나간 빛이 성현제의 머리를 휘감았다. 다행히 보기 힘든 장면은 없었다. 켄타우로스와 마찬가지로 성현제의, 흰 꼬리의 몸 또한 조용히 흩어졌다.

다시금 세상이 크게 흔들리고 바깥에서 도사리고 있던 것이 손을 뻗었다. 기다렸다는 듯이 던전을 덮치고, 한유진에게 도착했어야 할 메시지를 흔적도 없이 삼켜 버렸다.

"…두 번은 없을 경험이다, 정말."

- 삐이

저 인간 머리를 내 손으로 날렸다니. 핏방울이나 상처의 흔적 하나 없이 깔끔하게 사라져 버려, 성현제를 살해했다는 느낌은 별로 들지 않았지만 그래도 기분 더러웠다. 총을 인벤토리에 넣은 뒤 괜히 손을 벅벅, 옷자락에 대고 문질렀다. 이제 나만 나가면 된다. 시간 별로 안 흘렀겠지? 애들 괜히 걱정하면 안 되는데. 얼른 퀘스트창을 열었다.

> 일행을 로그아웃시켜 주세요
> 모든 일행을 포털 또는 직접 로그아웃을 통해 던전 밖으로 내보내 줍시다.
> 보상: 한유진의 던전 탈출

"…어?"

퀘스트는 변함이 없었다. 보상을 수령할 수가 없었다. 이게 대체 뭐야. 당황하며 퀘스트창 여기저기를 만져 보았지만 역시나 아무런 반응도 나타나질 않았다.

"다 나갔는데? 야! 신입!"

돌아오는 대답 또한 없었다. 그저 고요하기만 하였다. L급 공포 저항이 되돌아왔음에도 등골이 서늘해지는 듯했다.

"신입! 배구공!"

무의미한 외침이 허공에 흩어졌다. …마지막에 와서 이러기냐 진짜. 목 안이 바싹 메말라 가는 사이, 발치로 안개가 퍼져 나갔다. 어디서 들어왔는지 모를 안개가 점점 더 자욱하게 짙어져 간다. 그것이 내 몸을 감쌈과 동시에.

파지직!

무언가가 안개를 튕겨 냈다. 다름 아닌 가장 오래된 정령이 준 힘이었다. 그렇다는 건, 설마.

'…무해의 왕.'

…젠장, 미친, 신입아. 나 혼자야. 아니, 다른 사람들이 있었다고 해도 해파리 놈을 상대하긴 힘들었겠지만. 혼자 남은 게 차라리 다행… 은 아니지! 진짜!

일단 은혜를 사용했다. 짙어져 가는 안개 속에서 머리를 굴려 보았지만 마땅한 답은 나오지 않았다. 어쩌라고 정말로. 신입이 도와줄 때까지 혀 굴리며 시간이라도 끌어 보는 수밖에 없다.

…신입의, 패륜아들의 도움을 기다릴 수밖에 없는 처지도 서글펐다. 이만 바득바득 갈고 있기를 잠시.

"안녕."

기쁨 어린 목소리와.

[아빠.]

또 다른, 낯선 목소리가 들려왔다.

5장 체인질링

5장
체인질링

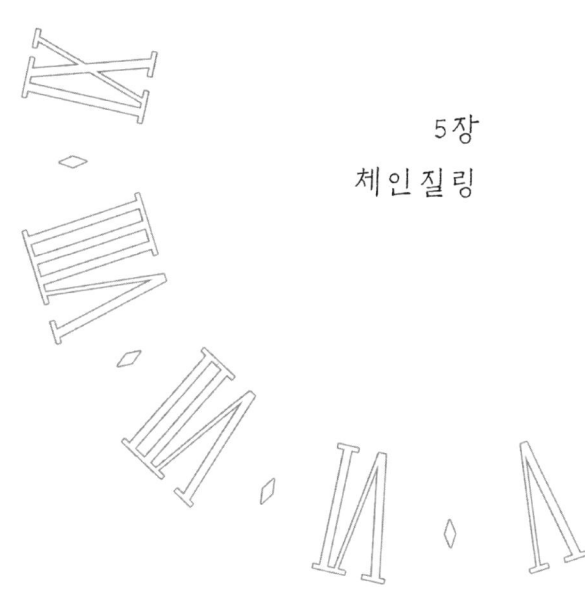

안녕 소리는 해파리 놈인데 아빠는 뭐야.

설마 우리 애들 중 하나가 여기 있는 건가. …그럴 리는 없고 해파리 놈이 내 기억을 건드리려는 건가 싶은데, 안개가 휘몰아쳤다. 금방이라도 나를 삼킬 듯이 거세게 몰아쳤지만 보이지 않는 막에 가로막힌 듯 주위를 맴돌기만 하였다. 이어 내 몸에서 마력이 주욱 빨려 나가기 시작했다. 가슴 쪽으로. 가슴의 상처가 있는 곳으로.

원래라면 기절하고도 남았을 텐데 어째서인지 나는 멀쩡했다. 어디서 흘러나오는 건지 모를 마나가 끊임없이, 아니, 잠깐만.

'은혜.'

내 몸을 회복시켜 주었던 은혜의 힘이 떠올랐다. 혹시나 싶어 은혜의 아이템 설명창을 확인했다.

> 유은혜 - L급

> 드래곤 로드이자 대명장 샬로스의 마석에서 탄생한 검. 어린 마나의 샘(계약자 한정 연결).
> 계약자 - 한유진

마나의 샘. 분명 처음에는 없었던 설명이 덧붙어 있었다. 명우가 성장형 아이템이라고 말하긴 했지만, 이런 식으로 능력이 생겨나기도 하는 건가. 아마도 마나 홀의 힘을 일부 삼키기라도 한 듯했다.

보통은 불가능하겠지만 은혜는 원래 제작자였던 샬로스로부터 태어났으니. 그럼 앞으로 마나 부족할 일은 없어지는 걸까.

그 와중에도 가슴의 마석은 계속해서 마나를 빨아들이고 있었다. 마치 여태껏 참고 있었다는 듯이, 한껏. 그리고.

"…여긴."

주위 풍경이 바뀌었다. 익숙한 천장과 벽지, 소파, 테이블 등이 눈에 들어왔다. 사육소의 집이다. 당연히 진짜는 아니겠지만, 벽에 남은 길게 긁힌 자국까지 고스란히 재현되어 있었다. 그 밖의 흔적들도 많았다. 아직 새집이라 할 수 있는 곳이건만 애들이 많다 보니 언뜻 보기엔 한 삼 년쯤 산 것 같다.

몬스터들이 남긴 흔적이 대다수이긴 했어도 유현이와 예림이가 범인인 것도 있었다. 혹시나 싶어 서랍장을 열어 보자 포장도 안 뜯은 새 휴대폰이 한가득이었다. 위 칸은 유현이 전용이고 아래 칸은 예림이 전용이었다. 예림이가 먼저 한유현이랑 같은 폰 쓰기 싫다고 하고 유현이도 그에 동의하는 바람에 예비 폰들의 기종은 서로 달랐다.

'정말 실감 나긴 하는데.'

안개가 보여 주는 환상인가. 그럼 괜히 더 살펴보다간 환각에 깊게 빠져들기만 할 터였다. 서랍을 닫고 주위를 두리번거렸다.

"오랜만인데 대화로 하자고, 우리. 또 유현이 모습으로 나타나진 말고. 다른 애들도 마찬가지야. 어차피 던전 안이라 제약은 덜할 거 아니냐."

얼굴이나 한번 제대로 보자. 그땐 이상한 해파리 비슷한 형체밖에 보질 못했다.

"아빠."

"아빠는 무스… 누, 누구니?"

어린애였다. 분홍빛 도는 은발에 금색 눈을 가진, 너덧 살쯤 되는 어린애가 어느새 내 앞에 서 있었다. 설마 저게 해파리의 원래 모습인 건가. 쓸데없이 귀엽다. 내가 애들한테 약하다는 걸 눈치채고 일부러 저렇게…….

"아, 아빠라고 부르지 마!"

양심이 있냐! 나보다 수백 년은, 어쩌면 수천 년 이상 더 살았을 거면서. 어린애가 고개를 갸웃했다. 요정같이 귀엽지만 홀리진 말자.

"그럼 유진 군."

"안 어울려!"

"유진아."

"…친한 척하지 마."

"유진 씨."

"그냥 어른으로 변하지 그래?"

애가 저렇게 부르니 원래 속이야 어떻든 영 이상하다.

"아니면, 주인님?"

순간 소름이 쫙 돋았다. 때려죽여도 모자랄 범죄자가 된 기분이었다. 속으로 미쳤냐, 를 외친 뒤 인상을 확 찌푸렸다.

"그 모습으로 그딴 소리 하지 마! 나이에 걸맞은 모습을 하시지, 무해의 왕."

"무해의 왕이 아닌데."

"…뭐?"

아니라고? 급히 떡잎 스킬을 사용했다. 은발 꼬마의 상태창이 눈앞에 떠올랐다.

> 환상 요정용종 - 체인질링
>
> 현재 스탯 등급 ?
>
> 성장 가능 스탯 등급 ?
>
> 최적화 초기 스킬
>
> 당신이 바라는 대로(?) 획득

…이게 뭐야. 요정용종, 체인질링? 등급은 물론 스킬까지 물음표가 붙어 있었다. 당신이 바라는 대로는 또 뭐냐. 갑자기 왜 저 녀석이 튀어나온 거지.

그리고 보니, 가슴의 마석이 더 이상 마나를 흡수하지 않고 있었다. 상처 부근으로 손을 얹었다. 설마.

"너, 혹시."

꼬마, 체인질링이 방긋 웃었다.

"아니, 잠깐만. 용종이긴 한데… 그래도 너무 다르잖아!"

저주독룡종 둘을 섞었는데 웬 요정용이야. 디아르마와도, 용인종과도 조금도 닮지 않았다. 성현제의 파편도 들어가긴 했지만… 잠깐. 그 인간과 좀, 닮았나? 영향 못 준다며!

"나는 주인님이 원하는 대로 성장했어."

"그렇게 부르지 말라니까! 원하는 대로라니, 나는……."

말을 이을 수 없었다. 나는, 내 목적은. 젠장, 어차피 요정용종이라면 라우치타스의 천적은 통하지 않는다. 스탯도 물음표 상태고.

"한유현을 되찾을 수 있도록."

가슴이 덜컥 내려앉았다.

"되, 찾는… 다고?"

"응."

"어, 어떻, 게."

목 안이 바싹 메말랐다. 너무도 갑작스러웠다. 저 말에 순수히 기뻐하는 것이 무서울 정도로.

"그럴 수 있도록 키웠으니까. 나를."

"나는, 단순히 디아르마의 스킬로, 마석을 조합했을 뿐이야."

"하지만 아빠는 양육자잖아. 키워 내는 힘을 가진 양육자. 상대를 바라는 대로 성장시킬 수 있는."

"…정말로 내가 바라기만 하면."

"뭐든지는 아니야. 본질까진 바꾸지 못해. 물고기의 지느러미를 날개로 성장시켜 줄 수는 있지만 진짜 새로 변화시키지는 못해. 하지만 나는 체인질링의 성질을 받았으니까."

어린애의 모습이 바뀌었다. 나보다 더 키가 커지며, 익숙한 모습이 나타났다. 머리색만 다를 뿐, 성현제다.

"수많은 세계에, 그 세계의 존재인 것처럼 바꿔치기 해 넣어졌던 성질. 또한 이미 일정 형태로 태어난 존재가 아닌 마석으로부터 자라나기 시작했기에 양육자가 바라는 대로 변화할 수 있었어."

체인질링이 다시 어린애의 모습으로 돌아갔다. 빠르게 뛰는 가슴을 진정시키려고 애쓰며 괜히 엉뚱한 질문을 던졌다.

"겉모습도, 내가 바란 거라서? 난 디아르마나 용인종의 모습을 하길 더 바랐는데."

분명 그랬다. 그편이 더, 대하기 쉬울 테니까.

"그 모습도 할 수 있어. 하지만 아빠가 싫어하잖아. 난 미움 받고 싶지 않아. 바라는 대로 들어줄 수 있으니까 싫어하지 마."

"…싫어하지 않아."

좋아하지 않으려고 했을 뿐이다. 숨을 크게 들이마셨다. 완벽한 양육자 칭호가.

"내가, 그런 일을 할 수 있다는 건, 전혀 몰랐는데."

"알게 되면 위험해지니까. 패륜아들이 칭호와 스킬에 대해 자세히 말해 주지 않는 것도 그 때문일걸. 기억을 읽는 스킬을 가진 초월자들에게 들켜서 밖으로 퍼져 나가기라도 하면, 다들 아빠를 노릴 게 분명하니까."

"그럼 이렇게 아는 것도 위험하잖아!"

지금도 해파리 놈이 노리고 있는데 여기서 더 늘어나는 건 상상만으로도 끔찍하다. 내 주위 사람들을 인질로 잡으려 들 수도 있고. 기억을 어떻게든 지워 버리기라도 해야 하나.

"내가 깨어났으니까 괜찮아. 간섭 못 해."

"아, 그러고 보니 신입이 너 때문에 날 진짜 몸을 가진 채로 가상 세계에 들여보내야 했지. …패륜아들만 입조심해 주면 되는 건가."

"애초에 패륜아들도 정확히는 모르고 있겠지만."

체인질링이 공중으로 가볍게 떠올라 내 곁으로 다가왔다. 등 쪽으로 반투명한 날개 같은 것이 흔들리는 듯도 했다.

"칭호를 열어 봐."

체인질링의 말대로 상태창을 열었다.

완벽한 양육자(L)

세계적으로 뛰어난 강자를 키워 낸 양육자의 증명.

그 자신의 과거 능력치가 피양육자의 현재 능력치+100% 이상이기에 더더욱 완벽하다.

"처음 보는 칭호나 스킬의 설명은 패륜아들이 추측해서 적어 넣는 거잖아. 이것도 그래."

"…너, 내 상태창이 보이는 거냐?"

"응. 아빠 건 보여. 계속 같이 봤잖아."

"뭐? 그럼 키워드도!"

"나는 이미 아빠에게 속해 있으니까 괜찮아. 버프 적용은 못 받겠지만."

당연히 말 안 할 테니 걱정 말라며 칭호 설명을 손가락으로 가리킨다.

"나도 전부 간섭하진 못하고, 이것만 본질을 꺼내 볼게. 아빠 거고, 내가 직접 영향을 받아 온 칭호니까 가능할 거야."

체인질링의 말이 끝나고, 양육자 설명창이 흐려졌다가 다시 선명해졌다.

완벽한 양육자(L)
태생적인 S급 각성자가 목숨을 바쳐 사랑한 양육자.

그 짧은 설명을 몇 번이나, 반복해 읽었다. 설명창이 다시금 흐릿해졌다. 눈을 두어 번 깜박였다.

"데리고, 올 수 있다는 거지. 하지만 이미 잘려 나간, 존재라… 불가능하다고 했는데……."

"이 세계와 아무런 관계가 없어진 셈이니까 반발이 커서 원래라면 무사히 데리고 올 수 없어. 하지만 그 반발보다 더 큰 힘으로 보호해 주면 돼."

더 큰 힘. 그게 어느 정도의 힘일지는 상상도 잘 가지 않았다. 초월자들도 아무런 대비 없이 다른 세계에 직접 들어온다면 가진 힘의 대부분이 깎여 나간다고 하였다. 그러니 최소한 그들과 맞먹을 정도의 힘으로 유현이를, 보호해 줘야 한다는 뜻이었다.

그것이 가능하다면. 온전하게.

"그, 그럼, 지금 바로!"

"다만 아빠."

금색 눈이 나를 똑바로 바라봐 왔다.

"이 세계를 보호할 수도 있어."

떨리던 가슴이 차분히 가라앉았다. 일부러 생각하지 않으려고 했다. 동생을 데리고 올 수 있을 정도의 힘이라면, 다른 일도 가능할 것이라는 사실을.

"채터박스가 시스템을 교란시키고 무해의 왕이 던전을 부수고 있어. 이대로라면 아빠의 세상에도 영향이 가고 말 거야. 모든 세계에는 이계의 침입을 거부하는 힘이 있지만, 그것에도 한계가 존재하니까. 무해의 왕이 깎아 먹어 보호의 힘이 약해지면 초월자들이 더욱 쉽게 간섭해 오겠지."

"…그래."

체인질링의 목소리가 귀에 제대로 닿아 오지 않았지만 대충 고개를 끄덕였다.

"막아야 한다는 거잖아."

"아빠가 책임져야 할 이유는 없어."

"날 노리는 거니까. 나 때문에. 대체 왜 그렇게까지 하는 거지. 해파리 놈. 대가 치러야 하지 않나."

"아주 크게 치르게 될 거야. 아마도 눈치챈 거 같아. 시그마가 진짜가 된 것도 양육자의 힘이니까."

"…뭐? 실제 몸으로 들어간 내가 인정했다고, 그래서."

체인질링이 고개를 저었다.

"인정받은 영향도 있어. 하지만 나보다는 적지만 시그마도 체인질링의 성질을 가지고 있고, 아빠가 그걸 키워 준 게 더욱 커. 진짜로 뒤바뀔 수 있도록. 자세한 이유까지는 모르겠지만 무해의 왕도 아빠가 아주 특별하다는 것 정도는 눈치챘을 거야."

그래서 수백 년 이상 잠들거나 많은 힘을 잃어야 할지도 모르는 짓을 저지르고 있는 거라고 체인질링이 말했다.

"…결국 나 때문이네. 그냥 처음부터 세상이나 구하라고 말하지 그랬냐."

괜한 원망이 새어 나왔다. 조그만 손이 내 뺨에 닿았다. 약간 서늘하면서도 부드러웠다.

"아빠가 원하는 대로 하고 끝내도 괜찮아. 멸망했을 세계야. 더 힘들지 않아도 돼."

동생을 되찾고, 품에 끌어안고서. 그렇게 끝내도 된다고. 그래, 원래라면 그렇게 끝났어야 했을 것이다. 유현이 곁으로 돌아가서 던전을 벗어나지 못한 채.

그렇게.

"…기다리고 있는 사람이, 너무 많아서."

아무도 없었어야 했는데. 회귀 전이라면 미련 가질 것도 없었는데.

"너도 알잖냐. 나랑 약속한 것 때문에 변하지 않겠다고 한 사람이 있거든. 이번에도 거부할 거야. 약속은 지키는 사람이니까."

계속 기다려 주겠지. 약속대로.

"노아 씨도 그래. 많은 걸 해 주진 못해도, 최소한 내가 먼저 떠나고 싶진 않아. 내가 뒤에 있어 주고 싶어."

아직 어린, 젊은 그가 어떻게 변화할지는 나로서도 알 수 없다. 하지만 휴식을 마치고 나아갈 때, 실수하고 잘못된 선택을 하더라도 돌아올 수 있는 곳 정도는 되어 주고 싶었다. 그래도 괜찮으니까 하고 싶은 대로 하라고.

"예림이도 아직 어려. 정령도 키워 주기로 했고. 이제 겨우 즐겁게 활개 치고 있는데."

그걸 여기서 끝내게 하고 싶지는 않았다. 앞으로 더더욱 성장할 텐데. 어디까지 갈지 상상 못 할 정도로.

"명우는 무사하겠지만 날 걱정하겠지. 계속 걱정만 끼치고, 못 할 짓이잖아. 밖에서 기다리고 있을 텐데. 삐약이랑 벨라레도 같이. 그리고 다른 사람들과 마수들도."

은혜가 변한 거 보여 줘야지. 게다가 패륜아들, 믿을 만하지도 않는데 명우를 보내기 껄끄럽기도 했다.

"피스도 그래. 그 애가 날 얼마나 잘 따르는데. 기승수랍시고 잡아 왔으면, 최소한의 책임은 져야지. 그렇잖아. 그리고."

무엇보다도.

"…유현이도, 내 동생인데."

예전처럼 나랑 같이 살게 되어서 행복하다는 동생인데. 요즘 얼마나 잘 웃는다고. 몇 년 동안 본 적 없는 얼굴로. 이제 겨우 스무 살이고, 그전에도, 고작 스물다섯 살이었고.

그리고 또.

"…더, 즐거워."

나도. 지금이. 가슴에 무덤을 만들어 놓고도, 그래도. 그래도 좀 더 살고 싶어졌다.

그러니 원하는 대로.

"당신이 바라는 대로."

체인질링이 말했다. 요정의 날개를 가진 은빛 작은 용이 내 앞에 나타났다.

내가 돌아가길 바라는 곳. 지금의 내 집이 사라져 갔다. 어딘지 모를 공간에 자욱이 깔린 안개 너머로.

"기다렸어!"

무해의 왕이 웃었다.

기이한 모습이었다. 전체적으로는 인간과 비슷한 형태였다. 결벽적이리만치 새하얀, 재봉선이 없는 낙낙한 옷을 걸친 몸과 머리까지는 분명 그러했다.

손이 있어야 할 부분은 가느다란 촉수들을 반투명한 지느러미가 카라 꽃처럼 둥글게 감싸고 있었다. 아래로 갈수록 넓게 펼쳐지는 옷은 무릎 부근에서 끝나고, 그 밑으로는 안개가 짙게 흔들거렸다. 살랑이는 긴 머리카락도, 촉수들도, 발을 대신하는 안개도. 모두 천천히 그 빛깔을 변화시키고 있었다.

길쭉한 수족관 LED 조명 속의 인조 해파리처럼.

본능적인 혐오감과 동시에 야릇하게도 저것이 아름답다고 느껴졌다. 수조 속의 해파리도 예쁘긴 했지. 조금, 몽환적인 분위기로. 하지만 말이다.

"…왜 또 촉수야."

유행인가. 내 중얼거림에 해파리가 손… 촉수 가닥을 흔들며 웃었다.

"이게 얼마나 편한데. 정교한 작업에는 촉수가 최고란다."

신입도 그러더니만. 명우야, 넌 저렇게 되면 안 된다. 유혹에 넘어가지 마.

길게 숨을 내쉬었다. 밝은 생각, 밝은 생각. 남의 기억을 다루는 놈이다. 마음 제대로 다잡아야지.

"이 정도면 제아무리 둔감한 판사라 해도 접근 금지 신청 받아 줄 거다, 이 스토커야."

대체 무슨 짓거리냐는 내 말에 무해의 왕이 또다시 방긋 미소 지었다.

"그만큼 널 높이 평가하고 있다는 뜻이야. 너를 최대한 온전히 빼내기 위해 길까지 뚫었어~"

"그러느라 내 세계는 엉망이 되고?"

"너무 미련 가지지 마. 어차피 무사하기는 힘들 세계였어. 너에 대해 좀 더 자세히 알게 되면 패륜아들도 비슷한 짓을 저질러 버릴걸? 심지어 초승달이 공들이고 있는 아이도, 그쪽에 있었지. 이상하다고 생각했는데 그 인간이 바로 작은 달이었다니."

초승달과 한때 같이 일한 적 있다더니 성현제에 대해서도 알고 있었나.

"패륜아들이 비슷한 짓을 저지를 거라니, 자신만만하게 말하는군. 일단은 세계를 지키려는 쪽 아닌가."

"그 녀석들 모토가 작은 희생 정도는 감수하자, 인걸~ 세계 하나를 희생해서 수많은 세계를 구해 낼 수 있다면 괜찮다고 생각한다니까. 운이 나쁘면 희생양이 되는 거고, 운이 좋으면 구해지는 거고."

복불복 구원이라니, 웃기지도 않았다. 패륜아들이 그런 성향이라는 거 아주 눈치채지 못한 건 아니었지만. 개중 가장 인간적이게 느껴졌던 신입조차도 유현이와 뻬약이를 대하는 태도는 무심했다.

해파리가 촉수들을 가슴 앞으로 얌전히 모았다.

"흠집 내고 싶지 않아. 순순히 따라오지 않을래? 어차피 너희에게 남은 희망은 없어. 널 빼내기 위한 '길'만 뚫었지만, 한번 나 버린 구멍은 점점 커져 가고 곧 이 세계는 전쟁터가 되겠지."

"…전쟁터라고?"

"그래. 외부의 침입을 막을 힘을 잃은 세계이니, 수많은 초월자들이 방문하려 들 거야. 근원에게 먹히기 전 이 세계의 한 조각이라도 더 차지하려고 분쟁이 일어나겠지. 우리들은 대부분 자신의 세계를 잃었거든. 세계 사이의 틈에 거처를 마련해 두고 있지만 자연산, 아니 근원산보다는 못해. 훨씬 작고 단순하고 시스템 메인 제작자쯤 되지 않고서야 조잡하지."

그러니 손댈 수 있는 세계는 인기가 많다고 무해의 왕이 설명했다. 내 어깨에 앉은 체인질링이 나를 힐끗 쳐다보았다. 좀 더 대화해도 괜찮을까. 밖은 어떤 상황인 거지. 눈만 깜박였을 뿐인데 내 속마음을 눈치챘는지 은빛 용이 고개를 까딱했다.

"시스템 메인 제작자는 대단한가 봐."

"아, 그럼! 물론이지. 시간 끄는 거 빤히 보이는데도 입이 간질거리네."

"참을 필요 없잖아. 신입은 아무런 기척도 없으니. 흥미로운 이야기를 해 주면 혹시 아냐, 따라가고 싶어질지."

"빈말하기는. 신입도 재능은 뛰어나. 하지만 채터박스는 훨씬 오래 살아서, 경험 차이는 어쩔 수 없는 거야. 심지어 지금 패륜아 측에는 메인 제작자 자리가 비었거든. 이번 일에 대응하기 힘들 수밖에. 신입이 무사히 성장한다면 11번째 메인 제작자가 되겠지."

여태껏 시스템 메인 제작자가 열 명이나 되었던 건가. 수명이 짧았을 것 같진 않고, 대체 얼마나 오래전에 시스템이 만들어진 거지. 좀 더 자세히 캐묻고 싶었지만 해파리는 시스템과 관련된 수다를 멈추었다.

"자세한 이야기는 우리 집에 가서 해 줄게. 아직 망설여져? 어떻게 할까, 하나쯤 잡아 와? 아쉽게도 네 동생의 시체는 아직 찾지 못했어. 하지만 살아 있는 동생을 데려오는 것도 괜찮겠지. 그래, 그러자!"

해파리 새끼가 해맑게 손뼉… 촉수를 서로 엉기었다.

"그것도 상당히 좋은 소재에 형제고 가장 오래 돌봐 온 피양육자일 테니까, 여러 가지로 실험해 볼 수 있겠어."

"내 동생에게 손댈 생각 하지 마."

"왜? 같이 있고 싶지 않아? 협조적으로 나온다면 동생에게 너무 심한 짓은 하지 않을게. 내 힘이 약해질 거라서 길들여 놓기는 해야겠지만. 무서운 얼굴이네, 지금 바로-"

"체인질링."

고요하게, 공기 자체가 변화했다. 시종일관 여유롭던 무해의 왕의 표정이 딱딱하게 굳어졌다. 그리고 곧장 도망치려 들었다. 오래 살았다더니 상황판단 한번 빠르다.

안개가 퍼지고 해파리 놈의 몸이 흐릿해지나 싶더니.

"…윽!"

튕겨 나오듯 원래의 자리로 돌아와 버린다. 흐려졌던 몸도 다시 선명해졌다. 비틀거리는 꼴이 보기 좋았다. 저놈이 언제 저런 꼴을 당해 봤겠냐. 한 만 년 전?

- 길을 막았어.

체인질링이 말했다. 안개를 사방으로 흩뿌려 대던 무해의 왕이 사나운 눈으로 우리를 노려보았다. 먼저 덤벼 올 엄두는 내지 못한 채 부상당한 짐승처럼 잔뜩 경계를 한다.

"대체 그 용은 뭐지? 이미 뚫린 길을 막다니, 불가능해. 이미 나 버린 구멍은 커지기만 할 뿐 절대 막을 수 없어!"

- 그래서 새롭게 보호막을 만들었지. 이제 넌 못 나가. 갇혔어. 이 주변도 확실히 막았어. 여긴 내 영역이야.

"새로, 만들었다고?"

- 응.

나 잘하지 않았느냐는 듯 체인질링이 동그랗고 작은 뿔이 난 머리를 내 어깨에 비볐다. 무해의 왕이 몸을 바르르 떨었다. 무척이나 난감하고 당황한 표정도 잠시, 차갑게 으르렁거린다.

"길을 만드느라 많은 힘을 소모하였지만 나는 절대 약하지 않아, 양육자. 네 세계의 멸망을 미룬 것은 축하해 주지. 하지만 여기서 나를 적대하는 건 서로에게 득이-"

"닥치고."

손가락 끝으로 은빛 용의 머리를 쓰다듬어 주었다. 체인질링이 눈을 반짝이며 문제없다고 작게 속삭여 왔다. 꼬리도 살랑거린다. 나에게만 들리는 소리로 말했다.

[내게 전투 능력은 없지만 환상을 현실화할 수 있어. 아빠의 정신계 속 능력치를 현실화하면 충분히 이길 수 있을 거야. 보호막을 치고도 조금 힘이 남았으니까, 한 시간 이상 유지 가능해.]

그래.
"내 동생 기억, 당장 내놔."
순순히 뱉어 내지 않으면 그 망할 놈의 촉수, 0.1mm 단위로 조각조각 내어서 파 헤집어 주마. 내 말에 무해의 왕이 뒤로 천천히 물러서며 눈을 가늘게 떴다.
"고작해야 시계에 대한 것뿐이었는데."
"역시 네가 가지고 있구나."
"아직은 무사해. 그러나 언제든지 녹여 삼킬 수 있지. 동생의 하찮고도 조그만 기억, 얼마나 소중해?"
무해의 왕의 촉수 사이로 작은 구슬 하나가 나타났다. 엄지손톱의 반 정도 되는, 새하얀 구슬이었다. 내 약점이라도 잡았다는 듯 해파리 놈이 생글 웃는다.
"정말 많이 사랑하는 형에게 처음으로 제대로 준비해서 주는 선물이야. 직접 포장도 했네, 귀여워라. 그전에는 아직 어려서 변변한 건 주지 못했구나. 아르바이트도 못 하게 했고. 들떠 있어. 설레기도 하고."
"…내놓으라고 이 뼈대도 없는 젤리 새끼야."
이가 절로 으드득 갈렸다. 섣불리 덤벼들지는 못했지만, 그렇다고 저 새끼를 놓칠 생각 따윈 조금도 없었다.
"서로 건드리지 않기로 계약하자. 어때? 너는 나를, 나는 네 동생을. 여기서 풀려나기만 하면 채터박스에게 부탁해 곧장 조용히 떠날 거야."

세계에 속하지 않은 자가 안으로 들어오긴 힘들어도 밖으로 빼내는 건 어렵지 않은 모양이었다. 하긴 SS급에 가까운 S급들은 빼낼 수 있다고도 했으니. 그래도 부탁한다는 걸로 보아 스스로의 힘만으로는 나갈 수 없는 듯했다. 우물에 빠진 사람이 직접 기어오르는 건 힘들어도 밖에서 끌어내 주는 건 쉬운 차이 같은 건가.

"내가 왜 그래야 하지."

"소중한 동생의 기억을 되찾으려면 계약을 받아들여."

"당연히 되찾을 거지만, 네놈을 놓아줄 마음은 없어. 서로 건드리지 않기로 하자고? 웃기지도 않는 헛소리. 쉽게 포기할 거라면 이런 위험이며 대가를 감수하지도 않았겠지, 네놈은. 나가자마자 다른 초월자들을 꼬드길 게 안 봐도 눈에 선하다."

무엇보다도 저놈이 나에 대해 떠들고 다니게 놓아둘 순 없었다. 신입은 가짜 세계를 제대로 들여다보지 못했지만 무해의 왕은 달랐다. 말대가리와 직접 계약까지 했으니 훨씬 더 많은 정보를 받아 볼 수 있었겠지.

내 가치가 위험을 감수할 만큼 크다는 사실이 알려지면, 나는 물론이고 내 주위 사람들까지 위험해지게 된다. 그러니 절대 무해의 왕을 그냥 보낼 순 없었다.

"…동생을 포기하는 거야? 매정하네."

"도둑놈이 피해자 탓하는 것 좀 봐라. 뼈만 없나 싶었더니 뇌도 어디다 흘려 버렸나 보지. 아, 그래서 남의 기억을 훔쳐 대는 건가. 제 머리엔 든 게 없어서."

"양육자 씨, 말하는 거 좀 짜증 난다."

은색 용이 몸을 약간 웅크리며 날개를 넓게 펼쳤다. 마나 각인이 마비 되었음에도 요동치는 마력이 희미하게나마 느껴졌다. 무해의 왕이 더욱 뒤로 물러났지만 이곳에서 도망치지는 못했다.

"내 동생의 기억을 끝까지 무사히 가지고 있는 게 네놈에게 조금이라도 더 유리할 거다. 내 손으로 부수진 못할 테니까. 그러니 움켜쥐고 발악해 봐. 하지만 되찾지 못한다고 해도."

그래도.

"앞으로가 더 중요해. 세상이 무사하면 동생에게 더 많은, 좋은, 행복한 기억을 만들어 줄 수 있을 테니까."

유현이의 기억을 잃고 싶지는 않았다. 하지만 그것을 위해 현재를, 미래를 포기할 수는 없었다. 내가 시계를 선물해 줄 것이다. 시계는 받지 못한다 해도 또 다른 것들을 계속해서 주고받을 것이다.

무해의 왕이 가느다랗게 웃었다.

"멀쩡한 척하네."

"척이 아니라 멀쩡하다만."

"정말? 내 눈에는 완전히 엉망진창인데. 그럼 네 말대로 발악해 볼까!"

화악, 안개가 강하게 퍼져 나갔다. 이미 은혜는 사용하고 있었다. 체인 질링의 마력이 나를 감싸고, 바닥을 치던 스탯이 가파르게 상승하는 것이 느껴졌다.

라우치타스의 천적은 적용되지 않았지만 회귀 전 내 동생의 능력치 두 배에 알파, 델타, 뮤, 람다의 스킬들 그리고 베테랑 F급까지 있다. 의외인 것은.

'회귀 전 유현이의 스탯이 SS급 가드보다 조금 더 뛰어났구나.'

두 배치 적용을 받지 않은 순수한 능력치가. S급은 각 세계 종족의 각성 가능 능력 최대치라 하였으니 겉보기엔 같은 인간이라 해도 우리 세계가 전체적인 능력이 더 나은 것일지도 모른다.

공격 스킬 효과만큼은 SSS급을 가볍게 넘어선다. 스탯이 올라서인지 마나각인이 마비에서 풀려나고, 주위를 맴도는 마력이 선명하게 느껴졌다.

F급일 때보다는 확실히 둔해진 감각에 아무런 부작용도 없다.

안개가 시야와 감각을 방해해 해파리 놈이 제대로 감지되지 않았지만, 체인질링의 말대로 내가 더 우세했다. 하지만 급히 움직일 생각은 없었다.

동생의 기억을 되찾아야 한다. 어차피 놈은 도망치지 못하니까 포기는 마지막까지 미뤄 두어도 괜찮다.

'뮤의 공간이동 스킬만 제대로 쓸 수 있다면 빼앗기 어렵지 않을 텐데.'

하지만 공간이동 스킬은 예림이의 순간이동 스킬보다 훨씬 까다로웠다. 주어진 한 시간 동안 공간이동 스킬에 매진하면… 그렇게 생각하며 손끝을 휘둘렀다. 검붉게 피어나는 불길에 안개가 타오르고.

"이거 노으라거! 야!"

"진짜 몬스터라고요? 고양이가 아니라? 그 근방은 던전 브레이크 보고가 없습니다만 경찰서가 아닌 던전 특별 대책 본부로 연락하셔야 합니다."

"여기선 도와드릴 수 없고요, 임시 헌터 협회 번호가… 여보세요?"

한밤중임에도 소란스러운 파출소가 나타났다. 던전 특별 대책 본부, 임시 헌터협회. 던전이 생겨나고 반년 이내다. 몬스터가 튀어나오는 세상에서도 술에 취해 돌아다니다 끌려온 취객이 버럭버럭 소리치는 옆쪽으로, 창백한 얼굴의 청년이 유리문을 밀며 들어섰다.

나였다.

나는 불안에 가득 찬 채로 경찰을 붙잡고 입을 열었다. 목소리는 잔뜩 메마르고, 떨리고 있었다.

"제 동생이 아직까지 집에 들어오질 않았어요."

한 번도 이런 일 없었는데, 이렇게 늦게까지 아무런 소식이 없다는 내 말에 경찰이 자세한 상황을 물었다. 남자 고등학생이라는 말에 그의 표정이 순식간에 시큰둥해진다. 부모님은 안 계신다는 소리에 더더욱 관심을 잃어 간다.

"하루도 안 지났는데 좀 더 기다려 보고 가출 신고 하세요. 가족 관계 증명서 지참하시고."

"가출 아니에요! 단 한 번도 말없이 늦은 적이 없었다고요, 유현이는!"

"흔한 일입니다. 친구를 잘못 사귀었을 수도 있고, 날 밝거든 학교에 연락해 보시죠."

삐뚤어지기 쉬운 환경 아니냐는 눈빛에 나는 위축되었다. 동생 친구 연락처 모르냐는 물음에는 더욱 어깨가 움츠러들었다.

"그, 그래도, 혹시 몬스터라도 마주쳤다면……."

"요샌 바로바로 수습되고 연락 가니까 아무 통보 없었으면 무사한 겁니다."

아니면 던전 특별 대책 본부 홈페이지에 신원불명 사상자 목록 확인해 보라며 딱 잘라 말한다. 더는 상대할 이유가 없다는 태도에 나는 머뭇거리다가 힘없이 돌아섰다. 아닌데, 유현이가 그럴 리 없는데, 중얼거리면서.

"…이게 뭐야."

헛웃음이 나왔다.

"내 기억, 헤집지 못할 거라더니."

– 이건 아빠가 만들어 내는 풍경이야. 원래라면 지금 아빠의 능력으론 어렵지 않게 빠져나갈 수 있을 텐데, 쟤 스킬에 내 힘이 더해져서 더 강해져 버렸어.

상성이 나빴다며 체인질링이 말했다. 상대에게 괴로운 기억을 보여 주는 무해의 왕의 안개에 내게 적용된 환상을 실체화하는 힘이 뒤섞여 버렸다고. 그렇다고 체인질링의 힘을 거둘 수도 없었다.

불길을 넓게 퍼뜨려 보기도 하고, 번개를 내리치고 물로 쓸어버리려고도 해 보았지만 환영은 사라지지 않았다.

"잡스러운 짓거리 그만두고 당장 나와!"

[내가 왜?]

해파리 놈의 목소리가 아주 멀리서, 희미하게 들려왔다.

[걱정 마. 그리 길게 지속할 순 없는 스킬이니까. 반항한다면 더욱 빨리 끝나게 되겠지. 그러니 우리 계약할래? 얌전히 버텨 낸다면 동생의 기억을 돌려줄게. 흠 하나 없이.]

무력으론 내가 이기기 힘드니까, 라는 말에 고개를 끄덕였다. 회귀한 직후라면. 아니, 한 달 전쯤만 되었어도 과거를 되새기긴 힘들었겠지만. 지금도 힘든 건 마찬가지였지만 어떻게든 버틸 수 있을 것이란 자신이 있었다.

나타난 계약서에 서명했다. 그리고 풍경이 바뀌었다.

"형."

어린, 지금보다도 더 어린 유현이가 나를 바라보았다. 각성한 지 얼마 되지 않은 앳된 얼굴이.

"무, 무슨 소리야, 그게……."

나는 떨고 있었다. 겁먹고 있었다.

"각성, 했다고 해도… 왜 유현이 네가 헌터가 돼. 아직 어리잖아, 성인도 아니잖아……."

한유진 씨의 동생은 S급 각성자입니다. 그렇게 말해도 피부에 와닿지 않는 시기였다. 첫 던전 쇼크 이후 각성자들이 나타나고 그럭저럭 체계가 잡혀 가고 있었지만, 일반인들에게는 아직 재난 이상도 이하도 아니었다.

던전과 몬스터는 미지의 두려움, 그뿐이었다. 나에게도.

"괜히 밖에 나가지 말고 집에 있어."

나직하게 동생이 말했다. 이때까지는 아직 유현이도 나를 걱정하는 티를 냈다. 만약 이때 내가 얌전히 동생의 말에 따랐더라면… 아니, 쓸데없는 생각 하지 말자. 결국은 도마뱀 놈이 유현이에게 접근해 왔을 거고, 그리고 우리는.

"유현아! 한유현!"

동생은 내 곁을 떠났다. 저기 넋 놓고 서 있는 나는 그것을 받아들이지 못했다. 어떻게든 원래대로 돌려놓고자 소용없는 발버둥질을 쳤다. 이미 세상은 변해 버렸는데도.

"유현아, 제발……."

나는 휴대폰을 붙잡고 애원하고 있었다. 배경은 예전 집이었다. 내 얼굴은 핼쑥했다. 제대로 먹지도 자지도 못했던 기억이 났다.

"헌터 같은 거 하지 마, 응? 위험하잖아. 던전에서 잘못되기라도 하면, 시체도 못 찾는대. 시체조차도……. 그런데 왜 네가 거길 가, 유현아……."

S급 헌터. 아직 던전 난이도가 낮은 편이었던 이때는 걱정할 필요도 없는 등급이었다. 하지만 그런 거 이때의 나로서는 전혀 체감되지 않았다. 주워들은 소문은 죄다 흉흉하였고 TV에서는 연신 던전과 몬스터의 위험성에 대해 말하고 있었다.

장비도 모자라고 헌터도 모자라고 경험은 더더욱 모자랐기에, 등급 낮은 던전에서도 중하급 헌터들이 곧잘 죽어 나가던 시기이기도 하였다. 던전 공략 실패, 돌아오지 못한 각성자들, 부상, 사망, 실종.

하루하루 피가 바싹바싹 말라 갔다. 혹시라도 익숙한 이름이 부상자 명단, 사망자 명단, 실종자 명단에 떠오르진 않을까. 악몽도 몇 번이나 꿨었다.

"형이 더 잘할게. 부족한 거 없도록, 더 노력할 테니까……."

휴대폰 너머는 조용했다. 지금의 내 모습보다, 이때의 기억보다 그 사실이 더 가슴을 헤집었다. 무슨 생각으로 내 말을 듣고 있었을까. 내가 어쩌고 있는지 모르지 않았을 텐데, 무슨 심정으로.

나는 울었다.

"…제발 던전에 들어가지 마."

유현아.

나는 이해하지 못했으며 동생은 물러서지 못했다. 혼란 속에 찾아온 급격한 변화 앞에 우리는 둘 다 어리고 미숙했다.

유현이가 보내온 돈은 손대기는커녕 치를 떨며 돌려보냈다. 그때의 내게는 어린 동생의 목숨과 맞바꾼 것과 다름없는 끔찍한 돈이었다. 유현이는 내가 생활비를 받으며 안전히 지내길 바랐겠지만, 동생을 사지에 보냈다 믿고 있었던 나로서는 결코 받아들일 수가 없었다. 오히려 무력함만이 켜켜이 쌓여 갈 뿐이었다. 내가 할 수 있는 일이라곤 아무것도 없었다. 발만 동동 굴렀다. 군대에 끌려간 게 차라리 다행일 정도로, 숨이 끊어질 것 같은 가슴앓이만 하고 있었다.

내가 배치된 곳은 던전 관련 보조 작업을 하는 부대였다. 지금 생각해 보면 이것도 유현이의 입김이 들어갔지 싶었다. 동생을 말리겠답시고 던전 주위는 물론 브레이커 지역까지 어슬렁거리는 나를 보호하고 뒤바뀐 세상에 대해 알려 주기 위해서.

별로 위험하지 않은 잡다한 일을 하면서 나는 자연스럽게 던전과 헌터에 대해 더 잘 알게 되었다. S급 헌터가 얼마나 대단한지도.

그 1년 사이 세상도 던전에 적응해 갔다. 관련 산업이 발전하고 헌터의 위상이 올라가고 던전 브레이크도 줄어들며 일상화되어 갔다. 동시에 상급 헌터는 동경의 대상이 되었다. 자신의 길드를 세우고 빠르게 성장해 가는 동생을 두고 주위 사람들은 부러워했다. 내가 복권 당첨이라도 된 것처럼 말하기도 하였다.

빌어먹게도.

"…아무도 없네."

1년 뒤에 돌아온, 텅 빈 집을 바라보며 나는 중얼거렸다. 뭐가 잘된 일이고 뭐가 축하할 일인지. 내게는 아무것도 없는데. 어떻게 소식을 알았는지 여기저기서 전화가 걸려 왔다. 동생 이야기 들었다면서.

그날 도망쳤다. 집은 물론, 남아 있던 동생의 물건을 전부 버리고. 유현이에게 연락하지 말라고 한 것도 이때였다. 동생에겐 아무것도 받고 싶지 않았다. 아주 작은 무언가라도 하나 받아 버린다면 주위 사람들이 떠드는 소리들이 사실이 되어 버릴 것만 같았다.

키운 보람이 있겠네. 동생 덕 보겠다. 돈 쓸어 담는다면서. 걱정할 거 하나 없겠다.

나는 바라지 않았다. 조금도 달갑지 않았다.

그렇게 도망치고서도, 동생을 되찾는 것을 완전히 포기하지는 못했다.

[MKC 길드가 국내 세 번째 S급 던전의 공략에 성공하였습니다. 다수의 사상자가 발생했으며 MKC 길드장 최석원 헌터 또한 중상을 입고…….]

[해연 길드의 S급 던전 낙찰에 대해 너무 이른 것이 아닌가 하는 여론이 잇따르고 있습니다.]

[수담 길드장 윤경수 헌터의 의문의 입원에 대해…….]

S급 헌터도 다치지 않는 것은 아니다. 당시 국내는 물론 해외 전체를 통틀어도 가장 어린 S급 헌터인 유현이를 향한 걱정스러운 시선도 많았다. 던전 공략 기간이 예정보다 길어지기만 하면 부정적인 기사들도 쏟아졌다.

그 모든 것을 철저한 외부인처럼 쳐다만 봐야 했던 내가, 각성에 목매달기 시작한 건 어찌 보면 당연한 수순이었다. 그것이 유일한 방법으로 느껴졌으니까.

각성만 하면. 혹시라도 S급 헌터가 된다면, 모든 것이 원래대로 돌아올 것이라고.

"봐줄 만은 하네."

위가 조금 따끔거리긴 하다만 지금은 괜찮으니까, 그래서 괜찮았다.

- 방심하면 안 돼.

체인질링이 한쪽 앞발을 들어 내 뺨을 꾹 눌렀다. 조그만 발톱이 달린 발은 약간 말랑거렸다.

"방심 안 해."

이제 시작이라는 건 잘 알고 있다. 내 인생이니까. 그래도 이렇게 보는 정도라면, 역시 괜찮을 듯했다. 밖에서 기다리고 있는 사람들이 있으니까. 그것만 잊지 않는다면.

지금과는 다르게 각성센터가 개장했다. 지금과는 다르게 나는 각성센터로 가 각성했다. F급 보조계 헌터. 여기서 포기했더라면 편해졌을까. 하지만 지금 현재는 사라졌을 것이다. 대신 나를 떠나지 못한 유현이와, 이 세계에서 마지막까지.

'…생각하지 말자.'

말려들지 말고.

"하여간 좋게 말로 하면 안 되지!"

퍽, 소리와 함께 배를 걷어찼였다. 몸이 붕 떴다가 바닥을 구른다. 저릿하게 퍼져 나가는 통증에 눈을 깜박였다. 어, 잠깐만.

"어차피 너한테 남은 건 한유현 형이라는 딱지밖에 없는데 왜 고집을 부리고 그러냐."

혀를 쯧쯧 차며 쪼그리고 앉은 남자가 내 머리를 바닥에 꽉 눌렀다.

분명 조금 전까지는 단순히 구경꾼의 입장이었는데, 어느샌가 내가 환영 속에 들어와 있었다. 와, 정말 완벽하게 실감 나는 4D다.

'얌전히 버텨 내는 게 어디까지 말하는 거지.'

계약서에서는 지금 발동된 스킬에 저항하지 않는다, 였으니 맞고 있어야 하나. 고통은 느껴졌지만 실제 몸에 타격이 가진 않는 듯했다. 단순한 환상통이다. 애초에 계약서 내에 무해의 왕의 스킬은 물리적인 피해는 주지 않는다고 쓰여 있었다. 그게 아니었으면 사인도 안 했지.

조금 당황스러웠지만 아직 괜찮다. 오히려 여태까지가 너무 쉬웠다. 해파리 놈이 자신 있어 할 정도였건만 인생 되돌아보기로 끝날 리가.

"잘나신 동생한테 버림받았다고 해도 매달리면 주위 눈치 봐서라도 뭐 하나 줄 거 아니냐. 응?"

"…미안한데 누구더라."

"뭐?"

"너처럼 찌질한 새끼들이 한둘이 아니라서 일일이 기억도 못 하겠더라고. 스쳐 지나가는 엑스트라 악당을 어떻게 다 외우겠냐."

인벤토리 목록을 힐끗 확인해 보았다. 텅텅 비다시피 한 것이 이때의 소지품만 쓸 수 있는 모양이었다. 스탯도 별 능력 없는 F급, 그대로일 테고.

"지금 몸뚱이로 반항하는 건 계약 위반 아니다. 현실의 내 몸도, 능력치도 아니고 상황에 따른 반응은 할 수 있다고 했으니."

"대체 무슨 헛소리, 컥!"

마침 적당한 단검이 인벤토리에 있기에 눈앞의 놈의 목덜미에 살포시 꽂아 주었다. 단검을 쥔 손목을 비틀며 확실하게 숨 줄기를 끊어 놓으며 주위를 살폈다. 당연히 한 명만 있는 건 아니고.

"미, 미친!"

"잡아!"

그나마 빠르게 반응하며 덤벼드는 놈을 향해 시체를 힘껏 내던졌다. 방금 죽은 따끈따끈한 시체가 피를 흩뿌리며 날아들자 기겁하며 피한다. 허둥대는 꼴이 완전히 무방비했다. 저런 빈틈을 보고 그냥 지나친다면 납치되어 협박당한 사람의 도리가 아니지.

놈의 시선 아래로 몸을 낮추어 접근해 단숨에 다리를 걸었다. 그렇잖아도 균형이 흐트러져 있던 몸이 쉽사리 넘어지고 이번에도 정확히 목을 찍었다.

"시, 시발! 사람을 죽였어!"

환영 주제에 실감 나게 반응하며, 남은 한 놈이 부리나케 도망쳤다. 그 뒤통수를 향해 칼을 던졌다. 하지만 내 힘으로는 닿지 못하고 바닥에 툭 떨어진다. 유현이라면 멋지게 박혔을 텐데.

"야, 듣진 못하겠지만 내 동생은 나 안 버렸다."

단 한 번도.

이건 괴롭기는커녕 오히려 속이 시원해지는데, 라고 생각하기도 잠깐.

"아윽, 큭!"

뜨겁게 살을 헤집는 고통이 팔에서 느껴졌다. 습관적으로 비명을 삼켰다. 던전에서 부상 좀 입었다고 고래고래 소리를 지르는 건 자살행위다. 여기 약해진 사냥감이 있습니다, 하고 몬스터에게 광고하는 꼴이지.

이를 악물며 흐릿한 눈을 깜박였다. 늘어진 내 팔에 칼이 박혀 있었다. 언뜻 봐도 꽤 좋은 아이템이다. 하급 장비는 절대 아니다.

"젠, 후읏, 장. 글러먹었, 윽!"

칼이 거칠게 빠져나갔다. 언제였더라. 아무튼 경험 좀 있다고 F급 헌터가 까불 만한 상대는 아닐 터였다.

"너무 섭섭하게 생각지 말라고. 해연 길드장 놈이 제 형한테 아무리 관심 없다고 해도 그놈 덕을 보긴 했잖냐. 동생 이름 팔아 해먹은 거 꽤 있지? 그러니 대가 치른다고 생각해."

웃음소리가 몸 위로 떨어졌다. 해연을 욕하는 소리도 들려왔다. 유현이와 부딪쳤다가 불이익을 받기라도 한 놈들인 모양이었다.

내가 유현이와 사이가 틀어졌다는 사실이 알려진 뒤, 해연과의 다툼 후 내게 분풀이하는 놈들이 생겨났다. 다만 오래가진 않았다. 해연에서 한유현과 나를 연관 지어 분풀이하는 것이 거슬린다는 식으로 말하며 죄다 쓸어버렸기 때문이었다.

이렇게 당하고 다니는 것 자체가 동생에게 폐를 끼치는 거라며 공개적으로도 한 소리 들었었다.

"…네놈들 전부 죽었, 악!"

"왜, 한유현이 구하러 오기라도 한다더냐."

"그 새끼도 매정하지. 부모 대신 뒷바라지해 준 형을 가차 없이 잘라 버리고. 그게 인간이냐."

열이 확 올랐다. 저 헛소리가 한발 늦게 기억 속 생생히 떠올랐다. 이때 나는.

"시발, 내가 모자라니까!"

내가 F급밖에 못 되었고, 사고 치고, 괜한 일에 휘말리기도 하고. 지금도 이렇게.

"그래도 동생 새끼라고 편드냐?"

"그냥, 윽, 사실이다, 왜! 해연 길드장씩이나 되어 피붙이 하나 거두는 게 뭐가 힘들다고. 버릴 만했으니 버렸겠지!"

그렇게 말했었다. 그 뒤로도 계속해서. 그래, 차라리 그게 더 편했으니까.

아무 이유가 없다면 정말로 죽어 버릴 거 같아서. 내가 잘못한 거라면 납득할 수 있으니까. 모두가 나를 탓할수록 유현이는 잘못되지 않았고, 내가 괜히 욕심내다 실수한 거고, 내가 망친 거고.

나만 잘하면, 성공하면 다시 예전으로 돌아갈 수 있을 것만 같았다.

약간, 제정신이 아니었을지도 모른다. 멀쩡하기 힘들긴 했겠지.

"…유현이 잘못이 아니야."

그럼 내 잘못이다. 주위에서 떠드는 대로. 동생에게 열등감을 가지고 헌터가 되겠다고 나대다가 F급 판정받고는 민폐나 끼쳐 대고. 한유현은 단지 그런 쓰레기를 버렸을 뿐이니까, 나만 번듯해지면 원래의 동생으로 돌아올 것이었다.

아마도 그게, 내 마지막 희망이었고… 동시에 이루려 노력하기 무서운 바람이었다. 내가 멀쩡해져도 유현이가 여전히 차디차다면.

"좀 아프네."

돌이켜볼수록 답 없는 삶이었다.

짤막짤막하게 과거의 폭력들이 몸을 스치고 지나갔다. 그래 봤자 별짓 다 당했었네, 정도의 감상이었다. 단순 폭력이라면 디아르마 놈이 최고였지. 죽지 않으니까 가감 없이 별거 다 해 볼 수 있었고.

그리고 또다시 피가 튀었다.

"도, 망쳐……!"

낯익은 얼굴이 쓰러졌다. 서른 중반의 남자였다.

- 캬르륵!

멍하니 서 있는 나에게 몬스터가 덤벼들었다. 이족보행 하는 대형 개처럼 생긴 괴물이 발톱을 휘두르고, 나는 반사적으로 피했다. 몸이 가벼웠다. 상대는 E급 몬스터고 나는, E급 헌터의 스탯을 배로 받았다.

손에 들린 창을 휘둘렀다. 창대로 침이 뚝뚝 떨어지는 몬스터의 주둥이를 쳐 내고 빙그르 돌려 창날을 목덜미에 찔러넣었다. 창에 꿰뚫린 몬스터의 사체를 그대로 들어 올려 덤벼드는 다른 개새끼들의 공격을 막았다.

퍽, 콰득, 제 동료의 사체에 발톱과 이빨이 박힘과 동시에 창대를 잡고 몸을 위로 솟구쳤다. 장대높이뛰기를 하듯 훌쩍 뛰어 몬스터들의 등 뒤로 내려서며 칼을 뽑아 들었다. 죽은 남자의 스킬이, 불현듯 떠올랐다.

예비용 정글도까지 꺼내 두 개의 칼을 마치 양손잡이처럼 능숙하게 사용했다. 칼날에 예리함이 더해지며 두 개의 개대가리가 싹둑 잘려 나간다. 직후 오른손의 칼을 강하게 던졌다. 콱! 헌터를 덮치던 몬스터의 뒤통수에 칼날이 박힌다.

"유, 유진 씨!"

구사일생으로 살아난 헌터가 놀란 눈으로 나를 쳐다보았다. 원래라면 아무도 구하지 못했다. 갑자기 힘이 주어져 봤자 냉정하게 움직일 경험도, 마음가짐도 가지질 못했으니까. 그저 울면서 마구잡이로 칼을 휘둘렀을 뿐이었다.

지금도 정말로 구하고 싶었던 사람은.

"…살아 있어."

비록 회귀로 되살아나는 게 완벽하지는 않아도. 살아 있다. 그러니 이것도, 괜찮다.

"몇 번을 보여 줘도 똑같을 테니 포기하시지."

내 말에 동의하는지 이번에는 한 번으로 끝났다. 대신 내 기억에는 없는 것이.

"형."

눈앞에 나타났다. 스물다섯 살의 유현이였다. 예전 집의, 우리가 함께 살았던 집에 유현이가 서 있었다. 옅게 미소 짓고 있다. 저런 건 내 기억에 분명 없었는데.

"미안해."

검기만 한 두 눈이 무척이나 슬퍼 보였다.

"…이젠 가짜 기억까지 꾸며 내냐. 진짜가 아니면 뭐라고 하든 아무 영향도 못 준다고."

[정말로 그럴까?]

해파리 놈의 목소리가 들려왔다.

[네 앞에 나타나는 건 어디까지나 네가 만들어 내는 거야. 네 동생의 기억 정보도 섞이긴 했지만, 너를 바탕으로 하고 있어. 의심, 걱정, 불안, 고민 등등~ 내 스킬은 방향만 잡아 줄 뿐이지!]

저딴 소리 깊게 새겨들을 필요 없다. 유현이의 기억을 되찾아서 해파리 놈을 짓이겨 놓은 뒤 돌아가자. 그것만 생각하자.
"내가 있어서 형이 힘들어졌어."
"…정말 개소리네."
무심코 이가 악물렸다. 자신이 내게, 해만 되는 거 같다고 말하던 유현이의 얼굴이 떠올랐다. 그 기억 때문에 이딴 환영이 나타나 버린 건가.
"내가 없었더라면 형은 평범하고 단란한 가족을 얻을 수 있었겠지. 나만 아니었으면 부모님들, 좋은 분이셨잖아."
"널 선택한 건 나다. 난 얼마든지 부모님께 갈 수도 있었어. 빌어먹을, 뭐가 날 바탕으로 했다는 거야."
"힘들 일도 없었을 거야. 자퇴 같은 거 하지 않고 졸업하고, 대학교도 갔었겠지. 나를 피하듯 여행 다니지 않았더라면 부모님께서 돌아가실 일도 없었을 테니까."
담담하게 말하는 가짜 동생 놈의 얼굴을 힘껏 갈겨 주고 싶었다. 저런 생각을 실제로 했었을 거라는 사실이 더 화가 났다.

"그 모든 일을 겪지 않을 수 있었어. 형이 봐 온 일들 모두를. 나 때문에 괴롭지도 않았을 거고, 폭력과 폭언을 당할 일도 없었겠지. 형의 주위 사람들을 그렇게 아프게 잃지 않아도 되었을 거야."

보통 사람들이 평범하게 겪는 정도의 어려움만 있었을 거라며, 유현이가 소리 없이 웃었다. 던전에 들어가 목숨 걸고 몬스터와 싸우는 것은 물론이요, 살인을 하게 될 일도 없었을 것이다. 설사 각성했다 하더라도 F급이니 헌터가 되지는 않았을 터였다. 낮은 스탯을 가지고 굳이 위험 속에 뛰어들 이유가 없었다.

S급 헌터들은 TV 화면 속에서나 보고, 단순히 동경 정도나 했을 것이다. 세상이 어떻게 되어 가는지는 까맣게 모른 채. 요새는 안전하지 않냐며 던전도 몬스터도 헌터도 먼 이야기처럼 생각하면서.

"내가 없어야만 형이 행복할 수 있었어."

"야! 한유현! 아니, 이 가짜 놈아!"

더는 참지 못하고 유현이에게로 성큼성큼 다가갔다. 멱살을 틀어잡고 까만 눈을 올려다보았다.

"난 잘 살고 있다고! 이젠 괜찮아, 동생의 진심을 알았으니까. 그러니까 모르면 닥쳐!"

"거짓말하지 마. 정말로 괜찮았다면, 형. 회귀 같은 거 하지 않았을 거야."

유현이의 손이 제 멱살을 잡은 내 손을 감쌌다. 너무나 똑같은 손이고 똑같은 체온이라 순간 가슴이 철렁해졌다. 진짜가 아니라 하지만.

"소원석이었잖아."

"……."

"다 지우고, 없었던 일로 하고 싶었으니까 회귀한 거야. 그러고 싶을 만큼 힘들었으니까."

"아니야, 나는. 널 살리려고. 하지만 불가능하다고, 속여서."

"나를 살릴 수도 있고, 회귀할 수도 있었다면. 회귀해도 내가 멀쩡하게 되살아나는 거라고 생각했다면 형은 어떤 선택을 했을까."

…그때 유현이를 살려 냈다 하더라도 세상은, 그대로였을 것이다. 그래도 너만 있으면 돼, 라는 말이, 쉽게 나오질 않았다. 지금 가진 걸 전부 버리고 돌아가라고 하면, 나는.

"나한테는 유현이 네가, 제일."

"'나'도 있잖아. 형. 양쪽 모두 내가 있다면, 형은 고민할 필요도 없을 거야. 그렇지?"

"유현아."

"그 다리도."

돌연 낮아진 목소리에 등골이 차가워졌다. 유현이가 내 손을 떼어 내며 가볍게 밀었다. 쿠당, 그대로 넘어져 주저앉은 내 앞으로 유현이가 몸을 숙였다.

"치료받고 싶었잖아."

가늘게 떨리는 한쪽 다리를 동생이 붙잡았다. 흉터 부근을 손가락들이 누르자 저릿한 통증이 머리끝까지 타고 올라왔다. 잊고 있었던, 잊고 싶었던 감각이었다.

"고민에 고민을 거듭하다가 결국 나를 찾아와 애원했을 정도로."

"이거, 놔!"

"그리고 나도, 형."

다친 다리를 움켜쥔 채로 유현이가 말했다.

"형 때문에 힘들었어."

여전히 다정하고 슬픔이 어린 목소리로. 내가 가장 걱정하던 것을 꺼내 들었다. 깊숙이 숨겨 두었지만 사방에 가시라도 돋친 것처럼 속을 찔러 오곤 했던 생각을.

"형이 나를 포기했더라면."

"닥쳐."

"나도 이렇게 되지 않았겠지. 처음부터 형을 좋아하지 않고, 다른 사람들에게도 쓸데없이 신경 쓸 일 없이. 본래의 나로 남아 있었을 거야."

목이 꽉 막혔다. 솔직하게, 그런 생각 하지 않을 수가 없었다. 유현이에게 어느 쪽이 더 좋았을까. 더 나았을까. 내가 없었던 유현이가, 어쩌면 더 행복하진 않았을까.

"형이 나를 사랑해서 내가 되었어. 형이 이렇게 만들었어. 지금의 나는 모두 형이 만들어 낸 거야. 응, 형."

"…한유현."

"형이 나를 죽였어."

가짜가 눈을 가늘게 휘었다. 유현이는 절대로, 절대로 내게 저런 말을 하지 않는다. 설사 내가 직접 제 목을 조른다 해도 나를 탓하지 않을 동생이다. 혹시 자신에게 화가 났느냐며 걱정스럽게 물어왔으면 물어왔지. 유현이의 모습을 하고 있지만 저것이 내뱉는 것은 유현이의 속마음이 아니다.

내 것이다.

"천천히 목을 조르다가 결국은 살해했잖아. 형이 아니었더라면 나는 죽지 않았겠지."

"…혼자는, 혼자서는 결국 오래 버티지 못해. 못했을 거라고, 그래서."

"모르는 일이야, 형. 그리고 최소한 괴롭지는 않았겠지. 눌러 참지 않고 내 마음이 가는 대로 살았을 거야. 가슴을 파고든 F급 형 같은 건 없었을 테니까."

젖은 숨을 삼켰다. 몇 번이나. 목 안쪽이 아프다 못해 찢어질 것만 같았다. 손가락 끝으로 바닥을 긁듯이 문질렀다.

"인정해, 형."

"……."

"우리는 서로에게 독이었어."

그렇잖아. 서로를 서서히 죽여 가고 있었지. 그 끝을 봐. 무엇이 남았는지를.

유현이가 더욱 바싹 내게 가까이 왔다. 참 예쁘게도 웃는다.

"처음부터 만나지 말았어야 했어."

"유현아."

"지금도 내가 여전히 눌러 참으며 형에게 묶여 있다는 생각, 하고 있잖아."

"한유현."

"여기서 끝내자. 나는 괜찮을 거야. 형에 대한 기억만 깨끗이 지워 버리면, 자유롭게 살아가겠지. 형도 마찬가지야. 편해질 거야."

"네가 날 기다리고 있어."

무어라 말하든 나는 돌아갈 것이다. 유현이의 기억을 들고서. 나만 나오지 않는다고 혹시 다들 걱정하고 있는 건 아닐까. 나가면 틀림없이, 하나같이 환한 얼굴로 맞이해 줄 것이다.

"그리고 나는 시계를 선물받게 되겠지. 너는 분명 너무 오래 기다리게 만들었다고, 미안하다고 할 거야. 나는 괜찮다면서 해파리 놈 욕을 하겠지. 유현이 네가 무슨 잘못이야. 미안하다는 소리 하지 마."

그래도 지각은 지각이죠! 하고 예림이가 핀잔을 던질 것이다. 저도 선물해 주겠다며 갖고 싶은 거 있느냐고 물어 올지도 모른다. 피스가 끙끙대며 다리 사이에 몸을 비비고 노아 씨도 그럼 저도요, 하고 눈치를 살피며 끼어들겠지. 내 파트너의 선물이라면, 운운하며 성현제도 빠지지 않으려고 들 것이다. 현아 씨는 부추기며 재미있어 할 테고, 아, 시그마의 말도 전해 줘야 하지.

"우리는 함께 집에 돌아갈 거야. 집에."

"형."

낯익은 손이 내 목을 잡고 내리눌렀다. 거실 바닥에 뒤통수가 닿았다.

"너는 내게 이런 적 없어. 기억에 없는 폭력을 가하는 건 반칙이지."

"나는 못 돌아가."

이어질 말이 입에 나오기도 전에 귀에 닿기도 전에 가슴부터 찢어 놓았다.

"형이 포기했잖아."

"…아니야."

"나를 버리고 다른 사람들을 선택했잖아."

"포기하지도, 버리지도 않았어."

"나를 되찾을 수 있었는데 내버려뒀어. 결국 이럴 거였다면, 형."

"아니라고."

"왜 나를 사랑했어?"

어차피 이렇게 포기할 거라면 좀 더 빨리 놓아 버리지. 왜 자신을 품에 안았느냐며 유현이의 목소리가 나를 탓해 왔다. 아니, 내 목소리다.

그냥 빨리 놓아줄걸. 그럼 죽지 않았을 텐데. 힘들지도 않았을 텐데. 외롭게 혼자 버티다가 또다시 혼자 저 먼 곳에 남게 되지도 않았을 터인데. 이런 끝일 줄 알았더라면 왜 그렇게 이를 악물고 억지로 버텨 온 것인지.

전부 다 내 욕심 같고 내 잘못 같았다.

하지만, 그래도 유현아.

"내가 어떻게 그럴까."

내 목을 잡은 손을 밀어냈다. 몸을 일으켰다.

"아팠지. 지금도 아프지. 하지만 그 모든 걸 눈앞에 들이민다 해도 나는 어린 널 사랑하지 않는 짓만큼은 할 수가 없어."

"대체 왜."

"그러게 왜일까."

발치에 깔린 안개가 보였다. 무해의 왕의 스킬이 곧 사라지리란 느낌이 들었다. 어떤 지독한 스킬인지 대충 감이 왔다. 아픈 과거를 차례로 펼쳐 놓고, 이렇게 힘든 기억들을 포기하게끔 만드는 능력이겠지. 넘어가서 과거를 지우고 싶어 한다면 무해의 왕에게 기억을 빼앗기게 되지 싶었다.

최석원이 기억을 삼키며 강해졌으니 무해의 왕 또한 비슷할 것이다. 게다가 다량의 기억이 사라지게 되면 전투 경험이나 스킬 사용법 같은 것까지 잊게 될 수도 있다. 정신공격류인 줄 알았더니 생각보다 더 위험한 스킬이었다.

기억이 싹 사라지면 날 데려가기도 편할 거고.

화르륵, 불꽃이 일며 안개를 살라 먹었다. 한유현이 뒤로 물러선다. 그 모습이 흐릿해져 갔다.

"이제 그만 포기하시지."

어깨 위로 다시 무게감이 느껴졌다. 체인질링이 크게 꼬리를 흔들었다.

[이해할 수 없어.]

해파리 놈의 허망한 목소리가 들려왔다.

[어떻게 그런 과거를 그대로 가지고 갈 수가 있지? 심지어 회귀자잖아! 한 번 삶을 돌이킨 자들은 훨씬 유혹에 약해. 약할 수밖에 없어. 기회가 다시 주어지기도 한다는 것을 겪었으니 쉽게 포기해 버리는데.]

"착각하고 있군."

옛집이 사라지고 대신 안개가 그 자리를 채워 갔다. 한 번 삶을 돌이켰다고, 기회가 다시 주어졌다고.

"돌이킨 게 아니야. 계속 이어지고 있는 거다. 그 미칠 것 같은 시간이 없었더라면 지금의 나도 없었어."

5년의 시간을 깨끗이 지우고, 아예 없었던 것처럼 회귀하였다면. 그럼 결국 같은 일이 반복될 뿐이었겠지.

회귀해서 기회가 주어진 것이 아니다. 그 모든 일이 있었기에 기회가 주어진, 아니, 만들어진 것이다.

내 동생이 만들어 준 것이다.

괴로웠겠지, 힘들었겠지. 하지만 유현이는 웃었다. 그걸 버리라니. 미쳤냐.

"날 더 붙들어 둘 재주가 없다면 계약을 지켜, 무해의 왕."

대답은 없었다. 대신 내 앞에 작은 구슬이 나타났다. 이를 사리물며 구슬을 손아귀에 쥐었다. 동시에 안개가 더욱 짙어지며.

쉬이익!

뱀이 기는 소리 같은 게 들려왔다. 내기에 졌어도 포기할 생각은 없는 모양이로구만. 그렇게 나와야지. 전류와 함께 푸른 버들잎을 흩뿌렸다. 동시에 순간이동 스킬을 썼다. 아직 어설프긴 하지만 뻗어 오는 공격을 피하기에는 충분했다.

"안개로 시야를 가리려는 모양이다만."

공중으로 이동한 직후 버들잎을 밟고 방향을 틀었다. 안개 사이에서 튀어나온 촉수가 내가 있던 자리를 살벌하게 갈랐다. 공기가 우웅, 강하게 떨렸다.

"그래 봤자 소용없어!"

미세하게 뻗어 나간 전류가 내 눈이 닿지 않는 곳 속속까지 파헤쳐 준다. 일종의 레이더와 비슷했다. 마력 감지 능력이 올라간 덕에 이런 것도 가능해졌다. 안개 속으로 득시글거리는 촉수가 감지되었다. 좀 징그럽다.

무해의 왕의 본체 또한 어렵지 않게 찾아낼 수 있었다. 공간이동을 써 보려고 했지만 역시 아직은 힘들었다. 종족 자체의 특성이 바탕 되지 않고선 쓸 수 없는 걸까. 대신 팔뚝에 긴 상처를 냈다.

흘러넘치는 피가 검은 불꽃이 되어 피어올랐다. 문득 검푸르게 퍼져 나가던 불꽃이 떠올랐다.

"…이젠 내게만 남았구나."

검은 혈염이 무섭게 회오리쳤다. 뻗어 오는 촉수들이 제대로 닿지도 못한 채 뚝뚝 녹아내린다. 나는 긴 창으로 화한 혈염을 한껏 팔을 당기며 내던졌다.

콰과과과— 불길의 창이 커다란 구멍을 내며 안개를 가로질렀다. 늑대에게 쫓기는 양 떼처럼 화악 흩어지는 안개 너머로 무해의 왕이 보였다. 붉은빛을 띤 방어막이 해파리 놈 앞으로 펼쳐지고.

콰아앙!

요란한 폭음이 일었다. 독과 열기를 품은 검은 불꽃이 사방으로 흩날렸다. 웬만한 S급 헌터라 해도 감히 접근하지 못할 불길의 폭풍우 속을 나는 망설임 없이 뛰어들었다. 은혜가 아니더라도, 동생의 높디높은 화염 저항을 믿었다.

콰르릉, 약해진 해파리의 방어막 위로 번개를 떨어뜨리고 곧장 혈염으로 이루어진 검을 깊게 찔러 넣었다. 방어막이 버티지 못하고 산산조각 났다. 해파리가 날카로운 소리를 지르며 황금빛 문양이 들어간 거대한 대도를 휘둘러 내 공격을 막았다.

"네 꼴을 봐! 얼마나 더 버틸 거라고 생각하는 거지?"

"네놈보다는 더 오래."

한 백 년쯤은 더. 카가각, 도와 검이 거칠게 맞부딪쳤다.

분명 해파리의 스탯이 나보다 약간 낮을 텐데도 의외로 밀려나지 않았다. 무기가 더럽게 좋은 걸까. 당연히 SS급쯤 가볍게 넘어서는 걸 가지고 있겠지.

— 웃차!

그때 체인질링이 내가 미리 꺼내어 주었던 폭탄을 무해의 왕을 향해 던졌다. 힘겨루기를 하느라 도망칠 수 없었던 해파리가 인상을 잔뜩 찌푸린다. 퍼엉, 소리와 함께 무해의 왕이 뒤로 주욱 밀려 나갔다.

"화염 저항 참 좋단 말이야. 폭탄 영향을 거의 안 받거든. 특히 열을 뿜어내는 종류는."

다시 폭탄을 꺼내 던지며 순간이동을 사용했다. 이번에 던진 폭탄의 위력은 그리 강하지 않았다. 하지만 펑펑 열과 빛을 뿜으며 터져 나가는 통에 무해의 왕은 내 접근 경로를 예측할 수 없었다.

순식간에 해파리의 옆으로 다가붙으며 검을 휘둘렀다. 새하얀 옷이 찢어지며 푸른빛 체액 같은 것이 튀었다. 하지만 급습한 것치고는 상처가 얕았다. 이러니저러니 해도 오래 산 덕인지 피하기 힘든 공격을 경상만으로 잘도 흘려 낸다.

물론 내가 그걸 칭찬해 줘야 할 이유는 없었다. 반대로.

"30년짜리 F급한테 밀리기나 하고. 나이 완전 헛먹었네!"

초월자 딱지가 아깝다. 몇 살인지 물어나 보자. 무해의 왕이 이를 악물며 미끄러지듯 옆으로 물러났다. 안개가 자욱하게 내 앞을 가로막는다. 하지만 그것도 잠시, 가볍게 휘두른 불길에 밀려 나가고.

"왜 이렇게 늦나 했더니."

성현제가 날 향해 웃었다. 뭐, 뭐야. 어떻게, 언제.

"여긴 왜 왔어요! 지금 댁은 방해만—"

서걱. 성현제에게 정신이 팔린 사이 다가온 비늘 검이 내 팔을 할퀴려 들었다. 전투 예지의 경고에 따라 재빠르게 몸을 돌렸지만 옷이 약간 잘려 나갔다. 성현제는 어느새 사라지고 없었다. 가짜였구나. 이 무척추젤리새끼가.

"아저씨!"

반가운 목소리가 또 들렸다. 가짜라는 걸 알면서도 반사적으로 흠칫 시선을 돌릴 수밖에 없었다. 이놈의 안개 깡그리 불태워 버리든가 해야지.

불길을 더욱 넓게 퍼뜨리며 번개를 내리쳤다. 콰르릉, 쾅! 요란한 소리와 함께 안개가 밀리듯 흩어진다. 안개라면 미세한 물방울이 뭉친 것이니 전기분해 가능하지 않을까 싶었지만 아직 내 능력으로는 불가능했다. 해파리 놈의 마력도 섞여 있어 손대기 더욱 까다롭기도 했다.

그래도 안개는 안개니까.

솨아아아—

예림이의 스킬, 차가운 탄식을 마나를 듬뿍 퍼 넣으며 썼다. 예림이의 안개가 무해의 왕의 안개와 뒤섞이고, 순식간에 온도를 낮추며 얼어붙었다. 후두두둑, 물안개가 굳어진 미세한 얼음조각들이 비처럼 바닥으로 떨어져 내린다.

마나 소모가 상당했지만 포션을 꺼내들 필요는 없었다. 줄어들었던 마나가 순식간에 다시 채워지는 것이 느껴졌다. 은혜의 마나의 샘 덕분일 터다.

"예쁘지 않아? 파티장에라도 온 것 같군."

얼마 남지 않은 안개를 보호막처럼 제 주위에 두른 무해의 왕을 바라보며 싱긋 웃었다. 사방에 흩뿌려진 얼음알갱이들이 곱게 반짝거린다. 발을 내디딜 때마다 바스작, 소리를 낸다.

색색의 은은한 빛을 흘리던 해파리는 이제 완전히 칙칙해졌다. 옅은 물색으로 흐느적거리고 있었다.

"왜 그렇게 조용하신가. 아는 거 많잖아. 아직 시간이 있으니 떠들어 봐. 조금이라도 더 사셔야지."

혹시 아냐, 사실은 영혼이 참 맑아 보이셔서 좋은 말씀 드리려고 온 거랍니다~ 하고 유용한 정보들 풀어놓으면 이제라도 혹해서 따라나설지도. 얼굴 알려지기 전까지는 길에서 꽤 많이 잡히는 편이었는데. 진짜 힘들 때는 걔들도 안 잡더라.

"변변한 공격 스킬이 없는 건가. 환영이나 보여 주고."

"못 쓰는 거야, 멍청아."

무해의 왕이 툴툴대듯 말했다.

"육체에 비해 턱없이 강한 힘을 휘두르는 건 자살행위나 다름없으니까. 호수 물을 휴대용 가죽 부대에 담는다고 생각해 봐. 펑, 터져 나가지. 스킬을 약화해서 쓸 수도 있겠지만 우물 정도는 되어야 제대로 효과가 나타나는 것들이라."

친절하게 설명을 해 주곤 입꼬리를 올린다.

"너도 그래. 그 몸, 얼마나 오래갈 거라고 생각해?"

"뭐?"

"S급 이상 스킬이 대체 몇 개지? L급도 있을 거야. 말해 봐, 어차피 날 죽일 거잖아. 호기심이라도 풀고 가자."

해파리 놈을 노려보다가 입을 열었다. 어차피 도망치지도 못할 테니 알 거 다 알아내는 편이 낫다. 무엇이든지.

"L급 칭호 두 개. 칭호에 따른 L급 스킬 다섯 개."

무해의 왕의 얼굴이 확 밝아졌다. 흐리던 눈이 새카맣게 물들며 빛을 품는다.

"가지고 싶어! 분석해 보고 싶어! 네 머리끝부터 발끝까지 하나하나 자세하게 속도 겉도 전부 다!"

"…곧 죽을 놈 주제에 호기심 한번 대단하군."

"오래 살려면 보통 세 가지야. 바위나 나무처럼 아무 생각이 없거나, 패륜아들처럼 평생 바칠 만한 목표를 가지고 있거나, 그리고 마지막은."

얼마 남지 않은 안개가 흔들렸다. 검붉은 금속성 줄이 수십 가닥 치렁치렁 늘어뜨려진 지팡이가 해파리 놈 앞에 길게 세워졌다. 심상치 않았다. 상대의 스킬도 무기도 모르는 상황에서 위기감이 들면 일단 피하고 보는 게 상책이다.

거의 곧장 순간이동을 썼지만.

"큿!"

"호기심! 흥미! 세상 모든 것을 파헤쳐 보고 싶은 탐구심!"

공간을 넘어 뻗어 온 검붉은 줄이 내 다리를 꿰뚫었다. 줄을 혈염으로 태워 보려 했지만 꿈쩍도 하지 않는다. 은혜를 SSS급으로 쓰고 있었으니, L급 무기쯤 되는 건가.

― 아빠!

체인질링이 깜짝 놀라며 앞발로 줄을 붙들었다. 하지만 날개만 파닥거릴 뿐 별다른 도움은 되지 못했다. 내 스킬은 물론 해파리 놈 공격에도 전혀 영향을 받지 않더니 그 스스로도 직접적인 물리력은 제대로 쓸 수 없는 모양이었다. 환상종이란 것과 연관 있는 걸까.

줄은 아직 수십 가닥이 더 남았다. 이를 악물고 억지로 순간이동 스킬을 썼다. 살이 뜯겨 나가고 내 피가 흩뿌려진 자리로 콰득, 두 번째 줄이 들이박혔다.

상처를 치유하며 다시 순간이동을 쓰면서 전류와 탄식을 동시에 뿌렸다. 저 지팡이의 효과인지 전투 예지도 잘 통하질 않았다. 공격을 가해 올 것이라는 예감은 들었지만, 방향은 특정할 수 없었다.

휘익! 공기를 가르며 또다시 줄이 나를 옭아매려 덤벼들었다. 설사 은혜를 신화급으로 쓴다 해도 내 몸이 묶이는 건 막을 수 없다. 지금보다 보호 등급을 높이기엔 마나가 걱정되고. 마나의 샘이라 해도 아직 어리다 하니 무한은 아니겠지.

내 주위로 펼쳐 놓은 전류와 탄식에서 전해지는 감각에 의지해 아슬아슬하게 줄을 피했다. 마력감지가 눈보다 더 빠르다. 불행 중 다행인 것은, 줄을 내 몸속에 직접 이동시키지는 못하는 모양이었다.

'마력 저항력 때문이겠지.'

공간이동은 물론 다른 스킬들도 마찬가지다. 예를 들어 예림이가 적의 몸속의 수분을 직접 얼려 버리려 해도 스탯 B급쯤만 되면 아예 통하지 않았다. 타인의 마력이 농도 짙게 지배하는 공간에서 자신의 마력을 움직이기란 어지간한 등급 차이로도 어려운 일이었다. C급 이하야 그런 힘든 컨트롤 할 필요 없이 통으로 얼음덩어리 만드는 편이 낫고.

"한 번만 분해해 보자, 응? 죽기 전의 소원이야."

지팡이의 줄들을 조종하며 해파리가 말했다. 그러는 놈도 무사하진 못했다. 하락한 스탯을 넘어서는 힘을 쓰고 있는 중인지 몸뚱이가 흐물흐물 녹아내리고 있었다. 이미 한쪽 팔은 진흙처럼 뚝뚝 바닥으로 떨어져 사라졌다.

버티기만 하면 알아서 죽을 판이다.

"뭐 예쁘다고 네놈 소원을 들어주겠냐! 웃, 정 바란다면 일단 뒈져 봐. 죽은 사람 소원은, 들어주는 게 도리지!"

맹렬하게 날아든 줄이 발목을 아슬아슬하게 스치고 지나갔다. 은혜를 봉으로 변형시켜 줄을 휘감았다. 수정으로 이루어진 듯 반투명한 봉에 검붉은 금속 줄이 휘감겼다. 해파리 놈의 무기도 은혜를 부수진 못했다.

"공간이동은 공격할 때만 사용하더라?"

회수는 평범하게 거두어졌다. 즉, 공격 시에만 해당되는 옵션일 테니. 그대로 줄을 당겨 지팡이 자체를 빼앗으려 하자 수 개의 줄이 한 번에 몰려들었다.

"살벌하네."

은혜를 재빠르게 가는 사슬로 바꾸어 휙, 당겨 줄에 휘감긴 것에서 빼낸 뒤 너른 방패로 변형시켰다. 방패로 막는 척했다가, 방패 바깥쪽으로 순간이동했다.

콱! 콰각!

내가 있던 자리로 공간이동 한 줄들이 사납게 쏟아져 내린다. 공간이동 쓰는 거 뻔히 아는데 대놓고 방패로 막으려 들겠냐.

여러 개의 줄을 한 번에 다룬 탓인지 무해의 왕이 크게 비틀거렸다. 오른쪽 팔을 넘어 어깨와 그와 이어지는 허리께까지 사라진 채다. 안개로 가려진 하반신 또한 무사한 것 같진 않았다.

텅, 확연히 힘을 잃은 줄을 다시 봉의 형태로 변한 은혜로 쳐냈다. 열심히 마지막 발악을 하긴 했지만 슬슬 끝이 보였다.

무해의 왕이 눈을 조금 찌푸리며 하나 남은 팔을 투덜대듯 흔들었다.

"목숨 거는 건 정말 오랜만이었는데. 남의 성의를 받아 줄 줄을 모르네."

"목숨 건다고 성공하는 건 픽션에서나 통하는 거고. 현실에선 팔 할이 그냥 죽어. 팔 할도 많이 쳐줬다."

흔들리던 금속 줄들이 모두 힘없이 바닥에 늘어졌다. 지팡이가 흐릿해지더니 이내 사라진다. 아깝다는 생각이 들었지만 죽어가는 무해의 왕을 보니 쓸 만한 건 아니지 싶었다. 원래의 능력치였다면 훌륭한 무기였겠지. 한두 개가 아니라 수십 개의 줄을 사방으로 공간이동시키면 어떻게 당해내냐.

무해의 왕을 향해 천천히 걸음을 옮겼다. 아직은 서 있지만 그 존재감 자체가 점차 흐려져 가는 초월자를 바라보았다.

"디아르마 놈처럼 속속들이 헤쳐 보고 싶은데, 정신계 스킬 받아 줄 생각 없냐."

걸어 보려고 했지만 통하지 않았다. 무해의 왕이 피식 웃었다.

"네 이름. 이름을 말해 줘."

"알고 있으면서. 한유진이다."

"루가 페야. 아주 오래된 종족의 왕이지."

루가 페야가 노래하듯 말을 이었다.

"안개가 퍼져 나가면 사람들은 모두 집으로 숨어들었어. 창을 닫고 문을 닫고 틈새에 진흙을 바르렴. 한 게으름뱅이가 늦잠을 자다가 때를 놓쳐 버렸네. 안개가 걷히고 집에 들어온 부모를 도둑이야! 외치고 창으로 쿡, 찔러 버렸어."

옛날 일이야, 옛날 일. 한쪽만 남은 손이, 촉수들이 내게 손짓했다.

"가까이 와. 조금만 만져라도 보자. 대신 이야기해 줄게."

정말로 안전한 것일까. 아직 여력이 남은 건 아니겠지. 내 어깨로 돌아와 앉은 체인질링을 힐끗 쳐다보곤 무해의 왕, 루가 페야의 앞으로 다가갔다. 루가 페야가 팔을, 가느다란 촉수를 뻗어 내 어깨를 두드렸다.

"이렇게 죽게 될 줄은 몰랐지만, 생각보다 나쁘진 않아. 그래도 아쉬워. 한유진. 지금도 널 가지고 싶어."

촉수가 길게 뻗어나며 내 뒷목을 매만졌다. 서늘하게 피부를 쓸어내리는 감촉에 반사적으로 눈살이 찌푸려졌다.

"야, 기분 나쁘거든."

"조금만 참아. 마나각인 덕분에 별짓 안 하고도 살펴볼 수 있을 거 같거든. 너도 네 상태가 궁금하잖아."

"헛짓거리 안 하는 거 확실해?"

"계약서라도 쓰든가. 나 십여 분도 안 남았어."

루가 페야가 나를 반쯤 끌어안듯 하며 촉수를 등 쪽으로 움직였다. 스르륵 기어내려 가는 움직임이 소름 끼친다.

"그래도 보조 스킬들은 몸에 부담이 덜 가. 낮은 스탯에 높은 스킬이 가능하다는 거지. 하지만 아주 영향이 없는 건 아니야."

죽어가는 사람의 것이라곤 믿을 수 없을 정도로 차분한 목소리였다.

"정신계 스킬도 있구나. 공포 저항. L급?"

"어."

"스탯 F급에게 L급 정신계 저항 스킬이라니. 아마 패륜아들이 일부러 넣은 스킬일 가능성이 높아. 보상으로 얻었지? 보상은 적정선에서 조정이 가능하니까. 공포 저항을 가지고 있으면 다루기 쉬워지지. 두려움이 없으면 조심성도 자연스레 옅어지거든."

그리고 또 뭐가 있을까, 하고 루가 페야가 속삭이듯 말했다.

"양육자도 L급인 거지? 이 용도 네가 키워 낸 걸 테고. 확실히 그러네. 디아르마의 스킬로, 우와. 대단해."

"그래. 맞아."

"정말 조심해야겠다. 초승달이 너에 대해 알게 되면 무척 좋아하겠어. 초월자들을 키워 낼 밑바탕으로 쓰려 하겠지. 물론 나도. 아쉬워, 너무 아쉬워."

그러고 보니 무해의 왕이 초승달과 아는 사이라고 했었지.

"초승달은 대체 어떤 녀석이지? 한때 같이 일하기도 했다면서."

"아, 그랬지. 나도 원래 중립에 가까웠거든. 초승달은, 일단은 세계를 구하려고 하고 있어. 정확히는 근원을 없애고 싶어 한달까. 난 근원이 있는 편이 더 재미있다고 생각해서 갈라섰지만. 정체도 제대로 알아내지 못했는데 사라지는 건 아깝잖아."

역시 이 녀석은 효도중독자란 명칭에 어울리지 않았다. 그냥 자기 재밌다고 근원 편 드는 거 아니냐.

"근원이 세상을 전부 삼키지 못하도록 초월자를 계속해서 키워 내 막으면서, 동시에 근원을 소멸시킬 재목을 찾고 있는 모양이더라고. 특히 작은 달에게 거는 기대가 컸던 모양이야."

"작은 달에게?"

"응. 처음에는 바로 초월자로 만들려고 했는데 작은 달이 거부했지. 많이 아꼈는지 버리지 않고 다른 세계로 옮겨 줬지만 또 거부하고. 그래도 포기하지 않고 다른 초월자가 건드리기라도 할세라 잘 감추기까지 했지."

그래서 그 후의 일은 잘 모른다며, 작게 숨을 내쉰 루가 페아가 무너져 내렸다. 반사적으로 그녀를 붙잡아 부축했다. 무해의 왕의 하반신이 완전히 사라지고 다리 대신 몸을 지탱하던 안개 또한 흩어졌다.

한층 가느다래진 목소리로 루가 페아가 말을 이었다.

"나보다 오래 버틸 거랬지만 너도 그리 길게는 못 가. 이 세상 인간의 수명이 백 년 정도였던가. 그 반도 못 갈 거야. 어쩌면 더 빠를지도 모르고. 네 스킬들은 널 갉아먹을 수밖에 없거든. 스탯이 S급은 되어야 괜찮아지겠지."

"목표치가 너무 높은데."

"몸 상태 안 좋아진 적 없어? 있지? 눈이 잘 안 보인다거나 팔이나 다리가 마비되거나 청각, 촉각 혹은 말을 못 하게 된다거나."

"어, 눈은 잠깐."

"그것 봐. 이미 문제가 생겼었다니까. 너희 세상 인간치곤 마른 편이지?"

"그렇게까진……."

"그리고 네 속도."

촉수 가닥이 내 가슴을 쿡 찔렀다.

"공포 저항으로 마비시켜 놓았지. 그것만 아니었으면 내가 데려갈 수 있었을 텐데."

아쉽다, 아쉬워. 루가 페아는 몇 번이나 한탄했다. 이제 정말로 얼마 남지 않았다는 듯이 무해의 왕의 몸이 흐릿해졌다. 금방이라도 손안에서 사라질 것만 같다.

"시스템은, 패륜아들은 진짜 내 세상을 구해 주려 하는 거냐?"

"시스템은, 채터박스가 잘 아는데. 만나면 안부 전해 줘. 패륜아들은, 음. 신입을 잘 꼬셔 봐. 걘 아직 물이 덜 들었을 테니까."

"채터박스면 널 돕던—"

"만나서 반가웠어. 네가 어떻게 될지 지켜볼 수 있다면 더 좋겠지만. 마지막으로 정말 신기한 걸 봤으니 그럭저럭 나쁘진 않아."

그럼 안녕. 짧은 인사와 함께 주르륵, 루가 페야의 남은 몸뚱이가 물이 되어 흘러내렸다. 내 손가락 사이로 맑은 물방울이 뚝뚝 떨어진다. 바닥에 고인 작은 웅덩이 가운데 마석이 나타났다. 능력치가 하락된 상태로 사망해서인지 크기도 작은 편에 색도 SS급으로 보였다. 오색 빛깔이 희미하게 감돌고 있었지만.

그것을 멍하니 내려다보다가 곧장 줍지 못하고 뒷걸음질 쳤다. 체인질링의 스킬이 아직 지속되고 있었지만 온몸에 힘이 죽 빠지는 기분이 들었다.

저항하지 않고 풀썩 주저앉았다.

- 아빠, 여기.

은빛 작은 앞발이 쥐고 있던 작은 구슬을 내밀었다. 인벤토리에 들어가지 않아 체인질링에게 맡겼던 유현이의 기억이다. 그것을 받아 들자, 참았던 것이 울컥 올라왔다.

아랫입술을 꽉 깨물었다. 괜찮아. 이제 돌아가면 된다. 괜찮다.

6장 받아들일 때

6장
받아들일 때

"…밖은, 괜찮은 거지? 시간이 많이 지나기라도 했다간 다들 걱정할 텐데."

해파리 놈이 억지로 뚫고 들어와 구멍이 생겼다고 했다. 밖으로 직접 나간 게 아닌 던전을 통한 침입이긴 하지만 혹 모를 일이다. 뭔가 문제가 생겼을 수도 있었다. 나직한 물음에 체인질링이 고개를 끄덕이며 내 앞으로 내려섰다.

- 여긴 일종의 틈새라서 시간은 거의 흐르지 않았어. 아빠 세상에 약간 영향이 있긴 해도 괜찮아.

"약간?"

- 아빠 사는 곳은 괜찮아.

"…그럼 다른 덴?"

분홍빛 감도는 은색 비늘의 용이 사람처럼 앉아서는 두 앞발을 다소곳이 가슴 앞으로 모았다. 크게 깜박이는 두 눈이 귀여운 척을 하는 것 같았다.

- 세계 전체를 완벽하게 감싸는 건 쉽지 않아서, 아빠 사는 나라만 두껍게 했어. 나머진 조금 얇아요.

"얇아도… 괜찮은 거야?"

- 아직 원래의 보호하는 힘도 남아 있으니까. 그것까지 다 사라지면 다른 나라들은 더 빠르게 던전 난이도가 올라가려나?

더 빠르게라니. 안 그래도 회귀한 것 때문에 빨라질 거라고 했는데.
"원래의 힘은 언제 사라지는데?"

- 그건 나도 몰라. 며칠 만에 사라질 수도 있고, 몇 년 버틸 수도 있고. 구멍은 지금도 나 있으니까 조심해야 해, 아빠. 아빠 나라에만 있으면 안전할 거야. 거긴 튼튼하게 해 놨어.

체인질링이 믿어 달라며 꼬리를 살랑거렸다. 아니, 다른 나라가 망하면 우리나라도 멀쩡하진 못할 거다만. 외딴섬도 아니고 몬스터가 얼마든지 건너올 수 있는 위치다. 섬이라 해도 비행형 몬스터라면 날아올 거고.
그래도 얘 아니었으면 그냥 바로 망했을 판이니.
"잘했어."

머리를 쓰다듬어 주자 만족스럽게 두 귀를 뒤로 젖힌다. 작게 고릉대는 것이 새끼 고양이 같기도 했다.

멍하게 체인질링을 바라보았다. 속이 허했다. 아직 체인질링의 힘이 유지되고 있음에도 F급으로 돌아오다 못해 그보다 더 힘이 빠지는 느낌이었다. 애써 깊은 생각은 하지 않으려고 했다. 이번 일은 끝났다. 끝난 거다. 이 정도면 다 무사하고, 큰 문제 안 생겼고.

"이제… 돌아가야지."

- 보호막이 완전히 자리 잡진 않았어. 잠시만 더 있으면 돼.

"그래. 보호막이 자리 잡고 나면, 네 그 힘은 못 쓰게 되는 거지?"
별 기대는 없었다. 무해의 왕도 놀랄 정도의 능력이다. 1회성이 아니라면 완전 사기였다. 1회용 소원석이라고 해야 하나. 아니나 다를까, 체인질링이 고개를 까닥였다.

- 내 원래의 능력만 쓸 수 있어.

"원래의 능력?"

- 환상을 현실화하는 능력. 지금 아빠한테 쓰고 있는 거. 하지만 지금처럼 완벽하게는 못 해.

완벽하진 않다더라도 내게는 무척이나 쓸모 있는 능력일 것이다.
"어느 정도까지 가능한데?"

― 한 명의 능력을 잠깐 쓰는 정도? 제일 강한 사람, 삼촌 건 힘들어. 아빠가 못 버틸 거야. 가드들 것은 가능하겠지만 그래도 아빠한테 부담이 커. 아빠 주위 S급 헌터들 힘도 마찬가지야.

그 말을 듣자 루가 페야가 지껄였던 말들이 떠올랐다. 내 스탯으론 감당할 수 없는 스킬들 때문에 오래 살긴 글러 먹었다고.

새삼스럽게 놀랄 만한 소리는 아니었다. 회귀 전에 그 비슷한 이야기를 들은 적 있었다. 전투계 스킬을 무리하게 사용해서 쇠약사한 헌터 같은 거. 상급 헌터들은 기본 스탯이, 말하자면 신체의 내구도가 받쳐 주니까 이따금 무리한 짓을 해도 버틸 수 있었지만 중급 이하, 특히 하급 헌터는 위험하다고 했었다.

그래도 내 스킬은 보조 계열이고 몸에 물리적인 영향을 주진 않으니까 괜찮지 않을까 싶었는데. 치유 계열은 스탯 대비 스킬이 높아도 건강하다 그래서 보조계도 문제는 없을 줄 알았지. 하지만 아니었던 모양이다. 50년이라니, 너무 짧은 거 아닌가. 유현이보다 오래 살아야 하는데. 50살까지라는 건지 L급 칭호들 얻은 후로 50년이라는 건지 모르겠다. 앞으로 50년이면 75살이니 적은 건 아닌데.

명우는 스탯이 올라가고 있어서 다행이었다. 혹시 후계자가 단명하지 않길 바라는 샬로스 씨의 배려 같은 거였을까. 좋은 사람이네.

"나가서 괜한 소리 하지 마라. 여기서 보고 들은 건 그냥 말하지 마."

― 한동안 잠들어야 하니까 말 못 해. 하지만 아빠.

"어차피 몸 사리다가 세상 망하면 5년도 더 못 살아. 세상 구하는 데 성공하면 뭐, 내 수명 늘려 줄 아이템 하나쯤은 얻을 수 있지 않을까. 다른 방법이 생길 수도 있고. 죽은 사람도 살리는 판에 수명 정도야."

일찍 죽을 생각은 없다. 동시에 날 걱정하는 사람들에게 보호만 받고 싶지도 않았다. 이 사실을 알게 되면 내가 아무것도 못하게 붙잡을 사람이 한둘이 아니라서.

- 무리하면 안 돼.

"당연히 무리 안 해. 돌아가면 몸에 좋다는 거라도 챙겨 먹어야지. 운동도 하고."

스태미너 포션이 만들어진대도 밤새우며 일하는 건 자제하는 편이 좋겠지. 그리고, 음.

'신입을 어떻게 꼬드긴다.'

우리 세상 망할 뻔했으니 그거 가지고 협박과 회유를 해 봐야지. 신입은 우리를 도와주려고 했으니 약간 미안하긴 하다만, 물불 가릴 처지가 아니니. 이번 일로 초월자들이 수상한 낌새를 눈치채기라도 한다면, 초승달이 깨어나 버린다면 감당 안 된다.

다른 세상까지는 솔직히 내 알 바 아니니 뭔 짓을 꾸미든 패륜아들끼리 알아서 하라고 하고, 우리 세상만 구하면 그만이다. 딴 동네까지 챙기겠답시고 우리 애들과 날 이용할 생각 하지 말라고, 썩을 것들아.

'알고 보면 우리 세계 구할 조건은 이미 채웠다거나 그런 건 아니겠지.'

회귀 전의 유현이가 SS급 가드들보다 강했다. 그리고 지금의 유현이는 그보다 더 빠르게 강해질 가능성이 높았다. 내 스킬이 있으니까. 다른 사람들도 마찬가지였다.

던전이 정확히 어디까지 강해질지는 모르겠지만 대략 2년 안팎이면 SS급은 물론 SSS급까지도 감당할 수 있을 것이다. 설마 L급까지도 나올까. 멸망한 가드들의 세상에서도 L급은 나오지 않았는데.

L급 몬스터에 대한 정보 부재로 등장하지 못한 거라면 멸망까지 SSS급

만 출현했다는 뜻이었다. 그 정도면 패륜아들의 도움 없이 우리 힘으로도 막아 낼 수 있다. 시간만 충분히 주어진다면.

'패륜아 놈들 정확히 어느 정도의 준비를 해야 우리 세상을 지키는 게 가능한지 말해 주지도 않고.'

그 정도는 알려 줄 수 있잖아. 왜 감추는 거지. 역시 진짜 목적은 우릴 이용해서 다른 세상까지 구해 보겠다는 것일까. 우리 세상을 구할 조건이 되었다, 싶으면 더는 무리해서 일 벌이지 않으려 들 테니까.

자칭 같은 편이라는 패륜아 새끼들보다 효도중독자 놈들이 더 많은 정보를 준다는 게 말이 되냐고. 그냥 S급 50명 모으면 돼요, 그럼 우리가 다 해결해 줄게요! 는 무슨, 뭘 믿고. 믿을 만하게 굴어야 믿지.

하지만 그놈들을 잡아 족칠 능력은 못 되니……. 역시 루가 폐야의 말대로 신입을 노리는 방법밖에 없을 듯했다. 선물이라도 사 갈까. 뭐 좋아하나.

갑갑한 앞날에 대해 머리 굴리고 있자니 마음은 오히려 차분해졌다. 쓸데없는 생각 안 하는 데에는 바쁜 게 최고지. 그러니.

- 삐약!

"…응?"

갑자기 헛소리가 들리네. 여기에 삐약이가 있을 리…….

- 삐약삐약.

"삐약아?"

진짜 삐약이였다. 하얗고 동글동글한 아기 새가 어느새 나타나서는 마석을 열심히 삼키려 들고, 악!

"삐약아! 안 돼!"

루가 페야의 마석이었다. 떨어져 있던 그 마석을 삐약이가 제 부리 속에 꾸역꾸역 밀어 넣고 있었다. 날개까지 사용해 가며 거의 다 삼키고 끄트머리만 약간 나온 채였다. 황급히 일어나 삐약이를 낚아챘지만.

- 빡.

"삐약아아!"

이미 늦은 뒤였다. 조그만 부리 안쪽으로 마석이 완전히 사라지고 말았다. 탈 나면 어쩌려고! 원래는 A급만 되어도 삐약이가 통으로 삼키기 힘든 크기였지만 루가 페야의 것은 특이하게 작은 탓에 혼자 힘으로 먹어 버리고 말았다. 삐약이를 뒤집어서 통통 흔들어 보았지만 파닥거리기만 할 뿐 마석을 뱉을 낌새는 전혀 보이지 않았다.

- 삐이 삑!

"어디 아픈 건 아니지? 여기까진 또 어떻게 왔어! 얌전히 기다리고 있으랬더니!"

- 여기는 오기 힘든데.

체인질링이 내 어깨 위로 올라오며 말했다.

- 공간이동 스킬이 무척이나, 어, 아빠!

체인질링이 깜짝 놀라고 나 또한 느꼈다. 눈앞이 순간 어둑해지며 강한 압박감이 전신을 내리눌렀다. 저 깊은 심해의 수압이 밀려들 듯 사방에서 쥐어짜이기를 잠시.

― 삐약.

시야가 밝아졌다. 하얀 눈송이가 코끝을 스치고 지나갔다.

― 아빠, 여긴!

눈이 내리고 있었다. 끊임없이. 그 사이를 삐약이가 둥실둥실 떠간다. 언젠가 본 적 있는 풍경이었다.
하얀 눈 사이를 하얀 새가 날고 있다. 그 너머 거대한 나무가 보인다. 무수한 가지를 뻗은 하얀 나무.
상황을 이해하기도 전에 심장이 먼저 뻐근해졌다. 이건, 설마.

― 지금의 아빠 스탯이면 버틸 수 있긴 하지만, 그래도 여기 데리고 오다니.

내 능력을 유지할 수 있는 시간이 얼마 안 남았어. 그 전에 돌아가야 해. 체인질링의 말을 듣자마자 걸음을 옮겼다. 삐약이가 앞서 날아가고 있었다. 쌓인 눈이 발끝에 채였다. 몇 발 걷지 않았는데도 숨이 턱 끝까지 차올랐다.
그리고 보였다.
"……."
입이 벌어졌지만, 동생의 이름 모양대로 달싹였지만 목소리는 나오지 않았다.

그곳에 조용히 누워 있었다. 잠자듯이. 약간 창백한 얼굴로.

나는.

"…으윽."

솔직하게 나는. 완전히 실감 나지 않았다. 공포 저항의 영향도 있었을 것이다. 현실감을 흐리게 만들어 주는. 심지어 내가 숨이 멎은, 동생을 끌어안고 있었던 건, 아주 잠깐이었다. 그리고 이내 멀쩡하게 살아 있는 동생과 마주했다.

"…흐, 으……."

유현이는 내내 웃고 울고 화내고, 내 곁에 서 있었다. 내 손에 따스하게 붙잡혔다. 눈길도 목소리도 숨소리도 모두 뚜렷하게 느껴졌다.

이렇게 바로 앞에서 살아 있는데. 그러니 내 착각은 아닐까. 내가 잘못된 건 아닐까. 그냥 전부 꿈이나 망상이고 내가 미친 거고, 우리에겐 아무 일도 없었고.

"아……."

그 모든 도피로가 무너져 내렸다. 눈앞의 현실이 폐부를 찔렀다. 그럭저럭 멀쩡히 지냈던 그간의 시간들이 단숨에 전신을 파고들었다.

눈 위에 무릎을 꿇었다. 손을 뻗었다. 손가락 끝이 얼어붙을 듯 차디찼다. 이렇게나 차갑지만, 도저히 시체 같지가 않았다. 뺨은 부드럽고 어디 하나 흠이 나지도 않았고 너무 완벽하게, 깨끗했지만.

억장이 무너졌다.

"…정말로."

죽었구나. 정말로 죽은 거구나.

…내가 마지막에 무슨 말을 했는지 기억나지 않아. 원망한 건 아니겠지. 싫은 소리 한 건 아니겠지. 너한테 마지막으로 가장 좋은 말만 해 줄 수 있었다면.

하지만 그때의 나는, 내가, 너한테. 너는 마지막으로 웃어 줬는데, 나는.

"괜찮다고, 말해 줬어야 했는데……."

유현이 네가 구해 줬으니까 나는 괜찮을 거고, 고맙다고. 미안하다고. 사랑한다고.

사랑한다고, 몇 번이나.

- 아빠, 다시 F급이 되기 전에 돌아가야 해.

내 몸으론 버틸 수 없다며 체인질링이 말했다. 동생의 몸을 끌어안았다.
"내가, 어떻게. 유현이를 두고……."

- 데리고 갈 수는 없어. 단순한 시체라 절대 버티지 못할 거야. 아니면 아빠, 차라리 지금 여기서.

"안 돼."
여기서 마무리 지을 수도 있을 것이다. 유현이의 스킬을 써서 보내 줄 수도 있을 것이다. 하지만 내 동생은.
"데리고… 가야 해. 집으로."
'집'에 돌아와서 행복해하던 유현이가 떠올랐다. 얼마나 돌아오고 싶었을까. 그 긴긴 시간 동안. 몇 년을 외롭게 혼자서, 자기 집이라고 생각지도 않은 곳에서 지내야 했을 텐데. 마지막까지 그렇게.
그러니 집에 가야지. 이제라도 가야지. 비록 유현이는 아무것도 느끼지도, 알지도 못한다더라도… 그것조차 해 주지 못하면 나는.
"집에 가자, 유현아. 형이 어떻게든 데리고 가 줄게."
조금만 더 기다리면, 그러면.

- 삐약.

- 아빠.

"조금만 더 기다려, 조금만 더…….."
 널 무사히 데리고 올 방법이 아예 없는 건 아니라니까. 그러니까 무슨 수를 써서라도 집으로 데리고 가 줄 테니까.
 삐약이가 내 머리 위로 올라왔다. 체인질링이 앞발로 내 어깨를 두들겼다. 공간이동에 휘말려서 상처라도 생기면 안 되니까. 그러니 놓아주었다. 동생을 손에서 놓는 건 이번이 마지막이라고 몇 번이나 되뇌며 자리에서 일어났다.
 "다시, 올게."
 그때는 함께 가자. 반드시.
 눈앞이 흐려졌다. 동생의 모습이 사라졌다.

 하얗게 눈이 흩날렸다. 갑작스러운 방문객마저 사라진 설원은 그저 고요하기만 하였다. 하늘을 뒤덮는 가지는 작은 잎사귀 하나 없이 황량하다. 그 사이를 스치던 흰 날개도 보이지 않은 지 오래였다.
 간간이 바람만이 불어 눈송이와 빙글빙글 춤을 추었다. 그 바람결에, 작은 구슬 하나가 걸려들었다. 눈 사이에 반쯤 파묻혀 있다가 훅 부는 숨결에 도르르 밀려 나간다. 이리저리 굴러다니다가 툭, 손끝에 닿았다.
 반짝거리던 작은 구슬이 이내 스르르 사라졌다.

 무해의 왕의 흔적만이 얕은 웅덩이로 남은, 텅 빈 공간으로 돌아왔다. 두 손이 아직 차가웠다. 피가 통하지 않는 시체처럼 뻣뻣하게 굳었다. 하얗게 묻어나 있던 눈이 물방울로 변해 떨어진다. 옷자락에도 머리카락 끝에도 뚝뚝.

― 삐약삐약.

― 아빠.

 대답을 해 주려고 했는데 입이 움직이지 않았다. 물먹은 솜처럼 전신이 무겁다. 어떻게 움직여야 할지 몰라서 멍하니 서 있다가 겨우 말했다.

"…괜찮아."

 괜찮다. 다시 갈 수 있다. 이미 한 번 기회가 있었으니 두 번째도 분명 있을 것이다.

"괜찮아. 난 괜찮아."

― 삐이.

"삐약이 넌, 돌아갈 수 있겠어? 위험할 수도, 있으니까."

 원래의 던전으로 나가게 되지 싶고. 정말로 삐약이가 위험할지는, 모르겠지만. 두둥실 떠 있는 삐약이를 양손으로 감쌌다.

"삐약이 네 정체가 뭔지, 무슨 목적을 가지고 있는 건지도 알 수 없지만."

― 삐야.

"고마워."

 네가 무엇이든 나를 유현이에게 데려다주었다는 사실만큼은 분명했으니. 삐약 하고 하얀 새끼 새가 조그만 날개를 파닥거렸다. 동생이 있는 장소를 정확히 알고 있다는 건 하얀 새와 관련되었다는 뜻일까. 흰 깃털의 새이니 하얀 새의 일족일 수도 있다.

 유현이를 데리고 간 하얀 새.

그 이유는 여전히 알 수 없었다. 처음에는 화가 나고 원망스럽기도 했지만, 지금은 고마운 마음도 들었다.

만약 디아르마가 그대로 가져 버렸다면 동생이 어떤 취급을 당했을지 알 수 없다. 하지만 하얀 새는 유현이를 상처 하나 없이 멀쩡한 모습으로 고이 데리고 있었다. 그대로 유현이를 보호해 준다면. 내가 데리러 갈 때까지, 그렇게.

그리고 기회가 왔을 때 방해하지 않는다면. 진심으로 감사할 것이다.

"…명우가 걱정하겠다. 얼른 돌아가."

― 삐약!

삐약이가 머리를 갸웃했다. 못 알아듣는 건가.

"명우 말이야, 명우! 명우 집에서 마석 많이 주워 먹었잖아. 기억나지? 명우한테 가."

뻑, 하고 삐약이가 사라졌다. 제대로 잘 갔겠지.

― 난 이제 자야 해, 아빠.

체인질링이 내 앞으로 날아와 나와 눈을 맞추며 말했다.

"너도, 고마워. 정말로."

내가 어떤 마음으로 마석을 조합했는지 알면서도 애정 어린 시선을 보내오는 금빛 눈에 죄책감이 들었다. 체인질링이 긴 꼬리를 살랑였다. 팔랑이는 날개가 프리즘처럼 반짝거린다.

― 오래 걸리진 않을 거야. 마나 각인은 다시 막아 놓을게. 몸조심해, 아빠.

"난 괜찮으니까 걱정하지 마."

은색 작은 용의 모습이 신기루처럼 스르륵 흩어졌다. 직후 주위 풍경이 뒤바뀌었다. 무성한 나무 사이로 새 소리가 들려온다. 이어.

"형!"

유현이와.

"아저씨!"

예림이에 이어.

- 끼앙!

"유진 씨!"

피스와 노아가 내게로 달려왔다.

"한 소장님도 무사히 나왔네… 더는 없지?"

문현아가 괜히 내 주위를 두리번거리고.

"나오는 게 조금 늦어진 것 같은데."

성현제가 예리하게 나를 훑어보았다.

"이게 뭐야, 형……."

유현이가 안색을 어둡게 하며 내 팔 부분의 잘려 나간 옷자락과 구멍이 난 바지를 내려다보았다. 옷자락은 그렇다 쳐도 바지에는 피가 묻어 있었다. 이런.

"아저씨, 다친 거예요?"

- 끄우으응.

"제가 바로 치유 스킬 써 드릴게요!"

"아니, 전 멀쩡해요. 유현아, 예림아, 괜찮아. 별일 아니었어."

괜찮다면서 웃었다. 정말로 괜찮은 것 같았다. 유현이가 인상을 찌푸리며 내 몸을 살폈다. 예림이도 동참하고 피스가 상처를 입었던 다리에 몸을 비볐다. 노아와 문현아도 걱정스러운 말을 건네 왔다.

체한 듯 무겁게 답답하던 가슴이 겨우 풀리는 것 같았다. 그래, 괜찮다. 괜찮아야 한다.

"유현아."

내 동생. 불만스럽게 뚱한 얼굴을 올려다보았다. 토라지긴.

"네가 잃어버린 걸 내가……."

말하다가 목이 콱 막혔다. 잠깐만, 내 손이. 두 손이 모두.

비었다.

"…형?"

없다. 분명 손에 쥐고 있었는데 없었다. 그곳에 가기 전까지는, 분명히. 하지만 유현이를, 품에 안고. 안으면서… 어떻게 했지. 전신에 한기가 스며들고 가슴이 다시금 짓눌렸다. 아니야, 설마.

"왜 그래, 형."

"아저씨? 우리 나가고 무슨 일 있었어요?"

손끝이 떨렸다. 조금도 눈치채지 못했다. 내 손안의, 동생의 기억을 담은 구슬이 굴러떨어진 것을. 어떻게 그런, 바보 같은 짓을…….

잃어버렸다. 동생을 두고 온 주제에, 기억까지 잃어버리고. 나는. 결국 나는, 아무것도 가지고 오지 못했다. 내 두 손은 텅 비었다. 이것마저, 이런 것마저 못 해내고.

뚝, 하고. 속에서 무언가가 부러졌다. 겨우 버티고 있던 가느다란 것이.

"미, 미안……."

"형, 왜 갑자기—"

"유현아, 제발, 잠깐만……."

보지 마. 이 자리를 벗어나야 했다. 도망쳐야 했다. 이유도 제대로 모른 채, 그냥.

"형!"

"놔, 놔줘, 놓아, 줘!"

나를 잡는 유현이의 손을 뿌리쳤다. 발버둥 치듯 무작정 걸음을 옮겼다. 숨이 막혔다. 목구멍 깊숙이 누군가 주먹을 처넣은 것 같았다.

"도련님, 잠깐만 진정해 봐. 예림이 너도. 노아 헌터, 피스 막아요."

"비켜!"

"무작정 덤벼서 어쩌려고!"

어디로 가는지도 모르고 비틀거리는 나를 누군가가 들어 올렸다. 성큼성큼 큰 걸음으로 거리를 띄운다.

"숨 쉬어."

"허억, 컥… 우욱……."

손이 등을 토닥이고 쓸었다. 하지만 숨은 여전히 제대로 쉬어지지 않았다. 금방이라도 목이 찢어질 것만 같았다. 무언가 토해 내고 싶었지만 아무것도 나오지 않았다. 꽉 막혔다. 동전만 한 구멍으로 바윗덩이를 꺼내려 드는 듯했다. 아팠다. 아프다.

"한유진. 유진아."

"흐으… 욱, 으……."

"울어도 돼. 밖에선 들리지 않아."

눈가는 메마르고 목은 여전히 틀어막힌 채였다. 목 졸린 소리만 새어 나왔다.

괜찮지 않아. 절대 괜찮지 않아. 어떻게 괜찮아져. 내가 어떻게. 무슨 수로. 어떻게 잠을 자고 어떻게 밥을 먹고 어떻게 숨을 쉬고. 어떻게 그렇게, 살 수가 있지.

속이 뜨겁다. 불덩이를 삼킨 듯했다. 시커멓게 타들어 갔다. 아니, 이미 한참 전에 까맣게 타고 재만 남았다.

타 버린 속에서 울음도 되지 못한 꺽꺽거림이 토해졌다. 이런 꼴로 어떻게 살아 있었지. 엉망이다. 정말로.

"…형."

"으윽, 헉……."

유현이가 내 앞에 섰다. 벗어나려 꿈틀거렸지만 날 붙잡은 팔은 꼼짝도 하지 않았다.

"형."

동생이 몸을 낮추었다. 두 무릎을 바닥에 대고 나를 올려다본다. 재촉하지 않고 다정한 시선만 둔 채 나를 기다렸다.

"…콜록! 허억, 훅."

그 눈길 속에서 막혔던 숨이 터져 나왔다. 목구멍은 여전히 화끈거리고 숨을 쉴 때마다 점막이 녹아내리는 듯했다. 힘이 빠진 나를 잡고 있던 손이 천천히 놓아주었다. 무너지듯 주저앉는 나를 유현이가 받쳐 잡아 주었다. 나를 잡는 팔을 마주 붙잡았다.

터진 숨소리가 울음소리로 바뀌었다. 귀에 거슬리는, 죽어 가는 짐승의 것 같은 소리였다. 죽을 것처럼 울었다. 긴 시간 동안 쌓여 온 것들을 모조리 토해 냈다. 텅 빈 껍데기만 남아 버릴 정도로 전부 쏟아 냈다.

그럼에도.

"유현, 아……."

모든 것이 사라지지는 않았다. 아직, 아직 남아 있었다. 생각보다 더 많이. 그리 길지 않은 시간 동안 새롭게 쌓인 것들이 있었다.

완전히 무너지지 않고 소리 내어 말할 수 있을 만큼.

"괜찮지가, 않아……."

"…응, 형."

"전혀 안 괜찮아, 어쩌면 앞으로도, 계속."

상처는 낫는다고 말한다. 하지만 평생을 짊어져야 하는 상처도 있다. 깜박 잊어버릴 정도로 흐릿해질 수도 있지만, 오히려 더 악화될 수도 있다. 갑자기 욱신거려 오고 파헤쳐지기도 할 것이다. 비가 오면 옛 상처가 쑤신다고 흔히 말하듯, 남들이 보기엔 별것 아닌 무언가가 굵은 빗줄기가 될 수도 있다.

"나는, 유현아⋯⋯."

영원히 잊을 수 없을 것이다. 가슴에 묻고 그 위를 차곡차곡 덮어 가겠지만 절대로 사라지지는 않을 것이다. 불현듯 떠올리고 가슴을 치고 절뚝거리고.

"계속 아프고, 힘들어해서, 그래서 네가, 너희가 걱정하게 만들지도 몰라. 괜찮다고 말하고 싶은데, 괜찮아야 하는데⋯⋯."

"그래도 돼, 형."

유현이가 나를 끌어안았다.

"괜찮지 않아도 돼. 아파도 돼. 물론 형이 아프지 않는 게 제일 좋지만, 억지로 참을 필요는 없어."

나직하게, 상냥하게 속삭여 온다.

"나는 어떤 형이라도 사랑해. 설사 형이 너무 힘겨워서 모든 걸 다 포기한다더라도. 어떤 선택과 결정을 한다더라도."

"⋯미안, 유현아. 내가."

"아니야."

조금 머뭇거리다가 유현이가 말을 이었다.

"나는 사실, 형이 힘들어하는 건 마음 아프지만 그러면서도 기뻐."

"⋯응?"

"이렇게 말해 주고 기대 줘서 좋아."

숙였던 고개를 들었다. 유현이가 옅게 미소 짓고 있었다.

"그러니까, 내가 더 미안해, 형. 이런 거 역시 기분 나쁠까."

"아냐. 아니야. 나도 네가 아픈 거 힘든 거 전부 말해 주면, 기쁠 거야."

동생의 미소가 더욱 짙어졌다. 힘은 없지만, 전신이 노곤했지만 마음만큼은 한결 가벼워졌다. 따뜻한 물에 잠긴 것 같은 기분이었다. 맑고 부드러운 물결이 일렁이는.

길게 숨을 내쉬고 나도 마주 웃었다. 괜찮지 않아도 괜찮다.

"손을 내밀어 주어도 되겠나."

성현제의 목소리가 뒤쪽에서 들려왔다. 고개를 돌리자 한쪽 손에 소리를 차단하는 아이템을 들고 있는 게 보였다. 우리를 지키듯이 우뚝 서 있다.

"내밀어 줄 손, 제대로 붙어 있습니까?"

"물론이지."

날려 먹었던 팔을 내게 뻗는다. 그 손을 잡고 일어났다. 이어 유현이에게 내 손을 내밀었다. 부축 같은 거 필요 없을 동생이지만 내 손을 잡고서 몸을 일으킨다.

"음, 일단 고맙습니다."

뒤늦게 부끄러움이 밀려들었다. 내 얼굴 완전 엉망일 텐데. 이렇게 울어 본 게 대체 얼마만인지 모르겠다. 성현제가 뭐라고 대꾸하기 전에 다른 사람들도 걱정할 거라며 얼른 걸음을 옮겼다.

"아저씨!"

- 끄응, 꺙.

"유진 씨, 괜찮아요?"

문현아가 붙잡고 있던 예림이와 피스, 노아가 우르르 달려왔다. 문현아도 걱정스러운 시선을 보내왔다. 정말 멋쩍었지만, 동시에 고마웠다.

"계속 좀 힘들었다 보니, 그래서 그래. 나오기 전에 그 해파리 놈도 만났거든. 우리가 이상한 던전으로 떨어지게 만든 장본인 말이야."

"형!"

유현이가 기겁하고 예림이와 노아도 당황했다. 그리고 곧장 잔소리들이 이어졌다. 아니, 이번에는 진짜 내가 먼저 나선 것도 아니고 순수한 피해자인데.

"그래서 그 마수가 막아 준 거야. 무해의 왕도 죽었고."

내가 조합한 마석에서 1회용이지만 엄청난 힘을 가진 마수가 태어나서 잘 해결되었다, 라고 간략히 설명해 주었다. 성현제가 뭔가 눈치챈 듯한 눈빛을 보내왔지만 별다른 참견은 해 오지 않았다.

"일단은 던전 공략부터 하자. 밖의 시간이 얼마나 지났는지도 모르니."

"자요, 아저씨."

예림이가 세숫대야만 한 물덩이를 만들어 내 앞에 내밀었다.

"얼굴이 말이 아니에요."

"고마워."

적당히 미지근한 물에 세수하자 손수건도 내밀어졌다. 노아가 혹시 모르니까, 라며 치유 스킬을 써 주고 피스가 덩치를 키워 내 옆에 섰다.

"있잖아요, 아저씨."

엄청 피곤해 보인다며 얼른 피스한테 타라고 한 예림이가 작게 속삭였다.

"이번에는 한유현이랑 관련 있는 것 같아서 참았는데요. 저도 같이 아저씨한테 가고 싶었어요."

다음엔 절대 안 빠질 거라는 말에 절로 웃음이 나왔다.

"그래, 당연히 그래야지. 우리 예림이 빼먹으면 나도 섭섭하지."

유현이가 나를 보호하듯 뒤에 돌아서 탄 뒤 출발했다. A급 던전이니 지금 인원으로는 금방 공략될 것이다. 좀 더 빠르게 던전을 빠져나가기 위해 각자 사방으로 흩어졌다.

나를 생각해서인지 피스는 천천히, 흔들림이 거의 없이 걷고 있었다. 유현이 등에 기대고 있자니 절로 졸음이 밀려들었다. 펑펑 울고 난 후의 기분 좋은 탈력감이었다.

'전부 이야기해 줘야지.'

가능한 여럿에게, 최소한 동생에게만이라도. 패륜아들이 끝까지 안 된다고 해도 말해 줄 것이다. 지금 당장 세상이 망하는 수준의 일이 터지는 게 아니고서야 털어놓을 것이다.

네가 나를 구했다고.

수년간의 아팠던 과정까지는 꺼내고 싶지 않았다. 하지만 내가 어떻게 지금 이렇게 있을 수 있었는지는, 우리가 어떻게 다시 함께할 수 있었는지는 말하고 싶었다.

그리고 지금의 나는, 비록 상처투성이지만 그래도 행복하다고.

"밖에 나가면 네게 말해 주고 싶은 것이 있어."

반쯤 눈을 감은 채로 말했다. 멀리서 이따금 들려오는 몬스터의 괴성만 제외한다면 살랑이는 바람도 흔들리는 푸른 그늘도 모두 평화로웠다.

"그럼, 나도 형. 나도 형에게 말 안 한 게 있어."

"응? 뭔데? 혹시나 싫어 말하는 건데 억지로 할 필요는 없다."

그런 건 아니라며 유현이가 고개를 젓는 움직임이 느껴졌다.

"나에 대한 거야."

"너?"

"응. 내가 싫어하는 나."

갑자기 이게 무슨 소리지. 잠이 확 달아났다. 얼른 상체를 틀어 유현이를 돌아보았다.

"싫어하다니, 유현아."

A급 던전이라 해도 혹 모를 습격에 경계해 돌아앉아 있다 보니 유현이의 표정을 알 수 없었다. 등을 툭툭 두드리자 두 다리 모두 옆으로 돌려 늘어뜨려 틀어 앉으며 나를 돌아본다.

"내가 다른 사람들과 다른 건 형도 알고 있잖아."

"어, 응."

"나는 형의 기준에 맞추려고 노력했어. 그런 표정 짓지 마. 나도 내가 선택한 거니까. 형이 그랬던 것처럼."

누군가와 같이 살아가려면 어느 정도 양보하고 맞춰 줘야 하는 건 당연하다. 그래도 동생이 나 때문에 그러는 건 탐탁잖았다. 이것도 내 욕심이겠지만.

"지금의 나한테도 만족해. 형이랑 이렇게 같이 있을 수도 있고. 하지만 가끔은… 갑갑해질 때가 있어."

유현이의 눈이 무겁게 가라앉았다. 성현제와 물의 정령이 말하던 유현이의 본성이라는 게 떠올랐다.

"그, 꼭 계속 참아야 할 필요는 없잖아? 던전 같은 곳이면 안전할 거고."

"한번 풀어졌다가 돌아오지 못한다면? 피 맛을 본 짐승처럼 지금의 나는 잘 길들여져 있어, 형. 물론 개는 아니야. 절대 순종적이지는 않지만 사회의 규칙에 따를 정도는 돼."

"…리에트도 제멋대로 굴지만 기본적인 법은 따르던데."

유현이도 그렇게 될 순 없는 건가. 뒷바라지도, 수습도 내가 해 주면 된다. 해연 사람들도 유현이를 정말로 아낀다면 좀 더 자유로워지는 쪽을 받아들여 주겠지. 내 말에 유현이가 짧게 고개 저었다.

"나도 내가 어떤 상태일지는 잘 몰라. 어릴 때부터 계속 억눌러 왔으니까. 하지만 형."

이린이 불쑥 튀어나와서 나와 유현이를 번갈아 바라보았다. 불안스레

꼬리를 탁탁 친다. 유현이가 말을 이었다.
"틀림없이 형은 무사하지 못할 거야."
"…내가?"
"응, 나는."

- 유현이가 나쁜 게 아니에요!

내 손으로 건너온 이린이 소리쳤다. 어떻게 말하는 거지.
"린이 너 말할 수 있게 된 거야?"

- 형의 몸에 있으면요. 형한테서 마나 홀이랑 비슷한 힘이 느껴져요.

"아, 은혜한테 마나의 샘이 생겨서인가?"

- 아무튼 유현이가 나쁜 게 아니야!

"그래, 그래. 안 나빠. 유현이가 왜 나쁘겠어."
예전 홍콩에서의 일이 떠올랐다. 린이가 무슨 말을 했었냐며 유현이가 물었었는데. 혹시 지금 이 이야기를 들킬까 봐 걱정했던 것일까.
"네가 날 해치기라도 한다는 거야? 널 계속 참게 만든 원인이 나니까?"
억눌려 오던 게 해방되면 원흉을 제거하고 싶어질 수도 있다.
"나한텐 은혜가 있으니까 해치고 싶어도 쉽진 않을걸."
일부러 장난스럽게 말하는 내게 유현이가 손을 뻗었다.
"잠깐만, 형."
"어? 읍!"

입과 코가 틀어막혔다. 당연하게도 숨이 막혔다.

- 크르르.

피스가 걸음을 멈추며 당황한 듯 그르릉거렸다. 삑 소리 내며 은혜도 튀어나왔다. 이린이 앞발로 유현이의 손을 찰싹 때렸다.

- 나쁜 마음은 아니에요! 유현아, 그만해!

"역시 이런 건 못 막는구나."

숨통을 막고 있던 손이 떨어져 나갔다. 길게 숨을 내쉬며 피스의 등을 괜찮다며 토닥였다.

"은혜를 빼앗는 것도 어렵지 않아. 형은 나한테 너무 무방비하니까. 내가 적의 없는 척 다가가면 직접 은혜를 풀어 건네주기까지 할걸."

맞는 말이라 할 말이 없었다. 유현이가 형, 은혜 잠깐만 줘 봐 하면 '어, 그래' 하고 내밀겠지. 확실히 내가 나를 해치려고 드는 동생을 막을 방법은 거의 없었다. 다른 S급 헌터들의 보호를 받으며 얌전히 숨어 있는 정도일까.

"위험한 짓은 안 하는 게 상책이긴 하지만… 그래도 유현이 너잖아. 기억도 그대로일 텐데, 정말로 날 상처 입히려고 들까? 네가?"

나는 널 믿는다는 말에 유현이가 눈꼬리를 늘어뜨렸다.

"나니까 위험한 거야, 형. 내게 중요한 건 형뿐이야. 형밖에 없어. 그런데 어떻게 형을 내버려두겠어. 나는 아마도."

동생의 입술이 미소를 그렸다. 평소 보던 것과는 조금 달랐다. 무기를 꺼내 들고 전투에 돌입하기 전의 그것과 더 흡사했다. 아니, 그보다 더 짙고 깊었다.

"형을 삼킬 거야. 재 하나 남기지 않고 깨끗하게. 정성을 다해서. 그럼 형이 잘못될까 봐 불안하지도 않고 빼앗길 일도 없으니까."

눈을 깜박이는 것도 잊은 채 유현이를 바라보았다.

"그리고 나도 살아가진 못하겠지. 전부 태워 버렸으니까. 미친 소리 같지만 그게 내가 원하는 걸 거야. 억눌러지지 않은 내가."

그래서 싫어. 유현이가 나직이 중얼거렸다.

- 형! 유현이가 형이 싫어서 그러는 건 절대 아니에요! 형을 너무 많이 사랑해서 그래요! 인간들은 이런 거 이해하기 힘들 수도 있는데요, 불의 정령들 사이에선 흔해요!

어… 이린아. 물의 정령이 불의 정령더러 위험하다며 질색한 이유를 알 것도 같구나. 진짜 흔한 거 맞냐. 유현이 편들어 주려고 없는 말 지어 내는 게 아니라? 아니면 같은 불의 정령끼리는 결과가 다르게 나온다거나.

"그러니까, 이런 걸… 뭐라더라. 좀 자기 파괴적인, 그런 건가……?"

솔직히 어떻게 말해야 할지 잘 몰랐다. 성현제와 물의 정령으로부터 들은 이야기가 있기에 망정이지, 아니었으면 꽤 당황했을 것이다.

- 불이 원래 그렇잖아요, 형!

이린이 내 손을 두 앞발로 붙잡고서 열심히 대변하며 설명과 변명을 늘어놓았다.

- 태울 거 다 태우면 스스로도 사그라지는 거요. 유현이는 인간보다 우리에 더 가까워요. 그렇게 태어났어요! 그냥 본능 같은 거예요. 나쁜 거 아

냐. 유현이가 꺼려진 건 아니죠, 형?

"꺼려지긴 왜 꺼려져. 혹시 너도 그런 걱정 했었냐?"
"지금은 아니야."
"전엔 했다는 거네."
"형이 나를 받아들였다고 해도 일부러 한계를 시험해 보고 싶은 생각은 없었어. 내가 참으면 될 일이기도 하고."
문득 유현이가 여태껏 친 사고들을 떠올렸다. 나한테 한 건 뭐, 넘기고 홍콩에서 예림이와 거하게 붙었고, 특수격리소 날려 먹으면서 수감자들을 잡아 죽이고, 최석원도 찾아가서 죽이려고 했고. 아니, 따지고 보면 나랑 관련된 일들이니까 참기는 잘 참는… 다기엔, 음.
"송 실장님이 전에 너 상대하려면 팔 하나 날려 먹을 각오를 해야 했다던데."
"S급 헌터니까 그 정도는 괜찮아. 형도 요즘은 별 거부감 없잖아."
예전에는 싫어했었는데, 하고 유현이가 시선을 살짝 내렸다. 그야 그때는 헌터에 대해 잘 몰랐으니까. 구르다 보니 상급 전투계, 특히 공격계 쪽 헌터들이 호전적인 걸 직접 체감도 해 가며 뼈저리게 알게 되었다.
꼭 상급 공격계가 아니더라도 그냥 인간 자체가 성질 더러운 놈들도 더러 있었고. 그런 놈들에 비하면 유현이는 깔끔하지. 쓸데없이 약한 사람 겁박하는 것도 아니고, 강자를 상대로 전의를 불태우는 것뿐이니까.
"나도 내 동생이 어떤 사람이든 다 좋아. 다 괜찮아."
"응. 하지만 내가 싫어. 혹시라도 억누른 게 터져 나올까 봐 아예 없애─"

─ 안 돼, 유현아! 더 성장하면 괜찮아질 거야!

이린이 꼬리를 탁탁 치며 소리쳤다.

― 아직 어리고 계속 참기만 해서 조절이 안 되는 거지, 나중엔 괜찮아질 거야!

"진짜 괜찮아질 수 있어?"
내 물음에 이린이 얼른 고개를 끄덕였다.

― 응, 형! 그럼 더더욱 강해질 거예요. 유현이는 너무 누르기만 하고 있잖아요. 불은 그러면 안 되는 건데. 계속 억눌렀다간 변형되어 버릴걸요. 지금은 조금 밝아져서 다행이지만!

린이의 말에 회귀 전의 동생이 떠올랐다. 새카맣게 독기를 머금은 불길과 맑은 푸른빛을 띤 불길. 아직 검은색이 더 짙었지만 그게 완전한 청염이 된다면 훨씬 강해진다는 걸까.
"난 지금 이대로도 만족해."

― 유현아아아, 형도 안전할 수 있을 거야! 그러니까 형, 유현이를!

유현이가 붉은 도마뱀을 덥석 집어 내 손에서 떼어 놓았다. 린이의 목소리가 뚝 끊기고 입만 빠끔빠끔거린다.
"그냥 형에게 솔직하게 다 말해 주고 싶어서 꺼내 든 거야. 신경 쓰지 마."
"…어떻게 신경을 안 쓰냐."
"어차피 다른 방법도 없는걸. 그리고 난 지금이 좋아. 내가 형을 해칠지도 모른다는 불안 요소 따위 남겨 두고 싶지 않아."
마지막 말이 가슴에 턱 걸렸다. 그 불안 요소라는 게 본래의 너인데, 그걸 남겨 두고 싶지 않다니.

"그럼 하나만 약속해. 지금 이상으로 너 스스로를 누르고 옭아매는 짓은 하지 않겠다고."

"말했잖아. 지금 정도가 좋다고. 하지만 제거하는 게 가능하다면."

화르륵, 작은 불길이 솟았다. 유현이 손에 잡힌 이린이 팔딱팔딱 몸부림을 쳤다. 사람 몸은 물론이요 다른 물체에도 스며들고 통과하던 정령이었지만 주인에게 잡히면 빠져나올 수 없는 모양이다.

"린이도 반대하잖아. 나도 반대야. 린이 말대로 좀 더 기다려 보자. 네가 더 성장하면 괜찮아질지도 모르니까."

내 말에 유현이가 마지못해하면서도 고개를 끄덕였다. 어떻게 도와줄 방법이 없을까. 꺼림칙하지만 패륜아 놈들에게 상담해 봐야 하나. 이런 거 잘 알기는 제일 잘 알고 있을 테니.

그때 숲 사이에서 무언가가 불쑥 튀어나왔다. 먼 거리를 단숨에 뛰어 피스의 앞에 내려선 사람은 다름 아닌 문현아였다. 생각보다 더 빨리 돌아왔네. 비행과 순간 이동 스킬이 있는 예림이와 전용화 가능한 노아보다 더 빠르게 사냥을 끝낸 걸까. 놀랍다 싶은데 그녀의 팔 부근의 옷이 길게 잘린 것이 눈에 들어왔다.

"다치셨어요?"

A급 던전인데? 설마 등급 외 몬스터가 튀어나오기라도 한 건가. 그래서 일찍 돌아온 거고? 내 말에 문현아가 씨익 웃으면서 유현이를 가리켰다.

"아까 도련님이 날뛰어서."

"아……."

"바로 칼 빼 들더라. 하여간 성질 어디 안 가지. 눈빛은 맛 갔는데 행동은 침착하게 공격 태세 잡는 게 간만에 오싹했다니까."

"…죄송합니다."

경황이 없어 까맣게 몰랐다. 아니면 성현제가 도중에 소리를 막는 아이템을 쓴 것일 수도 있고. 유현이가 비키라고 외친 건 들은 거 같은데, 그때였을까.

"형님은 몰랐겠지만 제법 난장판이었거든. 다들 형님을 아낀다니까."

"그때는 정신이 없었어서… 빠르게 도와주셔서 감사합니다."

"뭘. 애들 앞에서 약한 모습 보이기 싫은 거야 당연한 거고. 다 같이 난리 치면 악화만 되니까. 게다가 한 소장님 같은 얼굴 많이 봤어. 초기에 말이야. 익숙해져서 대처도 빠른 거였지."

초기라면 던전이 나타난 직후를 말하는 것일 터였다. 사람들이 많이 죽고 다치고 실종되었던 때. 사람들을 달래는 현아 씨의 모습이 절로 눈앞에 그려졌다.

"그런데 일찍 오셨네요."

"적당히 처리하고 돌아왔어. 어차피 다 잡을 필요까진 없잖아. 나머지가 잘해 주겠지. 아님 도련님이 대신 가 줄래?"

"형을 두고 갈 생각 없습니다."

"그러지 말고 자리 좀 비켜 줘. 한 소장님이랑 할 말이 있어서 그래. 아까 내 도움도 받았잖아. 보아하니 조언이 잘 먹힌 거 같은데."

조언? 의아해하는 내게 문현아가 설명해 주었다.

"진정하라는 걸 길게 푼 것 정도였어. 형님 상태가 나빠지면 도련님은 금방 흥분해 버리니까. 그래서야 악영향이지. 가까운 사람이 차분하게 감싸고 달래 줘야 할 필요가 있는 모습이었거든, 한 소장님은."

어쩐지 유현이가 내가 그 꼴이 된 것치곤 침착하다 싶었다. 내가 유현이었더라도 잔뜩 당황해서 무슨 일이냐며 캐묻기부터 했을 텐데, 아무것도 묻지도 않았고. 현아 씨가 챙겨 줘서 정말 다행이라는 생각이 들었다.

아니었으면 솔직히 더 힘들었겠지.

"갔다 와, 유현아. 피스도 현아 씨도 있으니 괜찮아."

동생은 불만스럽게 문현아를 쳐다보았다. 그렇지만 별말 없이 순순히 피스의 등에서 내려섰다.

"유현이도 도와주셔서 고맙다고 하네요."

"그래? 천만에 도련님~"

손을 살랑살랑 흔드는 문현아를 못 본 체하며 유현이가 내게 조심하라고 말하곤 자리를 떠났다. 할 말이 있다는 건 역시 시그마에 대한 것일까. 현아 씨가 시그마에게 정이 많이 든 것 같았는데.

"성현제 씨가 말 안 했습니까?"

피스에게 다시 가자고 신호를 보내며 물었다. 문현아가 바로 옆에 붙어 따라왔다.

"뭘?"

"시그마요."

"아, 걔는 음. 그거 물을 생각 아니었는데."

문현아가 붉은 머리칼을 흐트러뜨리듯 긁적였다.

"안 온 거 훤히 보이는데 뭐. 그냥 여지를 남겨 두려고."

"전해 달라는 말이 있었는데, 그럼 그것도 말 안 해요?"

내 말에 문현아가 눈을 확 찌푸렸다. 좋은 듯 싫은 듯 미묘한 표정이었다.

"으, 그럼. 일단. 살아 있어?"

"네. 확실하게요."

"그럼 말해 줘."

"조금 늦어진대요."

나를 쳐다보던 그녀가 픽 웃었다.

"그래. 그러냐."

"무사히 다른 세상으로 넘어갔습니다. 어딘지는 모르겠지만, 다시 만나자더군요."

"그럼 오겠지. 걱정할 필요 없겠네."

속이 후련하다며 기지개를 쭉 편다.

"하시려던 말은 뭔데요?"

"석하얀 팀 있잖아. 다리 좀 놓아 달라고. 형님이 관여 안 한 것처럼 보이게 물밑으로 조용히. 예전에 한번 접촉해 보려고 했었는데 거절당했어. 보안이 중요하다나."

"저한테 바로 말씀하시지 그러셨어요."

"그땐 급한 건 아니었으니까. 그리고 형님은 대놓고 엮이진 않았으면 해서."

몰래 말이야, 몰래, 라는 말에 의아해졌다. 아니 왜 몰래 하려는 거지.

"저도 여러모로 도와드릴 수 있습니다만. 전에 말씀드렸잖아요, 브레이커가 독립하길 바란다고요."

"그건 그런데, 음……."

문현아가 잠깐 고민하다가 입을 열었다.

"한 소장님은 이해하기 좀 힘들 거 같은데, 나는 나 혼자가 아니야."

"네?"

"나는 여성 헌터야."

그, 그야 당연한 거 아닌가. 잘 알고 있는 사실이다.

"성현제가 사고 치면 세성 길드장이~ 소리가 나오지. 한유현이 사고를 쳐도 해연 길드장이~ 이럴 거고. 하지만 내가 실수를 하면 여자 헌터는 저래서 안 돼, 가 되거든."

"그… 네……?"

"내가 원하든 원하지 않든 나는 대표고, 내가 모자라면 여성 헌터의 모자람이 되어 버리는 거야. 그러니까 문현아는 남들에게 뒤지지 않는 S급 헌터가 되어야 해. 헌터로서 부족해도 안 되고 미숙해도 안 되지."

좀 짜증 나긴 해, 하고 그녀가 말했다.

"어, 그래도 원하는 대로 사시는 것처럼 보이던데요. 머리도 그렇고요."

"에이, 이런 건 약점이 못 돼. S급 헌터잖아. 약해 보이면 물어뜯겠지만 강해 보이면 쉽게 못 건드리거든. 그래서 꽤 날뛰기도 했지."

태생 S급인 유현이와 성현제 사이에 현아 씨가 왜 끼어 있나 했더니, 일부러 그런 거였나.

"물론 내 적성에 맞기도 해. 짓밟고 다니는 건. 하지만 내가 잘났다 해도 사람이 완벽할 수가 있나. 절대 아니지. 그래도 완벽한 척이라도 하지 않으면 내 주위가 피해를 입거든. 나 말고도 다른 애들도 그래. 흠 안 잡히려고 안달이지. 세상이 뒤바뀌었다고 해도 여전히 불리하니까."

"그, 러니까……."

"간단히 말해 남자인 한 소장님한테 거래가 아닌 일방적인 도움을 받게 되면, 나는 물론이고 여성 헌터의 흠이 되어 버린다는 거야. 성현제 녀석의 제안도 그래서 거절했지. 우리 힘으로 일어서야 하거든. 어떻게든."

다른 일은 몰라도 브레이커의 독립만큼은 깨끗해야 한다며 문현아가 웃었다.

"그러니 우리 길드 관련은 완벽하게 몰래, OK? 주는 거 아예 안 받는 것도 조금 아쉽긴 하지."

"네, 확실하게 몰래 찔러 넣어 드리겠습니다."

완전히 이해가 가진 않았지만 고개를 끄덕였다. 하긴 싸잡아 말하는 거야 어디서든 벌어지는 일이고…….

"예림이는 이런 부담 안 가졌으면 좋겠는데, 쉽진 않겠지. 애가 나이보다 어른스럽기도 하고. 그래도 더 나아지긴 할 거야."

나가면 바빠지겠다면서 그녀가 미소 지었다.

얼마 지나지 않아 유현이는 물론 다른 세 사람도 돌아왔다. 스태미너 포션의 재료를 찾는 것은 어렵지 않았다. 보스 몬스터가 순식간에 처리되고, 밖으로 통하는 게이트가 나타났다.

'…졸리다.'

하품이 슬쩍 나왔다. 계속 깜박깜박 졸기만 했더니 오히려 더 노곤해지는 느낌이었다. 나가면 바로 호텔로 이동해서 푹 자야지. 시간이 많이 지나진 않았겠지.

'신입은 어째 연락이 없네.'

뒷수습하느라 바쁜가. 아무튼 자고 싶다. 이것저것 생각할 거리가 많긴 했지만 지금은 머리가 잘 돌아가질 않았다. 재차 하품을 하며 피스의 등에서 내려섰다. 피스가 덩치를 줄였지만 내가 피곤하다는 걸 눈치챘는지 안아 달라 조르지 않고 몸만 살짝 비벼 왔다.

"저어어기, 아저씨."

예림이가 다가와 내 안색을 살폈다. 너무 걱정하게 만든 것 같아 미안해졌다. 지금은 좀 졸리기만 할 뿐이라고 말하려다가, 예림이가 머뭇거리고 있다는 걸 뒤늦게 눈치챘다. 뭔가 할 말이… 아.

"정령의 알은 무사히 받았어?"

"네!"

예림이가 기다렸다는 듯이 활짝 웃으며 대답했다가, 다시 목소리를 낮추었다. 내 상태가 안 좋은데 자기가 기뻐하기 미안하다는 기색이 폴폴 났다. 그러지 않아도 되는데. 역시 현아 씨가 막아 준 게 다행이다 싶어졌다.

예림이를 빼놓고 싶진 않지만, 동시에 그런 모습을 보여 주고 싶지도 않았다. 아직 어리니까. 어른들의, 그것도 보호자의 불안정한 모습을 애들이 봐서 좋을 건 없지. 그나마 예림이는 S급 헌터지만 평범한 어린애들은 아무것도 할 수 없기에 더더욱 불안에 떨게 된다.

눈치를 살피며 두려움을 삼키는 어린 경험은 없는 편이 훨씬 낫다.

빼놓지도 않고 불안하게 만들지도 않으려면 역시 내가 잘해야겠지. 그래도 이제는 한결 마음이 가벼워도 졌고.

"다행이다, 한번 보자. 여기서도 똑같이 생겼나?"

던전 밖으로 나가면 보는 눈이 많아서 숙소에 도착할 때까지 또 기다려야 하니 조급해진 거겠지. 궁금해하며 묻자 예림이가 다시 신나 하며 인벤토리에서 알을 꺼내 들었다. 타원형 작은 알이 예림이의 두 손 위에 감싸듯 놓여졌다. 새파란 색이 마치 물결처럼 일렁이고 있었다.

햇살이 비치는 방향에 따라 반짝거리는 것이 물로 이루어진 보석 같다. 정말 예쁘다.

"포인트 다 내줘야 했지만요. 전혀 아깝진 않았어요."

열심히 모아 놓아서 다행이었다면서 생글생글 웃는다. 예림이의 기대 어린 눈빛 속에서 알을 건네받았다.

┌─────────────────────────────────┐
│ 푸른색 알 - SSS급   │
└─────────────────────────────────┘

알의 설명창은 이린이 태어났던 붉은색 알과 똑같았다.

"신입 녀석, 치사하네. 얻은 아이템 옮겨만 주는 건데도 포인트를 다 빼앗아 가다니."

"아, 포인트 정산해 주는 공간에 나타난 사람이요, 배구공이 아니었어요."

"강아지 귀 같은 거 달고 있지 않았어?"

"아뇨. 정장 차림의 언니였어요. 원래라면 이런 식으로 넘겨줄 수 없는 건데 특별히 해 주는 거라면서 포인트를 전부 가져가더라고요."

"정장 차림의 여자? 누구지."

전에 나더러 자기가 언니라고 했던 패륜아가 누구였더라. 사슴인가? 신입이 바빠서 대신 나오기라도 한 모양이었다.

"어떤 정령이 태어났으면 좋겠어?"

"튼튼하고 건강하면 돼요! 강하면 더 좋고요. 정령도 많이 다치면 소멸하기도 하거든요. 제가 잘 지켜 줄 거지만, 그래도요."

 내가 바라는 대로 성장했다는 체인질링의 말이 떠올랐다. 체인질링은 속성 자체가 변화 가능한 거였고 보통은 근본적인 건 바꿀 수 없다지만, 긍정적인 영향을 조금쯤은 줄 수 있지 않을까.

 …어떻게 하는 건지는 모르겠지만. 쓰다듬으면서 튼튼하고 건강하고 강하게 태어나렴, 하면 되려나. 알을 몇 번 매만지곤 일단 인벤토리에 넣었다.

 "유현이 너도 포인트 교환 잘했어?"

 "응. 스킬로 바꿨어."

 자세히 말해 주진 않았지만 표정을 보니 만족스러운 모양이었다. 무기라면 모를까 스킬은 S급 헌터들이 여럿 모인 여기서 대놓고 말할 순 없지.

 "그런데 난 시스템창만 떴어. 정장 차림 여자는 물론 배구공도 없던데."

 "그래? 예림이가 특이 케이스라 직접 나온 건가."

 예림이에 이어 유현이까지 포인트 정산 이야기를 하자 어떻게 알아들었는지 피스도 자기 보란 듯 앞발로 나를 툭툭 치더니.

- 끼앙!

날개를 팔랑 펼쳤다. 멸망한 세계에서 썼던 그 스킬이었다.
 "피스야! 세상에, 포인트 교환한 거였구나!"

- 그르릉, 끼웅.

 "똑똑하기도 하지. 대단해, 잘했어!"

역시 우리 애는 천재다. 포인트도 알아서 척척 정산 다 하고. 문현아도 스킬로 교환했다고 말했다. 좋은 거라고 웃으면서도 거창이 아쉽기는 한 표정이었다.

"람다 무기들 왜 못 들고 오나 몰라. 덤으로 좀 주지."

반면에 노아는 어째서인지 쉽게 말을 꺼내지 못했다.

"저도, 스킬이긴 해요."

그러면서 내가 아닌 유현이 쪽을 힐끗 쳐다보는 게… 혹시 소형화 스킬을 교환한 건가. 물론 소형화 스킬이 전투에는 도움이 안 되겠지만 노아 씨가 바라는 걸, 스스로를 위하는 걸 선택하는 게 최고지.

"나중에 한번 보여 주시겠어요?"

"네……."

자신 없이 옅게 웃는 게 역시 쓸모없는 스킬을 골랐다고 생각하는 모양이었다. 단순히 괜찮다고만 해선 잘 받아들여지지 않을 듯하고, 소형화 스킬을 활용할 방법이 뭐가 있을까. 내게 스킬을 보여 주면 함께 고민해 보자고 할까.

"성현제 씨는 어째 조용하시네요. 뭐 안 가지고 왔습니까?"

좋은 거 있으면 나눠 쓰자. 내놓아 보라는 내 말에 성현제가 곤란한 표정을 지었다.

"한유진 군이 모두 가지고 가지 않았나."

"예?"

"전부 내어 주었음에도 모자라다니. 무얼 또 내어 드려야 할지."

"아니, 잠깐만요. 그게 무슨……."

난 포인트 정산도 못 했는데? 급히 상태창을 열자 맨 아래 P 표시가 사라지지 않고 남아 있는 게 보였다.

536,345,700P

…미친. 아니 진짜, 잠깐만, 이게 얼마냐.

"포, 포인트가 왜 이렇게 많아요?"

"파트너 씨 뒷바라지하느라."

"그 동네 이미 나와 버렸는데! 아니, 신입을 탈탈 털면… 근데 왜 저한테 와 있는 겁니까?"

"사냥 성공 보상이라네."

뭐? 그… 마지막에 성현제를 죽인 거 말인가. 상대를 죽이면 포인트가 나한테로 넘어오는 거였어? 그보다 진짜 미쳤다. 5억이라니, SS급 무기도 교환 가능할 것 같은데. 역시 신입을 어떻게든 꼬시거나 털어서 바꿔 먹어야지 이대로 날리기엔 눈물 난다고. 한 일주일은 잠 못 이루고 괴로워할 거다.

이참에 내 인벤토리도 열어 보았다. 아이템의 상당량은 없어졌을 거라고 생각했는데.

'헉… 거의 다 있잖아.'

인벤토리가 꽉 찼다. 포인트로 산 쿠키나 폭탄류는 물론이요, 멸망한 세상에서 사거나 받은 아이템도 보였다. 심지어 살쾡이 시리즈도 고스란히 남아 있었다.

"…혹시 저쪽 세상 물건 그대로 가지고 오신 분?"

"저요!"

예림이만 손을 번쩍 들었다. 정령의 알을 말하는 거겠지. 나만 다 들고 나온 건가? 진짜 몸으로 가서? 아무튼 감사할 일이라 아이템을 꺼내 보려는데.

[현실 적용을 위한 포인트가 필요합니다.]

메시지창이 떴다. 윽, 역시 공짜로는 안 되는구나. 포인트로 구입한 쿠키는 꺼내졌지만 멸망한 세상의 물건은 현실 적용 포인트를 요구했다. 그것도 상당히 많은 포인트를.

일단 넣어 뒀다가 신입과 흥정해 본 뒤 결정해야겠다.

"그럼 나가죠. 다들 피곤할 텐데 푹 쉬고 귀국하자고요."

귀국 소리를 하니까 얼른 집에 가고 싶어졌다. 한 일주일 정도는 아무것도 안 하고 푹 쉬어도 괜찮지 않을까. 그냥 집에서 늘어져 있고 싶다. 맛있는 것도 먹고. 참, 추석도 얼마 안 남았지.

…정말 오랜만에 혼자 보내지 않아도 되겠구나. 추석에 뭘 하는지 기억도 잘 안 난다. 한복 맞출까. 나는 그렇다 쳐도 예림이는 없을 테니까. 아, 노아 씨도 없겠지.

휴식이고 뭐고 바로 비행기 탈까 생각하며 던전 게이트를 통과했다. 게이트를 넘어가자 새파란 하늘이 눈에 들어왔다.

와. 주위가, 폐허네. 말 그대로 엉망진창이었다.

7장 태우는 것도 깔끔하죠

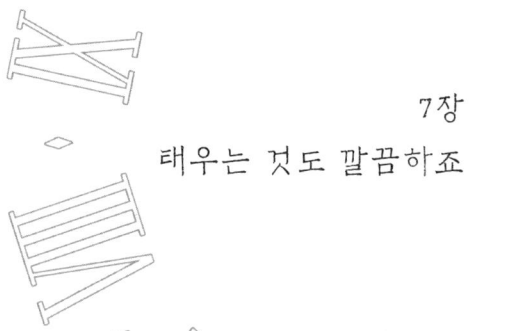

7장
태우는 것도 깔끔하죠

"…우리 들어가고 몇 년 지나 버렸나 봐요."

"그 정도로 오래된 흔적은 아닌데? 저기 봐. 저건 고작해야 하루도 안 지났어."

예림이가 당황한 채 중얼거리고 문현아가 앞으로 나섰다. 가로수의 부러진 부분을 손으로 쓸어 보고는 역시, 하고 고개를 끄덕인다.

"아직 축축해."

"조심하세요, 그 근처에 독액이 튀어 있습니다. 확실히 얼마 안 된 것 같네요."

"저 부분은 몬스터가 할퀸 흔적이로군. 발톱 길이가 최소 10센티 이상이야. 이족보행에, 세 마리인가."

"형, 조심해. 남아 있는 놈들이 있을지도 몰라. 저기 파인 땅도 완전히 마르지 않았어. 저 정도면 멀리 가지 못했을 거야."

아직 경험이 적은 예림이를 제외하고는 재빠르게 상황을 파악해 갔다.

결론은 이 부근에서 몬스터가 대량 발생 했다는 것이었다. 그것도 상급 몬스터들이.

"분명 저희가 들어올 때 아마테라스 길드 A급 헌터들이 던전 건물에서 대기하기로 했었죠. 그런데 한 명도 남아 있지 않다는 건 보통 사태가 아니라는 뜻일 겁니다."

우리가 나올 때까지 기다릴 수 없는 상황이었다는 것이다. S급 몬스터들이 튀어나왔고, 아직 뒤처리를 제대로 못했다는 거겠지. 처리가 끝났으면 우릴 맞이해 줄 사람 한 명 정도는 보내 놓았을 테니까.

"휴대폰도… 무사하진 않을 테고요."

당연히 놓고 들어갔었다. 하지만 보관용 금고도 흔적 하나 없이 사라진 채였다. 저 어딘가에 파묻혀 있겠지만 찾아내 봤자 멀쩡히 작동하긴 힘들겠지.

"…혹시 깜박하고 던전에 지갑 들고 들어가셨던 분?"

다들 조용하다. 응, 지갑도 없네. 던전 밖으로 나오자마자 쉴 수 있을 거라고 생각했는데, 이게 웬 날벼락이람.

"저랑 노아 오빠가 주위를 살펴볼게요."

예림이가 공중으로 떠오르며 말했다.

"응, 부탁할게. 부탁할게요. 아, 노아 씨는 완전히 용으로 변하지는 마세요. 몬스터로 오해받을 수도 있으니까요."

"네. 조심하세요, 유진 씨."

노아도 날개만 꺼내어 하늘 위로 날아올랐다. 두 사람은 양옆으로 향하고 우리는 앞으로 가 보기로 했다. 피스가 다시 덩치를 키워 나를 태워 주었다.

가는 길 내내 건물은 물론이요, 아스팔트 도로도 멀쩡한 곳이 별로 없었다. 덩치 큰 몬스터가 사정없이 짓밟고 지나간 듯했다. 그리고 드문드문.

"…예림이는 보내지 말 걸 그랬나."

시체도 보였다. 갑자기 몬스터 떼가 튀어나왔다면 당연히 인명 피해도 있다는 뜻인데 왜 미처 생각 못 했지.

"너무 걱정하지 마. 막 각성한 것도 아니고, 박예림도 이런 사태를 예상할 정도는 되니까. 공중이면 지상보다 자세히 보이지도 않을 거고."

"그야, 그렇지만."

이 근처는 목조 건물이 많다 보니 죄다 폭삭폭삭 내려앉아 있었다. 멀쩡한 연락망을 찾기란 불가능할 듯싶었다.

"나야 진짜 몸으로 들어가서 이것저것 먹었지만, 다들 며칠 굶게 된 셈일 텐데. 유현아, 배 안 고파?"

"몸 상태는 들어갈 때 그대로야."

시간이 얼마나 지난 거지. 달력이나 시계 같은 거 없나. 가정집으로 보이는 무너진 건물 앞에 피스를 멈추게 했다.

"성현제 씨, 전에 그 자석 좀 써 주세요. 이 집 상대로. 날짜를 알 수 있는 물건이 있을지도 모르니까요.

성현제가 내 옆으로 다가와 수색자의 사슬을 꺼냈다.

"돌아왔다는 느낌이 나는군."

"근데 대체 왜 털실을 썼던 겁니까? 지금 생각해도 어이가 없네."

아무리 사슬이 없다고 해도 말이야. 금빛 사슬이 빙그르 말리고 무너진 건물 위로 전류가 흘렀다. 이어 강력한 전력이 사슬에 내리치고.

탁, 타닥! 탁!

쇠로 된 온갖 물건이 사슬에 달라붙기 시작했다. TV에 선풍기. 오, 휴대폰이다. 어차피 망가져서 켜지지도 않겠지만. 잡동사니 사이로 달력이 하나 보였다. 매일 한 장씩 뜯어내는 달력이다. 마침 고리가 쇠붙이라 끌려 온 모양이었다.

"이틀 지났네요."

달력 주인이 뜯는 걸 잊지 않았다면 말이다. 그때 예림이가 날아왔다.

"아저씨! 저쪽에 사람들이 모여 있어요. 바리케이드도 쳐 놓고, 헌터들 같았어요."

"그래? 수고했어, 예림아."

신호탄을 쏘아 올려 노아를 부른 뒤 예림이가 가리키는 방향으로 움직였다. 얼마 지나지 않아 예림이가 말한 바리케이드가 나타났다. 헌터들도 있긴 했는데.

"어떻게 된 겁니까?"

다들 상태가 영 좋지 않았다. A~B급 헌터들로 대다수가 크고 작은 부상을 입은 채 지친 얼굴을 하고 있었다. 통역 아이템을 착용하고 묻는 내 말에 헌터가 대답했다.

"갑자기 몬스터가, 전국에서 나타났습니다."

"전국에서요? 던전이 동시에 터지기라도 한 겁니까?"

"아, 아뇨. 그냥, 그냥 나타났습니다."

그냥이라니. 설마 해파리 놈이 던전에 침입한 영향 같은 건가? …한국은. 무사한 거냐.

"자세히 말해 보세요. 아니, 그냥 아마테라스 길드와 도쿄에 연락하게 해 주십시오."

명우와 애들이 걱정이었다. 대장간으로 피할 수 있다고 해도, 갑작스럽게 몬스터의 공격을 받으면 빠르게 대처하기 힘들었을 텐데. 심지어 명우는 실전 경험도 적으니까. 삐약이와 벨라레를 맡겨 놓았으니 혼자 피하려 하지도 않았을 거고.

경험 삼아 던전 공략을 좀 더 많이 다니자고 할 걸 그랬나. 괜찮아야 할 텐데. 만약 아마테라스 길드 놈들이 손님 보호를 제대로 못 했단 봐라, 태평양에 단체로 수장시켜 주마.

"저… 연락이 불가능합니다."

"예? 휴대폰 없어요?"

"통신 기지국이 파괴되었습니다."

이런 젠장. 하긴 이 난리통에 멀쩡하기 힘들겠지.

"무전도 안 됩니까? 위성 전화 같은 건요?"

도쿄에서 여기까지 헬기로 3시간이나 걸렸다. 노아 씨의 도움을 받는다고 해도 비슷하게 소요될 것이다.

긴 시간은 아니지만 그래도 불안하잖아. 헛걸음할 수도 있으니 가급적이면 확인부터 하고 움직여야 했다.

"그, 장비는 있는데 배터리가……."

"성현제 님!"

얼른 성현제를 돌아보았다.

"무인도에 떨어지게 된다면 파트너님과 함께이길 언제나 바랐습니다! 전기 최고!"

"형! 나는!"

"아저씨, 식수는 필수예요!"

"전 바로 탈출시켜 드릴 수 있어요!"

"응? 뭐 하러 무인도엘 따라오려고 그래. 집에서 에어컨 바람이나 쐬고 있지 않고서. 노아 씨도 마찬가지예요."

사서 고생을 왜 하나. 애초에 그냥 하는 말이지만. 일본 헌터로부터 위성 전화기를 받아 성현제에게 곱게 내밀었다.

"이거 하나뿐이라니까 망가지지 않게 잘 부탁드리겠습니다."

"전에 쉽지 않다고 말했던 것 같은데."

"할 수는 있다는 거 아닙니까. 세성 길드장님께서도 가내 두루 평안한지 알아보셔야지요."

한 번만, 멋진 성현제 님! 어차피 서로 좋자고 하는 일 아니냐.

위성 전화기를 받아 든 성현제가 배터리 규격을 확인했다. 그러곤 섬세하게 마력을 조절해 충전하기 시작했다. 소올직하게, 정말 능력이 좋긴 하다.

충전하는 동안 일본 가드로부터 상황 설명을 들었다.

"그러니까 오늘 오전 10시쯤에 갑자기 몬스터들이 나타났다는 거죠?"

"예, 예. 계속 아마테라스 길드와 연락을 취하려 했으나 자세한 설명은 듣지 못했습니다. SS급 몬스터까지 나타나 몬스터의 경로를 바다로 틀려고 한다고도 하였습니다."

설마 우리나라 쪽으로 보내려는 건 아니겠지. 도망 다니며 구조 요청을 하다가 위성 전화기 배터리를 다 소모했다고 말했다. 그래서 비교적 눈에 잘 띄는 곳에 바리케이드와 참호를 설치하고 버티는 중이었다고.

'검은 소의 숲 던전을 빠져나오는 데 몇 시간 걸렸더라. 오전 10시면 대충 해파리 놈이 끼어들었을 때 같긴 한데.'

십중팔구 그거 때문이긴 하겠지, 망할 해파리 놈.

"그 후로도 몬스터들이 새로 출몰했습니까?"

"정확하지는 않습니다만… 몬스터를 유인해 몰아낸 지역에선 재출몰하지 않았다고 들었습니다."

체인질링이 새로 보호막을 친 게 효과가 있었던 모양이구나. 1회로 끝나서 다행이다. 아니었으면 어찌 손쓸 틈도 없이 세상 망해 버렸을지도. 이미 일본은 반쯤 망한 거 같긴 하지만.

배터리가 어느 정도 충전되자 성현제가 내게 위성 전화기를 내밀었다.

매우 몹시 무척 감사하단 말씀을 전하고 나서 아마테라스 길드 번호를 받아 연락했다. 처음에는 시큰둥하던 아마테라스 길드원이 우리 신원을 밝히자 당황했다.

[예! 유명우 헌터님께서는 무사하십니다. 대부분의 몬스터를 도쿄 밖으

로 몰아냈습니다.]

 퇴치가 아니라 몰아냈다, 냐. 그럼 수도 밖의 사람들은. 설마 무작정 일본 밖으로만 내보내고 끝, 하려는 건 아니겠지.
 "몬스터를 모는 방향은 당연히 태평양 쪽이겠죠?"
 "에… 상황에 따라서……."
 이것들이 진짜. 뭘 얼버무리냐.
 "대한민국 각성자 관리실, 연결 부탁드리겠습니다. 행안부요."
 얼마 지나지 않아 한국으로 전화가 연결되고, 이어 송태원의 딱딱한 목소리가 들려왔다. 목소리만 들어도 피로한 얼굴이 절로 떠올랐다.
 "송 실장님! 정말 오랜만입니다!"

 […던전 들어가기 직전 확인차 연락하셨습니다만.]

 "이틀도 길죠, 뭐."
 체감은 2주쯤 되었으니.
 "한국 상황은 어떻습니까. 다들 무사합니까?"

 [전화상으로는 자세히 말씀드릴 수는 없으니 이미 발표된 내용 위주로 알려 드리겠습니다. 국내 출몰 몬스터의 등급은 평균 B급으로 빠르게 정리되었습니다. 피해가 없는 것은 아니나, 갑작스러운 사태에 비해서는 적은 편입니다.]

 "정말 다행이네요."

 [특히 블루의 활약이 컸습니다. 사냥 속도가 정말 빠르더군요.]

신이 나서 날뛰었던 모양이로구나, 우리 블루. 평균 B급 몬스터라면 블루에겐 장난감 취급이었겠지. 엄청난 비행 실력을 가지고 있으니 한국의 그 어떤 S급 헌터보다도 빠르게 몬스터를 사냥할 수 있었을 것이다.

[기승수 사육소와 해연 길드에도 피해는 없습니다.]

"아, 혹시 새끼 양은 데리고 가셨나요? 어때요, 귀엽죠?"

[······.]

"송 실장님?"

[특이 사항으로는 리에트 헌터와 강소영 헌터가 ○○○빌딩과 그 주변을··· 짓밟아 놓았습니다.]

어떻게 표현해야 할지 잘 모르겠다는 투의 말이었다. 짓밟아 놓았다라. 용으로 변해서 춤이라도 춘 걸까.

[대피가 완료된 후라 인명 피해는 없었으나 과잉 대응으로 브레이커 길드와 세성 길드에 책임을 물을 예정이었습니다. 그런데 강소영 헌터가 자신이 부추긴 거라며 세성 길드에만 보상을 청구하라고 하더군요. 저희 길드장님은 괜찮으실 거라면서 말입니다.]

"아······."

진실은 모르겠다만 소영 씨도 참 사람이 좋다니까. 리에트를 임시 영입한 사람은 문현아이니 책임도 문현아가 져야만 한다. 독립하려는 지금 그런 실책을 하는 건 당연히 좋지 않았다. 그래도 세성이 다 떠맡는 건…….

통화 내용을 다 들었겠거니 하고 성현제를 슬쩍 돌아보자, 그가 어쩔 수 없다는 듯 어깨를 으쓱했다.

"우리 소영이가 나를 좀 과하게 믿고 있다네."

"맞아요, 세성 길드장님 얼굴과 능력만큼은 철석같이 믿고 있다더라고요. 나머지는 분리수거해야 한댔지만."

예림이가 말했다. 얼굴도 들어가냐. 그럴 만은 하다만.

"송 실장님, 해안선은요? 그러니까 동해 쪽 말입니다. 서해안도 신경 쓰이시겠지만."

잠깐의 침묵 뒤 송태원이 대답했다.

[상황에 따라 동해안 전역에 대피령을 내릴 예정입니다.]

그것만으로도 일본에 대해 어떻게 생각하고 있는지 짐작할 수 있었다. 일본이 쏟아져 나온 몬스터들을 제대로 감당하지 못해 한국으로 넘어가게 둘 것이라 예상하고 있는 것이겠지.

한숨이 절로 나왔다. 서해안은 언급이 없는 걸로 보아 유독 일본의 몬스터 등급이 높게 나온 모양인데, 이걸 그냥 내버려둘 수는 없고 귀찮게 되었네. 물론 공짜로 일해 주진 않을 거지만.

"원래라면 바로 귀국할 예정이었는데 하루 정도 더 머물러야겠습니다."

[헌터 협회에서는 한유진 헌터와 유명우 헌터만이라도 먼저 귀국하길 원하고 있습니다. 비행기는 위험하니 배편으로, 박예림 헌터의 보호하에 말입니다.]

"아, 제가 지난번 크루즈 폭파 사건으로 선박 공포증이 생겨서. 바닷물

알레르기도 있거든요. 그럼 송 실장님, 우리 새끼 양에게 제 안부 좀 꼭 전해 주세요. 꼭이요. 간식도 사다 주시고요. 간식비는 사육소에 청구하세요. 사육소를 오가는 교통비도 청구하셔도 됩니다. 제 부탁을 들어주시는 거니까 택시 타세요. 기념품 사 갈까요? S급 와이어 어떠세요?"

[…무사히 귀국하시길 바라겠습니다.]

"새끼 양 이름은 생각해 보셨어요? 떠오르는 게 없다면 제가, 송 실장님? 송 실장님?"

어휴, 단호하게 끊어 버리시네. 바쁜가. 당연히 바쁘겠지. 통화를 마치고 일행들을 돌아보았다. 내가 말 안 해 줘도 다들 잘 들었을 것이다.

"바로 도쿄로 가죠. 혹시 먼저 귀국하고 싶으신 분?"

"애들 걱정은 되지만 배로 가면 한참 걸리지 않냐. 보아하니 비행기는 당연히 안 뜰 테고. 형님, 빠르게 부탁해."

문현아가 걱정스러운 표정으로 말했다. 송태원이 별다른 피해는 없다고 했지만, 그래도 신경 쓰이는 모양이었다. 리에트 문제도 있고.

차든 기차든 헬기든 이용할 수 없는 상황이기에 피스와 노아에게 나누어 탔다. 마침 피스에게 비행 스킬이 생겨 다행이었다.

일본 헌터들도 우리를 따라오고 싶어 했지만 어쩔 수 있나. 몬스터 처리에 오래 걸리진 않을 테니 잘 숨어 있으라고 말해 줬다.

"아저씨, 저기 몬스터 떼예요."

도쿄를 향해 날아가던 도중 예림이가 아래를 가리키며 말했다. 한 무리의 몬스터들이 도로를 따라 달려가는 것이 보였다. 그간 던전 브레이크가 없었던 건 아니지만 기분이 묘해지는 광경이었다.

낡은 아파트를 타고 오르는 거대한 뱀과 버스를 장난감처럼 굴리며 갉작이는 맹수, 쿵쿵 발굽을 울리며 엉망이 된 시장 거리를 내달리는 검은 유니콘 등등. 새삼스럽게도 비현실적으로 느껴졌다.

하늘 높이 날아가고 있었지만 우리에게 덤벼오는 몬스터가 없지는 않았다. 비행형 몬스터 몇이 구름 사이에서 나타나 부리며 이빨을 들이대곤 했다. 물론 그놈들은 이내 까맣게 타거나 꽁꽁 얼어붙어 지상으로 떨어졌다.

우르릉, 벼락이 치면서 또 한 마리의 커다란 괴조 몬스터가 아래로 추락했다. 아직은 A급 이하만 보였다. 물론 그 정도도 던전 밖에서는 위협적이기 그지없는 괴물들이다. 우리야 S급만 득시글하게 모아 놓았지만 보통은 아니니까.

도쿄로 이어지는 선로를 찾아, 따라서 날아가며 인벤토리를 다시 한번 차분히 살폈다.

'다행히 쉽게 처리할 수 있겠어.'

보상 협상이나 잘하면 되겠다. 인벤토리는 가득했지만 아쉽게도 무기와 장비류는 별로 없었다. 시그마에게 듬뿍 건네준 탓이었다.

시그마의 인벤토리가 텅 빈 건 아니었기에 몇 개는 자리 부족으로 다시 내가 가져오긴 했지만, 그래도 변변찮았다.

'살쾡이 시리즈는 신발 빼곤 신입이 준 건데 도로 가져가려고 하려나.'

스탯 상관없이 쓰기 좋은 아이템이라 주기 아까웠다. F급인 나도 마나만 퍼부으면 S급 이상 공격력을 내는 총에, 은신 스킬 효과를 더해 주는 재킷, 벽을 평지처럼 걷게 해 주는 신발까지. 모두 빼놓기 아쉬울 정도로 유용했다. 게다가 장갑과 허리띠… 어?

'…뭐야, 왜 2개가 더 있냐.'

꺼내서 확인해 보고 싶었지만, 이것도 현실화 포인트가 필요했다. 이젠 포인트를 쌓지도 못하는데 너무하네.

수 마리의 몬스터들과 더 마주치고 도쿄에 도착했다. 인구밀도가 높은 만큼 나타난 몬스터의 수도 많고 등급도 높았을 텐데도 생각보다는 멀쩡했다. S급 헌터들이 많아서일까.

곳곳에 남은 전투의 흔적이 눈에 띄었다. 무너진 건물, 망가진 도로, 버려진 차. 모두가 대피했는지 거리는 쥐 죽은 듯 고요했다.

"몬스터다!"

그때 누군가가 소리쳤다. 비각성자는 대피했을 테고, 헌터인가. 예림이가 재빨리 순간 이동을 써서 소리친 헌터에게로 다가갔다.

"몬스터 아니에요!"

"뭐?"

"어, 아임 헌터! 위 아 헌터! 코리아!"

"아, 그, 드래곤!"

"도라곤? 응, 예스!"

대충 말이 통한 듯했다. 우리 예림이 외국어도 잘하네. 마침 아마테라스 길드 헌터였는지 곧장 자기네 길드로 연락해 주었다. 얼마 지나지 않아 아마테라스 길드원들이 우르르 나타났다.

"시시오 님께서는 SS급 몬스터를 바닷가로 유인 중이십니다. 우선 호텔로 가시지요."

"이번 사태 깨끗하게 해결해 줄 수 있으니 당장 오라 그래요."

"…예?"

"1시간 내로 안 튀어오면 그냥 출국해 버립니다."

물론 실제로 그럴 수는 없지만, 우리나라에 S급 이상 몬스터가 넘어오기라도 하면 큰일이다. 일본에서 처리하는 편이 훨씬 낫지. 자신만만한 내 말에 아마테라스 길드원이 당황하면서도 고개를 끄덕였다.

"유진아!"

호텔로 돌아가자 명우가 반갑게 나를 맞이해 주었다. 벨라레는 물론 삐약이도 무사히 돌아와 있었다.

"괜찮아, 명우야? 다친 덴 없고?"

"나는 멀쩡해. 다만 아침에 삐약이가 사라졌었는데……."

"아, 나 만나러 온 거였어. 이젠 던전 안까지도 공간이동 할 줄 알더라."

내 말에 명우가 안도하며 미소를 지었다. 그러곤 주위를 휙 살펴보았다.

"바로 한국으로 돌아갈 거야? 여기 아무래도 분위기가 안 좋아. 상황이 심각해서 조심하는 게 좋을 거야, 유진아."

목소리를 확 낮추며 날 인질로 잡으려 들지도 모른다고 말했다.

"지금 여기 S급 헌터가 4명이나 있잖아. 절대 놓치려 들지 않을걸."

명우의 말대로 지금 일본은 상급 헌터 한 명, 한 명이 아까운 판이다. 공항은 이미 막혔고, 배편도 정지되었다며 명우가 말해 주었다. 이것저것 많이 들었네.

"걱정하지 마. 잘 해결할 방법이 있으니까."

"…또 위험한 일 하려는 건 아니지?"

"아니야. 아, 은혜한테 새로운 스킬 같은 게 생겼는데 이따가 봐주라."

"새로운 스킬?"

걱정스럽던 명우의 눈빛이 금세 호기심으로 물들었다. 이 녀석도 이런 거 좋아하긴 한단 말이야. 그래도 촉수는 안 된다, 그런 거 달면 안 돼.

"이봐요, 거기들. 시시오 씨에게 연락은 했습니까?"

"아, 요청드렸습니다. 잠시만 기다려 주십시오."

"그리고 헌터 100명 모아요. 발 빠른 사람으로."

S급 몬스터든 SS급 몬스터든 한 방에 싸악, 깨끗이 쓸어 주도록 하마. 정말 아낌없이 퍼주는 유료 서비스다.

당연하게도 시시오는 당장 올 수 없었다. 어차피 준비할 것도 많고 사자왕 씨야 내 인건비 지불 계약서에 서명할 손만 있으면 충분했다. 물론 그렇다고 네네, 기다리겠습니다, 하진 않고.

"거, 애국심이 많이들 부족하시네. 이쪽은 사랑하는 조국 걱정되는 마음도 누른 채 도와주겠다고 나서고 있건만."

확 가 버릴까 보다 협박해 가며 아마테라스 길드원들을 발끝으로 부려 먹었다.

"중급 헌터 안 됩니다. 무조건 상급, S급 이상 몬스터들 난리 치는 판에도 버틸 수 있는 헌터만 백 명이어야 합니다. 이 기준 못 채우면 망해요."

"그, 정말로 해결할 방법이……."

"못 믿겠으면 관두시든가. 전 그냥 한국 가도 되거든요."

인벤토리의 아이템에 시선을 두며 말했다.

광범위 떡밥 - SS급
사방 200km 이내의 SS급 이하 몬스터들을 모조리 끌어들일 수 있는 떡밥 세트. 10개 10가지 향.
일회용

일본 전체를 커버하는 건 당연히 불가능하겠지만 S급 이상 몬스터의 위치를 파악해 자리 잘 잡고 사용한다면 한곳에 끌어모을 수 있을 것이다. 범위를 너무 벗어났다 싶으면 따로 유인하면 되고.

"정찰 위성 같은 거 없습니까? 뭐든 현재 S급 이상 몬스터들의 위치 확인해 주세요. 반경 200km 내에 모아야 합니다."

"반경 200km 말입니까?"

"빠트린 놈은 책임 못 집니다. 그리고 죄다 날려 버려도 괜찮은 장소도요. 몬스터들 위치 파악한 뒤 범위 내 포함되는 중앙 부분으로, 괜찮지 않아도 괜찮게 만드십시오."

설사 그곳이 도쿄라 해도 말이다. 싹 대피시키고 비워 줘야지. 내 설명에 계획을 대충 짐작했는지 아마테라스 길드원들의 표정이 미묘해졌다.

"현재 확인된 SS급 몬스터만 해도 다섯 개체입니다만 그걸 어떻게 한 번에······."

"얼마 안 되네. 피해 더 커지기 전에 빨리 움직여요. 범위 밖의 S급 이상 몬스터는 어떻게든 범위 내로 끌고 들어오고."

일해라, 일. 일본 헌터들은 날 믿지 못하는, 불안 어린 얼굴들을 하고서도 바삐 움직이기 시작했다. 썩은 동아줄이라도 잡고 봐야 할 형편이니.

던전 안이 아니니 다양한 현대 장비들을 쓸 수 있을 것이다. 몬스터 위치 파악 정도야 어렵지 않게 할 테고. 초음속 전투기 같은 건 SS급 몬스터라 해도 순간, 공간이동류 스킬을 가지지 않고서야 따라잡기 힘들다.

실제로 회귀 전, 감당하기 힘든 SS급 몬스터가 던전 밖으로 튀어나오면 전투기를 동원해 유인했다. 일반적인 포탄은 통하지 않았으나 몬스터의 신경을 거슬리게 만드는 데에는 충분했었지.

"참, 상급 몬스터들은 무인기에는 반응 잘 안 합니다! 상급 마석이라도 박아 넣어야 해요. 제일 반응 좋은 건 상급 헌터고. SS급 몬스터 끌어들일 땐 최소 S급 마석 쓰세요. 그리고 유현아."

지시를 내린 뒤 동생을 돌아보았다.

"넌 지금부터 휴식을 취해."

"피곤하지 않아. 멀쩡해."

"그래도 쉬어. 네가 주연이니까 만전을 기해야지."

지금의 조건으로는 유현이가 가장 적합하다. 예림이도 나쁘진 않겠지만 떡밥 범위를 최대로 하려면 바닷가가 아닌 내륙이 사냥터가 될 터였다.

"너 쉴 곳 위아래 층까지 전부 비워 달라고 할게. 다른 사람이 있으면 거슬릴 테니까."

"형은 괜찮은데. 아까 졸리다고 했잖아, 같이 가자."

"난 여기서 시킨 일들 잘하고 있나 지켜봐야지. 아마테라스 길드장 오면 계약서도 써야 하고. 준비 끝나면 데리러 갈게."

동생을 객실로 올려 보내자 예림이가 눈을 반짝이며 한쪽 손을 들어 올렸다.

"아저씨, 저는요? 몬스터 유인하는 거 도와줄까요?"

"아냐, 그건 저 사람들 맡기면 돼. 몬스터들이 200km를 단숨에 뛰어오는 건 아니니까 다 모일 때까지 버티는 건 도와줘야겠지만."

몬스터 분포도를 확인해 봐야겠지만 대략 한 시간 안팎 정도는 버텨 내야 할 것이다. S급 몬스터야 어렵지 않을 거고, 문제는 SS급 몬스터다.

"SS급 몬스터는 현 위치 외의 정보도 최대한 자세히 확인해 주세요. 특히 외양이요. 가능하다면 사진이나 영상 촬영해서 제게 전해 주시고요."

내가 아는 놈들이라면 좋을 텐데. 위치와 이동 속도를 계산해서 최대한 마지막에, 준비가 끝난 직후에 도착할 수 있도록 자리 잡아야 한다. 한두 마리라면 모를까 다섯 마리가 동시에 들이닥치면 S급 헌터들이 다수 모여 있다 해도 위험하다.

"예림이 너도 그때까진 쉬고 있어. 노아 씨도요. 뭐 좀 드실래요?"

너른 라운지 한쪽에는 음식이 마련되어 있었다. 유현이도 밥 먹이고 올려 보낼 걸 그랬나. 자기 직전에 먹는 건 안 좋지만. 호텔 직원들은 우리 눈치를 살피며 조용히 움직이고 있었다. 이런 상황에서도 퇴근을 못 하다니, 싶었지만 여기가 바깥보다 훨씬 안전하겠지.

- 삐약!

뷔페식으로 진열된 음식을 본 삐약이가 먹을 걸 조르듯 울었다.

"안 돼. 과식했잖아."

먹은 마석의 힘을 거의 다 소모했지 싶지만 그래도 혹 모르니까. 대신 벨라레를 테이블 위에 내려놓고 마석을 주었다.

- 삐이.
- 시잇.

벨라레가 삐약이의 눈치를 살피며 마석을 받아 물었다. 빼앗아 먹으려 들려나 싶었는데 웬일로 삐약이가 얌전했다. 착하기도 하지.

"우리 삐약이 기특하네. 참을 줄도 알고."

상으로 C급 마석을 주자 덥석 부리로 물어 삼킨다. 그러곤 기분이 좋아졌는지 벨라레와 함께 테이블 위를 종종종 돌아다니기 시작했다.

"역시 고기?"

"네, 고기요! 여기 한식도 있나요? 드로시아 음식도 나쁘진 않았는데 밥이 그립더라고요."

"맞아, 맞아. 저기 한식은 어떤 종류가, 아니 그냥 주방 좀 빌려주세요. 노아 씨는요?"

"전 여기 있는 걸로도 괜찮아요. 가리는 거 딱히 없기도 하고요."

"그래도 먹고 싶은 거 있으시면 말해요. 만들 수 있는 건 별로 없지만."

노아가 고민하다가 입을 열었다.

"그럼 저도 한식이요. 그러니까, 집밥이라고 하던가요. 유진 씨가 평소 드시는 대로 간단하게 해 주세요."

간단하게라니. 나 혼자 있을 땐 대충 챙겨 먹는데. 명우가 당연하다는 듯 나를 따라나서고 주방 사람들을 전부 밖으로 내보냈다.

"우리 사실은 이틀 만에 나온 게 아니야."

밥은 있기에 반찬만 준비하면 되었다. 내가 달걀과 프라이팬, 소금을 챙기는 사이 명우가 재빠르게 찌개 재료들을 손질했다.

"문제가 생겨서 던전 안이, 가상현실 있잖아. 게임 같은 거. 그 비슷하게 되어 버려서 시간이 훨씬 빨리 흘러갔거든. 게임도 현실보단 보통 시간이 빠르잖아. 그래서 열흘 넘게 있었어."

"그렇게나 오래?"

"응. 거의 이 주 가까이? 근데 다른 사람들은 진짜 게임 아바타 쓰듯 빙의 같은 걸로 들어갔는데 나는 진짜 몸이었거든."

텅, 도마 위의 고기가 잘려 나갔다.

"또 유진이 너만 말이지."

명우의 목소리가 확 가라앉았다. 아직 중요한 건 말머리도 안 꺼냈건만 벌써 저러면 안 되는데.

"아니, 그게. 이번엔 내 잘못은 하나도 없거든. 내가 원해서 그런 게 아니야. 정말로."

진짭니다. 하지만 명우는 영 기분이 좋지 않아 보였다. …마나각인 봐달란 소리 하면 화내겠지. 말하긴 해야 하는데 화내겠지. 각인은 내가 원해서 한 거니까 자세한 사정 털어놓았다간 진짜 화내겠지.

여기선 듣는 귀도 있을 거고 일단 집에 가서 말하자. 야단맞아도 자업자득이니 어쩔 수 없다.

"아, 그 동네에는 마력총 같은 것도 있었어."

"총화기가?"

"응. 나중에 하나 꺼내서 줄게. 마나만 들이면 등급 상관없이 화력 나오는 무기도 있어서 우리 세계에서도 만들 수 있게 되면 유용하겠더라고."

마나량 때문에 하급 헌터들이 A, S급 위력을 내는 건 불가능하겠지만 F급이 C급 공격력 정도는 가지게 될 수 있다. 그것만 해도 하급 던전을 훨씬 안전하게 돌 수 있게 되는 것이다. 동시에 보조계 헌터들도 유효한 공격수단을 가질 수 있을 거고.

"상급 헌터들은 자기 능력에 맞춘 무기가 더 낫겠지만 중하급 헌터들에겐 엄청 도움 될걸."

"어떻게 만들어져 있는지 궁금하네. 분해해 봐도 돼?"

"물론이지. 마음대로 해!"

기분 살짝 풀린 거 같은데. 나중에 집에 가서 딴 세상 아이템 꺼내 놓으며 각인에 대해서도 잘 말해 봐야겠다. 내 안전에 틀림없이 도움이 될 거라고 설득하면 덜 혼나겠지.

요리하는 사이 브레이커 길드와 연락하러 갔던 문현아도 돌아왔다. 한식 오랜만이라며 칼칼한 거 끓여 달라 추가 주문이 들어왔다. 역시 유현이도 먹이고 올려 보냈어야 했는데. 지금이라도 불러올까. 이미 자려나.

"와, 국물 끝내준다. 지금 술 마시면 안 되겠지?"

"어차피 안 취하잖아요."

내 말에 문현아가 씨익 웃었다.

"포인트 좀 남기에 바꿔 왔거든. 얼마 안 하더라고. 딱 두 병 있어."

"그럼 아껴 드세요."

"돌아가면 송 실장 불러서 한잔할까? S급도 취하는 술이라는 거 안 가르쳐 주고."

"그럼 저도 같이요. 예림이 넌 당연히 안 돼."

끼어들려던 예림이가 투덜거리며 밥을 푹 펐다. 송 실장님 취했을 때 슬쩍 새끼 양을 책임지고 데리고 가겠습니다, 라는 계약서에 지장 찍게 만든다거나. 그게 아니더라도 터놓고 이야기할 수 있지 않을까. 원래도 술이 강하면 한두 병으론 안 통하려나? 이럴 줄 알았으면 나도 몇 병 챙겨 오는 거였는데.

무릎 위의 피스를 쓰다듬다가 나도 몇 술 떴다. 오랜만에 쌀밥 먹으니까 맛있긴 정말 맛있다. 식사하는 사이 일본 헌터들이 SS급 몬스터 사진을 뽑아 왔다.

"다행히 비행종은 없네요."

한 마리 빼고는 기억에 있는 몬스터들이었다. 모르는 한 놈도 형태로 보아 날아다니진 못할 듯했다.

"위치 파악 계속하시고요, 장소 나왔습니까?"

"예! 세 군데 정도 논의 중입니다."

"눈앞의 피해 줄일 생각 마시고 멀리 보세요. 어떤 중요한 시설이 있다 해도 죄다 무시하고 몬스터를 최대한 많이, 안전히 끌어들일 수 있는 장소로 하십시오."

꼭 쓸데없는 거 아끼다가 망치는 경우가 있어서 말이야. 일본 헌터가 명심하겠다 대답하고 아마테라스 길드장도 삼십 분 내로 도착한다고 말해주었다.

시시오 님 소식을 들으니 가슴이 설레는구나. 뭘 어떻게 뜯어먹어야 두고두고 잘 뜯어먹었단 소릴 들을까. 일단 지금 가진 장비 목록 다 내놓으라고 하고 눈에 차는 게 별로 없으면… 일본에 앞으로 어떤 던전과 장비가 나오더라.

"우리 한 소장님이 어떻게 해결할지 진짜 궁금하네. 한몫 거들 순 없나."

"당연히 현아 씨 도움도 필요하죠. 이따가 아마테라스 길드 창고 구경 같이하실래요?"

"나야 물론 좋지!"

몬스터들이 일정 거리로 들어설 때까지 버티려면 S급 헌터들의 도움은 필수다. 다행히 실력 좋은 사람들 많으니까. 저쪽에 앉아 있는 성 모 씨라거나.

'…근데 진짜 조용하네.'

고개를 돌려 라운지 저편에 앉아 있는 성현제를 바라보았다. 검은 소의 숲 던전에서도 이상하게 조용하다 싶긴 했었다. 체인질링, 마석에 대해서도 묻지 않았고. 내가 먼저 말 걸기 전까진 아무 말이 없었지.

밖에 나와서도 그랬다. 평소라면 먼저 나서서 움직였을 텐데 내내 한발 물러나 있는 느낌이었다. 심지어 내가 헛소리할 때도 별다른 대꾸가 없었다. 나를 선택해 주다니 영광이군, 이러며 애들 놀려 먹거나 다음 관광지는 무인도로 하겠다거나 같은 소리 할 법도 했는데. 송태원과의 통화에 끼어들지도 않았고, 소영 씨 일도 고작 한마디 하고 말았고. 예림이한테도 그런 이야기를 나누는 줄 몰랐군, 잘 기억해 두겠네, 등의 말도 안 하고. 1절 할 거 2절, 3절까지 하던 사람이 1절은커녕 한 소절만으로 끝내 버린 것이다.

지금도 세성 길드와 연락한 것 외엔 아무런 관여도 하지 않고 따로 떨어져 앉아 있었다. 풍경 좋은 전면창 옆에 커피 잔 놓고 자리 잡은 모습이 무슨 화보 촬영이라도 하듯 어울리기는 한다만. 영 기분 이상했다. 어색하고, 낯설기도 하고.

결국 더 참지 못하고 피스를 내려놓고 일어나 성현제가 앉아 있는 테이블로 다가갔다. 내 기척을 눈치채지 못할 리 없건만 바로 옆에 서고 나서야 고개를 돌려 올려다봐 온다.

"초승달 때문입니까?"

이 정도 언급은 속사정 모르는 사람이라면 알아듣지 못하겠지. 다들 떨어져 있긴 하지만.

"누구든 기분 더럽긴 하겠지요."

싫다는 사람 억지로 붙잡고 기억까지 지워 가며 몇 번인지 모를 생을 반복하게 만드는 짓. 성현제라면 그것조차 가볍게 넘길 것도 같았지만, 동시에 그래서 더욱 분노할 것도 같았다.

잠깐 나를 눈에 담기만 하던 성현제가 인벤토리에서 아이템을 꺼내었다. 긴 손가락이 테이블 위에 소리 차단 아이템을 툭, 내려놓는다.

"걱정해 주는 건가."

"걱정은 또 무슨 걱정입니까, 제 주제에. 그냥—"

말하다 말고 입을 다물었다.

"…네. 걱정됩니다."

솔직하게.

"곱씹을수록 열도 받고요. 성현제 씨 말고 그놈의 초승달인지한테요. 저도 이리저리 끌려다니는 입장이다 보니 제 일 아니라고 해도 짜증 납니다."

제아무리 숭고한 의도라고 해도 피해 입는 당사자로선 그냥 화가 날 뿐이다.

"시그마가 탈출한 거, 성현제 씨에게 확실하게 도움이 되는 겁니까? 초승달에게 한 방 먹일 수 없다면 고생한 게 아깝다고요. 결국 특별 퀘스트는 우리가 탈출하는 것과는 관련 없었잖습니까."

오히려 방해였지. 시그마를 보호하지 않았더라면 몬스터들이 쫓아올 일도, 말대가리가 튀어나올 일도 없었을 테니. 그냥 바로 원반만 다 설치하면 신입이 탈출구를 열어 줬을 것이다. 성현제가 중간중간 챙겨 주기도 했고 추가 포인트도 받긴 했다만 그것뿐이라면 성에 차지 않는다.

"특별 퀘스트가 없었다더라도 한유진 군이라면 내버려두지 않았겠지."

"그야, 그건. 제 책임도 있긴 하고. 아무튼요. …근데 애초에 그쪽이랑 빼닮지 않았더라면 스쳐 지나갔을 거거든요. 성현제 씨인 줄 알았으니까 엮인 거지."

정확히는 같은 인간이긴 하지만 어쨌든. 성현제와의 친분이 없었더라면 어 세성 길드장이랑 똑같이 생겼네, 하고 지나갔겠지. 그 던전에 함께 들어가지도 않았을 것이다.

맞은편 의자로 갈까 하다가 그냥 테이블에 걸터앉았다. 의자에 앉으면 자연히 내 눈높이가 더 낮아질 텐데 지금은 그러고 싶지 않았다. 심리적으론 무리니 물리적으로라도 위에 있어야 균형이 맞지. …고작 이걸로 맞을 거 같진 않다만.

"커피 손도 안 댔나 봐요. 장식용입니까. …으, 맛없어. 더럽게 맛없어."

아니, 이게 대체 무슨 맛이야. 혀 버리니 마시지 말라고 하자 성현제가 눈매를 휘었다.

"내겐 아직 기억이 없으니 자세한 건 알 수 없지만, 초승달과의 관계는 여러 번에 걸쳐 묶인 끊어 내기 힘든 계약 같은 것이겠지. 그 얽힌 실의 한 가닥을 잘라 낸 것이라 보면 된다네."

"엉키긴 했으되 중간이 잘렸으니 풀려날 방법이 생겼다, 이겁니까?"

"쉽진 않겠지만."

몇 겹으로 휘감긴 실은 그중 한 가닥을 잘라 냈다고 해서 곧장 풀려지진 않는다. 그래도 틈이 없는 것보다는 훨씬 나을 것이다.

"다행이네요."

"고맙다고 해 두지."

"아 뭘요. 받을 거 이미 받았는데. 게다가 저는, 성현제 씨가 아니라 제 주위의 다른 누구라 해도. 빼앗기고 싶지 않습니다."

초월자니 뭐니 세상 밖에서 내려다보며 사람 휘두르는 짓 따위 지긋지긋하다. 댁들이 잘났긴 잘났지. 하지만 이미 두 놈이나 보냈는데 같은 짓 또 못 할까.

"지금 당장은 접근해 오지도 못할 테니까 너무 신경 쓰지 마세요. 그리고 성현제 씨라면 괜찮을걸요."

현재 초승달은 잠들었다고 했다. 십중팔구 성현제가 그 원인이겠지. 반면에 회귀 전 성현제는 사망하지 않았다. 죽거나 이 세상 밖으로 끌려 나가거나 했다면 회귀 전 기억이 몸에 남아 있지 않았을 테니까.

실종되었으니 타격은 받았을지도 모른다. 하지만 초승달에게 일방적으로 당하지는 않았다는 뜻이었다. 오히려 한 방 먹였겠지.

"내가 모르는 과거가 거슬리는 건 사실이지만."

금색 눈이 나를 올려다보았다.

"지금 신경 쓰고 있는 건 다른 부분이라네."

응? 또 뭐가 있지.

"뭔데요?"

대답은 돌아오지 않았다. 잠깐의 침묵 뒤에 나온 말은 전혀 엉뚱한 소리였다.

"휴식을 취해 두는 편이 좋지 않겠나."

"던전에서도 그렇고 밖에 나와서도 전 딱히 한 일 없이 쉬었는데요."

입만 움직였지. 좀 졸리긴 했는데 지금은 멀쩡하다.

"말 돌리지 마시고요."

성현제가 미간을 약간 좁혔다. 뭐랄까, 곤란한 듯한 표정이었다. 뭔지 더더욱 궁금해지네. 말하기 꺼려지는 내용인 건가. 왜지. 그런 눈치 안 살피는 편 아니었던가.

…아 혹시.

"제가 너무 약한 꼴을 보여서, 그래서입니까?"

썩은 속을 토해 놓았더니 역시 안 되겠다 싶어지기라도 한 걸까. 예전 같았으면 또 성현제의 기준에 못 미쳤구나, 가슴이 서늘해졌을 텐데 지금은 괜찮았다. 아무렇지 않은 건 아니지만 전처럼 주눅 들진 않았다.

어쨌든 날 신경 써 주고는 있잖아. 여전히. 아니었으면 이미 대놓고 말했겠지.

"전 처음부터 그랬고 앞으로도 완벽하진 않을 겁니다. 아시겠지만. 그러니 하실 말씀 있으면 하세요. 이제 와서 더 무너질 것도 없고, 지금은 무슨 말이든 받아들일 수 있을 거 같거든요."

"어째서지."

"예?"

"그 속을 전부 드러내고 싶다네. 깊은 곳까지 모두."

나직한 말에, 순간적으로 도망치고 싶다는 충동이 들었다. 공포 저항은 발동하지 않았다. 본능적인 직감이었다.

"하려면 할 수 있지. 언제든지."

약간 나른하게까지 느껴지는 무덤덤한 목소리가 오히려 더 소름 돋게 다가왔다. 분명 위협적이지도, 무섭지도 않은데 위험하다는 판단이 들었다. 하지만 동시에.

"안 할 거잖습니까. 이제 와서 뭘 새삼."

내 말에 성현제가 잠시 입을 다물었다가 과장되게 한숨을 내쉬었다. 분위기가 확 바뀌었다.

"도련님이 답지 않게 인내심이 강하다고 생각한 것이 엊그제 같건만."

"성현제 씨도 참는 건 별로 안 어울리는데 말입니다. 너무 참으면 병나요."

"다행히 S급 정도는 되어서 튼튼하다네. 그리고 참지 않는다면."

시선이 나를 스윽 훑어보았다. 속을 꿰뚫기라도 할 듯한 시선이다.

"한유진 군이 남아나질 않겠지. 부스러기 정도나 흩어질까."

"파헤쳐 보고 싶은 게 많으신 모양입니다."

"목록을 만들어야 할 정도야."

그건 그렇겠지. 일단 가슴 속 마석의 상태에 대해서도 궁금할 테고, 내가 왜 그렇게까지 힘들어했는지도 의문일 것이다. 지금의 나는 사실 그리 큰 상처는 가지고 있지 않아야 했으니까. 부모님은, 오래전 일이고 동생과도 사이가 좋아졌고 미래가 불안해도 일단은 잘 먹고 잘 살고 있지.

그 밖의 수상한 점이 한둘이 아니니 예민한 파트너 씨께서 여태껏 참아 온 것만 해도 대단하다 싶었다. 여기에 자기 일까지 겹쳤으니 터질 법도 했는데, 그걸 억누르고 있는 걸까.

어쩐지 웃음이 나왔다.

"친애하는 파트너 씨의 속을 태워서야 면목이 안 서죠. 오래 기다리게 해 드려서 죄송합니다."

"말해 주겠다는 것처럼 들리는군."

"네."

만약 패륜아들이 내 회귀에 대해 말할 수 있는 상대가 단 한 명뿐이라고 한다면 나는 고민할 것 없이 유현이를 선택할 것이다. 하지만 이성적으로 냉정하게 결정한다면, 그 상대는 성현제여야 할 터였다.

그는 나 이상으로 회귀 전과 강하게 연결되어 있으니까.

완전히 흡수되지 않은 기억, 잠든 초승달, 체인질링, 송태원과의 일까지. 게다가 회귀 전 세상을 구하려고 했던 사람은 사실상 성현제였을 것이다. 초승달의 간섭으로 잠적해야 하지 싶었지만, 얌전히 몸을 숨기고 있지만도 않았겠지.

'적어도 초승달에 대한 사실만큼은 말해 줘야 할 테고.'

그의 자유가 걸려 있는 일이니.

"패륜아들이 말해선 안 된다고 했지만, 저도 더는 얌전히 따를 생각 없습니다. 어떤 영향이 미칠지 확인 정도는 해 봐야겠지만 말할 겁니다."

"내게 말인가."

"첫 번째는 유현이에요. 그건 어쩔 수 없어요. 하지만 그다음은 성현제 씨, 당신이겠지요."

의외라는 표정이었다. 확실한 건, 기분 나빠 보이진 않았다. 옅게 미소마저 띤다.

"한유진 군에게 있어 내가 도련님 다음이라니. 영광이로군."

"아, 뭘 멋대로 착각하십니까. 이번 일에 있어서고 나머진 아니거든요? 우리 애들만 해도 한둘이 아닌데 뛰어넘지 마시죠."

괜히 투덜거리다가 성현제와 시선을 마주했다. 원래라면 이렇게 마주 보고 있을 일, 없었을 텐데. 새삼 신기하다 싶었다. 정말로.

"기분 꿀꿀할 땐 단 게 좋대요."

인벤토리에서 별사탕 병을 꺼내 하나를 성현제에게 내밀었다.

"맛있더라고요."

분홍색 반짝거리는 별사탕이다. 따끈따끈 별사탕이라더니 먹으면 속이 훈훈해져 기분도 절로 편안해졌다. 그걸 가만히 바라만 보던 성현제가 별사탕을 받아먹었다. 커피는 치워 버리라고 해야지, 쓰기만 쓰고.

얼마 지나지 않아 라운지 입구가 소란스러워졌다. 돌아보지 않아도 짐작이 갔다. 드디어 납시셨구만.

"몬스터들을 모아서 한 번에 처치하겠다고?"

우렁우렁한 외침과 함께 덩치 큰 사내가 내게로 성큼성큼 다가왔다. 비릿한 쇠 냄새 같은 것이 훅 풍겨왔다. 부상을 입은 것 같진 않지만 아마테라스 길드도 피해가 컸겠지.

"그게 가능한 건가?"

"부탁하는 입장인데 목 한번 꼿꼿하시네."

내 말에 시시오가 인상을 와락 찌푸렸다. 자존심 상하시겠지. 하지만 이대로 일본이 폭삭 망하게 되면 기반 버리고 타국으로 망명해야 할 판이다. S급 헌터니 받아 주는 곳이야 많겠지만 왕 노릇은 끝난다.

그나마 아이템은 챙겨 갈 수 있겠지. 하지만 자기 소유 던전 없이 바닥부터 시작해야 한다는 건 쉽지 않은 일이었다. 어느 나라든 이미 중대형 길드들이 자리 잡은 후니까. 적당히 중간쯤 가는 거야 쉽겠지만 꼭대기에 앉아 있던 사람이 성에 찰리가.

"…아직 방법도 확실치 않은데 무조건 믿으라는 것이냐."

"못 믿으면 뭐, 어쩔 건데요? 한국 갈까요? 그리고 도움받는 입장에서 밑천 다 털어 내 놓아 보라는 건 완전 도둑놈 심본데."

내 스킬을 어느 정도 들키기는 할 것이다. 대놓고 쓰는데 완전히 감추는 건 불가능하다. 그래도 줄줄이 설명하길 요구하는 건 물에 빠진 쪽에서 할 짓이 아니지.

"뭘 던져 주든 간에 붙잡고 기어 올라와야 할 판에 말이야. 됐고 계약서나 작성하죠. 깔끔하게 마리당 보상 하나."

"마리당?"

"예. SS급 한 마리당 SS급 장비. S급 한 마리당 S급 장비나 던전 권리. 물론 고를 권한은 제게 있습니다. 와, 진짜 선심 썼다. 솔직히 배로 요구해도 받아들이고도 감사하다 머리 숙여야 할 판인데."

내 말에 시시오의 얼굴이 더욱 구겨졌다. 주변 다른 일본 헌터들 또한 표정이 좋지 않았다.

"일본의 SS급 장비를 모조리 쓸어 갈 셈이냐!"

"고작 다섯 개 가지고 뭘 그럽니까. 그 배는 가지고 있을 거면서. 그리고 후불로 챙겨 갈 건데요? 지금 있는 건 우리 애들한테 안 맞는 게 많을 거라. 아, 앞으로 나오는 SS급과 S급 아이템 전부 제게 상세보고 해야 한다는 조건도 추가해야겠네요. 그래야 고르지."

"뭐? 이 자식이!"

SS~S급 아이템을 상세보고 해야 한다. 이건 어느 길드든 펄쩍 뛸 만큼 불리한 조건이었다. 장비 능력치를 죄다 남에게 밝혀야 한다는 뜻이니까. 약점까지 모조리. 특히나 일본은 길드끼리 싸움이 잦았으니 더더욱 거리껴지겠지.

"어휴, 무서워서라도 집에나 가야겠다~"

혀를 쯧쯧 차며 의자를 하나 빼어 걸터앉았다. 피스가 무릎 위로 올라오며 시시오를 향해 이를 드러내고 예림이와 노아가 그런 내 양옆으로 지키듯 섰다. 명우와 문현아도 시선을 떼지 않았다. 성현제 또한 흥미롭다는 듯 바라보고 있었다.

"시시오 씨도 이쯤에서 관두고 고향 땅으로 가시든가요. 아프리카 사바나, 좋잖아. 잘 어울리겠네."

으드득, 이 가는 소리가 들려왔다. 그러잖아도 굵은 목에 핏대까지 굵게 섰다. 어휴, 주먹에 힘 들어가는 것 좀 봐라. 저러다 한 대 치겠네. 팔뚝 굵어서 좋겠다.

"…만약, 네놈이 해결하지 못한다면."

"보상해 주면 되잖습니까. 현재 일본에 나타난 SS급 몬스터 다섯 마리를 제거해 줄 것, 이렇게 조건 넣고 실패 시 보상으로 SS급 장비 다섯 개 드리겠습니다."

실패할 린 없지만. 만약 일이 어긋난다 해도 상관없다. 기간은 넣지 않을 거니까. 게다가 내 저주 저항은 L급이고 아마테라스 길드 망하면 계약 지키란 압박도 못 주겠지. 아주 약간, 개미 눈곱만큼 미안해지네.

"화염뿔사자도 포함시켜라."

"우리 애는 안 돼요. 향후 생포할 화염뿔사자에 그쪽이 원하는 기승수 우선적으로 키워 주는 것도 넣어 주죠, 뭐. 보너스로."

이 정도면 만족하냐는 듯 쳐다보자 시시오가 불만스러워하면서도 계약서를 꺼내 들었다. 어디서 구했는지 무려 SS급짜리다.

"아이템 상세보고는……."

"반드시 넣어야죠. 좋은 거 빼돌리고 안 보여 줄지 누가 알아."

"보안은 지켜라."

"예, 예. 그것도 조건에 넣으세요. 계약 위반 페널티 뭐든 넣어도 됩니다."

이런저런 조건 걸어 가며 계약서를 작성했다. SS급 장비도 컸지만 그보다 더 가치 있는 건 S급 던전 권리였다. 한 마리당 하나. S급 몬스터의 수가 몇 마리나 될까. 물론 그걸 우리가 다 관리할 순 없고 가치가 큰 던전이 아니라면 첫 공략 보상 정도나 먹고 되팔거나 해외에 넘겨 버리면 된다.

"일본에 아마테라스 길드만 있는 거 아니잖습니까. 중형 이상 길드들 전부 서명하라고 하세요. 향후 생겨나는 길드 또한 마찬가집니다. 일본의 국제 기준 중형 길드라면 모두 이 계약에 해당되는 겁니다."

편법 쓸 수도 있으니까. 소형 길드까지는 봐줬다. 시시오는 금방이라도 폭발할 것 같은 얼굴을 하고서 여기저기 연락을 넣기 시작했다. 나한테 못 푼 화를 터뜨리는지 당장 오라며 버럭버럭 소리를 쳐 댄다.

"화가 많으시네."

그럴 거 같은 관상이긴 했어.

일본의 다른 중대형 길드장들도 우르르 몰려들었다. 대리를 보낸 곳도 있었다. 다들 나를 힐끔거리며 계약서에 서명했다.

그러는 사이 준비는 차근차근 이루어지고 있었다. 방어나 회피에 일가견 있다는 A급 이상 헌터들 백 명이 모이고 S급 이상 몬스터들의 위치도 파악되었다.

"반경 200km 내에 SS급 몬스터를 몰아넣기 위한 유인 작업이 진행 중입니다."

"SS급 몬스터는 최대한 중앙 지점에서 떨어뜨려 놓으세요. 마지막에 다다를 수 있도록."

그렇게 해가 저물어 갈 즈음, 유현이가 쉬고 있는 객실로 올라갔다.

"유현아, 들어간다."

기척을 내고 문을 열었다. 거실의 의자에 앉아 있는 동생이 보였다. 천둥새의 예장을 걸치고 검을 가로로 길게 눕혀 들고 있었다. 점검을 하고 있었는지 주위로 다른 무기들도 보였다. 반쯤 내리뜨고 있던 눈이 천천히 들려 나를 향했다. 미소를 띠었지만 잘 갈린 칼날과 같은 기운이 서려 있었다.

"쉬라고 했더니."

"쉬었어. 조금 전에 일어난 거야."

"조금은 아닌 것 같다만."

유현이가 자리에서 몸을 일으켰다. 가볍기 그지없는 움직임이다. 인벤토리에서 와이어를 꺼내 들더니 휘릭, 주위의 무기들을 단숨에 쓸어 감으며 정리했다.

"준비는 다 끝났어?"

"응. 이제 출발하면 돼."

"그럼 가자."

"걱정은 안 되냐?"

유현이와 함께 객실을 나서며 물었다.

"SS급 몬스터만 다섯 마린데."

지금 유현이의 능력으로는 한 마리도 버겁다. 공격 스킬 효과 두 배가 적용된다 하더라도 스탯은 S급인 채니 목숨을 걸라는 소리와 다름없었다. 그런데도 긴장감 하나 없었다. 오히려 살짝 기대하는 기색이었다.

"형이 나를 위험하게 만들 리 없잖아."

"믿어 주는 건 고맙긴 하다만."

"형 혼자나 다른 사람들과 나서겠다고 했으면 걱정했겠지. 하지만 나한테 부탁했으니까."

녀석도 참. 약간 부스스한 동생의 머리칼을 정리하듯 쓰다듬었다.

"네 말대로 위험할 거 하나 없어. 신나게 날뛰면 돼."

"응."

"가는 데 시간 좀 걸린다니까 저녁 먹자. 뭐 먹을래? 만들어 줄게."

"아무거나. 다 좋아."

라운지로 내려가자 극명하게 갈린 분위기가 온몸으로 느껴졌다. 시시오를 비롯한 아마테라스 길드원들은 나라 망한 표정으로 한곳에 모여 앉아 있었다. 자기들끼리 뭐라고 위로하다가 우리 쪽을 힐끔거렸다.

반면에 우리 일행들은.

"역시 SS급 거창은 없네. 이거라도 가지고 갈까."

"언니, 이 허리띠 어때요? 옵션 괜찮아 보이는데."

건네받은 아이템 목록을 신나게 뒤적이고 있었다. 아직 S급 장비가 부족한 편인 예림이가 제일 신났다.

"노아 헌터는 왜 앉아만 있어."

"그러게, 이런 건 준다고 할 때 챙겨야 하는 거라고요!"

"아뇨, 전……."

"이건 어때? 약간 개조하면 수화 상태에서도 쓰기 괜찮을 듯한데."

"명우 오빠! 제 것도 봐줘요! 이거, 이 부츠요. 디자인 바꿀 수 있을까요? 여기 금속 장식 떼 버리고."

다들 쇼핑 삼매경인 게 보기 좋네. 흐뭇하다. 노아의 어깨를 가볍게 토닥이며 편히 고르라고 말해 주었다.

"노아 씨 도움도 받아야 하는데 골라 가셔야 제 맘도 편하죠."

"아, 네. 그럼 조금만요."

"많이 고르셔도 돼요. S급 몬스터 득시글하다던데 그만큼 우리가 가져가는 거니까. 파트너 씨는 눈에 차는 게 없으십니까?"

"괜찮아 보이는 활이 있더군."

"길드원을 챙기시는 마음, 멋지네요. 소영 씨한테 목록 보내셔도 돼요. 기승수에 맞는 장비들 여럿 갖춰야 할 테니."

기승수 욕심 때문인지 아마테라스 길드엔 상급 기승수 장비도 더러 있었다.

저녁 준비를 위해 주방으로 향하자 명우는 물론 문현아도 거들어 주겠다며 뒤따라왔다. 성현제도 슬쩍 끼어들더니 남은 애들도 우르르 몰려와, 스무 살 이하는 출입 금지라며 쫓아 보냈다.

저녁 든든히 먹고 목적지로 출발했다. 화려하게 불타 버릴 땅으로.

"어휴, 멀쩡한 건물 많네."

안타까운 척 주위 풍경을 둘러보았다. 수도 수준은 아니었지만 제법 발전한 도시 정도는 되어 보이는 동네였다. 피난은 끝마쳤는지 사방이 조용하다. 어둑어둑해져 가는 하늘 아래 불빛 하나 눈에 띄지 않았다.

뒤쪽으로 고개를 돌리자 백 명의 일본 상급 헌터가 4차선 도로를 꽉 채우며 줄지어 서 있는 것이 보였다.

"마이크."

내민 손에 마이크가 쥐어졌다. 아아, 소리 잘 나오나. 인도에 세워진 차량 진입을 막기 위한 볼라드 위에 올라섰다. 이제 좀 뒤쪽 사람도 눈에 들어오네. 내 키가 작은 건 아니지만 말이야. SS급 몬스터와 맞붙을 것으로 생각해서인가 다들 얼굴에 긴장이 한가득이다.

"친애하는 한국 헌터 여러분, 그리고 안 친애하는 일본 헌터 여러분. 거기 뭘 쏘아봅니까. 댁들도 나 싫어하는 거 훤한데. 도와줘서 무조건 감사합니다~ 라고 생각하시는 분 있으심 손 들어 보시든가."

없네. 있다고 해도 눈치 보여서 못 들겠지만. 코앞에 아마테라스 길드장님께서 부글부글 끓는 얼굴 하고 있으니.

"우선 간략하게 설명드리겠습니다. 여기 이거 보이십니까? 이게 무엇이냐, 하면 주위의 몬스터들을 모조리 끌어모으는 광범위 떡밥입니다. 요건, 음, 딸기 향이네요."

빨간색 말랑한 구슬을 가볍게 눌러 보이며 말했다.

"잠시 후 떡밥을 터뜨리고 약 30분간 여러분께서는 살아남아 주시면 됩니다. 길면 한 시간까지도 걸려요. SS급 몬스터의 최고 속도가 시속 200km쯤은 될 테니 한 시간을 넘기진 않을 겁니다."

예전의 거대두꺼비처럼 느린 놈도 있지만 대체로 빠르다. 덩치도 크다 보니 한 번에 수백 미터를 뛰어넘기도 했다.

"S급 헌터들이 최대한 보호해 줄 테니 괜히 튀어 나가지 말고 자리 지키는 게 더 안전합니다. 경력 있는 분들이니 잘 아시겠죠? 저쪽에서 대기 중인 보조계들이 보조 스킬 잔뜩 걸어 줄 테니 뭉쳐서 잘 버티십쇼."

S급 헌터들의 숫자까지 더하면 열 명 정도는 줄어들어도 괜찮지만 그 이상은 곤란하지. 사람들을 내려다보며 스킬창을 확인했다. 이번에 내가 쓸 스킬은 공격 스킬 효과 두 배에 더해.

우리 애가 이렇게나 잘났다(SS) - 키워드를 이해 가능한 다섯 명 이상의 지성체 앞에서 키워드 감화 대상을 키워드로 응원 시 대상 능력치 및 스킬 효과 + 지성체의 숫자%(최대치 100%)

지속시간 30분

사용 대기시간 10일

※대상 및 주변 지성체가 키워드의 효과를 인지하고 있을 시 적용 불가

무려 스탯과 스킬을 최대 100퍼센트 더해 주는, 즉 두 배로 뻥튀기해 주는 바로 이 스킬이었다. 그동안은 제대로 쓸 환경도 못 되었고 키워드 들통날까 봐 사용하기 꺼려지기도 했던 스킬인데.

'단순히 사랑한다고만 말하면 당연히 들키겠지.'

유현이는 물론이고 주위 다른 사람들도 눈치채고 말 것이다. 그럼 1회

용짜리 스킬이 되는 셈이겠지만.

'스킬 설명을 미리 해 준다면 어떨까.'

물론 다른 내용으로 말이다. 사랑한다는 키워드 때문이 아닌 다른 행동으로 스킬이 발동되는 것이라고 말하고 사용한다면. 안 되면 뭐, 스킬 없는 셈 쳐야겠지만 이런 편법은 허용되지 싶었다.

"그럼 이어서, 스킬 설명이 있겠습니다. 거기 사자왕 씨, 아이템 정보 탈탈 털리게 되었다고 억울해하지 마세요. 저도 털어놓습니다. 진짜 아끼고 아껴서 꽁꽁 감춰 놓았던 스킬인데 말이야. 심지어 이건 보상도 안 받잖아요."

내가 손해 본다는 티 팍팍 내 주며 말을 이었다.

"스킬 적용 대상의 능력치 및 스킬 효과를, 두 배로 강화해 주는 보조 스킬입니다."

내 말이 떨어짐과 동시에 침묵이 내려앉았다. 놀라 굳어 버리기도 하고 자기가 제대로 들은 건가 의심하는 사람도 있었다. 두 배라니, 진짜 미친 효율이긴 하지. 시시오도 뭐라 말 못 하고 눈만 끔벅였다.

모두가 경악에 빠진 사이 가장 먼저 움직인 것은 유현이였다.

"무슨 짓이야, 형!"

동생이 단숨에 나를 감싸 당기며 사납게 으르렁거렸다. 걱정하는 건 알겠지만.

"어차피 쓰면 들통날 수밖에 없으니 진정해. 그리고 조건도 까다로워."

평생 안 쓸 거 아니면 결국 걸리게 되는 스킬이다. 목격자가 최소 수십 명은 되어야 쓸 만한 효과를 보이니까. 유현이를 달래며 설명을 이었다.

"이 스킬은 저와 긴밀한 유대관계에 있는 상대에게만 사용할 수 있습니다. 제가 몬스터를 키울 수 있다는 건 다들 잘 아시죠? 그쪽 특성 계열로, 일종의 양육 스킬이죠. 그래서 나이 제한도 있습니다. 서른 살 이하로요."

처음에는 나보다 어린 사람이라고 하려다가 문현아 씨도 있고 만일을 대비해 서른 살로 바꾸었다. 유현이 기준 5년이나 남았으니 넉넉할 거고, 아니면 5년 뒤에 스킬이 성장해서 제한 범위 늘어났다고 하면 되니까.

"그래서 아쉽지만 세성 길드장님께도 못 써 드려요."

실제로는 키워드 적용을 안 해서지만. 성현제는 별말 없이 나를 마주 바라보았다. 워낙 예민한 사람이다 보니 그냥 호텔에 있으라고 할까 고민되었었는데 두고 오긴 능력이 또 너무 좋으셔서.

"그럼 저는 되겠네요?"

"그래. 예림이 너는 물론 되지. 노아 씨도요. 하지만 사용 대기시간이 있어서 한 번에 한 명밖에 못 써 줘."

아니었으면 예림이와 노아는 물론 피스와 현아 씨한테도 써서 화끈하게 밀어 버렸겠지.

"사용 조건은 백 명 이상의 사람들 앞에서 대상자를 향해 애정을 듬뿍 담아 응원의 말을 하며 포옹하는 겁니다. 그래서 여러분을 모아 달라 한 것이고요. 살짝 낯부끄럽기는 하죠."

애정을 담은 응원의 말이면 사랑한단 소리가 들어가도 이상할 게 없다.

"많은 수의 인원이 필요하기에 던전 안에서는 쓸 수 없는 스킬이기도 합니다. 시간제한도 있거든요. 고작 30분이라 밖에서 쓰고 들어가도 1층도 클리어 못 하겠죠."

일부러 던전에서는 쓸모없어요, 라는 설명도 덧붙였다. 조건 제한이 줄줄이 덧붙자 나를 향한 뜨끈한 시선들도 적당히 식었다. 유현이도 한결 마음이 놓이는 표정이었다. 던전 내에선 쓸 수 없고, 나이 제한도 있고, 억지로 사용하게 만들지도 못한다. 이 정도면 효과에 비해선 스킬 가치가 낮은 편이었다.

제대로 쓰지도 못하는 거 그야말로 그림의 떡 아닌가.

"정리해서, 여러분은 잘 버티다가 해연 길드장에게 스킬이 적용되는 즉시 정해진 경로로 빠르게 퇴각해 주시면 됩니다. 그럼 준비하시고."

내 손짓에 따라 보조계 헌터들이 우르르 스킬을 썼다. 그러곤 준비된 차량을 타고 이곳을 벗어난다. 방금 떠난 보조계 헌터들과 나중에 퇴각할 헌터들은 산 너머에 설치한 대피소로 피할 예정이었다. 이쪽으로 몰려들 SS급 몬스터들의 예상 경로와 가장 멀리 떨어진 장소였다.

얼마쯤 시간이 지나 신호탄이 올라오고 직후 딸기향 떡밥 구슬을 들어 올려 강하게 눌렀다. 픽, 소리와 함께 구슬이 터져 나갔다.

- 크흥!

피스가 코끝을 실룩이며 머리를 거칠게 털었다. 은혜를 사용하며 덩치를 키운 피스 옆에 섰다.

"유현이 넌 최대한 나서지 마. 잔챙이들은 신경 꺼."

중요한 건 SS급 몬스터다. 긴장감이 옅게 깔리고 얼마 지나지 않아 떡밥에 반응이 나타났다.

- 크르… 켁!

"한 놈 잡았고!"

불쑥 튀어나온 몬스터의 머리를 문현아의 창이 단숨에 꿰뚫었다. 동시에 예림이가 한국어로 번역한 지도를 들고 앞으로 뛰어나갔다.

"언니, 저랑 내기할래요? 누가 더 많이 잡는지!"

발랄하게 외치면서 지도에 표시된 부분들, 소화전을 펑펑 터뜨리기 시작했다. 치솟은 물이 수십 개의 얼음화살로 변하며 접근해 온 몬스터들을 향해 쏘아졌다.

"너무 힘 빼면 안 돼! 버티는 게 목적이야!"

"걱정 마세요!"

안전하게 놀게요! 하고 예림이가 소리쳤다. 노는 거 아니다! 내 등 뒤쪽으로 번개가 치고 금색 용이 날아올랐다. 시시오를 비롯한 일본의 S급 헌터들도 움직이기 시작했다.

"SS급 몬스터들의 위치는요?"

"아, A, B, C, D, E 전부 움직이기 시작했습니다! 예상 경로를 벗어나지 않은 채 이곳을 향해 직진 중입니다."

"위치와 속도 계속 보고해 주세요."

아직까지는 순조롭다. 쿠르릉, 건물 무너지는 소리가 들려왔다. 집채만 한 크기의 몬스터가 높게 점프하며 쿵, 떨어져 내렸으나 땅에 네발 닿기가 무섭게 솟아오른 물줄기에 튕겨 나간다. 차디찬 안개가 퍼져나가고 동작이 둔해진 몬스터들을 바이크에 탄 문현아가 창으로 휩쓸었다.

"또 고장 났네! 새 거!"

란체아 것과 달리 평범한 바이크다 보니 이내 힘을 못 이기고 박살 났지만. 노아는 백 명의 상급 헌터들 위를 배회하며 그들을 지켜 주고 있었다. 비행형 몬스터들이 접근할 때마다 재빠르게 처치하고 버겁다 싶으면 다른 S급 헌터들에게로 유인해 주었다.

차르르— 소리와 함께 금빛 사슬 또한 경쾌하게 제 영역을 지켰다. A급 이하 몬스터들은 금색의 경계선을 넘지도 못한 채 거멓게 타들어 갔다. S급이라 해도 결과는 다르지 않았다. 그저 조금 더 버틸 뿐이었다.

"아직 경로를 벗어난 SS급은 없습니다. B의 속도가 가장 빠르고 C는 뒤처졌습니다."

"도착 예정 시간차는요?"

"10분 이하입니다."

"그 정도면 괜찮아요."

현대 문물이 좋긴 좋다. 위치추적기를 붙이는 데 성공하고 무인기를 동원해 촬영까지 하고 있다 보니 놓칠 일이 없었다. D의 위치추적기는 부서졌지만 나머지는 제 몸에 조그만 기계장치 하나 달라붙은 건 신경 쓰지 않았다. 마력으로 작동하는 것도 아니니 그냥 흙먼지가 묻은 정도로 느껴지는 모양이었다.

주위에 몬스터의 사체가 쌓여 갔다. 눈 닿는 거리에 멀쩡한 건물이 없었다. 도로 또한 쩍쩍 갈라지고 마지막 남은 바이크마저 두 동강 났다.

"B, 도착 예상 시간 5분 후입니다!"

시간이 되었다. 백 명의 헌터는 얌전히 자리를 지키고 있었다. 마이크 볼륨을 최대로 키웠다.

"전투 중 죄송합니다만 소리를 약간만 줄여 주세요. 안 되면 어쩔 수 없고."

몬스터 멱따는 소리까지야 어떻게 줄이겠냐. 막상 입을 떼려니까 쪽팔렸지만 머뭇거리기엔 시간이 없었다. 고개를 돌려 내 옆에 선 유현이를 바라보았다. 동생이 나를 마주 보며 생긋 웃었다.

"언제 봐도 잘생겼죠, 제 동생은."

"아아악, 아저씨! 전 안 들어도 되죠? 귀 막을게요!"

아니 왜, 이 정돈 사실이잖아.

"착하기도 착하고 어릴 때부터 못하는 게 없었고. 가끔은 이렇게 잘난 녀석이 내 동생이라니, 싶어지기도 한다니까요. 모자란 곳 하나 없이 번듯하게 잘 커서는 하나 있는 형이랍시고 또 얼마나 잘 대해 주는지."

"뭐 하는 거야, 형님! 아, 나도 못 참겠다!"

아 뭐 왜. 근데 응원과는 좀 거리가 먼 것 같긴 했다.

"지금도 저만 믿고 이렇게 위험한 일을 흔쾌히 받아들였고요. 하지만 너라면 분명 잘해 낼 수 있을 거야. 유현아, 사랑한다 내 동생. 난 항상 널 믿고 의지하고 있어."

사랑한다는 말에 맞추어 동생을 와락 끌어안았다. 스킬, 제대로 적용되었나?

"유현아?"

"응, 형."

동생이 고개를 작게 끄덕였다. 좋아, 성공이다.

"퇴각! 즉시 퇴각하세요! 경로대로!"

외침과 동시에 미니미니 쿠키 두 개를 꺼내 들었다.

"피스야!"

피스가 쿠키를 받아먹곤 훅 줄어들었다. 유체화까지 하자 조그만 장식용 인형 같다. 만에 하나 SS급 몬스터를 다 잡지 못하고 우리 애 스킬 시간이 소모되었을 경우 탈출을 위해 피스는 남기로 하였다. 속도는 유현이보다 피스가 훨씬 빠르니까.

이어 나 또한 쿠키를 먹고 피스를 품에 안아 들었다. 작아진 우리를 유현이가 재빨리 집어 들어 예장 안에 입은 옷의 가슴주머니에 넣었다. 천둥새의 예장은 약간 느슨히 걸친 채였지만 그래도 시야가 가려지는 편이라 공격 스킬 두 배 공유에 더해 선생님 스킬을 유현이에게 사용했다.

유현이의 눈을 통해 빠르게 후퇴하는 사람들의 모습이 보였다.

"조심해, 길드장님! 아저씨 잘 챙기고!"

예림이가 순간이동으로 옆에 나타났다가 다시 사라졌다. 노아와 문현아도 한마디씩 던지고 멀어져 갔다. 성현제 또한 뒤따라 붙은 몬스터를 사슬로 휘감아 내던지곤 후퇴하는 사람들과 합류했다.

그들이 완전히 자리를 뜨기 전.

- 캬아아!

사나운 소리와 함께 거대한 맹수가 나타났다. 빠르게 달려온 듯 시커먼 터럭이 이리저리 흩날리고 발톱 아래 콘크리트와 아스팔트가 드르륵 갈려 나간다. 놈이 멈춰 서는 기세만으로도 주위의 건물 잔해가 돌풍 맞은 낙엽처럼 공중으로 떠올랐다.

그와 동시에 유현이가 움직였다.

사라락- 푸른 버들잎이 펼쳐지고 가볍게 이파리를 밟고 서며 한쪽 손을 앞으로 내민다. 그 손끝에서 검푸른 불길이 피어올랐다. 작은 불꽃이었다. 장식용 촛불처럼 자그마한 불꽃이 버들잎과 뒤섞여 하늘하늘 떨어져 내렸다.

- 크르르.

경계할 만한 모습이 아니었건만 몬스터는 무엇을 느꼈는지 뒤로 물러났다. 그리고 화르륵. 땅에 닿은 불꽃이 단숨에 높게 치솟았다. 몬스터가 사람들을 뒤쫓지 못하게 하려는 듯 세워진 불의 장벽을 뒤로한 채 유현이가 옅게 미소를 머금었다.

"시작할게, 형. 꽉 잡고 있어. 조금 어지러울지도 몰라."

"노아 씨 곡예비행도 겪어 봤거든? 걱정하지 마."

검은 맹수의 뒤를 이어 역시나 어두운 비늘을 지닌 용종 또한 모습을 드러냈다. 두 마리 그리고 세 마리째. 흉흉한 기세가 공기를 두드리다 못해 눈에 보일 듯 짙어졌다. 그 속에서 한유현이 여유롭게 검을 꺼내 들었다.

먼저 도착한 세 마리의 몬스터 모두 내 기억에 있는 놈들이었다. 회귀 전 난이도가 올라간 던전에서 등장한 몬스터들. SS급이지만 당시엔 헌터들 수

준도 지금보다 더 높았기에 모두 공략 완료되었다. 유현이만 해도 SS급에 가까웠다고 했었지.

"저 검은 표범 같은 건 단거리 순간이동 가능하니까 조심해. 기본 움직임도 빨라. 용종은 이빨과 발톱에 닿는 무기를 약화시켜. S급 이하 무기는 단숨에 부러진다. 그 옆의 거대 풍뎅이 같은 놈은 닿으면 폭발하는 연기를 내뿜는데 지금 네 화염 저항이면 무시해도 될 거야."

떡잎 스킬로는 스킬명만 알 수 있다. 그러니 스킬 평계를 대기엔 너무 자세히 알고 있는 것이었지만, 유현이에겐 조만간 털어놓을 테니까.

"속도만 따라잡을 수 있다면 제일 만만한 건 표범이지. 풍뎅이는 단단하고 화염 저항도 있어서 귀찮지만, 저놈 공격도 너한텐 안 통해."

내 말이 끝나자마자 유현이가 미끄러지듯 몬스터를 향해 몸을 날렸다. 칼날이 향한 곳은 의외로 풍뎅이였다. 위협적인 상대가 접근해 오기 무섭게 풍뎅이가 전신을 떨었다.

푸드득, 단단한 껍데기가 서로 맞부딪치는 사이로 스멀스멀 연기가 새어 나왔다. 순식간에 퍼지는 연기에 당황한 것은 유현이가 아닌 다른 두 몬스터였다.

- 크헝!

표범이 앞발을 휘젓기가 무섭게 펑! 폭발이 일었다. 폭발을 버틸 수 있는 용종과 다르게 상대적으로 방어력이 약한 표범이 고통스럽게 울부짖었다. 연기는 순식간에 넓게 퍼져 단거리 순간이동 정도로는 벗어날 수 없었다.

같은 SS급 몬스터에게 치명상을 입힐 정도는 아니다. 하나 잠시 정신을 빼놓기에는 충분했다. 전신을 휘감는 화염 속에서 표범이 머리를 내젓다가 무언가를 느낀 듯 사납게 눈을 치떴다. 하지만 이미 늦었다.

콰득!

불길을 가로지르며, 한유현의 검 끝이 표범의 정수리를 꿰뚫었다. 예장의 순간 속도 상승 스킬까지 더해진 습격에 공격을 적중시키긴커녕 스치는 것조차 힘들기로 유명했던 SS급 몬스터가 그대로 급소를 내주고 만 것이다.

- 캬륵!

표범이 괴상한 소리와 함께 반항하려 했다. 하지만 그보다 박힌 칼날을 타고 불길이 퍼져 나가는 것이 먼저였다. 검푸른 불길이 새카만 터럭을 태우며 가죽과 뼈 안쪽 깊숙한 곳까지 파고들었다. 사람 몸집의 서너 배쯤 되는 머리통이 순식간에 재가 되어 흩어진다.

쿵! 소리를 내며 표범의 몸뚱이가 바닥에 쓰러졌다. 그것을 쳐다보지도 않고 유현이가 버들잎을 밟으며 공중으로 뛰어올랐다.

- 캬아아!

용종이, 그리고 그사이에 나타난 원숭이와 개를 합쳐 놓은 듯한 몬스터가 제 앞발에 움켜쥐고도 남을 조그만 인간을 잡으려 날뛰었다. 동급의 몬스터가 삽시간에 머리를 잃고 쓰러진 것을 보아서인지 더욱 사납게 덤벼든다.

- 키리리.

자신의 연기가 적에게 도움이 되었다는 사실을 뒤늦게 깨달았는지 풍뎅이가 연기 내뿜는 짓을 멈추었다. 맑아진 공기 위로 하늘은 이미 어두워져 있었다. 전기가 끊기고 사람들이 대피한 지상 또한 어두워야 했지만,

검푸른 불길이 달빛보다 더 환하게 빛을 흩뿌렸다.

불꽃을 담은 잎사귀들이 하늘하늘 춤춘다. 마수들의 괴성과 바닥을 긁는 발톱, 딱딱이는 송곳니는 제 알 바 아니라는 듯 한가하게 흔들린다. 기묘한 광경이었다.

잎이 떨어지는 곳마다 불길이 치솟고 꺼질 생각을 하지 않았다. 바닥이 온통 검푸르게 물들어 간다. 털과 비늘과 껍데기와 그 안까지 태우는 불에 몬스터들이 날뛰었다. 필사적으로 원흉인 유현이를 뒤쫓았지만, 예장 끝자락조차 스치지 못했다.

- 캬악!
- 키르르!

SS급 몬스터들의 덩치 아래, 잔챙이들이 짓밟히고 타 버리는 것이 보였다. 마치 부나방들 같다. 떡밥에 이끌려 기어든 S급 이하 몬스터들은 유현이가 손댈 것도 없이 줄줄이 죽어 나갔다. 그 시체를 살라먹으며 불길은 더더욱 넓게 퍼져 갔다.

성장이라도 하듯 도시를 전부 삼켜 간다.

휘리릭, 최소한의 동작으로 몬스터의 공격을 피하던 유현이가 와이어를 꺼내 들었다. 암만 봐도 우리 세상 물건은 아니다. 아마 포인트로 바꿔 왔지 싶었다.

'스킬 사고 남은 걸로 교환한 걸까.'

그 동네 와이어 성능 좋긴 했지. 부가기능 없이 튼튼하기만 한 건 그리 비싸지도 않았다.

길게 뻗어 나간 와이어가 용종의 주둥이를 휘감았다.

- 크륵!

동시에 와이어를 강하게 당기며 용종의 주둥이 위를 유현이의 발끝이 내리찍었다. 으득, 소리와 함께 비늘이 움푹 파이고 용종의 머리가 바닥에 처박혔다.

- 끼이이!

유현이가 용종을 상대하느라 눈 돌린 틈을 놓치지 않고 개원숭이가 덤벼들었다. 길게 돋은 오른쪽 앞발의 발톱은 어지간한 칼날보다도 날카로웠다. 심지어 제각각의 스킬을 품은, 무기와 다름없는 발톱이었다.

튼튼하기도 튼튼할뿐더러 중독, 마비, 회복 저하, 방어력 하락, 시야 교란까지 다섯 가지의 효과를 지녀 한 번 할퀴어지기라도 하면 상급 힐러 없이는 죽은 목숨이라는 SS급 몬스터. 유현이에게도 설명은 해 두었기에 피하는 게 낫지 싶었지만.

팍! 한유현은 회피 대신 와이어를 거칠게 치켜올렸다. 용종의 주둥이가 반쯤 꺾여 들리며 툭 튀어나온 송곳니가 개원숭이의 발톱과 맞부딪쳤다.

카가각! 요란한 소리가 울리고 개원숭이의 발톱에 금이 갔다. 용종의 이빨은 무기 약화 능력을 지니고 있다. 개원숭이의 발톱에도 그것이 통한 것이었다.

- 끼익!

개원숭이가 놀라 물러났지만, 그보다 먼저 유현이가 몬스터의 품을 파고들었다. 주요 무기인 오른쪽 앞발톱은 휘두르지 못한 채 왼 앞발이라도 마주 뻗어 온다. 하지만 왼쪽은 아무 능력 없이 평범한 발톱뿐이었다.

발톱은 단숨에 잘려 나가고 거침없이 몬스터의 아래턱까지 다다른 유현이가 검을 수직으로 들어 그대로 찔러 올렸다. 검날이 파고듦과 동시에 불길이 휘감기며 피를 태우고 가죽 안쪽으로 스며든다. 썩둑, 개원숭이의 머리통이 길게 갈라졌다.

쓰러지는 몬스터의 몸뚱이를 유현이가 발로 강하게 걷어찼다.

- 키리릭.

날아든 몬스터의 사체를 풍뎅이가 굵게 돋은 뿔로 쳐 냈다. 그사이 와이어에 묶인 용종의 목도 잘려 나갔다.

쿠르르릉!

그때 땅이 크게 울렸다. 지면이 들썩이며 열기가 훅 치솟아 오른다.

"지각자 등장하셨네. 저 용종, 머리 세 번 잘라 내야 한다는 거 기억하지?"

"응."

용종의 잘려 나간 목에서 새로운 머리가 빠르게 돋아났다. 죽일 수 있는 방법이 단 두 가지인 놈이다. 머리를 세 번 쳐 내거나 전신을 잘게 다져 놓는 것. 당연히 전자가 더 편하다.

마지막 한 놈은 나도 모르는 몬스터였다. 상대적으로 둔하고 느리며 땅을 파 뒤집기도 한다는, 일본에서의 관찰 결과 외엔 정보가 없다.

- 쿠룩, 크룩.

네 다리가 달린 길쭉한 흙덩어리처럼 생긴 몬스터가 지면을 박차며 튀어 올랐다. 암석형 몬스터인가. 그럼 불은 잘 안 통할 터였다. 역시나 바닥에 깔린 불길에도 크게 영향이 없어 보였다.

"조금 귀찮겠네."

"아니, 전혀."

그냥 담담한, 당연하다는 듯한 목소리였다. 저런 거 상대로 자신 있어 할 필요조차 없다는 것처럼.

"저게 끝이지?"

"응. 마지막이야."

그럼, 하고. 유현이의 주위로 불길이 치솟았다. 마치 여태까지는 가벼운 장난이었다는 듯 검푸른 불꽃이 무시무시한 기세로 퍼져 나간다. 짙은 마력을 담아, 끌어올릴 수 있는 최대치의 화력으로.

땅이 녹았다. 공기가 흐물거리고 지독한 열기에 하늘마저 뚝뚝 녹아 떨어질 것만 같았다. 세 마리의 몬스터와 주위를 어슬렁거리던 자잘한 몬스터들까지, 순식간에 검푸른 파도에 휘말렸다.

그것으로 끝이었다.

- 캬, 캬아아!

용종의 머리는 물론 몸뚱이도 타오르고, 다시 재생했다가 다시 검게 타버렸다. 세 번이 아니라 수십 번 재생 가능한 괴물이었다 해도 결과는 같았을 것이다. 풍뎅이 또한 마찬가지였다. 화속성 내성이 있는 놈이었지만 버티지 못했다. 작은 불 따위 더 큰 불에 삼켜지면 끝이다.

마지막에 나타난 돌덩어리도 녹아내렸다. 바둥거리며 땅을 파고 들어가려 했지만, 그 땅 또한 흥건하게 녹고 타올랐다.

닿는 모든 것을 녹이고 태우면서도 불길은 힘을 잃을 줄을 몰랐다. 압도적인 화력이 도시 전체로 퍼져 나간다. 떡밥에 이끌려 들어온 몬스터는 단 한 마리도 살아 나가지 못했을 불의 대지.

과거의 흔적이라곤 조금도 없이, 공평하게 녹아 섞이고 엉긴다.

그것을 바라보는 유현이의 입술 위로 옅은 미소가 그려졌다. 만족스러워하는 동생의 얼굴을 올려다보다가 화들짝 정신을 차렸다.

"저거, 다른 곳까지 옮겨붙는 거 아니냐? 다른 덴 몰라도 산 쪽으론 안 돼."

"그 정도 제어는 할 수 있어. 도시 내 피해는 상관없다며."

"…제어가 돼? 저렇게 퍼진 불길도?"

"내 거니까."

유현이의 말대로 우리 주위의 불길부터 화악, 사그라지기 시작했다. 둥글게 드러나는 녹은 대지가 천천히 굳어 간다. 불길이 스쳐 지나간 곳은 아무것도 남지 않았다. 그저 검고 검은 땅만이 펼쳐져 있었다.

공포와는 다른 느낌의 소름이 등을 타고 흘렀다. 하늘도 땅도 온통 새까맣다. 서로의 끝이 맞닿아 뒤섞이는 듯했다. 그 기이한 풍경이 일견 아름답게도 느껴졌다.

"도시 밖으로 나가도 괜찮았다면, 어디까지……."

"정확히는 모르겠어. 하지만 지금의 배 이상은 가능할 거 같아."

유현이가 즐거운 듯 말했다. 기분이 퍽 좋아 보인다.

"최소치로. 아직 30분 안 지났지? 바닥 뜨거우니까 조심해. 피스 먼저 나가게 하는 게 좋겠다."

열기는 제법 가라앉았지만 달궈진 땅이 그리 쉽게 식진 않을 것이다. 피스를 먼저 밖으로 내보냈다. 날개를 팔랑 펼치고 주머니 밖으로 날아가는 게 진짜 너무 귀여웠다. 폰 하나 달라고 할걸. 미니미니 쿠키 아껴야 하는데 또 언제 먹여 보냐. 완전 요정이네, 요정이야.

- 끼앙!

공중제비를 빙그르 돌고는 나도 나오라는 듯 다시 다가온다. 아성체 정도로 몸을 키우며 가르릉대기에 그 위에 올라탔다.

"유현이 너 엄청 커 보인다!"

몇 번 쿠키 먹긴 했지만 바로 앞에서 차분히 살펴볼 여유는 별로 없었지. 유현이가 웃으며 손을 뻗어 오자 피스가 으르렁거렸다. 작아진 상태에서 손을 대려 하니 위협적으로 느껴진 걸까. 내가 보기엔 귀엽지만 피스는 마음에 들지 않았는지 쿠키 시간이 조금 남았음에도 원래 크기로 돌아가 버렸다.

"으악, 피스야!"

동시에 내 몸뚱이가 붉은 털에 푹 파묻혔다.

"형?"

- 끄응.

"아니, 아니. 괜찮아."

털을 헤치고 일어나려다가 그냥 나도 쿠키 효과 취소하고 원래대로 돌아갔다.

"위험해!"

올라선 자리가 갑자기 좁아진 탓에 비틀거리는 나를 유현이가 얼른 붙잡아 주었다.

"아직 은혜 쓰고 있어."

"그래도. 아직 덜 굳은 부분도 있어서 발이 빠질지도 몰라."

피스 등에 제대로 자리 잡고 앉자 유현이가 슬쩍 몸을 기대 왔다. 아까부터 그러긴 했는데 확실히 기분 좋아 보인다.

"형, 그 스킬 말이야. 추가 효과도 있는 거 같아."

"응? 왜?"

"원래도 던전 공략하며 몬스터 사냥하는 거 좋아하는 편이었어. 특히 공격 스킬을 마음껏 쓰고 나면 속이 풀리는 느낌이었거든."

개인적으로 즐기는 취미 같은 게 별로 없는 유현이었지만 전투만큼은 다르긴 했다. 평소 성격 대비 호전적인 편이기도 했고.

"하지만 이번만큼 기분 좋은 적은 없었어. 단순히 능력치가 늘어나서가 아니라, 형이 걸어 준 스킬 자체의 영향도 있는 게 아닐까."

홍콩 때와는 다른 감각이라며 유현이가 꼬리치는 강아지처럼 나를 바라보았다. 으음, 그런 부가효과가 있을 수도 있겠지만. 스킬 이름부터가 상대를 칭찬하고 있고, 누구든 칭찬받으면 기분 좋을 테니까?

"어쩌면 단순히 좋은 말 들어서 그런 걸 수도 있지 않을까."

"그런가?"

동생이 고개를 갸웃했다. 아무튼 유현이 녀석 표정도 개운하고 약간 들뜬 것도 같고. 도시 하나 날려 먹은 게 꽤나 즐거웠던 모양이었다.

던전 안에선 백 명 모아 쓸 수 없다는 게 아쉽다. 이렇게 좋아하는데. …무인도 하나 사서 마음껏 날뛰게 해 줄까?

"안 나온 척 빼돌릴 수도 있으니 SS급 몬스터 마석은 수거해 가야 해."

"어딘가에 파묻혀 있을 텐데."

"마석 탐지 아이템 챙겨 가지고 왔지."

쓸 곳이 얼마나 많은데 하나라도 빼먹을 순 없다. 고급형이라는 마석 탐지 아이템을 사용하자 여기저기서 수많은 신호가 떴다. 이게 다 몇 개냐. SS급은 다섯 개 다 나왔고 S급 마석도 수두룩했다.

"제일 가까운 게, 바로 그 앞이네. 땅이 녹아서 여기까지 흘러왔나 보다."

내가 가리키는 곳을 유현이가 칼끝으로 크게 파냈다. 아직 흐물한 땅덩어리가 튀며 반짝거리는 마석이 나타났다. 이어 두 개째 마석을 수거하는데 헬리콥터 소리가 들려왔다. 공중에서 멈춘 헬기에서 사람들이 뛰어내렸다.

전부 헌터였다. 일본 헌터.

"수고가 많았다."

가장 마지막에 내려선 시시오 놈이 근엄한 척하는 얼굴로 말했다.

"계약은 지키겠다. 다만 계약서에 무사히 보내, 윽!"

탕! 소리와 함께 탄환이 갈기 같은 머리칼을 스치고 지나갔다. F급이 쏜 거지만 S급 마탄이랍니다. 살쾡이 총을 그대로 겨눈 채 웃어 보였다.

"설마 이렇게 뻔한 짓거리를 할 줄 몰랐는데. 명색이 사자왕님께서."

내 말에 시시오의 얼굴이 시뻘게졌다. 얼씨구, 부끄러운 줄 알긴 아나 보지.

"내 명예보다는, 길드가 더 중요하다! 필요하다면 더러운 진흙탕에 뛰어들 수도 있는 것이 바로 제왕의 의무!"

"아, 사자가 아니라 돼지셨구나. 몰라뵀네. 좋은 진흙탕 하나 소개해 드려?"

"네, 네놈! 스킬 때문에 오냐오냐했더니!"

"저 돼지 말 몰라요."

돼지가 꽥꽥거렸다. 그러거나 말거나 유현이를 돌아보았다.

"어쩔까? S급들 죄다 끌고 온 모양인데. 30분도 지났고."

"여기서 구경하고 있어."

아무 걱정 말라는 듯이 유현이가 눈매를 휘며 웃었다. 든든하기도 하지, 내 동생.

"…분명 스킬 적용 시간은 30분이라고 했을 텐데."

우리가 너무 태연하자 시시오 놈이 미심쩍은 표정으로 물었다. 다른 일본 헌터들도 긴장하며 주위를 힐끔거린다. 녹아 버린 대지를 보니 두려워지기라도 한 모양이었다. SS급 몬스터 다섯 마리를 가볍게 처치한 힘이니 S급 헌터쯤이야 몇이 모이든 상대가 안 된다.

이대로 거짓말이었지~ 하면 어마프거라 하고 줄행랑치겠지만 그래서야 득은커녕 실만 생긴다. 내 스킬에 대한 설명이 거짓이었단 걸 밝히는 거나 마찬가지니까. 그럼 내 인생 배로 피곤해지겠지. 나 노리는 놈들 지금도 많은데 더 늘려서야 되겠냐.

"30분 맞습니다~ 한 치의 거짓 없이 솔직하게 다 말해 드렸지."

"뭐? 그런데 뭘 믿고 당당한 거냐!"

"내 동생."

놈들이 어이없다는 얼굴을 했다. 그럴 만은 한 게 이쪽은 S급 헌터 한 명뿐이다. 피스가 있긴 하지만 날 지켜야 하니 실제론 전력 외였다. 반면에 저놈들은 시시오라는 강한 S급 헌터에 더해 S급 헌터가 둘이나 더 있었다. 둘 중 한 놈은 예림이와 붙었던 가구였다.

일본의 S급 헌터가 총 다섯인데 그중 셋이다. 그에 더해 A급 헌터도 여섯 명이나 붙은 채였다. 아마 보조와 힐러, 그들을 보호할 방어계겠지.

'최석원이랑 윤경수 놈 생각나네.'

그때도 나 잡는다고 우르르 몰려왔었지. 리에트가 빠져 준 덕에 성현제가 쉽게 박살 내 버렸지만. 지금은 한 놈 빠질 일 없으니 사실상 그때보다 더 위험한 셈이었다. 유현이를 믿고는 있지만 걱정이 아주 안 될 수는 없는, 그런 상황이다. 실제로 유현이도 시시오 놈이 만만찮을 거라 했으니까. 정확히는 생포하기 귀찮다, 정도였지만.

"커흠! 한유진. 화염 저항 아이템도 준비되어 있으니 괜한 저항은 포기하는 편이 좋을 거다. 동생을 무척이나 아끼지 않나. 순순히 항복한다면 두 사람의 목숨은 보장해 주겠다. 너와 화염뿔사자는 SS급 몬스터에게 살해당했다 발표하고 해연 길드장이 비밀을 지키겠다는 계약을 한다면 굳이 피를 볼 생각은 없다!"

"으으음, 미안. 사과할게요."

"사과라고? 그럼."

"돼진 줄 알았는데 개새끼였네. 개소리 너~ 무 잘하신다. 멍멍."

"무, 뭐……!"

"인제 보니 털도 누리끼리한 게 딱 동네 누렁이네. 내가 왜 진작 못 알아봤을까. 미안해요."

어휴, 요새 눈이 좀 침침해서. 안경이라도 맞춰야겠다. 웃는 낯에 침 못 뱉는다고 생글생글 웃어 줬더니 미친개처럼 으르렁거린다. 일본엔 이런 속담 없나 봐. 삭막한 동네구만.

"하, 좋다! 곱게 데려가려 하였더니 기어이 악수를 선택하는구나!"

시시오 놈이 화를 내며 무기를 꺼내 들었다. 거대한 날의 청룡도다. 너무 굵었나.

"형."

유현이가 한 걸음 앞으로 나섰다. 나를 돌아보며 배시시 웃는다.

"아마테라스 길드에 S급 도검류, 여럿 있었지?"

"어? 응."

"내가 좀 가져도 돼?"

"당연히 되지! 애초에 네가 몬스터 거의 다 잡았잖냐. 원하는 거 있으면 얼마든지 가져가."

"응. 고마워."

그런데 왜 갑자기… 아, 설마.

'홍콩에서 썼던 그 스킬.'

나는 보지 못하고 정신을 잃었었지만 궁금해서 어떤 건지 물어봤었다. 그걸 쓰려는 건가. 심지어 홍콩에서처럼 A급 무기가 아닌 S급으로.

'…끝났네.'

그럼 못 이긴다. 당연히 유현이가 아니라 저 일본 놈들이.

"건방진 애송아! 네놈 형과 작별 인사나 해 둬라!"

"와, 말만 들으면 일대일 정정당당한 대결인 줄. 개떼처럼 몰려온 주제에."

"시, 시끄러! 내 손에 떨어지면 그놈의 입버릇 확실하게 고쳐 주마!"

"여기 개 주인 없습니까? 뉘 집 갠지 너무 짖어 대네. 덩치는 커다래 가지고 겁이 많나 봐."

우르르 몰려다니며 짖어 대는 게 뻔할 뻔자지. 시시오 놈이 유현이가 아니라 나한테 덤벼들고 싶다는 표정을 지었다. 낚여 주면 나야 고맙지. 어차피 피스가 더 빠를 테고 그사이 유현이가 남은 놈들 편하게 처리하고.

하지만 길드장은 길드장인지 이만 으득 갈고 말았다. 청룡도의 대 끝이 땅을 쿵, 찍고 시시오의 스킬이 발동되었다. 둥글게, 놈의 영역이 펼쳐진다.

손이 심심하네. 마이크나 확성기가 있었으면 좋았을 텐데.

"아아, 잠시 안내 말씀 드리겠습니다. 아마테라스 길드장 시시오 씨, 좋은 스킬을 가지고 계시더군요. 일정 영역 내에 방어력 상승, 적의 속도와 방어력 저하. 마지막으로 땅을 움직여 적의 발목을 단단히 붙잡는 함정 효과까지!"

"이! 이 자식이!"

내가 열심히 기억을 되새겨서 떠올린 거다. 종합 랭킹 10위 내에도 못 들어간 놈을 기억해 줘서 감사하다고 해야지.

"스킬 이름이, 뚱돼지 진흙탕이던가?"

"사자의 영역선포다!"

"뚱돼지 진흙탕이라고 쓰고 사자 어쩌구로 읽습니다, 뭐 그런 거?"

솔직히 진짜 스킬 이름 그거 아닌 거 같은데. 자기가 멋대로 붙인 거 아니냐. 찌를 때마다 팔딱이니 타격감 참 좋네.

그사이 유현이의 주위로 다양한 무기가 내리꽂혔다. A급 도검류에 더해.

'…저건 너무 아깝지 않나.'

흰빛 도는 매끄러운 날의 S급 장검이 푹, 땅에 박혀 세워졌다. 그 옆의 단검도 S급이다. 예림이의 창은 제작한 거니 제외하고, 국내에서 나온 S급 무기가 고작 열다섯 개였다. 저렇게 작은 단검은 실질적 무기로 치지 않고 보조로 분류되니 열다섯 개에 포함은 안 되지만, 그래도 귀하긴 마찬가지였다.

이어 커다란 송곳처럼 생긴 런들 대거까지 단검 옆에 자리했다. 저것도 S급이었다. 호신용으로 가지지 않을래? 하고 나한테 보여 준 적 있는 것이었지. 아깝다고 거절했지만.

'장검은 도로 넣으라고 하고 싶다.'

아냐, S급 무기 많아. 아마테라스 길드 창고가 내 거다. 괜찮다.

땅에 박힌 무기들이 가볍게 울렸다. 뭘 하려는 건지, 하고 시시오를 비롯한 일본 헌터들이 유현이를 바라보았다.

"그렇게 다 꺼내 늘어놓아 봤자 손은 고작해야 두 개!"

시시오의 자신만만한 외침과 함께 다른 두 일본 S급 헌터가 제각각 무기를 고쳐 쥐었다. 저놈들 작전이야 뻔했다. 두 S급 헌터가 유현이를 시시오의 영역 안으로 몰아넣을 생각이겠지. 영역은 상당히 넓었고 그 안에 들어서게만 하면 유리해질 테니.

내 쪽을 한 번 돌아본 유현이가 손끝을 가볍게 움직였다. 불길이 가볍게 일고, 주위의 도검들이 녹아내리기 시작했다.

"무, 무슨 짓을 하는 거지?"

가구가 당황하며 중얼거렸다. 다른 일본 헌터들 또한 놀란 기색이었다. 귀한 상급 무기들이 녹고 있다. S급 무기까지 포함해서. 적이 아니었더라면 어떤 헌터든 미쳤냐며 기겁해 말릴 광경이었다.

한유현의 특수 보조 스킬, 도검 포식자.

말 그대로 도검류 무기를 불길로 삼켜 녹여 버리는 스킬이었다. 자신의 인벤토리에서 나온 도검이라면 그 어떤 등급이든 녹여 버릴 수 있다.

여기까지만 보면 쓸모없다 못해 절대 써선 안 되는 스킬이겠지만.

'스킬이 적용된 무기는 그 등급이 한 단계 상승.'

즉, A급 무기는 S급이, S급 무기는 SS급이 된다는 것이었다.

치이이익! 쇳물이 식었다가 다시 끓어오르기를 반복했다. 녹아내린 무기들이 유현이의 주위를 둥글게 감싸듯 흐느적거렸다. 새빨갛게 열과 빛을 뿌리고 있다.

S급 무기 셋과 A급 무기 여섯 개가 녹아 들어간 붉은 선. 그것이 주인의 의지에 따라 꾸물텅거리며 형태를 바꾸었다. 그중 일부가 가느다란 장검의 모습으로 변하고, 일반인은 근처에도 갈 수 없을 정도로 뜨겁게 달아오른 검을 하얀 손이 가볍게 쥐었다.

SS급 검. 다른 무기들의 능력치가 스며들어 실질적인 능력치는 더욱 뛰어날, 현존하는 최강의 무기.

S급은 물론이고 A급조차 1회용으로 소모한다는 것은 낭비가 너무 컸기에 제대로 써 본 적 없는 스킬이라 하였다. 회귀 전 랭킹전에서 본 적 없는 것도 그 탓이었겠지. 그래서 그때도, 나는 스킬명만 보고 넘겼고. …유현이는 사용했었을까. 그때, 무슨 무기를 가지고 있었지. 마지막에는 그 손에.

혀끝을 깨물었다. 괜한 생각 말자.

검을 쥐고 유현이가 단숨에 땅을 박찼다. 피하거나 물러서지 않고 그대로 곧장 시시오의 스킬 범위 내로 뛰어들었다.

"제정신인가?"

놈들 중 하나가 외쳤다. 억지로 끌어들일 셈이었는데 설마 제 발로 들어올 줄은 몰랐다는 표정들이다. 시시오 역시 당황했지만 그래도 일본 최강이랍시고 재빠르게 전투태세를 잡는다. 땅이 들썩거렸다. 유현이의 발목을 잡아챌 생각이겠지만.

"푸른 버들잎."

이미 알고 있는 스킬에 걸려드는 멍청한 짓을 할 리 있을까. 잎이 흩날리며 이내 불타올랐다. 불꽃을 밟으며 유현이가 순식간에 시시오의 앞으로 치달았다. 속도 저하를 받았을 것임에도 예장 덕분에 순간적인 움직임은 평소와 같이 빨랐다. 사실상 근접 상태의 속도에 대해서는 페널티가 거의 없는 것이었다.

"한 방이면 나가떨어질 놈이!"

그러나 방어력 저하는 남아 있다. 시시오가 청룡도를 풍차처럼 휘둘렀다. 흡사 둥근 방패 같다. 함부로 손을 대면 날에 잘리거나 대에 두들겨 맞게 될 것이다. 누구든 흠칫할 만한 기세였지만 한유현은 덤벼들던 속도에 더해 버들잎을 한쪽 발로 밟고는 전신을 크게 회전시켰다.

콰가각—!

파편이 튀었다. 청룡도의 파편이었다. 붉게 달아오른 검이 회전력을 더해 청룡도를 내려치고, 그대로 부숴 버린 것이다. 힘과 힘이라면 별다른 차이가 없었다. 아니, 시시오 쪽이 유리했을 가능성이 높았다.

하지만 S급 무기로는 SS급, 그중에서도 최상급이라 할 수 있는 검의 날을 버틸 수 없었다.

"크억!"

산산이 쪼개 버린 청룡도의 파편 사이를 뚫고 유현이가 춤추듯 다시 몸을 빙그르 돌리며 시시오의 몸통을 발로 가격했다. 무기를 잃어 순간 무방비해진 시시오가 뒤로 쭉 밀려난다.

"시시오 님!"

두 S급 헌터가 유현이를 향해 덤벼들고 뒤쪽의 보조, 힐러들도 스킬을 사용하려 했다. 하지만 한유현은 그것을 지켜보고만 있지 않았다.

검을 만들고도 남은 붉은 쇳물이 허공에서 움직였다. 차르륵, 십수 개의 가느다란 침이 만들어지고 유현이의 손이 그것을 재빠르게 거두었다가 그대로 내던졌다.

"막아!"

대기하고 있던 방어계 헌터들이 나섰다. A급이라지만 스킬을 동원하면 S급 헌터의 공격도 막을 수 있다. 심지어 가는 침을 던진 정도라면야. 두 헌터가 자신만만하게 방패를 들어 올리며 스킬을 쓰고.

"커억!"

"헉!"

날아간 침이 그대로 방패를 꿰뚫었다. 정확히는, 녹였다. 침은 가느다랬지만, 사방을 녹이고 태워 뚫린 구멍은 어린애 주먹만 했다. 스킬을 적용시킨 방패가 그 모양인데 당연히 사람이 무사할 리 없었다.

방어계 헌터들이 픽픽 쓰러지고 그 뒤에 숨어 있던 보조, 힐러들 또한 같은 꼴이 되었다.

"죽어라!"

유현이가 침을 날린 직후 가구 놈이 검격을 쏘아 보냈다. 공기를 가르며 날아드는 공격을 예장을 걸친 팔뚝이 강하게 쳐 내 막았다. 그 모습에 가구의 눈이 커졌다.

"방어력이, 분명……."

약화되었으니 팔이 깊게 잘리는 상처를 입었어야 맞다. 나도 잠깐 의아해했다가.

'그 풍뎅이 놈!'

풍뎅이의 폭발 연기를 떠올렸다. 천둥새의 예장에는 공격을 받을수록 방어력이 중첩 상승하는 효과도 있었다. 그때 폭발이 몇 번이나 일어났더라. 닿을 때마다, 연속으로 계속 터져 나갔으니 지금 예장의 방어력 중첩은 최대치일 게 틀림없었다.

최대 중첩 시 지속시간 한 시간. 다시 공격받을 때마다 지속시간이 십 분씩 늘어난다.

결국 시시오의 진흙탕은 유현이에게 별다른 효과를 발휘하지 못한 셈이었다. 땅의 함정은 버들잎으로, 속도 저하와 방어력 저하는 예장으로 모두 커버 가능했다.

'곧장 뛰어들 만했네.'

자신의 공격이 먹히지 않는 것에 잠깐 멈칫한 가구 놈에게로 유현이가 돌격했다. 주위의 공기를 끓어오르게 만드는 스킬을 썼는지 아지랑이가 일어났지만 유현이에게 통할 턱이 없었다. 예림이 때와는 달리 피부색 하나 변하지 않고 그대로 깊게 검을 휘두른다.

캉! 검과 검이 맞부딪치고 이내, 가구 놈의 검이 깔끔하게 잘려 나갔다. 유현이의 검이 비스듬히 방향을 틀며 상대의 팔을 그었다. 반 토막 난 검을 들고 있던 팔이 땅으로 뚝 떨어진다.

"으아악!"

"젠장, 가쿠토!"

다른 S급 헌터가 으르렁거리며 주먹을 휘둘렀다. 너클을 낀 주먹이 날카롭게 공기를 갈랐지만 한유현은 이미 그 자리를 피한 뒤였다. 자신을 쫓아오는 S급 헌터를 돌아보지도 않은 채 새로 창을 꺼내 드는 시시오를 향해 움직인다. 그런 유현이의 뒤로 불길이 확 일었다. S급 헌터가 반사적으로 물러서는 사이, 순식간에 거리를 좁힌 유현이가 시시오에게 검을 휘둘렀다.

"그 검은, 큭! 대체!"

창이 또다시 어이없을 정도로 쉽게 잘려 나갔다. 막을 수 없으니 피하는 것 외엔 방법이 없었다. 검과 맞부딪쳐선 안 되니 크기가 큰 무기는 오히려 불리하다. 뒤로 물러나 검날을 피하며 시시오가 나이프 한 쌍을 양손에 쥐었다.

헌터 경력 외에도 오랜 기간 격투술을 단련했는지 시시오의 움직임은 생각 이상으로 능숙했다. 굶주린 짐승처럼 사납게 틈을 파고들어 오다가 노련하게 몸을 빼내길 반복한다. 하지만 상대의 공격을 무조건 피하기만 해야 하기에 불리할 수밖에 없었다. 심지어 유현이는.

"크읙!"

장검을 메인으로 두고 다른 쪽 손의 무기는 수시로 변형시켰다. 긴 창이 되어 찌르기도 하고 휘어지는 연검이 되어 예상하기 힘들게 할퀴고 들어오는가 하면.

휘리릭— 뜨겁게 달아오른 강선으로 변해 시시오의 발목을 휘감았다. 유현이가 강선을 잡고 높게 뛰어올랐다. 시시오가 당겨지는 힘을 억지로 버티며 나이프로 강선을 내리쳤지만 역시나 부러지는 건 그의 무기였다.

시시오의 발목을 잡아챈 그대로 유현이가 장검을 등 뒤쪽으로 강하게 내던졌다. 콱! 부딪치는 소리에 이어 살과 뼈가 잘려 나가는 소리가 들려왔다. 불길을 뚫고 유현이를 공격하려던 S급 헌터였다. 제 무기로 급히 날아드는 검을 막았지만, 무기는 물론 몸뚱이까지 그대로 꿰뚫려 버린 것이었다.

"정말, 큭, 터무니가 없군!"

시시오가 기가 막힌다는 듯 외쳤다. 일본 S급 헌터를 꿰뚫었던 검이 액화하여 스르르, 제 주인의 손으로 돌아가 다시 검으로 변형했다. 자신을 내려다보는 냉랭한 시선에 시시오가 힘없이 웃었다. 패배는 예상치도 못했다는 얼굴이다.

검날을 앞세운 채 유현이가 아래로 뛰어내렸다. 지면에 닿을 듯 낮은 버들잎을 밟고, 불길로 땅을 녹이며 시시오를 향해 검을 찔러 든다. 시시오가 아슬아슬하게 칼날을 피하며 포기하지 않고 나이프를 휘두르려 했지만.

"읙!"

강선에 묶인 발목이 움직이지 않았다. 강선의 반대쪽 끝이 어느새 땅속 깊이 파묻혀 버린 것이었다. 그 스스로의 열기에 더해 유현이의 화염이 땅을 깊게 파고들게 만들곤, 바위 같은 것에 박히게까지 한 모양이었다.

흙을 파헤치며 끌려 나오던 강선이 멈춰 버리고 시시오의 움직임 또한 흐름을 잃고 말았다. 그 틈을 놓치지 않고 유현이의 무릎이 놈의 명치를 직격했다. 눌린 신음 소리와 함께 반격하려던 나이프가 장검에 맥없이 박살 나고.

"크아악!"

나이프를 쥔 손등까지 길게 갈라 버렸다. 검이 빙그르 방향을 바꾸고 시시오의 정강이를 내리찍는다. 이어 다른 쪽 다리에도 창이 내리꽂혔다.

"크억, 컥……."

바닥에 털푸덕 주저앉은 시시오를 유현이가 강하게 걷어찼다. 완전히 쓰러진 놈의 목젖을 발로 지그시 내리눌렀다.

"내 형이다."

"크으, 큭."

"내 기승수고."

감히 어딜 넘보느냐는 듯 목을 짓밟는 발에 힘이 가해졌다.

"유현아, 죽이진 마라! 갚아야 할 빚이 아주 많은 분이셔."

앞으로 열심히 아이템 모아서 바쳐 주셔야 할 귀한 분이시다. 보자, 계약서 어떻게 작성할까.

- 형!

그때 작은 목소리가 내 목덜미 근처에서 들려왔다.

"리—"

- 쉿! 유현이 듣겠어요.

어느새 내게 온 이린이 조그맣게 속삭였다.

― 듣기만 해요, 형.

…갑자기 무슨 일이지.
 이린이 유현이에게 들키지 않으려는 듯 내 옷깃 안쪽에서 주둥이 끝만 살짝 내밀었다. 유현이는 시시오를 완전히 제압하기 위해 두 팔을 마저 부러뜨리는 중이었다. 우리 대화를 눈치챈 기색은 없었다.

― 유현이는요 지금 불안정해요. 유현이의 불 말이에요.

조그맣게 붉은색 불꽃이 이린의 콧등 위로 피어올랐다.

― 원래라면 평범한 붉은색이었을걸요. 형이 없었더라면요. 하지만 형이랑 같이 있고 싶어서 검은색으로 억눌렀어요.

사회에 섞이기 위해 본성을 억누른 결과였다.

― 계속해서요! 그대로 두면 거기에 맞게 성장하거나 변형되었겠죠.

절로 회귀 전이 떠올랐다. 스스로 몸에 상처를 내어, 그 피를 따라 타올랐던 독기를 머금은 흑혈염. 그때는 그저 강력한 스킬이라고 여겼었다. 피를 흘려야 한다는 건 못마땅했어도 그 불꽃에 대해 깊게 생각해 본 적은 없었다.
 지금은, 대체 어떤 심정으로 그렇게. 그렇게까지 되었을까, 그 가시가 가슴에 박혔다. 속이 할퀴어지듯 아프다.

― 형?

"응."

크게 숨을 내쉬었다. 피스가 걱정하듯 나를 돌아보았다. 부드러운 털로 휘감긴 목덜미를 쓰다듬어 주며 쓰게 웃었다.

"그렇게 되면 안 되지."

이번에는, 유현아.

"지금은 다시 변했잖아."

푸른빛을 띠고 있다. 그때, 내가 죽었다고 생각했다가 아니라는 것을 알게 된 이후로.

"…왜, 변한 거지."

목소리가 조금 떨렸다. 혹시 내가, 유현이가 스스로를 억누르게 만든 장본인이 잠깐이나마 사라져서, 그런 덕분이라면.

- 형이 많이 사랑해 줘서요.

"뭐?"

그때 유현이가 이쪽으로 몸을 돌렸다. 이린이 얼른 내 옷 안쪽으로 완전히 숨어들어 갔다. 좀 더 린이의 말을 들어 봐야겠는데.

"유현아! 일본 헌터들 상태 좀 살펴봐 줄래? 아마 길드 전력 너무 약해지면 귀찮아져. 뜯어먹을 것도 적어지고. 그러니 목숨 붙어 있을 만큼 치료도 좀 해 줘라. 사용한 포션 청구해야 하니 개수랑 등급 기억해 두고."

아마테라스 길드가 약화되어서 일본 내 괜한 길드 다툼이라도 벌어지면 나도 손해다. 그냥 사자 놈이 왕 하게 내버려둔 채 두고두고 조공 바치게 하는 편이 낫지.

"알았어, 형."

"고마워!"

유현이가 고개를 끄덕이곤 쓰러져 있는 일본 헌터들에게로 다가갔다. 한둘이 아니니 시간 좀 걸리겠지. 이린이 다시금 머리를 살짝 내밀었다.

- 형이랑 화해하고 같이 살기도 하고 또 형이 계속 믿어 준다고도 했잖아요. 그래서 느슨해졌어요. 또…….

이린이 갑자기 내 눈치를 살피며 말을 이었다.

- 오해하지 마세요, 형. 오해하면 안 돼요!

"응? 뭘?"

- 유현이는 형과 관련된 사람만 받아들인 거예요. 형이 유현이한테 백이면 구십구, 아니 천, 아니 십만이면 구만 구천구백구십구지만요! 딱 일만큼은 다른 사람들도 생각해요. 하지만 그거 다 형을 바탕으로 한 거니까 형이 백 퍼센트예요! 진짜예요!

…아니, 그걸 왜 필사적으로 변명하려 드는 거냐. 작은 목소리로 종알거리며 이린이 간절한 눈빛을 보내왔다.
"오해할 일 없어. 유현이한테 다른 친한 사람들이 생기면 좋은 일이잖아."

- …어째서요?

이린이 충격받았다는 듯 입을 딱 벌렸다.

― 혀엉, 왜 서운해하지 않아요? 형 말고 다른 사람도 아주 쪼금이지만 신경 쓰는데!

"아니, 보통은 여러 사람과 어울려 살잖아."

― 진짜 좋아하는 상대가 있으면 안 그래야 해요! 우리는 그런데! 순수하게 한 명만 바라봐야 하는데!

이린이 어떻게 그러냐고 칭얼거렸다. 음, 이러다 불의 정령에게 편견 같은 게 생길 것 같구만. 설마 물의 정령도 이런 특이한 성향 같은 게 있는 건 아니겠지. 무척이나 섭섭해하는 이린을 인간은 다르다며 달래 주었다.

― 인간은 다른 거 린이도 알아요. 그래서 형이 유현이만 바라보지 않아도 참고 있는걸.

"유현이도 인간이야. 어울려 살 수 있다면 그래야지. 물론 억지로 어울리게 시키진, 않을 거지만."
동생이 평범한 인간이었더라면 더 많은 사람들과 함께하고, 좋은 사람 만나고, 그러길 여전히 바랐을 것이다. 하지만 이제는 단순한 내 욕심 같았다.
행복하면 됐지, 뭐. 꼭 친구가 많아야 하고 연애를 해야 하고 결혼하고 아이를 가져야 하나. …그럼 좋긴 하겠다만, 자기 자신이 원한다는 게 가장 중요할 것이다. 남에게 피해 안 주는 선에서 마음 내키는 대로 사는 게 최고지.
"그런데… 유현이가 신경 쓰고 있다는 사람들 말이야. 누군지 말해 줄 수 있을까?"

괜히 동생 쪽을 힐끔거리며 물었다. 아주 작은 부분이라도 있기는 있다는 거잖아.

- 십만 중에 일이에요, 딱 일이요. 그중에 80퍼센트 정도는 피스랑 박예림이요. 린이는 박예림 별론데.

옷 안쪽에서 꼬리를 탁탁 친다. 속성 때문인가. 물의 정령 태어나면 둘이 싸움 붙는 거 아닌지 걱정되네. 유현이와 예림이도 처음 만났을 때 서먹하긴 했었다. 그런데 지금은 예림이는 물론이고 유현이도 예림이를 생각해 주고 있다니. 어쩐지 뿌듯해졌다.

- 남은 부분은 유명우랑 노아랑 해연 길드 사람들 일부랑요. 그리고 문현아랑 성현제랑 송태원도 조금이요. 전부 형이 바탕이에요! 확실해요! 형 아니면 조금도 신경 안 썼을 거라고요!

안 그래도 된다니까. 하지만 이린은 내가 서운해하기를 무척이나 바라는 시선을 보내왔다.
"음, 유현이에게 나 말고 다른 좋아하는 사람들이 생겨서 섭섭하네."

- 그죠! 좋아하는 건 아니지만요. 형도 서운하죠?

"그래. 하지만 유현이에겐 절대 말하지 마. 난 괜찮아."
린이가 만족스러운 표정으로 고개를 끄덕였다. 그러곤 유현이의 불꽃에 대해 다시 말하기 시작했다.

― 조금이지만 의지할 수 있는 사람이 생겨서 더 가벼워졌을 거예요. 그래서 약간 바뀌었지만요, 지금은 검지도 파랗지도 않아요. 어중간해요. 완전히 새파래져야 하는데! 그럼 아마 특별한 능력도 생길 거예요.

혈염처럼 말인가. 흑염이든 청염이든 어느 한쪽으로 정해져야만 제대로 성장할 수 있는 모양이었다. 그렇다면 후자여야 하겠지. 스스로를 상처 내는 짓은 해서는 안 된다.

"어떻게 해야 완전히 푸른색으로 바뀔 수 있을까?"

― 린이도 정확히는 몰라요. 하지만 유현이가 너무 참아서 까맣게 된 거니까, 형이 안 참는 유현이랑 만나 줘요!

"…그랬다간 나는 물론이고 유현이도 위험해질 거 같다만."

동생 녀석이 참고 있다는 내용이, 익명으로도 상담 못 할 그런 거라서. 누구한테 말하든 당장 신고하세요, 하지 않을까.

― 형이 죽었다고 생각했을 때 유현이는 버텼잖아요. 그러니까 억누르지 않아도 형을 덜 해칠 날도 분명 올 거예요! 예전 같았으면 린이도 형한테 부탁 안 했어.

아카테스에서 유현이는 나를 기다려 줬다. 미안하면서도 기특하고, 또… 잠깐만.

"덜 해친다고? 안 해치는 게 아니라?"

― 그건 유현이가 완전히 다른 존재가 되지 않는 이상은 불가능하고요, 형. 불은 꺼지지 않는 이상 태울 수밖에 없어요. 형도 그 정도는 괜찮잖아요.

"어, 그래 뭐."

- 그래도 형이 너무 위험해지면 안 되니까! 전에 린이한테 들어왔을 때처럼요. 유현이한테 들어가 주세요.

전이라면, 디아르마의 스킬을 사용해서 정신 속으로 들어간 걸 말하는 건가. 성현제에게도 한 번 사용했으니 유현이에게도 쓸 수 있을 것이다. 확실히 거기서라면 죽을 일은 없지.
"내가 잘할 수 있을진 모르겠다만, 알았어. 그렇게 하면 안전하게 유현이의 상태를 확인할 수 있겠지."

- 안전한 건 아닌데요.

이린이 고개를 살짝 기울이며 말했다.

- 안전하면 형한테 몰래 말 안 했죠. 죽지는 않겠지만 삼켜질 수는 있을걸요.

"그럼 어떻게 되는데?"

- 못 나와요. 린이도 자세히는 몰라요. 아마 유현이랑 계속 같이 있게 되겠죠?

지금의 내 동생은 당연히 위험하다고 말릴 것이다. 하지만 본성 그대로라면 어떨까. 그나저나 린이 이 녀석, 정말 꿋꿋하게 유현이 편이구나. 지금도 안전하지 않다면서 당연히 해 줄 거죠, 라는 눈빛을 보내오고 있다.

든든하긴 하네.

"우선은 집에 돌아가고 나서. 여긴 아직 위험하니까."

아마테라스 길드 외의 다른 일본 헌터들도 속으로 이를 바득바득 갈고 있을 것이다. 그래 봤자 우리 상대는 못 되겠지만 너무 방심해도 안 되지.

"적당히 정리했어."

유현이가 다시 이쪽으로 다가오며 말했다. 원래의 절반 정도로 줄어든 쇳물이 아직 주위를 빙그르 맴돌고 있었다.

"좀 아깝긴 하다. 그거 그대로 없어지는 거야?"

"응. 서서히 사라져. 사용할수록 더 빨리 사라지고."

– 린이가 먹을래! 먹게 해 줘!

이린이 소리치고 유현이가 고개를 끄덕였다. 붉은 도마뱀이 불길로 화해 쇳물에 달라붙었다. 그러곤 야금야금 삼켜 간다.

"S급 헌터는 전부 살아 있어."

"수고했어. 그럼 계약서 작성을 해 볼까."

피스의 등 위에서 내려섰다. 가벼운 발걸음으로 시시오에게 다가가자 놈이 얼굴을 잔뜩 일그러뜨렸다. 부러진 팔을 하고서도 억지로 일어나 앉는다.

"이것 참 유감스럽네요. 좋은 인연이라고 생각했는데. 지금도 저는 시시오 씨와 잘 지내고 싶답니다."

두고두고 뜯어먹고 싶어요. 진심으로. 인벤토리에서 계약서를 꺼내 들었다. 가상세계에서 사 두었던 SS급 계약서다. 우리 동네엔 SS급 계약서가 드물지만 저 동네엔 비교적 흔한 편이었다. 그래서인지 현실화하는 데 포인트도 얼마 안 들었다.

"보자, 시시오 씨 포함 S급 헌터 세 명의 목숨을 살려 준다. 이것만으로도 받을 게 참 많겠는걸요?"

"…왜 네놈이."

"네?"

"네놈이 나서는 거냐! 날 제압한 건 저놈이다!"

시시오가 내 옆을 지키듯 선 유현이를 노려보며 소리쳤다. 뭔 소리를 하는가 했더니.

"유현아, 네가 맡을래?"

"아니, 형이 원하는 대로 해."

이런 식의 거래는 밝혀져서 좋을 거 없으니까 내가 개인적으로 하는 편이 낫긴 할 것이다. 아마테라스 길드에서 먼저 공격해 왔다, 라고 해도 살려 줄 테니 가진 거 다 내놔, 는 부정적으로 비칠 가능성이 있었다. 무엇보다도 나한테는 저주 저항이 있으니 여차하면 발뺌하기도 쉽고.

"들었죠? 다른 사람들 오기 전에 빨리 처리합시다."

"…저 괴물이."

"아 뭐래, 남의 동생더러."

"괴물이 아니면 뭐냐! 아니, 네놈이 더 이상해! 어떻게 아무렇지도 않게 저런 놈을 부려 먹을 수가 있는 거지?"

"부려 먹다니, 말이 심하네. 내 동생이 착해서 형 부탁을 잘 들어주는 거지."

시시오 놈이 어이없다 못해 팔짝 뛰겠다는 표정을 지었다.

"젠장, 그래도 같은 S급이건만! 저놈은 전투가 아니라 사냥을 하는 듯했다! 같은 맹수가 아니라 우리를……."

"먹잇감 취급?"

흐려진 뒷말을 대신 해 주자 시시오의 얼굴이 더욱 일그러졌다. 자칭 사자란 놈이니 자존심이 많이 상한 모양이었다.

"단순히 내 동생이 잘났다는 거잖아. 호들갑 떨긴."

"다르다! 세성 길드장과도 달라!"

"다른 사람이니 당연히 다르지. 꽥꽥대지 말고 계약서나 쓰자고. 첫 번째, 향후 아마테라스 길드는 자신의 길드의 영향력이 미치는 모든 던전의 상세한 정보를 제공한다. 아이템도 당연히 포함이야."

내 말에 시시오가 눈을 크게 떴다.

"뭐……!"

"두 번째, 아마테라스 길드의 수익 10퍼센트를 매달 말일 피해 보상금으로 지급한다. 기한은 30년으로 하죠. 너무 적게 받는다, 안 그래요?"

내가 너무 착해서 그래. 10퍼센트가 뭐냐, 10퍼센트가. 하지만 일본 던전 관리를 하려면 길드 유지보수 비용이 필요할 테니까. 우리나라와 너무 가까워서 문제다. 던전 터져서 몬스터 넘어오면 곤란하잖아.

"아, 여기서 아마테라스 길드는 길드장 또는 그에 준하는 위치를 시시오 씨가 차지한 길드에 해당됩니다. 괜히 이름 바꾸거나 해체 후 다시 만들어도 소용없어요. 혹시 모르니 부길드장이 시시오일 때와 주요 길드원의 30퍼센트 이상이 아마테라스 길드와 동일할 때도 포함시키죠."

편법 쓸 틈을 주면 안 되지. 눈앞의 사내가 길드장 자리를 내줄 리 없으니 길드장이 시시오, 라고만 해 둬도 되긴 할 것이다.

"세 번째, 아마테라스 길드의 아이템과 던전 권리를 매달 세 개씩 피해 보상으로 지급한다. 뭘 가져갈지는 물론 제가 정합니다. 목록 정확하게 보내세요. 이것도 기한 30년입니다."

"그, 그런 폭거를! 우리 아이템과 던전을 죄다 뜯어 갈 셈이냐!"

"먹고살 만큼 남겨 줄 테니 걱정 마시죠. 그러게 누가 비겁한 짓 하랬냐. 네 번째, 아마테라스 길드는 한국 길드에 절대 위해를 끼칠 수 없다. 만약 한국 길드가 먼저 시비를 걸 시엔 한국 헌터협회에 연락해 시시비비를 가려 주길 부탁해야 합니다. 요건 평생."

"절대 받아들일 수— 컥!"

시시오의 다리를 꿰뚫은 창을 유현이가 발끝으로 가볍게 밀었다. 상처가 헤집어지며 멎었던 피가 다시 솟아났다.

"우리나라 일본에 관심 없으니까 걱정 마세요. 우리한테 찝쩍대지 말라고 넣는 조항이니까. 마지막으로 아마테라스 길드는 마수사육소 소장 한유진, 해연 길드 길드장 한유현의 요청이 있을 시 적극적인 지원을 한다. 인력이든 물질이든 말입니다. 이것도 무기한."

계약서에는 좀 더 상세하게 조건들을 적어 넣었다.

"대충 이 정도로 해 두죠. 한 짓거리를 생각하면 다 뜯어내고 거지꼴로 굴려 먹어도 시원찮겠지만 제 마음이 워낙 여려서. 감사를 표해도 됩니다. 이미 머리 숙이셨네, 도게 뭐라고 하던가. 바닥에 머리 박고 엎어지는 거."

"아니, 억!"

유현이의 다리가 치켜 들리더니 시시오의 머리를 뒤꿈치로 내리찍었다. 그대로 머리가 바닥에 처박힌 시시오가 분한 듯 으르렁거렸다. 끝까지는 안 죽네.

"죽이면 안 돼? 형에게 원한 품을 거 같은데."

시시오의 머리를 짓밟은 채 유현이가 말했다.

"그러긴 아깝지. 계약서에 내 안전 관련 상세하게 적어 넣지 뭐. 이거 SS급이라 지금은 풀 수 있는 사람도 없어."

나 빼곤 말이다. 내가 먼저 사인하곤 시시오에게 펜을 내밀었다. 더러워진 얼굴을 든 시시오가 이를 바득바득 갈면서 펜을 받아 들었다.

"차라리……."

"죽게?"

"안 죽어! 군자의 복수는 십 년도 늦지 않다!"

그러곤 단숨에 서명을 해 버린다. 잘한다, 잘한다. 이런 점은 마음에 든다니까. 두 장으로 나뉜 계약서 한 장 곱게 인벤토리에 넣고 활짝 웃어 보였다.

"이걸로 다 용서해 드리겠습니다. 앞으로 사이좋게 잘 지내 보자고요. 지나간 과거는 잊고, 미움도 원망도 다아 버리고, 사랑합니다 호구, 아니 시시오 씨."

계약으로 묶어 뒀으니 키워드 적용해 둬도 괜찮을 거 같은데. 역시 한 번에 성공하진 않았다. 대신 시시오가 뭐 씹은 표정이 되었다. 그냥 너스레 좀 떤 거 가지고 떨떠름해하기는.

콰드득, 섬뜩한 소리와 함께 시시오의 다리에서 창이 뽑혔다. 그러곤 자기 소임을 다했다는 듯 녹아내리다가 이내 사라진다.

"무기 상태로 계속 유지할 수 있으면 좋을 텐데."

방금 사라진 창의 등급이 무려 SS급이니까. 하지만 무기 형태로 남는다면 완전 사기 스킬이 되겠지. S급 도검 두엇에 A급 도검 몇 개 조합해서 SS급 무기를 만들어 낼 수 있습니다, 하면 전 세계 S급 헌터들이 무기 박박 긁어모아서 달려올 것이다. 심지어 A급 도검 모아서 S급 무기로 만들 수도 있다는 뜻이잖아.

일정 시간 후 사라지는 게 밸런스가 맞긴 하다만, 그래도 아깝긴 아까웠다.

'스킬 등급이 올라가면 좀 더 효율이 좋아지지 않을까.'

스킬 특성상 성장시키는 것부터가 까다롭긴 하지만. 스킬은 기본적으로 많이 써서 익숙해지는 게 성장의 기초다. 내 새끼 버프를 걸어 준다고 해도 스킬 사용 없이 성장은 불가능할 테고. 버프 걸어 놓고 중하급 무기라도 잔뜩 녹이게 해 볼까.

"크으, 이대로 물러나지는 않겠다."

시시오 놈이 삼류 악당 같은 소리를 하며 제 다리에 포션을 부었다.

"그거 너무 뻔하고 유치하고 하찮아 보이는 짓이잖아요."

"…뭐?"

"자칭 일본 최고의 헌터이자 사자왕님이시면 그에 걸맞게 행동하셔야지. 깔끔하게 승복하고 웃어넘기는 게 더 멋있어 보인다니까."

시시오가 어이없는 얼굴을 한 채 비틀거리며 일어났다.

"웃어넘길 일이냐!"

"속 좁네. 최소한 겉으로는 괜찮은 척해야지. 그럼 와, 저렇게 뜯기고도 여유를 보이다니. 숨겨진 저력이 더 있나 보다, 아마테라스 대단해~ 하지 않겠냐고요."

"아니, 그건……."

"스마~일. 얼른. 쿨하고 호탕하게! 자, 따라 해요. 이까짓 거 나는 아무렇지도 않다! 나는 위대하신 아마테라스 길드장님이시다! 해 봐요."

"…뭘 시키는 거냐!"

뭘 시키긴. 기운이 나야 능률도 오르고 열심히 던전 돌아 줘야 내가 뜯어먹을 게 많아지지. 돈 벌어 봤자 다 뜯기네, 라는 마음가짐보다야 이거 좀 뜯겨도 괜찮아! 라는 마음가짐이 부려 먹기도 훨씬 좋다.

"울상 짓지 말고 힘내서 얼른 뒷정리하셔야지. 방송 출연해서 일본의 위기를 해결했다, 라고 큰소리도 탕탕 쳐 주고. 방송 날조 좀 하는 건 봐줄게. 어차피 늘 그랬을 거고."

시시오 님 만세 소리 울려 퍼지겠네 하며 다독이자 찝찝한 표정으로 자기 길드원들 챙기기 위해 움직인다. 엉뚱한 놈이 새로 일본 헌터계 주름잡는 것보단 계약한 놈 계속 눌러 앉히는 게 편하지. 그러니 잘해라.

얼마 지나지 않아 시시오 일행을 떨어뜨려 놓고 피신했던 헬기가 다시 돌아왔다. 새로 투입된 힐러들이 부상자들을 치료했다. 우리에게 헬기를 보내 줄까 물어 왔지만 피스가 있으니 알아서 가겠다고 대답했다. 지금 당장 얼굴 마주 보고 앉아 있기엔 껄끄럽지 않겠냐.

"세성 길드장이 안 막아 준 건 의외네. 몰랐을 린 없고, 일부러 손 놓고 있었나?"

우리 애 지속시간도 친절히 털어놓았으니 30분 지나고 덤벼들 거라는 예상을 하지 못한 건 아니었다. 그렇지만 우리 측 S급 헌터가 무려 넷이나 모여 있으니 적당히 막아 줄 거라고 생각했다. 아니었으면 공격 스킬 두 배라도 지속시키기 위해 유현이에게 달라붙어 있었겠지.

"결과적으론 이득이니까 저놈들 잘 보내 주긴 했다만. 유현이 너 S급 도검 최대한 챙겨. 지금은 S급 검 한 자루도 없잖냐."

"응. 좀 허전하긴 해."

유현이가 약간 시무룩하게 말했다. S급 무기가 흔한 것도 아니고 처음 얻은 뒤로 계속 써 왔을 검인데 아쉽긴 하겠지. 내 포인트로 SS급 검 하나 못 구하나. 만약을 대비해 S급 이상 도검류 여럿 소지하게 하고 싶은데. 지금처럼 스킬 쓰고 나면 빈손이 되어 버려서야 곤란하니.

"참, 레벨은 좀 올랐어? SS급 몬스터를 다섯 마리나 잡았는데 칭호 같은 건 안 떴나?"

"레벨은 오르긴 했는데 다른 건 없어."

그럴 수가. 신입 만나면 뭐 좀 뜯어내야겠다. S급 헌터가 버프 받긴 했지만 혼자 SS급 몬스터 다섯 마리를 해치웠는데 아무것도 안 주다니, 말이 되냐. 최소 SSS급 칭호 하나쯤은 나와 줘야지!

"내가 다 잘 챙겨 줄게."

그리고 청염도. 이린은 위험하다고 했지만 그건 내 스킬을 몰라서 하는 말이다. 정신세계에서 내가 직접 경험하고 느낀 힘을 다룰 수 있다는 사실을 잘 모르니까. 현실에서는 유현이에게 손끝 하나 까딱 못 할 정도로 약하지만 정신계 속에서야 다르다. 제아무리 잘난 동생이라 해도 나를 쉽게 삼키진 못할 것이다.

하지만 그런 모습을 보이려면 그 전에 말을 해 줘야겠지. 회귀 전의 일에 대해서.

'…보은 스킬은 절대 말 못 하겠지만.'

그건 진짜, 절대로 유현이 귀에 들어가서는 안 된다. 자신이 죽어서 내가… 배의 힘을 가질 수 있게 된다는 걸 안다면. 저번 최석원 때 같은 일이 벌어졌을 때 유현이가 어떤 선택을 해 버릴지, 모른다고는, 말할 수가 없으니.

들킬 생각 전혀 없지만 만에 하나 눈치채게 된다면 키워드를 밝혀서 무효화시킬 것이다. 성장 버프를 주지 못하는 건 아깝지만 유현이가 자기 목숨 내걸어 날 지킬 수단을 가지게 놓아둘 순 없다.

'어디까지 말해야 할지… 미리 생각을 정리해 둬야겠지…….'

갑자기 목이 탔다. 어디까지, 얼마나 자세하게. …그냥 회귀했다는 정도만 말해도 되지 않을까. 하지만 유현이에게 네가 나를 지켜 주었다는 것을, 그리고 아직, 네가……. 말해야 한다. 하지만 말하고 싶지 않았다.

공포 저항 스킬이 발동되는 것이 느껴졌다.

"형. 우리도 출발해야 하지 않을까."

"어? 어, 응."

정신을 차리고 고개를 들자 부상자들이 거의 다 헬기로 옮겨진 게 보였다.

"SS급 마석만 마저 찾고 가자."

그렇게 말하며 마석 탐지기를 꺼내 들고 걸음을 옮겼다. 세 개 남았었지.

"형! 다친 거야?"

유현이가 갑자기 나를 붙잡았다. 유현이의 외침에 피스도 놀라며 내게 다가붙었다.

"그럴 리 없잖아. 멀쩡해."

"하지만 방금 다리를 절었잖아!"

"…뭐?"

순간 머릿속이 새하얗게 물들었다. 다리라니. 그럴 리가.

"네가, 잘못 본 거겠지. 봐 봐. 멀쩡해."

보란 듯이 몇 발짝 걸어 보였다. 당연히 멀쩡했다. 유현이가 고개를 갸웃했다.

"…아픈데 숨기는 건 아니지?"

"아니야. 내가 왜 숨기겠냐. 다쳤으면 포션 쓰면 그만인데. 피곤해서 힘이 빠진 걸 착각한 거 아니냐. 스탯 F급이니 슬슬 다리 풀릴 만도 하지. 아, 말하고 나니 더 피곤한 거 같다."

"호텔에서 억지로라도 쉬게 하는 건데. 피스."

유현이의 부름에 유체화했던 피스가 다시 몸집을 키웠다. 그릉거리며 콧등으로 나를 살짝 찌르는 피스에게 올라탔다.

"형, 탐지 아이템도 나한테 줘. 내가 마저 찾아올게."

고개를 끄덕이곤 아이템을 동생에게 건넸다.

- 끄우웅.

"아픈 곳 없어, 피스야."

정말로 아프진 않았다. 내 오른쪽 다리를 내려다보았다. 살펴볼 필요도 없이 상처 하나 없이 멀쩡한 다리다. 하지만 내 변명과는 다르게 유현이가 잘못 보았을 확률은 거의 없겠지.

무심코 턱에 힘이 들어갔다. 어금니가 꽉 다물렸다.

'없었던 일이 아니라고 받아들였기 때문인 건가.'

몸은 멀쩡하니 문제가 있다면 정신적인 것이겠지. 어찌 보면 이상한 일도 아니다. 다리 저는 게 습관이 되어 버렸을 법도 한데 하루아침에 아무런 티가 나지 않았던 게 더 이상한 거지. 까맣게 잊고 있었던 아픔도 되새겨지는 것 같아 눈가가 조금 찌푸려졌다.

지금 공포 저항을 끈다면 틀림없이 겁에 질리고 말 것이다. 해파리 놈이 보여 줬던 과거까지 떠올라서 속이 따끔거렸다. 전부 다 여태까지처럼 모른 척하고 싶지만.

'천천히 하자, 천천히.'

내 상태 나쁘다고 날 탓할 사람들, 주위에 아무도 없으니까. 탓하는 놈 있으면 조용히 처리해 줄 사람들이다.

그래도 다리는 상처도 없고 현재로선 다쳤던 과거도 없으니 설명하기 곤란한데. 의식하고 있으면 절지 않겠지.

남은 세 개의 SS급 마석을 수거한 유현이가 돌아왔다. 그사이 시시오 일행은 철수하고 있었다. 헬기가 요란한 소리를 내며 공중으로 날아오른다.

"형, 여기."

유현이가 마석을 전부 내게 건네곤 내 등 뒤로 올라탔다. 피스가 길게 날개를 펼쳤다.

"넌 욕심도 없냐."

"형이 잘 챙겨 준다며."

그야 그럴 거지만.

곧장 사람들이 가 있을 대피소 쪽으로 향했다. 질주 스킬을 쓰지 않았음에도 피스의 비행 속도는 상당히 빨랐다. 시시오네 헬기보다 조금 빨리 대피소에 도착했는데.

"없네."

대피소였던 흔적만 남아 있었다. 건물이 사라지고 물이 휩쓸고 지나간 진흙탕 위에 서 있던 일본 헌터가 우리를 보곤 덜덜 떨며 소리쳤다.

"이, 일행분들은 도쿄로 가셨습니다!"

도쿄? 설마 명우에게 무슨 일이 생긴 건 아니겠지.

"뭐야, 어떻게 된 거냐!"

한발 늦게 도착한 시시오가 소리쳤다. 얼굴에 멍 자국이 남은 헌터가 얼른 대답했다.

"한국 헌터들이, 시시오 님께서 헌터들을 데리고 떠난 걸 뒤늦게 알아차리고는 용납할 수 없다며 대피소를 제압, 인질들을 붙잡고 도쿄의 아마테라스 길드 본부로 향했습니다!"

뒤늦게는 무슨. 시시오가 개미 눈곱만큼 불쌍해졌다. 지금쯤 아마테라스 길드 건물 탈탈 다 털렸겠네.

"이, 익! 당장 출발해!"

헬리콥터들이 착륙도 못 하고 허둥지둥 다시 날아가기 시작했다. 헬기의 불빛이 멀어져 가고 우리도 다시 출발하려는데 일본 헌터가 나를 불렀다.

"저어, 한유진 헌터님께서는 피곤하실 텐데 천천히 와도 괜찮다 전하라 하셨습니다."

"누가요?"

"세성 길드장님께서, 정리해 놓으시겠다고요. 가까운 곳에 멀쩡한 호텔이 있습니다."

일이 어떻게 돌아갈지 다 예상한 모양이다. 성현제가 알아서 하겠다면 믿을 만하긴 하지만.

"아뇨, 바로 가 보겠습니다."

"아, 그럼 근처 공항으로 가시면 됩니다. 전용기를 대기시켜 놓았다고 하셨습니다."

그새? 몬스터를 끌어들이고 나서 채 두 시간도 안 지났는데. 이 근처라면 몬스터 이동 경로 내니까 일본 비행기가 멀쩡할 린 없고, 한국에 연락한 건가.

괜찮다고 말하려 했지만 유현이가 비행기로 가는 게 편할 거라며 헌터가 가르쳐 준 곳으로 방향을 틀었다. 하긴 집에 갈 때도 그 비행기 타고 가야 할 테니 겸사겸사 도쿄로 옮겨 놓는 게 낫겠지.

"어휴, 저런."

그리고 도착한 아마테라스 길드 본부 건물은 절반이 날아간 채였다. 일본 성처럼 만들어 놓은 중앙 건물은 아예 사라지고 뒤쪽 빌딩도 멀쩡하진 못했다. 중앙 건물이 깨끗하게 날아간 공터에는 아마테라스 길드원들이 줄줄이 서서 눈치만 살피고 있었다. 시시오 일행은 도착 전인 듯했다.

"아저씨! 아이템 보관실은 안 건드렸어요!"

예림이가 우리 쪽으로 날아오며 활기차게 외쳤다.

"그래, 잘했다."

노아도 현아 씨도 당연하지만 긁힌 상처 하나 없는 듯하고. 성현제도 물론 멀쩡했다.

"덕분에 편하게 왔습니다."

"밤이 늦었는데 쉬고 오지 그랬나."

"바로 올 줄 알고 비행기도 대기시켜 놓아 주시곤 새삼스러운 말씀을."

그때 헬리콥터 소리가 들려왔다. 이어 쿵, 누군가가 급히 뛰어내렸다. 보나 마나 뭐.

"이게 무슨 짓이냐!"

시시오 씨였다. 어지간히도 열이 받았는지 얼굴은 물론 목덜미까지 시뻘겋게 핏대가 섰다.

"나의 사자궁이!"

…어, 음, 네.

"내 황금사자상은!"

그거 통으로 황금이라는 설명을 들었던 거 같은데. 던전에서 나오는 희귀 광물 때문에 다른 보석류는 값이 제법 떨어졌지만 금값은 아직 유지되고 있었지. 비싸겠네.

"한유현 길드장님아, 쟤 왜 저렇게 멀쩡해?"

예림이가 시시오를 힐끔거리며 물었다. 치료받아서 저런 거지 사지가 다 무사하지 못했었다만.

"형이 살려 놓으라고 했다."

"아저씨도 참, 저런 놈한테 마음 약해질 필요 없는데."

그게 아니고, 예림아. 수렵 채집보다는 농경 사육이 더 이득이란다. 심지어 알아서 자라고 수확물 바칠 놈이라.

"이런 짓을 하고도 무사—!"

"내가 한 말을 그새 잊었나 보군."

시시오의 외침을 성현제의 나직한 목소리가 잘랐다. 시시오가 움찔 입을 다물었다. 확실히 둘이 예전에 무슨 일 있긴 있었던 거 같은데. 자세히는 몰라도 사자왕 씨에게 불운한 일이었겠지.

"적당히 봐주세요. 너무 밟아 놓으면 먹을 게 없어지니까."

"이번 일에 협력한 다른 일본 길드들도 있다네."

"어, 그거—"

"명단은 내일 알려 주도록 하지. 쉬고 나서."

어느새 그걸 또 캐내셨냐. 궁금한데. 덩치 좀 있는 길드들이겠지? 분을 꾹꾹 눌러 참는 시시오를 뒤로한 채 호텔로 향했다.

SS급 마석 다섯 개가 테이블 위에 나란히 놓였다. 기본적으로 하얀색이지만 저마다 다른 빛깔을 머금고 있었다. 크기도 약간씩 달랐다.

"아저씨, 저도요! 다음번엔 저한테도 맡겨 주세요!"

예림이가 푸른빛을 띤 마석을 만지작거리며 말했다. 다음번이 있으면 안 되지. 던전 밖으로 SS급 몬스터가 튀어나오는 일은 없는 편이 더 좋다.

"나도 한번 경험해 보고 싶은데. 되나, 한 소장? 난 아직 서른 되려면 멀었다고."

"물론 현아 씨도 가능하죠."

"세성 길드장님, 늙어서 어째. 그 스킬 외관 나이로는 안 봐준대? 성현제 스타일 바꾸면 가능할걸."

문현아가 킬킬 웃으며 말했다. 캐주얼하게 입고 헤어스타일도 바꾸면… 음, 좀 보고 싶기도 하고.

"단순한 나이 제한이라면 감수하는 수밖에 없지 않겠나."

성현제가 아쉽다는 듯 나를 바라보았다. 나이 외의, 다른 제한은 아니냐고 묻는 것 같은 시선이었다.

"사람 나이를 어쩌겠어요. 성현제 씨도 20대였으면 당연히 가능했을 텐데. 저도 아쉽네요."

대답하며 아까부터 난리 치고 있는 삐약이를 달랬다.

─ 삐이약! 삑! 삐약!

"삐약아, 안 돼. 진정해. 어차피 너 혼자선 저거 못 삼켜."

내 손에 붙잡힌 삐약이가 파닥파닥 발버둥을 쳤다. 해파리의 마석을 먹고도 멀쩡했으니 SS급 마석을 먹인다 해도 탈 나진 않지 싶지만… 그래도 조심하는 게 좋을 것이다. 게다가 삐약아, 미안하지만 아빠가 SS급 마석을 마음껏 먹여 줄 정도의 능력은 못 된단다. 삼촌이 힘들게 잡은 거야.

"나중에 A급짜리 하나 줄게."

─ 삐이이 삐약! 삐이익!

"아이구, 그래. 서러워요. 미안해."

삐약이가 계속 울자 벨라레가 어쩔 줄 몰라 하더니 마석 하나를 몸으로 감아 끌고 왔다.

- 시잇, 쉿!
- 삐약삐약!

세상에, 귀여워. 둘이 정말 사이좋구나. 벨라레 리에트에게 어떻게 보내지. 성장시키는 거 실패했다고 하고 보상금을 지불해 버릴까. 어차피 삐약이 힘으론 먹지 못할 거라 풀어 주자 벨라레가 가져다준 마석을 날개로 끌어안고는 빽빽거린다. 부숴 달라는 듯 나를 돌아보지만 안 돼, 삐약아.

"이거 전부 장비로 만들 거라고?"

마석을 살펴보던 명우가 말했다.

"응. 그게 제일 낫지 않을까 싶어서. 마침 다섯 명이기도 하잖아."

유현이 공이 가장 크긴 해도 다른 사람들의 도움도 컸다. 그리고 유현이는 내가 모아 놓은 포인트로 따로 또 챙겨 줄 수 있으니까. 내 말에 명우가 짧게 한숨을 내쉬었다.

"유진이 너는 제외하고 말이지."

"아니, 나는—"

"F급이라서 필요 없으니까, 라고?"

"…은혜만으로도 최소 십 년 치 받을 거 다 받은 게 아닐까……? 아, 그리고 나 S급 무기 새로 생겼잖아."

신입이 언제 회수해 갈지 모르긴 하지만. 명우가 못마땅해하면서도 마석을 챙겼다. 끌어안고 있던 마석을 빼앗긴 삐약이가 삐약삐약 항의해 왔다.

"마석 특성 확인 후 전달할 테니 서로 합의해서 소유권 정하십시오. 물론 추가 재료비에 더해 제작 비용도 지불하셔야 합니다."

"저 다시 빚쟁이 되는 건가요. 할부도 되죠?"

예림이의 말에 명우가 나를 힐끔 쳐다보곤 대답했다.

"할인도 해 줄게. 박예림 양은 든든하니까. 노아 너도."

"전 괜찮아요. 아직 돈은 충분히 있거든요."

"아낄 수 있을 땐 아껴야지. 던전 들어가는 것도 별로 안 좋아하잖아."

노아가 조금 수줍어하며 고개를 끄덕였다.

"네. 하지만 던전 공략이 아니더라도 다른 소소한 일거리는 있어요."

"노아 씨 설마 알바해요?"

내가 더 잘 챙겨 줬어야 했는데! 내 말에 노아가 아니라며 대답했다.

"제의는 들어오고 있지만요. 헌터 관련 외에, 광고 같은 것도요."

"광고는 괜찮은 거 있으면 받아들이세요. 노아 씨 뭘 하든 진짜 잘 어울릴 텐데."

화면이 빛나겠지. 주얼리 화보 거절한 건 정말 아쉬웠는데. 유현이도 광고 찍는 건 별로 안 좋아한댔고. 예림이는 일본전 끝나면 인기 확 오를 테니까 그때 어울리는 거로 골라 촬영하기로 했다.

"유진 씨도 연락 많이 오지 않았어요?"

"저야 뭐, 다리 같은 거라. 우리 애들이랑 같이 나와 달라는 게 대부분인데 새끼 몬스터들 데리고 촬영하는 건 좀 꺼려지더라고요."

비각성자 북적북적한 공간은 웬만해선 피하는 편이 낫지.

"맞다, 아저씨, 애들이 동영상 좀 자주 올려 달래요! 아예 채널 하나 만드는 건 어때요?"

"응? 채널?"

"인터넷 방송이요."

"박예림, 형 귀찮게 하지 마."

"그냥 물어본 거뿐이거든?"

인터넷 방송이면 개인이 찍어서 올리는 거 말인가? 던전 내에서 촬영

가능해지고 나서는 중하급 헌터들 중에 그런 방송으로 인기 얻는 경우도 있었지. 상급 헌터들이야 개인이 아닌 전문적인 방송을 했었고 세계적으로 유명세 떨친 사람들도 많았다. 나도 좋아하는 헌터가 있었고.

"대장간에 들어가 볼까 하는데 출발 시간은 언제야?"

"지금 바로? 정리할 일이 더 있으니까 빨라야 내일 오후일걸."

"마석은 꺼낸 지 오래될수록 특성 확인하기 까다로워지거든. 특수 처리라도 하지 않는 이상은 원래 지니고 있던 특성이 점점 흐려지기도 해. 단순히 에너지원으로 쓰는 건 별 차이 없지만 아이템화하기엔 신선할수록 좋지."

처음 듣는 소리였다. 뭔가 전문가 같아서 멋있다.

"독성과 저주 관련도 있는 듯한데, 도와주지 않을래?"

"네, 물론 도와드려야죠."

노아가 대답하며 일어났다.

"나도 저항 스킬은 있는데."

"유진이 넌 쉬어야지. 그리고 은혜도 평범한 열기는 못 막아. 자칫하면 저온화상 입는다."

그렇게 말하곤 명우가 노아와 함께 대장간으로 사라졌다.

"유명우 헌터 말대로 자러 가, 형."

내 옆에 앉은 유현이가 말했다. 호텔에 도착하기가 무섭게 쉬라고 재촉해 왔지만 내키지가 않았다. 지금 잠들면 악몽이라도 꿀 듯했다.

"아직 별로 안 졸려서. 너야말로 피곤하지 않냐."

"난 푹 쉬었었잖아. 어차피 지금은 잠도 안 올 거고."

하긴 아직 예민해져 있을 때다. 며칠을 계속 몬스터와 싸워야 하는 던전 공략 직후와는 비교할 바가 아니겠지만 SS급 몬스터에 이어 S급 헌터들과도 붙었으니. 홍콩이나 아카테스에서처럼 체력 소모가 심하지 않고서야 잠들기 힘들겠지.

'포인트로 산 스킬을 써 볼까.'

등급 대비 저렴하고 쓸모도 많을 것 같아 메드상에 도착하기 전에 사 두었던 스킬이다. 스킬창을 열어 새로 생긴 두 스킬을 확인해 보았다.

> 토닥토닥(B) - 대상의 등을 토닥토닥 두드려 주면 진정시킬 수 있으며 스킬 시전자를 향한 대상의 신뢰와 호감이 높을수록 강한 효과를 발휘함
> ※ 스킬 시전자에게 반감을 가졌을 경우 역효과가 나타날 수도 있음

> 자장자장(A) - 대상을 잠재우기 위한 행동을 하면 잠들게 만들 수 있으며 스킬 시전자를 향한 대상의 신뢰와 호감이 높을수록 강한 효과를 발휘함
> 수면 중 회복 효과+20%, 미약한 성장 활성화
> ※스킬 시전자에게 반감을 가졌을 경우 역효과가 나타날 수도 있음

몬스터들에게 쓰려고 산 거긴 하지만 사람에게 쓰지 말란 말은 없으니까.

"유현아, 이리 와 봐."

동생을 품에 당겨 안고는 등을 토닥토닥 두드렸다. 예림이와 문현아가 동시에 뭐 하는 거냐며 표정을 찡그렸다.

"우리 유현이, 자자. 착하지, 늦었으니까 이만 자야지."

"형, 뭐 하는……."

의아하게 나를 올려다보던 눈이 느리게 깜박거렸다. 오, 졸고 있어.

"…형."

"그래, 괜찮아. 자자."

> 칭호 '완벽한 양육자'가 키워드 적용 대상자를 향한 스킬 효과를 더해 줍니다!

양육 관련 스킬이라서인가 칭호까지 적용되었다. 그러자 유현이의 눈이 완전히 감겨 버렸다. 머리를 내게 툭 기대고는 전신의 힘도 느슨하게 빠졌다. 숨소리도 편안하게 들려왔다.

"우와, 아저씨! 뭐예요?"

"진짜 자는 거야? 한유현이 여기서? 진짜로?"

"스킬인가? 도련님이 저렇게 무방비하게 잠드는 걸 보게 될 줄이야. 놀랍군."

세 사람 다 깜짝 놀라며 말을 걸어왔지만 유현이는 꿈쩍도 하지 않았다. 평소 같았으면 바로 깼을 텐데 정말 잘 잔다.

"스킬 맞아요. 저에 대한 신뢰와 호감이 높으면 효과가 더 좋다고는 하던데 이렇게까지 잘 먹힐 줄은 몰랐네요."

"신뢰와 호감이라니, 그럼 당연히 바로 곯아떨어지죠. 한유현인데. 업어 가도 모르겠다."

아, 하고 예림이가 자리에서 벌떡 일어났다. 예림이가 바로 옆으로 다가오는데도 유현이는 여전히 잠에 빠져 있었다.

"제가 방으로 데려다줄게요, 아저씨. 그래도 되죠? 아저씨가 들기엔 무겁잖아요. 딱 한 번만요!"

"어… 그래."

내가 못 들 정도는 아니지만 예림이가 도와주겠다는데 거절할 필요는 없겠지. 예림이가 신나 하며 유현이를 번쩍 곱게 안아 들었다. 다리며 옷이 끌리지 않을까 싶었는데 땅에 닿지 않도록 공중으로 살짝 떠오른다.

"언니! 휴대폰! 빨리요!"

"그래, 그래!"

"사진도 찍고 동영상도 촬영해 주세요!"

"찍고 있어. 야, 우리 예림이 멋지다~"

"해연 길드장 한유현 내 손안에 녹다운됐다!"

"…유출하지는 마라. 현아 씨도요."

"딱 한 장만 올리면 안 돼요?"

"안 돼."

저렇게 떠들썩한데도 유현이는 깊게 잠든 채였다. 스킬 효과 너무 좋구나. 두 개 동시에 써서 더 강해진 걸까. 조심해서 써야겠다.

예림이가 유현이를 안아 든 채 일부러 엘리베이터가 아닌 계단 쪽으로 향했다. 그 뒤를 문현아가 휴대폰으로 촬영을 하며 뒤따라갔다.

셋이 사라지자 순식간에 조용해졌다. 삐약이가 삐삐거리는 소리만 들려온다.

"앞으로 애들 재우는 건 쉬워지겠네요. 피스야, 너도 잘래? 재워 줘?"

- 크흥.

유현이가 떠난 의자에 올라앉은 피스가 고개를 저었다. 말을 알아들은 것처럼 행동하네.

"전 아직 자고 싶지 않은데 명단 미리 알려 주면 안 됩니까? 그 짧은 시간 만에 어떻게 다 알아냈대요."

"한유진 군에게는 쓸 수 없는 방법을 사용했지."

"아직도 제 속내 모르는 게 거슬리는 겁니까? 말해 드릴 거라니까."

뭐라도 마시겠냐면서 자리에서 일어났다. 라운지에 다른 사람은 없었지만 음료와 간단한 음식은 셀프 바에 마련되어 있었다. 피스가 종종종 나를 따라왔다.

"사과주스 어때요. 아니면 포도주스? 차랑 커피는 귀찮으니 거절합니다. 대답 없으시면 맹물 갑니다."

"같은 걸로."

"갑자기 물이 땡기네."

두 개의 잔에 사과주스를 따랐다. 들고 온 잔을 테이블에 놓자 성현제가 몸을 일으켰다. 테이블을 돌아 말도 없이 성큼성큼 다가오는 것에 무심코 뒷걸음질을 쳤다. 피스도 작게 으르렁거렸다. 주스 잔을 콕콕 건드리던 삐약이와 벨라레도 우리를 바라본다.

"왜요."

"오른쪽 다리."

"멀쩡합니다."

"멀쩡한 척하려고 신경 써서 걷고 있는 거겠지."

…아 씨. 진짜 더럽게 예민하시네. 그걸 눈치채냐. 유현이도 다른 사람들도 몰라봤건만.

"피곤해서 그래요, 피곤해서. 다친 곳은 없습니다. 직접 확인해 보시든가."

자자, 하고 의자에 다리 올려서 바지 걷어 보여 줬다. 봐라, 흉터 하나 없잖아.

"보셨죠?"

자신만만한 내 말에 성현제가 눈살을 약간 찌푸렸다.

"이런 갑갑한 기분은 오랜만이로군."

"오랜만이라는 게 더 신기하네요. 전에도 있었다는 거니까. 갑갑한 거 안 참으실 성격이신데."

"송 실장이 있었지."

"아."

인정합니다. 우리 송 실장님이 그 분야에 있어선 최고시지.

"그래도 제가 송 실장님보다는 낫잖아요. 바뀌려고 하고는 있으니까. 송 실장님은 어떻게 해야 할지를 모르겠어요. 일단 새끼 양부터 어떻게든 품에 안기면 틈이 생길 것도 같은데."

성현제가 손을 뻗어 걷어 올린 바짓단을 내려 주었다. 그러곤 셀프 바로 가 우유 한 잔을 따라왔다. 건네주는 것을 받아 보니 어떻게 했는지 따뜻하다.

"다섯 살짜리가 된 것 같은 기분이네요."

"다섯 살이 차라리 말을 더 잘 듣겠지."

"미운 다섯 살이란 말도 못 들어 보셨나. 우리 유현이는 착했지만."

툴툴대면서도 우유는 얌전히 마셨다. 이렇게 챙겨 주는데 계속 거절하기는 미안했다. 자기는 싫지만 올라가서 쉬기라도 하지 뭐.

"이대로라면 도련님에게 한 번 더 맡겨 둘 생각 없느냐고 물어보기라도 해야겠군. 한유진 군에게는 휴식이 필요해."

"세성 길드장님 댁이 호텔이라도 된답니까."

"한유진 군 외에는 아무도 재워 준 적 없건만, 섭섭하군. 길드원이 아닌 외부인이 들어온 적도 거의 없었지. 그때 도련님이 한 번, 송태원 실장은 여러 번 오긴 했지만."

"송 실장님 괴롭히지 좀 마세요."

"날 괴롭히려고 오는 거네만. 업무시간 외에도 찾아오는 쪽의 잘못이지."

업무시간 외에라니, 말만 들어도 가슴 아프다. 각성자와 던전 문제는 밤낮을 안 가리니 성현제가 퇴근했어도 필요하면 집에까지 찾아가서 부탁해야 할 테고. 무릎 꿇은 것도 자택에서였던 거 아니냐. 아, 눈물 날 거 같아.

"자러 갑니다, 자러 가요. 우유 고마워요."

"천만에."

"다리는 진짜 별거 아니니까요."

"입 다물어 주지. 내가 아니면 잘 모르긴 할 거야."

눈치 빠른 거 껄끄러우면서도 편하긴 편했다.

펑!

그때 위쪽에서 폭발음이 들려왔다. 내 동생 깼구나. 곱게 눕혀 놓고 내려오지 장난이라도 친 걸까. 얼른 달래러 가야겠다.

'쓰다.'

검은 소의 숲 던전에서 가지고 온 뿌리열매를 생으로 먹었다. 스태미너 포션의 재료인 만큼 그냥 먹어도 효과는 나타났다. 맛은 더럽게 없었지만.

'이제 정신이 좀 드네.'

던전에서 잠깐 존 거 외엔 제대로 못 잤으니까. 반면에 몸뚱이는 물론 정신적으로도 이래저래 혹사당한 상태고. 자야 하는 게 맞긴 한데, 집에 가선 잘 수 있겠지.

씻고 거실로 나가자 유현이가 앉아 있는 게 보였다. 나를 바라보는 표정이 뚱하다.

"아직 화났어? 다시는 안 그런다니까."

밤중에 호텔 전소할 뻔했었지.

"나도 그렇게까지 잘 통할 줄은 몰랐어. 네가 그 정도로 날 믿어 준다는 게 고마울 정도라니까. 현아 씨는 물론이고 예림이도 너보단 효과가 덜했잖아."

내 말에 동생의 표정이 슬쩍 풀렸다.

"나한테는 집 밖에서는 쓰지 마. 집에서도 박예림이 있을 때 외엔 안 돼."

"하지만 예림이 던전에 들어가면? 회복은 그렇다 쳐도 성장 활성화는……."

"안 돼. 박예림에게 그 스킬 썼을 때도 마찬가지야."

아깝다. 미약한이라고 해도 도움이 될 텐데. 알겠다고 고개를 끄덕이자 그제야 미소를 짓는다.

진정, 수면 스킬을 예림이와 문현아의 도움을 받아 가며 확인해 본 결과 역시 S급쯤 되면 저항하기 그리 어렵지 않았다. 문현아는 비교적 쉽게 벗어났고 예림이는 자고 싶어 했지만 힘겹게 내 품을 빠져나갈 수 있었다.

반면에 유현이는 진정 스킬 없이 수면 스킬만 썼을 때도 견디기 힘들어했다. 그래도 스킬 자체를 못 쓰게 하는 건 쉬우니까 내가 강제로 재우는 건 불가능하겠지만. 품에 끌어안기거나 등을 토닥거리는 것만 막으면 그만이다.

"새끼 몬스터들한테는 무척 유용할 거야. 예림이는 나만 귀찮지 않으면 재워 달라고 했는데."

기분 좋다고 그랬는데. 숙면이 얼마나 중요한 건데. 예민해서 잘 자지도 못한댔으면서. 깊게 잠든다고 해도 무슨 일이 있어도 못 깨어나는 것도 아니고. 간절한 내 눈빛에 유현이가 망설이다가 입을 열었다.

"…집에서만이야. 만약 내가 깨어났을 때 형이 없으면 다시는 그 스킬 안 받아."

"알았어, 알았어. 너 잘 때 안 나가게. 중요한 볼일 생기면 깨우고 갈게."

"형은 제대로 쉬었어? 좀 더 자도 될 텐데."

"뒤척이긴 했는데 괜찮아. 멀쩡해 보이지 않냐."

잘 잤다, 라고 말하기엔 양심이 찔렸다. 거짓말은 최대한 적게 해야지. 뒤척였다는 말에 유현이가 걱정스러운 표정을 했다.

"그 스킬 자기 자신에게는 못 쓰는 거야?"

"응. 쓰면 웃길 거 같지 않냐. 던전에서 가져온 열매 조금 먹었어. 피로 회복 효과 있잖아."

효과 좋더라, 하고 일부러 너스레를 떨었다. 나를 유심히 살펴보던 유현이가 자리에서 일어났다.

"그래도 집에 가면 제대로 자야 해. 나도 그 스킬 사 둘걸. 형이 재워 줬을 때 너무 편해서 거부할 수가 없었어. 옛날 생각도 났고."

"너 어릴 때도 내가 재워 주면 금방 잘 잤잖아. 그래서 더 잘 먹히는 건가?"

많이 서툴렀을 손길에도 정말 잘 자서, 동생이 잠을 설치거나 하는 건 생각지도 못했었는데. 아니, 내가 수학여행 갔을 때. 그때는. 내가 돌아오자 내 옷깃을 꽉 붙잡고 죽은 듯이 잠들었던 어린 동생이 떠올랐다.

"…유현이 너."

목소리가 가늘게 떨렸다. 혓바닥도 뻣뻣해졌다. 하지만 지금 묻고 싶었다.

"집 나가고 나서. 그러고 잠은 제대로 잤냐."

"…아니."

"많이 힘들었어? 힘들었겠지."

"아니, 아니야 형. 나는."

"아니긴. 나만큼 아팠을 거잖냐."

한참 만에 응, 하고 조그만 대답이 들려왔다. 깊게 찔러 들었던 가시를 하나 뽑아내었다. 생각보다 많이 아프진 않았다.

"나도 정말 힘들었다. 너 떠나고 나서 별별 생각도 다 들었고. 무엇보다도 무서웠어. 다시는 널 못 보게 될까 봐."

"미안, 미안해 형. 정말로 미안해."

"네가 왜 미안해해. 네 잘못 아니야. 갑자기 세상이 변해 버렸는걸. 이리 와, 내 동생. 정말 고생 많았다."

고개 숙인 유현이를 끌어안았다.

"나도, 무서웠어 형. 많이 무서웠어……."

"응. 알아. 너도 그랬겠지."

첫 한 가닥을 펼쳐 놓았다. 둘 다 자세한 이야기까지는 차마 꺼내 놓지 못했다. 지금은 이걸로도 충분했다.

"이젠 잘 자야지."

"전보다 훨씬 잘 자고 있어. 집은 편해."

"야행성 몬스터 또 데려와도 스킬 있으니 이젠 시끄러울 일 없을 거다. 피스야, 이리 와. 삐약이랑 벨라레도. 삐약이 너 자꾸 벨라레 타고 다니지 마. 날 수도 있으면서."

"형이 밤새울 일도 없겠네. 그 암롱 때문에 좀 화났었는데."

이야기를 나누며 피스를 안아 들고 삐약이와 벨라레도 데리고 방을 나섰다. 유현이의 표정이 부드럽다. 아마 나도 비슷할 것이다. 아직 쌓인 건 가득이었지만 드디어 한 발 내디딘 것 같았다.

다만. 대화를 나눌 수 없는 내 동생은 여전히 아팠다.

"인상 좀 펴시죠. 미간에 댐도 만들겠네."

나와 마주 앉은 시시오의 표정은 당연히 엉망이었다. 하지만 어제와는 다르게 화가 났다기보다는 풀이 죽은 얼굴이었다. 백 번 맞고 쓰러져도 버럭거리며 일어설 것 같던 사람이 저러고 있으니 아주 약간 불쌍하다.

일본에서의 일을 마무리 짓기 위해 시시오와 따로 면담하기로 했다. 나 혼자 가겠다는 말에 다들 걱정하긴 했지만 머무는 호텔 안이고 계약도 했고 피스는 데려가니 위험할 일은 없었다. 유현이랑 예림이가 바로 근처에 있기로도 했고. 대화 소리는 안 들리겠지만 일정 이상 큰 소리가 나면 바로 와 줄 것이다.

'키워드 적용하려면 다른 사람이 없는 편이 나으니까.'

키워드가 적용된 순간 바뀌는 변화를 눈치챌 수도 있으니 조심해야지. 노아 씨 이후로 사람에게는 키워드 적용하는 거 자제하려고 했는데 물 건너고 시시오는 날 해치지도 못하니 그냥 두긴 아까웠다.

양육자가 영 이상한 상대면 그냥 감화 목록 채운 걸로 끝내고 괜찮은 상대다 싶으면 적당히 관계 유지해 가며 두고두고 부려 먹으면 되고. 어느 쪽이든 나쁠 건 없었다.

"…이미 다른 길드 놈들이 기어오르려 들고 있건만 인상을 펴라고?"

"기어오른다고요? 어떤 새끼들이요?"

예전이라면 모를까 지금 아마테라스 길드는 내 건데 감히 어떤 놈들이야. 시시오가 부루퉁하게 대꾸했다.

"내가 실패했으니 그 책임을 물겠다는 거다. S급 헌터가 길드장으로 있는 두 길드를 주축으로 해서. 지금 아마테라스에는 나 외의 S급 헌터는 아직 완전히 회복하지 못했으니 불리하지."

힐러들을 동원해 치료하긴 했지만 워낙 중상이다 보니 둘 다 병원 신세였다. 가구는 잘린 팔 붙인 거 한동안 움직이면 안 된다고 했고 다른 한 놈은 한 달은 안정을 취해야 한다던가. 시시오는 관통상에 자체 회복력도 좋아서 멀쩡했지만. 보아하니 재생력류 스킬도 있는 듯하고.

"그놈들 다 명단에 있지 않았습니까? 자기들은 뒤에서 구경만 해 놓고 치사하게 나오네요."

아니면 일부러 시시오를 부추긴 것일지도 모른다. 성공하면 나한테 안 뜯겨도 되니 좋고, 실패하면 아마테라스 길드를 누를 빌미가 생기고. 전에 보니 시시오는 측근들 말을 잘 안 듣는 편이었으니 꼬드기기도 쉬웠겠지.

"명단의 길드들은 아마테라스에서 억지로 협조하게 시킨 거라고 변명하던데, 제가 보기엔 딱 떠넘기고 발뺌하는 거거든요. 그런 소인배들 많이 봤습니다. 당당하게 책임지고 나서는 시시오 씨와는 전혀 다르죠."

"험, 당연한 말을."

"같은 목적을 위해 뭉쳤으면 그 결과도 함께 짊어지는 게 당연한 거 아닙니까. 그런데 선봉장을, 머리만 싹둑 자르고 나 몰라라 하려 든다니 졸렬함에도 정도가 있지. 저까지 화가 다 나네요."

시시오가 맞다는 듯 고개를 끄덕였다. 나한테 당한 거 분하고 억울하겠지. 이대로 영원히 안녕할 사이도 아닌데 그거 그대로 놓아둬서 좋을 거 없다. 풀지 못하면 두고두고 원한이 되는 법이다.

그러니 대신 물어뜯고 분풀이할 수 있는 걸 던져 주는 게 좋다. 정당성도 팍팍 넣어 줘서. 나한테 당한 거야 먼저 비겁한 짓 한 게 있으니 시시오 성격으론 순수하게 화내기 껄끄럽겠지. 하지만 뒤치기하려 드는 놈들은 다르다. 시시오를 정당하고 순수한 피해자로 만들어 주면 속 시원하게 열 내고 나에 대한 억울함도 적당히 털어낼 수 있을 것이다.

"솔직히 전 시시오 씨 싫어하지 않거든요. 대접도 잘해 주셨잖아요. 성격도 호탕하고 대인배라고 생각했습니다. 그래서 어제 깜짝 놀랐어요. 시시오 씨다운 행동이 아니라서요."

믿었는데, 하는 내 눈빛에 시시오가 괜한 헛기침을 했다.

"그게……."

"그리고 역시 시시오 씨는 그럴 사람이 아니었죠."

"…엉?"

"명단에 있는 놈들이요. 그놈들이 혀에 꿀 바른 척 칼을 물고서 시시오 씨를 속여 넘긴 거 아닙니까. 일본을 위해서 나서야 한다, 라면서. 나라를 사랑하는 시시오 씨께서 거절하기 힘들도록!"

"어, 그, 흠. 설득해 오기는 했지."

"아마테라스 길드야 저한테 조금 이득을 나눠 준다고 해도 명실상부 일본 최고의 길드가 아닙니까. 굳이 리스크 짊어지고 나설 필요가 없었죠. 그럼에도 길드 S급 헌터 모두 동원해 희생을 자처했건만! 아무것도 안 한 채 뒤에서 꿀 떨어지길 기다리기만 하던 놈들이 적반하장으로 나오기나 하고!"

탕, 테이블을 힘껏 내리쳤다. 손 아프다. 무릎 위의 피스가 괜찮냐는 듯 날 올려다보았다.

"사람이 왜 그렇게 착하세요."

"아, 아니."

"마음이 너무 넓은 것도 병입니다. 그런 졸렬한 놈들까지 챙겨 주시려 들고. 그런데도 그놈들은, 아 진짜 제가 다 속상하네요."

시시오가 아무 말 못 한 채 커다란 손을 움찔거렸다. 근본은 괜찮은 사람인 거 같긴 해.

"제 동생에게 살려 주라 말하길 잘했네요. 역시 시시오 씨가 나쁜 게 아닐 줄 알았습니다."

"…그땐 갚아야 할 게 많아서라고 한 거 같은데."

"그 상황에 좋은 분이야, 는 이상하잖습니까. 부상이 심하지 않아서 정말 다행입니다. 제 동생이 좀 많이 강하죠?"

여기서 이러면 안 되는데 흐뭇한 미소를 감추기 힘들었다. 그런 나를 시시오가 이상한 듯이 쳐다보았다.

"…가족이라고 해도 정말로 아무렇지 않은 건가."

"제가 키우다시피 했으니까요. 어떤 등급이든 사랑스럽고 귀여운 동생이죠. 그러고 보니 제 동생, 해연 길드장에게 세성 길드장과는 다르다고 하셨는데, 자세히 들을 수 있을까요."

유현이는 물론이고 성현제에 대한 평도 궁금했다. 내 물음에 시시오가 머리를 긁적이더니 입을 열었다.

"해연 길드장은 사냥, 세성 길드장은 사육이다. 둘 다 상대를 내려다보는 건 같지만 취급은 달라."

사냥과 사육. 생각보다 더 와닿는 표현이었다. 유현이는 확실히 살려서 이용하려는 태도는 잘 보이지 않았다. 윤경수와 최석원만 해도 그랬다. 반면에 성현제는 그 둘은 물론이고 다른 헌터들도 최대한 살려 두었다. 그렇다고 인간의 생명을 존중하는 느낌은 분명 아니었다. 사육 쪽이, 확실히 더 걸맞았다.

"당장 맞닥뜨리기엔 해연 길드장이 더 위험하지만 길게 보면… 세성 길드장은…….."

시시오가 인상을 찌푸리며 말을 이었다.

"관대하게 굴다가도 자기 기준에 맞지 않으면 아무렇지 않게 잘라 버리니 서서히 목을 조이는 느낌이다. 무관심하게 놓아줄 수도 있고 확실하게 밟아 버릴 수도 있고, 그자의 변덕에 달렸으니… 더 비참하지. 무의식중에 눈치를 보게 돼."

그 말을 들으며 나도 무심코 마른침을 삼켰다. S급과 이런 동질감을 느끼게 될 줄은 몰랐는데. 요새는 잠시 잊고 있었던 감각이 새록새록 떠올랐다.

"그런 세성 길드장을 아무렇지 않게 대하다니. 심지어 스탯 F급이. 역시 이상한 놈이다, 너는."

"저도 세성 길드장님과 파트너 운운하기까지 그리 순탄했던 건 아니거든요. 지금도 뭐, 솔직히 많이 봐주시는 거고."

시시오의 말을 빌어 냉정하게 평가하자면 방목 중인 쓸 만한 가축에서 집 안에 들이는 반려동물쯤 된 게 아닐까 싶었다. 좀 더 좋게 말한다면 다섯 살짜리 어린애겠지. 같은 인간이고 자랄 수 있다는 점에서 희망은 있는.

물론 다 큰 성인도 천차만별이다만. 키우는 개보다 못한 경우도 많지.

"실례하겠습니다."

간단한 식사가 테이블 위에 차려졌다. 정확히는 내 쪽이 간단하고 시시오 앞은 푸짐했다. 먹는 양을 보면 확실히 재생 계통 스킬이 있는 듯했다. 마나를 소모하는 회복 스킬과 다르게 육체재생 쪽은 신체 에너지를 소모한다고 하니까. 지금은 더 많이 잘 먹어야겠지.

"그래도 의외로 그 세성 길드장님께서도 제 도움을 받기도 했거든요."

사람들이 나가고 포크로 샐러드를 찍으며 말을 이었다.

"사자와 생쥐 같다고 해야 하나. 그 이야기 아세요?"

반쯤은 성현제가 이끄는 대로 움직인 것이라 해도, 내가 시그마를 풀어 준 것이 분명 도움이 된다고 당사자가 말했었다.

"사자가 하찮은 생쥐를 관대하게 놓아주었죠. 보답 같은 거 바라지도 않았을 거예요. 사자에게는 정말 별거 아니니까. 하지만 사자가 그물에 걸렸을 때, 생쥐는 그물을 갉아 주었답니다."

포크가 접시 테두리를 가볍게 두들겼다. 작은 소리가 울렸다.

"괜찮으시다면."

시시오와 눈을 마주쳤다. 상냥하게 웃어 주었다.

"갉아 드릴까요. 사자 씨?"

"…무슨."

"앞으로 친하게 지내자는 뜻이랍니다. 이대로 넘어가기엔 저도 속이 편치 못하고요."

수익의 10퍼센트니 아마테라스 길드가 잘나갈수록 나도 이득이다. 아이템과 던전도 마찬가지다.

"덮어씌우죠."

"덮어씌운다고?"

"네. S급 헌터 둘이라고 했죠? 저희를 덮친 건 그놈들이라고 하세요. SS급 몬스터를 무려 다섯 마리나 물리치고 일본을 구한 해연 길드장! 격렬한 전투 직후 지쳐 있던 일본의 은인을 비겁하게 공격한 악당들! 그리고 그것을 막아 선 아마테라스 길드! 비록 비겁한 수를 썼지만 동포에게 차마 치명적인 공격은 가하지 못하는 아마테라스 길드원. 조국을 사랑하는 시시오 씨가 일본 S급 헌터의 목숨을 어떻게 해할 수 있겠습니까. 반면 가차 없이 스킬을 펼치는 놈들에 의해 길드장의 두 측근은 쓰러지고, 그럼에도 끝까지 버텨 낸 시시오 길드장~"

"…완전히 거짓말이지 않나."

"피해자가 그렇다는데요. 아니라는 증거 있습니까? 증인이랑 증거 있다고 쳐요. 하지만 요즘 세상이 어떤 세상입니까. 스킬과 아이템으로 다~ 조작 가능합니다."

박박 우기면 그만이다.

"그리고 상식적으로요, 저희가 아마테라스 길드 편을 들어 줄 이유가 손톱만큼도 없잖습니까. 그러니 더 믿음직스러운 거죠."

"…좀 치사한 거 같은데."

"시시오 씨 등 떠밀어 놓고 나 몰라라 하는 놈들에 비하면 도덕적인 겁니다. 애초에 그놈들이 함께 짐을 짊어지겠습니다! 했으면 이럴 것도 없었죠. 배신자 뒤통수는 시원하게 까도 됩니다."

시시오 씨는 조국을 위해 당당했고 저놈들은 그런 대인배를 등쳐 먹으려 들었다, 라는 내 말에 시시오가 고개를 끄덕거렸다. 어느 정도 사실이긴 하니까.

"저는 시시오 씨가 굳건히 자리를 지켰으면 좋겠어요. 바로 옆 나라 아닙니까. 잡스러운 놈들이 일본 최고의 길드 자리를 차지해 봐요, 불안해서 잠도 안 올 거라고요."

"그건, 당연히 그렇지."

"당장 방송 준비합시다. 발표하고, 바로 그 S급 헌터 두 놈 짓밟아 놓는 거예요. 우리가 협조하면 쉽죠. 명단 속 찌질이들에게 대대적으로 보상 뜯어내고 위대한 아마테라스 길드 만세, 존경하고 사랑하는 시시오 길드장님 만세 좀 외쳐 주고."

"음, 음."

"아마테라스 길드는 여전히 최강이고 저도 마음 편하고. 꿩 먹고 알 먹고."

꿩도 알도 다 내 거다. 맞는 말이라며 연신 끄덕거리는 게 좀 귀여워 보였다. …눈에 안약이라도 넣어야겠다. 그래도 내 말 얌전히 잘 따르는 게 기특하긴 하잖아. 아무튼 나랑 계약했고, 내 거.

"저희도 슬슬 집에 가야 하니까, 저녁 되기 전에 빠르게 처리해 버리죠. 건배라도 할까요? 사랑하는 우리 시시오 씨의 탄탄대로의 앞날을 위하여!"

"…한국에서는 흔히 쓰는 건가."

"네?"

"아니, 흠, 바로 준비시킬게, 젰다."

"예. 아직 방송 안 나오는데도 많이 싶은데. 라디오는 괜찮으려나요?"

 명단의 길드들은 대놓고 털어먹을 수 있겠군. 이걸로 한국 가서 해연 길드가 이렇게나 득 봤다고 금칠도 해 주고. 장비창고 털 생각하니 가슴이 두근거린다. 차려진 음식을 좀 더 집어먹고 포크를 내려놓았다.

"너무 적게 먹는 거 같은데."

"평소대론데요? 시시오 씨와 비교하면 당연히 적겠죠."

 고기만 해도 근 단위로 먹어치우는 거 같은데. 잘 먹어서 보기는 좋다.

"…솔직하게 걱정되어서 하는 말이지만."

 시시오가 머뭇거리며 말했다. 걱정이라니, 혹시 키워드 적용된 건가? 지금 상태창 살펴보는 티 내면 수상쩍겠지.

"세성 길드장을 조심해. 도와주었다고도 파트너라고도 했지. 그자에 비해 뒤떨어진다 해도, 나도 S급 헌터다. 상대가 누구든 일정 이상 간섭해 오는 건 본능적으로 꺼려져. 대부분의 S급 각성자들도 타인에게 휘둘리는 걸 싫어해. 그리고 세성 길드장은 훨씬 더 예민하겠지."

"…예민하긴 진짜 예민하죠."

"어느 순간 네가 자신에게 과하게 영향을 준다고 생각하면, 불편함을 느끼면 참을 성격이 아니야."

 그 말을 듣는 순간 속이 서늘해졌다.

"만약 참는다면요?"

"쌓이게 둘 것 같지 않은데. 더 위험하겠지."

 오늘은 아직 성현제를 만나지 못했다. 숨을 한번 삼키고 자리에서 일어 났다.

[외전] 노래방

[외전]
노래방

　물고기와 눈이 마주쳤다. 내 머리통만 한 눈알이었다.
　"매년 이맘때만 잡히는 귀한 놈입니다!"
　드로시아의 요리사가 자신만만하게 웃으며 말했다.
　"아카테스와 솔렘니스의 몬스터나 인공 고기와는 비교가 안 되죠!"
　유현이야 아무 반응 없었지만 시그마는 눈썹 끝을 조금 움찔했다. 그래도 자기 도시에 정이 있긴 한 모양이었다. 아니면 자기가 관리하는 곳이어서일 수도 있고. 성현제도 세성이 저평가되면 기분 좋아하진 않겠지.
　"메드상에도 큰 강과 호수가 있어 어류는 풍부합니다. 곡창지대도 관리되고 있고요."
　수출까지 하고 있다며 노아가 말했다.
　"특히 와인에 상표까지 붙여 수출하는 곳은 메드상뿐이긴 하지."
　문현아가 고개를 끄덕거렸다.

"이 동네에서 과일 키운다는 게 보통 일이 아니거든."

하긴 안전한 땅이 부족한데 논밭도 아니고 과수원을 만드는 건 사치일 것이다. 그만큼 메드상이 안정적이라는 뜻이었다.

"별일 없으면 한잔할 텐데."

요리사가 능숙하게 해체하는 거대 물고기를 바라보며 문현아가 입맛을 다셨다. SS급 이상 몬스터가 언제 나타날지 모르는 상황에서 술을 입에 댈 순 없었다.

여유만 있으면 나도 유현이와 한잔했을 텐데, 아쉽긴 마찬가지였다. 신입한테 한 병만 챙기게 해 달라고 해 볼까.

"요 등지느러미 살이 아주 살살 녹습니다!"

넉살 좋게 말하며 요리사가 붉은 속살을 스으윽 길게 발라 냈다. 거대 생선 외에도 식탁은 풍요로웠다. 온갖 해산물은 물론이요, 채소와 빵, 과일도 보였다. 다만 풍족한 해산물 때문인지 육고기는 거의 없었다.

"자, 유현아."

접시에 음식을 덜어 동생에게 밀어 주었다.

"아저씨, 지금은 한유현이 아저씨보다 나이 더 많거든요?"

"지금 내 나이 서른하나다."

동생보다 다섯 살 많다고. 그게 아니더라도 속은 서른이다.

"그리고 유현이가 아카테스에서 고생 많이 했어. 아직 먹는 것도 신경 쓰일걸."

"응, 형."

동생이 배시시 미소 지으며 내가 준 음식을 먹었다. 그러곤 바닷가재 비슷한 것을 나이프로 단숨에 해체하곤 내게 내밀었다.

"형도 먹어."

"그래, 고맙다."

"으, 한유현."

"예림이도 많이 먹—"

- 예림 님, 딸기예요!
- 제가 잡아 온 새우예요!
- 이 커다란 조개 맛있대요!

내가 예림이를 챙겨 주려고 하자 물의 정령들이 와글와글 달라붙었다. 예림이가 조금 당황해하면서도 익숙하게 정령들을 다루었다.

"한 명씩, 한 명씩. 아니, 그렇게 많이는 못 먹어."

예림이 정말 인기 많네.

꺼림칙했던 첫인상과 달리 거대 물고기는 요리사의 장담대로 맛있었다. 특히 튀기듯 구운 꼬리가 정말 별미였다. 뜨끈한 꼬리 구이에 달달한 과일 소스를 듬뿍 끼얹어 베어 물자 입안에서 바삭바삭거리면서도 사르르 녹아내렸다. 아주 잘 튀긴 탕수육과 비슷하면서도 속의 고기는 탱글하고 부드러웠다.

"이쪽 구역 전체가 제 집이에요."

식사 후 예림이가 건물을 안내해 주며 말했다. 창문 너머로 정령들이 기웃거리는 게 보였다.

"그냥 놔두면 잘 때도 귀찮게 굴어서 집에는 들어오지 말라고 했거든요."

화장실에도 따라온다면서 예림이가 고개를 절레절레 저었다. 그건 곤란하지.

"빈방 많으니까 맘대로 쓰세요~"

너른 거실로 들어서며 예림이가 말했다. 드로시아의 집은 부엌은 입식, 거실과 방은 좌식 형태였다. 또한 주방은 생활공간에서 최대한 떨어뜨려 놓는다고 하였다. 생선이 주식이다 보니 비린내가 많이 난다나.

거실에는 소파 대신 양탄자와 커다란 쿠션들이 널려 있었다. 무늬는 다르지만 형태는 아라비안? 그쪽 동네 같았다. 예림이가 쿠션 더미 위로 몸을 날렸다. 풀썩, 가벼운 소리와 함께 데구르 뒹군다.

"다들 푹— 쉬세요. 무슨 일 생김 정령 애들이 바로 알려 주러 올 테니까요."

수많은 정령을 떠올리자 정말 든든했다. 여기서는 진짜 예림이가 최강이로구만. 문현아도 예림이처럼 쿠션 더미에 몸을 던졌다.

"야, 이거 좋네."

"그쵸?"

재밌어 보이긴 했지만 나는 그냥 얌전히 앉았다. 이게 되게 푹신하네. 유현이가 내 옆에 앉고 노아와 시그마도 약간 어색하게 자리를 잡았다.

"현아 언니 지금은 이 미터 넘는 거 아니에요? 부럽다."

"예림이 너도 많이 컸는걸."

"나이가 있잖아요, 나이가. 아, 스무 살 되면 백구십 찍어야 하는데. 한유현 이겨야 하는데!"

키 크는 약이라도 먹을까요, 하며 예림이가 쿠션을 끌어안았다. 덩치만 컸지 속은 그대로였다.

그때 퀘스트창이 반짝 떴다.

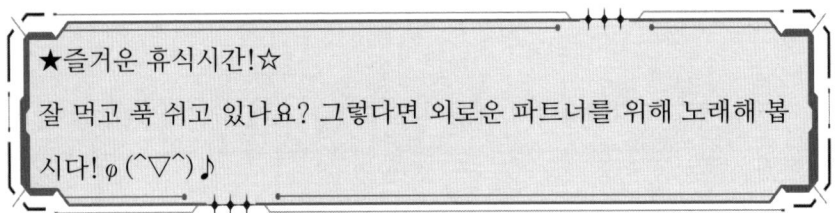

…이 인간이 심심한가 보다. 갑자기 뭔 노래야 싶었지만 보상이 제법 짭짤했다. 하지만 난 몬스터 잡아서 포인트를 넘치도록…….

"이건 퀘스트입니다."

"형?"

포인트에는 죄가 없다. 쿠션에 푹 파묻혀 있던 상체를 일으켜 바로 앉았다.

"성현제가 시켰습니다. 회사 부장님인 줄."

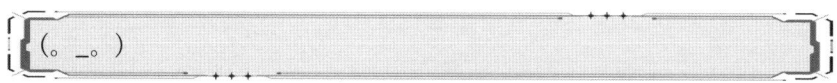

뭘 또 시무룩해하는 척을 해. 누가 부장님한테서 이모티콘 좀 뺏어라. 뭐, 퀘스트는 자동 등록 된다곤 하지만 내 알 바냐.

"흠, 흠."

막상 입을 떼려니까 무척이나 쪽팔렸다. 현아 씨, 그렇게 초롱초롱한 눈으로 바라보지 말아 주세요. 예림이 너도.

"아리랑 아리라앙~"

"푸흡!"

문현아가 쿠션에 얼굴을 묻고 웃음을 터뜨렸다. 아 왜, 우리나라 전통 민요다. 웃거나 말거나 목청을 높였다. 듣고 있냐, 성현제.

"나를 버리고 가시는 니임으으은—"

부르다 보니 살짝 열받았다. 고작 발병 가지고 되냐, 발모가지를 확 부러뜨려야지.

"버리긴 뭘 버려! 말을 해! 헤어질 거면 확실하게 대화하고 끝내야지!"

"미, 미안해, 형."

엉뚱하게도 유현이가 움츠러들었다.

"아니, 유현이 네 탓 하는 게 아니고."

"C급을 버렸던 건가."

시그마가 눈치 없이 끼어들었다. 아니, 눈치 빠르다고 해야 하나.

"걱정 마라, C급. 나는 널 버리지 않을 테니."

"이젠 절대 형을 떠나지 않을 거야."

유현이가 시그마를 견제하듯 노려보며 나를 끌어안았다. 시그마도 지지 않고 입꼬리를 올린다. 커다란 멍멍이 둘이서 으르렁거리는 것 같았다. 애들아, 싸우면 안 돼요.

☆앵콜!!☆

…시그마나 성현제나. 누가 똑 닮은 한 쌍 아니랄까 봐 막 끼어들죠. 그러나 원래 월급 주는 사람이 깡패였다. 돈만 잘 주면 노래 정도는 불러 드립니다, 네네. 하지만 야근은 안 됨. 회식도 사절. 집에 토끼 같은 동생이 기다리고 있어서.

물론 마음만이고 취해서 들어간 적도 여러 번이었다. 사회생활이란 게 그렇지 뭐. 이런 문화는 바뀌어야 하는데.

"도라지 도라지 백도오라아지."

"형님, 어리다고 놀려서 그래?"

"알았어요, 아저씨. 서른한 살 해 드릴게요! 근데 지금은 환갑 넘은 거 같아요!"

문현아와 예림이가 웃어 댔다. 노아는 두 사람이 왜 그러는지 모르겠다는 눈치였다. 예림이가 노아 옆으로 굴러가 대충 설명해 주었다.

"그러니까 뭐더라, 옛날 상송 같은 거요. 백 년도 더 넘은! 노아 오빠도 한 곡 하실래요?"

"네? 저도요?"

"그래, 노아 헌터 목소리도 예쁘잖아. 노래해! 노래해!"

문현아가 손뼉을 짝짝 치며 외쳤다. 옛날 노래요? 하고 머뭇거리던 노아가 노래를 불렀다. 피노키오가 나오는 예쁜 노래였다.

이어 예림이와 문현아도 최신 유행곡을 입 맞추어 뽑아냈다. 성현제도 여기 있으면 시키는 건데. 대신 시그마를 바라보자 그가 눈을 깜박거렸다.

"노래 아는 거 없어?"

"…없다."

"우리 달이, 누나가 노래 가르쳐 줄까?"

"필요 없어. 저리 가, 람다."

"한유현! 너도 불러야지!"

혼자 빠지면 안 된다며 예림이가 물방울을 유현이에게 날렸다. 유현이의 어깨 위에 앉아 있던 이린이 훌쩍 뛰어올라 물방울을 삼켰다. 푸시식 수증기가 피어오르고 유현이가 무뚝뚝하게 입을 열었다.

"동해물과 백두산이—"

"…유현아?"

"아, 뭐야 저게! 누가 아저씨 동생 아니랄까 봐!"

예림이가 핀잔을 주거나 말거나 유현이는 꿋꿋이 애국가를 불렀다. 그리고.

"남산 위에 저 소나무."

"야, 한유현! 미쳤나 봐!"

애국가 2절이 시작되었다. 예림이가 쿠션을 던지고 문현아가 시그마를 붙잡고 껄껄 웃었다. 시그마는 물론이고 노아도 이번에도 영문을 모르는 표정이었다. 애국가라는 것만 빼면 잘 부르긴 하니까. 그리고 노래 좋긴 하잖아.

"노래 잘하잖아."

"아저씨가 그러니까 더 저런다고요!"

예림이가 다시 쿠션을 유현이에게 던졌다. 그러곤 벌떡 일어났다.

"요즘 노래 진짜 몰라? 관심 없을 거 같긴 하지만."

길드장님 어디 가서 길드원 쪽팔리게 하지 말고 잘 들으라며 예림이가 목청을 높였다. 시원시원한 목소리에 문현아가 박수를 치며 박자를 맞춰 주었다. 나도 덩달아 손뼉을 쳤다. 우리 예림이 잘하네.

"예쁘네. 진짜 놀러 온 것 같은 기분 든다."
둥글고 커다란 창 너머로 떨어져 내리는 물이 반짝반짝 빛나고 있었다. 쏟아지는 달빛과 물방울 사이로 정령들이 춤을 춘다.
피스만 여기 있었으면 오늘 하루나마 맘 편히 즐겼을 텐데. 그래도 여기선 진짜 죽는 건 아니니까 괜찮겠지. 성현제가 없는 것도 아주 조금 아쉬웠다. 보고는 있겠지만.
"형제는 원래 그런 건가."
내가 자기를 보호해 줘야 한다면서 유현이의 눈총을 무시하고 같은 침실로 들어온 시그마가 우리를 보며 중얼거렸다. 드로시아의 침대는 바닥에 매트리스만 깔아 놓은 정도로 낮았다. 너른 침실의 절반 정도를 채우는 매트리스라 자리를 나눌 것 없이 대충 누웠다. 그리고 유현이는 당연하다는 듯이 내 곁에 바싹 붙어왔다.
"어릴 땐 매일 같이 잤는걸. 커서는 잘 안 그러긴 해."
그래도 가족이고 같은 성별이니까.
"친구들끼리도 놀러 가면 대충 한 방에 뒤섞여 자기도 하고."
"…뒤섞여서?"
"침대 따로 방 따로는 돈이 없어서라도 불가능하단다."
나야 놀러는 제대로 간 적 없지만 듣기는 들었지. 술 마시다 보면 대충 쌓여 잠들기도 하고. 하지만 시그마는 상상도 못 하겠다는 얼굴이었다. 성현제도 그런 건 낯설지 않을까.

"세상은 다양해. 달아, 우리 세상에는 노래 부르기 위한 장소도 있단다."

"가수는 솔렘니스에도 있다."

"아니, 그냥 일반인들이 말이야. 어두컴컴하고 좁은 방에서 기계를 사용해 노래를 부르지. 노래가 시작되면 불빛이 번쩍번쩍거리고 탬버린을 흔드는 거야. 짤랑짤랑."

"……."

시그마가 무슨 헛소리를 하느냐는 듯 쳐다봐 왔다. 진짠데.

"내가 너 꼭 한번 데리고 가 준다."

"왜 자꾸 챙기려 들어, 형."

유현이가 불만스럽게 말하고 시그마가 꺼림칙한 표정을 지었다. 노래방 싫으냐.

"신기한 거 많아. 진짜로."

무사히 갈 수 있다면. 뒤의 말은 입안으로 삼켰다.

"기대는 안 되지만."

어울려는 주겠다며 시그마가 눈을 감았다. 창 너머의 풍경을 잠시간 바라보다가 나도 잠을 청했다.

9권에서 계속.

내가 키운 S급들 8

초판 1쇄 발행 2025년 07월 10일
초판 2쇄 인쇄 2025년 09월 17일
초판 2쇄 발행 2025년 10월 13일

지은이 근서
펴낸이 김주형
마케팅 한재혁

펴낸곳 제이플미디어(주) | **이메일** jplusmedia@hanmail.net
출판등록 2017년 5월 25일 제25100-2022-000077호

주소 서울특별시 구로구 디지털로 288, 2층 204호(구로동, 대륭포스트타워 1차)
전화번호 02-322-6076 | **팩스번호** 02-332-6076

ISBN 979-11-396-4978-9 (04810)
ISBN 979-11-396-3514-0 (set)

정가 13,000원

*저자와 협의하여 인지는 붙이지 않습니다.
*이 책은 제이플미디어(주)가 저작권자와의 계약에 따라 발행한 것으로
본사와 저자의 허락 없이 어떠한 형태나 수단으로도 내용을 이용할 수 없습니다.